어떤 나무들은

어떤 나무들은

― 아이오와 일기

최승자

ㄴㄴ〉〈ㄷㄴ

이 책은 내가 1994년 8월 말부터 1995년 1월 중순까지 미국에서 머물 동안 쓰였다. 일기라는 형식으로 쓰인 이 주체할 수 없이 풀어진 글에서 독자들은 아마도 '밥 먹고 잤다'밖에 발견할 수 없을지도 모르겠다. 그 점이 실은 염려스럽기도 하다.

그러나 처음 가본 그곳에서 여러 가지 종류의 스트레스들과 싸우고 거기 적응해야 했던 생활 속에서는, 화장하고 정장 갖춰 입고 모자 쓰고 하이힐 신은, 말하자면 품위 있는 규격, 격식에 맞는 산문을 쓴다는 건 내겐 불가능한 일이었고, 아니 애초에 그런 품위와 규격에 다다를 수 있을 만큼 완벽하게 완성된, 성장盛裝한 의식에 다다를 수가 없었다. 나는 다만 하루하루 흔들리고 있었을 뿐이니까. 그리고 무엇보다도 그 품위, 그 격식, 규격이 싫었다.

하지만 이제 보니, 그게 차라리, 아니 확실히, 더 잘한 일인 것 같다는 생각이 든다. 왜냐하면 거기에선, 살아 있는 내가 보이기 때문이다. 살아 있는 내가 만들었던 살아 있는 추억들이 보이기 때문이다. 그리고 무엇보다도, 변화해가는 나, 새로 심어진 내 새로운 의식의 씨앗들이 내 눈에는 보이기 때문이다.

아마도 이 책으로 큰 도움을 얻을 수 있는 사람이 있다면, 그건 다름아닌 나 자신일 것이다. 내가 몹시도 지치고 피곤해질 때, 작으나마 내가 새로 배운 것들을 포기하고 싶어질 때, 이 일기에 나오는, 필경은 아마도 내 눈에만 보일, 꿈틀거리며 새로 태어나려 애쓰는 내 자신의 모습이 내게 힘을 줄 것이라 믿기 때문이다.

1995년 4월
최승자

청춘이 지난 지 하많은 세월이 흘렀다.
문득 소식이 와서 묻혀 있던 책이
지금 살아나고 있다.
그것을 나는 지금 가만히
바라보고 있을 뿐이다.
그것으로 끝이다.

아이오와는
좋아했었다.

2021년 11월 15일
최승자

차례

1994년 10월

1994년 11월

1994년 12월

1995년 1월

한국에서도 내가 가본 곳이라곤 다섯 손가락 안에 들어갈 정도로 돌아다니길 싫어했고 돌아다닐 일도 없었던 내가 드디어 첫 외국 여행을 하게 된다. 미국 아이오와주 아이오와시티 아이오와대학에서 주최하는 인터내셔널 라이팅 프로그램IWP, International Writing Program에 참가하게 된 것.

어젯밤은 광명시 경남이네 집에서 잤다. 어제저녁에 마침 경남이가 남편과 함께 어디 갔다 오면서 과천에 들러 내 짐들을 함께 꾸려주었고, 뒤에 영숙이와 영숙이 친구가 와서 도와주었다. 다 치운 뒤에 나는 경남이네 차를 타고 광명시로 왔다. 거기서 공항이 더 가까우니까. 준비할 게 없다. 아무래도 짐이 무거울 것 같아서 짐을 줄이는 작업을 경남이와 함께했다. 몇시인지 모르지만 아주 늦게 피곤에 지쳐서 잠이 들었다. 나보다 경남이가 더 지쳤을 거다. 그 성질에 꼼꼼하게 정리하느라고. 큰딸 혜영이와 막내 초롱이는 제 방을 빼앗기고서 안방에서 잤고 내가 그들 방에서 잤다. 아침식사 준비를 하면서 경남이가 원, 내 딸 시집보내는 것 같네라고 말해 모두 웃음을 터뜨렸다.

15

공항으로 떠날 때 하늘이 꽤 굵은 빗줄기를 뿌리기 시작했다. 경남이 남편 함선생이 운전대에 앉았고 경남이와 초롱이가 공항까지 함께 따라와주었다. 공항에는 정봉열씨와 부인, 그리고 동혁이가 나와 있었다. 딸 동현이는 집을 보고 있다고. 어떻게 수속을 밟았는지 모르겠다. 해외여행이 처음인 만큼 수속 절차에 대해서 아는 게 하나도 없었고, 그래서 모든 절차를 밟으면서 그것들을 기억해두어야겠다는 생각을 했지만 아무것도 기억에 남아 있지 않다. 그걸 뭐라고 하던가. 수속 다 밟고 나서 비행기에 오르기 위해 기다리는 장소를? 대합실이라고 하던가? 그것도 생각이 나지 않는다. 아무튼 거기서 무료하게 시간을 보내다가 끽연실로 들어가 담배 한 대 피우고, 글로리 세 보루를 사서 가방 안에 집어넣고, 그리고 비행기에 올랐다.

영어회화를 배우지 않은 게 은근히 걱정이 되기 시작했다. 영어책은 좀 읽고 번역으로 밥 먹고 살았다고 할 수 있으니 어떻게 되겠지 하는 배짱 하나로 그냥 비행기에 오른 셈인데, 일상생활에서 쓰이는 영어들, 구어체 영어들은 하나도 모르니까 불안했다. 뒤늦게 인터내셔널 라이팅 프로그램 참가자로 결정되었다는 소식을 들었을 땐 그 프로그램이 시작되는 날짜까지 많은 시간이 남아 있지 않았고, IWP 측에서는 열 편 정도의 영어 번역 시를 요구했고, 그래서 내 시집 네 권 중 첫번째 나온 시집을 갖고서 우선 번역하기 쉬운 시들만을 번역하기 시작했는데, 이미 그 시집 한 권에서 열 편 이상이 번역되었지만 그게 다 내 마음에 드는 시들이 아니었고, 그래서 두번째 시집을 갖고 번역을 시작했고, 그다음엔 세번째, 네번째 시집을 번역했고, 결국 그러다보니 총 마흔네 편을 번역했는데, 생각해보라, 올여름이 얼마나 지독했는지를. 방 한 칸짜리 아파트에서 완전히 발가벗다시피 한 채 머리가 뜨끈뜨끈해져 일사병으로 쓰러지는 게 아닌가 싶어 삼십 분에 한 번씩 샤워를 하면서 번역을 했는데, 그 밖에 달리 무슨 일을 또 할 수가 있겠는가. 영어회화를 배우러 다닌다든가 하는 일은 생각할 수도 없었다, 그 더위 속에서는. 8월 내 내가 할 수 있었던 것은 과천 뉴코아백화점 건물에 있는 수영장으로 수영 배우러 다닌 것밖에 없다(내 생애 최초로 올여름에 수영복이라는 걸 입어보았는데, 수영장에 있는 사람들이 나만 쳐다보는 것 같아 이상한 기분이 들 때가 많았다). 내가 번역한 내 시 마흔네 편 중에서 열 편을 고르는 일도 쉽지가 않았다. 그래서 그걸 모두 팩스로 보내면서 편지 한 장을 동봉했다. 나로서는 열 편을 고르기가 쉽지 않고 또 영어로 된 시는 영어를 사용하는 당신네 마음에 드는 게 더 좋은 시로 보일 테니까 당신네들이 그중에서 열 편 정도를 뽑으라고 했다. 한국어를 영어로 옮기는 것은 태어나서 처음 한 일인데 그것도 시를, 그것도 내 시를 영어로 번역한다는 것은 정말로 힘들었다. 왜냐하면 나는 내 시에 나오는 단어 하나가 가진 여러 가지 뉘앙스의 비율까지 느낄 수가 있는데(왜냐하면 내가 쓴 시니까), 예를 들어서 내가 '아 슬픔이여'라고 썼다면 그 슬픔이라는 단어는 그 컨텍스트 안에서 풍자 30프로, 경멸감 30프로, 진짜 슬픔 30프로 등등으로 그 뉘앙스의 비율이 나누어질 수 있기 때문에 그 비율까지 딱 맞는 영어 단어를 고르기란 하늘의 별 따기이다. 완전한 번역이란 불가능하다는 걸 그때 뼈저리게 느꼈다(그전에도 물론 알고 있었지만). 로제트 사전을 참조하면서 번역했는데 골치 아픈 단어가 나올 때에는 단어 하나에도 많은 시간이 낭비되곤 했다. 그런 단어들이 많이 나오는 시는 원천적으로 번역에서 제외되었고 쉽게 번역될 수 있는 시들만 번역한 셈이었다. 내가 그동안 번역해온 책들을 원저자가 한국어를 알아서 읽을 수 있다면 무지 화를 낼지도 모른다는 생각을 했다.

시더래피즈로 가는 비행기로 갈아타기 위해 시카고 공항에 내렸는데 국제공항이라곤 김포공항밖에 모르지만 들었던 대로 시카고 공항은 엄청 컸다. 갈아타는 비행기 탑승구까지 가는데 공항 구내에서 전철로 몇 정거장을 가야 했기 때문이다. 그리고 공항 구내에서 처음 본 그 수많은 미국 사람, 내 첫 느낌은 어쩌면 저렇게 뚱뚱할 수 있을까였다. 모두가 뚱뚱했고, 그야말로 드럼통이라는 단어만으로는 너무도 표현 부족이라는 느낌을 줄 만큼 뚱뚱한 사람들도 무지 많았다. 참으로 그건 이상한 느낌이었다. 단지 키가 크다거나 체격이 좋다거나가 아니라 어떻게 그렇게 점점 팽창해가다 터져버릴 것만 같은 느낌을 줄 정도로 살이 찔 수 있을까. 그게 정말 신기했다. 무얼 얼마나 어떻게 먹길래.

시카고 공항에서 시더래피즈로 가는 비행기에 올라탔지만 비행기는 떠나지 않았다. 한 시간 정도 늦게 떠난 것 같다. 같은 대합실에 앉아 있던 남자가 통로를 사이에 두고 내 옆 좌석에 앉았고 내 뒤에서는 남녀 대학생 두 명이 신나게 떠들어대고 있었는데, 그때 나는 너무도 졸음이 쏟아져서 비몽사몽중이었으며, 기가 막히게도 그들이 떠들어대는 영어가 저 전라도 남녀가 지껄이는 전라도 사투리로 들리곤 했다. 비행기가 이륙해 시카고 하늘을 날고 있을 때는 완전한 밤이었다. 저 아래로 아름답게 불 켜진 시카고 시가지의 정연한 구역들이 눈에 들어왔다. 신비한 느낌이었다. 불 밝은 저 아래 도시에서는 온갖 일들이 벌어지고 있을 텐데, 하늘에서 바라보는 그 밤 풍경은 지극히 아름다웠고 아마도 그 중간에 옅은 안개가 끼어 있는지 굉장히 미스티컬한 분위기였다.

시더래피즈 공항에 도착했을 때는 이미 아홉시였다. 비행기가 여덟시에 도착하는 걸로 되어 있었기 때문에 마중 나왔던 사람이 돌아갔을지도 모른다는 생각이 들었다. IWP 측으로부터 받은 안내문에서는 피켓을 들고 서 있기로 되어 있었는데, 피켓 들고 서 있는 사람은 없었다. 아무래도 IWP 스태프진 중의 하나에게 전화를 걸어봐야겠다는 생각이 들었고, 그래서 동전을 바꾸려고 환전소를 찾아보아도 없었다. 할 수 없이 인포메이션 데스크로 가 거기 앉아 있는, 늙었지만 아주 단정하게 차려입고 화사하게 화장한 할머니에게 전화를 걸어줄 수 없겠느냐고 묻자, 어나운스먼트를 한 번만 하고서 전화를 걸어주겠단다. 그런데 너무 빨라서 제대로 알아들을 수 없는 안내 방송 가운데서 인터내셔널 라이팅 어쩌구 하는 소리를 들은 것 같아서 혹시 한국에서 온 작가를 찾는 거 아니냐고 물었더니, 그 할머니 곁에 서 있던 한 젊은 남자가 반색을 하면서 그렇다고 대답했다. 그 남자가 바로 IWP에서 보낸 사람이었다. 내가 바로 그 작가라고 말했더니 옆에 있던 할머니가 나를 바라보면서 정말 작가냐고 물었다. 내가 너무 작가 아닌 것처럼 보였나보다. 사내를 따라 공항 건물 밖으로 나왔는데, 차를 대는 곳에 가니 비행기 안에서 통로를 사이에 두고 옆에 앉았던 그 남자가 서 있었다. 둘이 인사를 나누는 것으로 보아 아는 사이인 모양이었다. 그 남자도 IWP에서 보낸 남자의 차에 올라탔다. 둘이서 떠들어대는데 쉬운 단어 몇 개 빼놓고서는 하나도 알아들을 수가 없었다. 내 귀가 해독하기에는 너무도 빠른 속도였기 때문에 모든 단어들이 뒤엉클어져 분리할 수가 없었다. 앞으로 어떻게 해야 하나 난감해졌고 영어회화를 배우고 왔어야 했다는 막심한 후회감을 느꼈다. 시더래피즈에서 아이오와시티로 들어오는 길은 달 밝은, 그러나 적막강산이었고, 아이오와시티 내에서도 거리에 나다니는 사람들이 하나도 없었다. 시내도 적막강산이었다. 이 사람들은 저녁밥 먹고 나면 금방 잠자리에 드나 하는 생각이 들었다. 서울의 밤을 생각해보라. 내가 묵을 곳까지 오면서 길거리에서 본 사람은 단 두 명, 남녀 대학생 두 명이 정답게 같은 속도로 자전거를 타고 가는 모습이었다. 남자가 짐을 엘리베이터까지만 옮겨주었기 때문에 나 혼자 끙끙대며 8층 내 방까지 옮겨야 했다. 1층에 있는 메이플라워(내가 묵게 될 기숙사 건물 이름인데 다른 층 방은 모두 학생들이 묵는 방이었고 약 30개국에서 오게 될 각 나라 참가자들은 모두 8층에서 3개월 동안 지내게 된다) 관리 데스크에 가보니, 메리 내저리스Mary Nazareth라는 이름으로 남겨둔 쪽지와 함께 두 개의 열쇠를 준다. 쪽지에는 내일 아침 아홉시 반에 자기 사무실(같은 8층에 있다고 했다)에서 만나자고 씌어 있었다.

831C. 내 방 번호이다. 방으로 들어오니 정말 이게 방인가 싶었다. 침대 하나, 커다란 책상 하나, 서랍 장롱 하나만 덜렁 놓여 있었다. 나는 엔간해서는 비감해지지 않으려고 기를 쓰는 성질이기 때문에 서울을 떠나면서 지금까지 의식적으로는 한 번도 그런 기분을 느

끼지 않았는데 아무것도 없는 빈방으로 들어서니 처음으로 비감하고, 내 팔자가 왜 이런가 하는 기분이 들었다. 대충 옷들을 정리해 벽장 안에 집어넣고, 사전류의 책들을 책상 위에 놓고, 영어회화 공부할 시간이 없어서 현지 가서 공부해야지 하면서 사온, 조화유가 지은 여섯 권짜리『이것이 미국 영어다』도 책상 위에 가지런히 올려놓고서 부엌에 들어가 라면을 반 개만 끓여 먹었다. 당분간 먹을 수 있는 것은 라면밖에 없었기 때문에 아껴 먹으려고.

라면 먹을 때, 어제 28일 일요일 아침에 떠난 게 분명한데 이곳에 도착했을 때에도 아직 28일 일요일이라는 생각이 얼핏 떠올랐다. 분명 하루 이상의 시간이 지나갔는데 말이다. 우리가 보는 빛은 이미 몇억 년 전에 어느 별을 떠나 우리에게 온 것이라는 과학책에서 배운 사실을 비로소 실감할 수 있었다.

잠을 자기 전에 샤워를 하려고 보니 비누가 없다. 슬리퍼도 없다. 그리고 속옷도 없다. 경남이가 빼버린 게 분명하다. 라면을 먹고 나자 비감이고 뭐고 잠이 쏟아져서 그대로 쓰러져 잤다.

어젯밤에 열두시쯤 쓰러져 잠들었던 것 같은데, 처음 깨어났을 때는 새벽 세시였고(이상하게도 서울에서도 세시경에 깨어날 때가 많았다) 다시 잠들어 두번째 깨어났을 때는 다섯시였고, 다시 잠들어 또 깨어났을 때는 일곱시였다. 일기를 조금 끼적거리다가 라면 반 개를 끓여 먹고 나자 다시 잠이 쏟아져 한 시간쯤 자고 났을 때 전화벨이 울렸다. 메리의 전화였다. 일어났느냐고. 일어났으면 자기 방으로 오란다. 아직 이도 안 닦고 세수도 안 한 상태지만 같은 8층이니까 잠깐 갔다 오면 되겠지 하고 그녀의 방으로 갔다. 가보니, 한 명의 백인 여자와 두 명의 흑인 여자가 앉아 있었다. 두 명의 흑인 중 아주 작은 여자가 메리였고 큰 여자는 아스트리드라는 이름을 가진 네덜란드 작가였고 몹시 뚱뚱하고 꽤 늙어 보이는 백인 여자는 피지 작가였는데, 두 작가 모두 방금 도착했다고 했다. 피지 작가에 대해서는 나는 이미 그 이름도 알고 있었고(IWP 측에서 보내주었던 작가들 프로필을 읽었기 때문에) 또 나는 그녀가 내 룸메이트가 되기를 은근히 바랐다. 그녀의 이름이 쇼나 스마일스Seona Smiles 이니까, 같이 살면 얼마나 날 즐겁게 미소 짓게 만들까 하고. 그런데 정말로 그녀가 내 룸메이트란다. 각자 방이 다르고 출입하는 방문도 다르지만 부엌과 배스 룸을 공동으로 사용하게 되어 있었다.

잠깐 인사만 하면 끝나는 줄 알았는데, 다른 작가들이 줄줄이 들어왔다. 메리가 우리 모두를 이끌고 OIES로 데리고 가 필요한 수속들을 마치고 소셜 시큐리티를 받게 해주었고, 다음에 우리 일행은 퍼스트내셔널뱅크로 가 각자 자기 계좌를 만들었다. 나는 세수도 안 한 채 졸지에 다운타운으로 나오게 된 셈이었는데 너무도 졸려 정신이 멍했다. 오랫동안 커피를 마시지 못한 것도 그 이유 중의 하나였다. 커피를 마시지 않으면 정신도 깨어나질 못하고 내 육체도 불편해진다. 은행 일이 끝난 다음에는 올드 캐피털 몰이라는 쇼핑센터 건물로 들어가 2층에서 남자들과 여자들이 두 패로 각기 찢어져 서로 다른 음식점으로 들어갔다. 남자들은 술을 파는 음식점으로 들어갔다. 다 같이 먹어야 하니까 시켜 먹긴 했지만 나는 이 아메리칸 음식이라는 것에는 도저히 적응할 수 없을 것 같다. 인스턴트커피 중독자인 내가 계속 커피 파는 데가 어디냐고 물어대자 메리는 이따가 식료품 쇼핑을 할 텐데 왜 그렇게 커피, 커피 하느냐고 물었다. 그래서 내가 나는 커피를 먹지 않으면 변통이 불가능한 사람이다라고 대답했더니, 자기도 예전에는 그랬었노라고, 그러나 지금은 하루 한 잔으로 족하고 나머지는 티로 때운다고 했다.

돌아오는 길에 메리가 내게 아이가 몇이냐고 물었다. 내가 결혼한 적 없다고 하니까 그녀는 손바닥을 치면서 오, 널 알 것 같다라고 말했다. 메리의 성과 IWP 스태프진 중 한 사람의 성이 같아서 남편이냐고 물었더니 그렇단다. 남편 이름은 피터 내저리스인데 아이오와대학 영문과 교수이고(그러니까 메리는 교수 부인이다. 이 두 사람은 아프리카 탄자니아와 우간다 출신인데 이디 아민에 의해 그 나라에서 추방당했다고 한다) 소설가이다. 메리는 내가 자기 남편 이름을 한국에서 들어본(그의 소설 『The General Is Up』이 한국어로 번역되었단다) 적이 있어서 그걸 물어보는 줄 아는 모양이었다. 그래서 그게 아니라 팸플릿에서 네 남편 이름을 보았다고 말해주자 실망하는 눈치였다.

일단 메이플라워로 돌아와 잠시 쉬었다가 오후에 일행과 식료품 쇼핑에 나섰다. 물론 내가 맨 먼저 산 것은 인스턴트커피였다. 여기 사람들은 대개 인스턴트커피를 마시지 않고 브루드 커피를 마시는데, 나는 그 커피로는 도저히 만족할 수가 없다. 너무도 밍밍해서 커피가 아니라 숭늉 같기 때문에. 슈퍼마켓을 둘러보니 야채, 과일, 통조림, 과자, 우유, 빵 등은 무지 싼데 공산품들은 비싸다. 예를 들어 빗 하나가 한국 돈으로 4천 원쯤 되는 반면에 사과는 종이가방 하나에 가득 담아 파는데 그 가격이 1달러도 안 되고, 너무도 맛있는 검은 자두는 1파운드(약 450그램 정도)에 50센트 정도이다.

내 짝꿍인 피지 참가자 쇼나 스마일스는 지금 주무시고 계시다. 피지는 올해 처음으로 이 프로그램에 참가하게 되었다고. 그러니까 그녀는 피지 작가로서는 첫번째 참가자인 셈이다. 나보다 일곱 살 위인데 나는 처음 그녀를 보았을 때 예순은 충분히 넘었겠다고 생각했다. 열대는 여자들을 빨리 늙게 만드나보다. 반면에 네덜란드에서 온 흑인 여성 작가 아스트리드는 쇼나와 거의 비슷한 나이임에도 불구하고 그녀보다 20년은 젊어 보인다. 지금 나는 부엌 테이블에 앉아 쓰고 있다. 내일 현관 쪽에 붙어 있는 각자의 책상을 침실 안쪽으로 옮기기 위해 서로 품앗이를 하기로 했다. 혼자서는 옮길 수 없을 만큼 큰 책상이기 때문이다.

피곤하다. 피곤하지만 잠은 올 것 같지가 않다. 향수 따위는 없다. 내가 강한가? 그러나 경남이 집에서 경남이와 함께 잘 때 내가 자면서 엄마를 불렀던 것처럼(다음날 아침 경남이가 내게 그 이야기를 해주었다. 자면서 자꾸 엄마를 부르더라고) 내가 모르는 내 무의식은 무언가 겪고 있을지도 모른다는 생각이 들었다. 마치 엄마가 돌아가셨을 때에 그게 내게는 생애 최초로 겪는 가장 큰 충격이었음에도 불구하고 1년 동안은 엄마 꿈 한번 꾸지 않았던 것처럼, 내 무의식이 스스로를 차단하고 있는 것 같다. 퓨즈처럼. 불이 나기 전에 스스로 끊어져버리는.

지난밤 열한시에 잠자리에 들었지만 열두시에 깨어났다. 건물 뒤편의 파워 센터에서 들리는 무지막지한 소음 때문에. 낮에는 다른 소리가 많이 들리고 또 할일이 많기 때문에 별로 신경이 쓰이지 않지만 고요한 한밤중에는 그 소음이 엄청나다. '한글 2.5' 설명서를 읽다가 다시 잠자리에 들었지만 두시에 또 깨어났다. 소변을 보러 화장실에 들어가 있는데 쇼나 스마일스가 배스 룸에 들어왔다가 불이 켜진 것을 보고서 내가 화장실 안에 있는지, 아니면 자기나 내가 불을 끄는 것을 잊고 나갔던 건지 생각하면서 조심스럽게 다가오는 기척이 들렸다. 내가 먼저 화장실 안에서 노크를 하자 쇼나는 웃으면서 이른 새벽의 이상한 첫 만남이로군요, 라고 말했다. 화장실에서 나와 다시 잠자리에 들었는데 또 한 시간 뒤에 깨어났다. 이상한 잠버릇이다. 시차라는 것을 아직 극복하지 못한 걸까. 그러다가 결국은 아침에 일어나 라면 한 개를 끓여 먹고서야 푹 잠이 들 수 있었다. 눈을 떴을 때는 오후 한시였다. 두시 반에 1층에서 첫번째로 전체 작가들의 만남이 있기 때문에 부랴부랴 샤워하고 계란 두 개를 프라이해 먹고 달려 내려갔다. 약 30개국에서 약 서른 명의 작가가 참여했다고 한다. 아직 도착하지 않은 참가자도 많다고 했다.

해외여행도 처음이고 더구나 이런 모임은 한국에서도 잘 참석하지 않았던 내게는 영 어색하기만 한 자리였다. 모두들 돌아다니면서 인사를 나누는데 멍하니 서 있자니, 나 같은 황인종 여자가 와서 말을 건넨다. 말레이시아 참가자였다. 그녀가 한국말로 "사랑합니다"라고 말해서 깜짝 놀랐다. 한국에 왔을 때 호텔 보이에게서 배운 말이라고 했다.

자연스럽고 자유스러운 오리엔테이션이 끝났을 땐 네시였다. 내 방으로 돌아와 담배 한 대를 피우고서(모든 건물 안에서 담배 피우는 것이 금지되어 있다. 담배를 피울 수 있는 곳은 내 방과 길거리와 술집뿐이다) 프레리 라이츠 서점으로 나섰다. 서점에서 IWP 작가들에게 책을 포함해서 무엇이든(2층에 음료수를 파는 곳이 있었다) 25달러어치를 공짜로 주겠다고 했기 때문에 일단 구경을 하고서 공짜로 책을 얻을 셈이었다. 서점에서 책들을 구경하다가 멕시코 참가자 다비드 토스카나와 아르헨티나 참가자 카를로스 페일링을 만났다. 그들도 책 구경을 하러 나온 모양이었다. 카를로스에 대해서는 약간의 관심을 갖고 있었는데 작가들의 프로필이 담긴 안내문에서 그가 제임스 조이스의 『피네간의 경야』를 자기네 나라 말로 옮겼다는 걸 읽었기 때문이다. 하기야 그는 아르헨티나인이지만 영국 혈통이기 때문에 집안에서 영어를 사용한다고 했다. 내가 번역한 적이 있는 이사벨 아옌데의 책들과, 번역하려고 하다가 엄청난 양의 확인할 수 없는 속어들 때문에 두 손 들고 포기했던 영국 작가 마틴 에이미스의 소설들이 눈에 띄길래 반가워서 무조건적으로 그들의 소설책을 샀다.

서점 구경을 끝내고서 우리 세 사람은 서점 근방의 아이리시 펍으로 가 맥주를 한 잔씩 마셨다. 기네스라는 이름을 가진 검은 빛깔의 맥주였다. 더치페이로 한 잔씩 시켰는데 나는 이 더치페이라는 것을 물론 알고는 있었지만 각자 자기 돈을 낼 때에는 어쩐지 이상한 기분이 든다. 한국 사람들은 얼마나 인정이 많은가. 서로 돈 내겠다고 몸싸움을 할 때도 있으니까 말이다. 맥주 한 잔의 양이 너무 많아서(미국 레스토랑이나 커피점에서 커피나 주스 따위를 주문해 마실 때마다 느끼는 점은 그 양이 너무 많다는 것이다. 한국의 세 배쯤 되는 양 같다. 레스토랑에서 음식과 함께 주스를 시키면 그 주스만 마셔도 배가 차서 음식을 못 먹을 지경이니까) 카를로스에게 이거 너 마시겠느냐고 물었더니, 정말이니? 정말이니? 하고 두 번을 확인한다.

미국인들이나 IWP 작가들이 영어를 말하는 속도를 나는 전혀 따라갈 수가 없기 때문에 그들이 하는 말의 태반을 놓치고 만다. 히어링이라도 공부해갖고 올걸. 히어링을 못하는데야 스피킹을 어떻게 하랴. 참가 작가들 대부분이 영어를 국어로 사용하기 때문에(대체로 대영제국의 식민지였던 나라들이다) 그들이 하는 말도 따라가기가 너무 힘들다. 피지 영어가 다르고 호주 영어, 뉴질랜드 영어, 아일랜드 영어, 나이지리아 영어, 시에라리온 영어, 온갖 영어들이 다 조금씩 다르다. 요즈음은 내 아파트먼트 메이트 쇼나와 꽤 친해졌기 때문에 아침저녁으로 부엌에서 만나 대화를 나누니까 영어를 조금씩 배워가고 있는 셈이다. 쇼나는 내 영어가 훌륭한 영어라고 하면서 구어체 문장을 익히면 좋을 거라고 했다. 내가 하는 영어들은 말들이 아니라 글들이다. 책에서 배운, 그것도 대개는 차원 높은 책만 보고 배운 것이니 글일 수밖에 없다. 벌써 내가 하는 말들은 굉장히 'literary'하다는 낙인이 찍혔다. 문어체라는 말이다. 구어체가 아니라. 그러나저러나 히어링이 가장 큰 문제다. 왜냐하면 문어체든 뭐든 간에 의사 전달은 할 수가 있지만 상대방이 하는 말들을 못 알아듣는다는 건 심각한 문제이기 때문이다. 쇼나는 내 히어링이 형편없다는 걸 알기 때문에 나와 이야기할 때에는 느리게 말한다. 느리게 말하면 뭐든 알아들을 수가 있다. 단어와 문장 패턴은 많이 아니까. 그래서 쇼나와는 벌써 꽤 고차원적인 대화들을 나눌 수가 있다. 그리고 쇼나는 우리가 다른 사람들과 어울려 이야기할 때면 사람들 말이 너무 빨라 내가 못 알아듣는다는 것을 알기 때문에 나를 위해 통역을 해준다. 영어를 영어로, 다만 느리게 통역해주는 것이다. 쇼나는 나의 충실한 통역자이다.

아이리시 펍에서 술을 마신 뒤 세 사람은 걸어서 메이플라워로 돌아왔다. 돌아오는 길에 아이오와 강변을 끼고 걷는 코스가 나타났을 때 강물 위에 새들이 떠다니고 있는 게 보였다. 무슨 새들이냐고 물으니까 다비드가 오리라고 대답했다. 그런데 우리나라 오리와는 전혀 달라서 나는 그게 오리가 아니라고 계속 우겼는데 나중에 다른 사람들 말을 들어보니까 오리가 맞았다.

날이 계속 흐리다. 아직은 나뭇잎들이 푸른 색깔이지만 불현듯 가을이 닥칠 것이다. 오늘 아침 신문에 끼여 배달된 광고지들을 읽다가 그중에서 몇 가지 물품을 사고 싶다는 생각을 했다. 그중의 하나가 브라더 미싱. 한국에서는 약 25만 원쯤 하는데 여기서는 99달러. 어찌 사지 않을 수가 있으랴. 더구나 양재에 관심을 갖고 있는 내가 말이다. 그러나 생각을 바꿨다. 그걸 어떻게 한국까지 끌고 갈 수 있으랴, 무거워서. 컴퓨터 광고를 보니 대형 컴퓨터들만 있고 노트북 컴퓨터는 없다.

오늘 아침에는 여덟시쯤에 아침을 해 먹었는데 그때까지도 쇼나는 기척이 없었다. 이곳에서의 식사 스타일이 오히려 내 형편없는 콩팥 기능을 도와주는 것 같다. 한국에서는 밥을 먹어야 하니까 반찬을 먹지 않을 수 없고 그 반찬들이 대부분 짜고 매운 것들인데, 여기서는 그런 반찬들을 해 먹을 엄두조차 낼 수 없으니까 주로 맨 야채와 과일을 많이 먹게 되고, 그것이 내 신장을 더 편안하게 만들어 주는 것 같다. 한국에 돌아가서도 이런 식사법을 계속 해야겠다는 생각을 했다. 게다가 한국에서는 밤마다 숙면을 위해서라는 핑계로 마시곤 했던 술을 여기서는 마시지 않으니까 그것 또한 내 콩팥에 도움이 되었을 거다.

동쪽 창문가로 길게 놓인 내 책상에 앉아 창밖을 바라보자니, 하늘엔 낮은 구름들만 가만히 엎드려 있고 아침의 떠오르는 태양의 햇살은 한 점도 비치지 않는다. 곧 가을이 닥칠 것 같다. 헌옷가게에 가서 스웨터들을 사야겠다. 가능하다면 코트까지도.

줄곧 청바지만 입고 지냈고 어젯밤 IWP의 디렉터 클라크 블레이즈의 집에서 있었던 작가 환영 파티에도 청바지 차림으로 갔던 내가 오늘 갑자기 원피스 차림인 것을 보고서 쇼나가 내게 너 오늘은 아주 드레시하게 입었구나 하고 말한다. 식료품 쇼핑을 하러 함께 나가기 위해 각자의 방에서 복도로 나와 방문을 잠그고 있을 때였는데, 내가 이 원피스는 우리나라 재래시장에서 3달러 정도 주고 산 거다, 믿거나 말거나, 하고 말했더니, 정말? 그러면서 눈을 똥그랗게 뜬다. 그러더니 스타킹을 신은 것을 보고는 팬티스타킹을 신었느냐고 묻길래, 나는 다리가 짧아 팬티스타킹을 신으면 줄줄 흘러내리기 때문에 밴드 스타킹만 신는다고 대답하자 복도가 떠나가라 폭소를 터뜨렸다. 그녀는 내 다리에 대해서 'chicken leg'라는 표현을 쓴다. 이상하게도 같이 산 지 며칠밖에 안 되었지만 쇼나와는 금방 친해져버렸다. 쇼나가 워낙 너그럽고 소탈하고 유머감각이 뛰어나기 때문일 것이다.

어젯밤 클라크의 집에서 있었던 파티에서 그의 책장에 꽂힌 책들을 구경하다가 그가 바로 내가 한국에서 보았던 『Days and Nights in Calcutta』라는 책을 쓴 사람이라는 걸 알고 깜짝 놀랐다. 그의 아내인 인도 여성 바라티 무케르지와 함께 쓴 책인데 비디오로도 나왔던 것으로 기억하고 있다. 바라티는 이곳 사람들 말을 들어보면 아이오와에선 꽤 거물급 소설가로 통하고, 최근에 쓴 소설로 엄청난 성공을 거두었다고 한다. 그게 무슨 이름의 소설책인지는 모르겠으되. 내가 클라크에게 한국에서 이 책을 보았고 작가들 이름은 잊어버렸는데, 이제 보니 바로 당신과 당신 부인이 이 책을 썼군요, 라고 말했더니 자기 부인에 대한 칭찬을 조금 늘어놓았다. 그런데 그 부인은 파티 장소에 나타나지 않았다. 샌프란시스코에 있다고 했다.

많은 작가가 식료품 쇼핑에 나섰는데, 나를 위해서 특별히 아시안 식품가게 정스마켓도 들렀다. 거기서 석 달간 먹을 쌀, 콩, 간장, 다시다, 미역, 국수, 마른오징어, 김, 김치를 샀다. 오랜만에 한국 사람과 한국말로 대화를 나눈 탓인지 기분이 꽤 좋았다. 뉴질랜드 참가자 베릴이 나를 보고는 예의 그 따발총 갈겨대는 듯한 뉴질랜드 영어로 승자, 너 너무도 행복해 보인다, 너 웃는구나라고 말했다. 베릴은 엄청나게 빠른 속도로 또 엄청나게 강한 악센트로 말하기 때문에 그녀의 영어가 가장 알아듣기 힘들었다. 우리 셋이 함께 있을 때에는 언제나 쇼나가 나를 위해 통역을 해주어야만 의사소통이 가능하다. 아무튼 오늘은 꽤 즐거운 날이었다. 한국에서 보낸 내 시집들이 도착했고(문학과지성사와 미래사에게 그쪽에서 직접 미국으로 내 시집들을 부쳐줄 것을 부탁했었다) 한국 먹거리들을 살 수 있었으니까. 그래서 기분이 좋은 김에 내가 갖고 왔던, 내가 영어로 번역했던 내 시들을 쇼나에게 한 부 주었다. 나는 영어 표현이 서투

르니까 영어가 모국어인 네가 다듬어보라는 부탁을 하는 것도 잊지
않았다.

어제 하루 날씨가 반짝 개더니 다시 날이 흐려졌다. 어제 정스마켓에서 샀던 쌀과 콩으로 요리를 해보니 쌀도 콩도 한국산이 아니었다. 오늘은 좀 한가한 날이다. 생활에 필요한 물건들을 구하거나 이곳 사회제도 속에 안착하기 위해 필요한 공공 절차들도 모두 끝났다.

두시 반에 번역 워크숍에 참석했다. 다른 시간보다 꽤 인기가 있는지 IWP 작가들의 대부분이 참석했다. 학생들은 진지했고 교수는 영국인으로 아주 소박하고 털털한 모습이었는데, 역시 미국인들과는 어딘가 다른 좀 진중한 무게를 갖고 있는 것처럼 보였다. 미국인들은 대개 너무 가벼워 보인다. 강의실에 빙 둘러앉아서 학생, 작가할 것 없이 돌려가면서 자기소개를 했는데 작가들의 경우엔 자기소개도 길었고 문제제기도 많았다. 특히 아프리카 작가들은 자국 내의 언어 문제, 즉 공용어는 영어인데 토착어는 수없이 많고 그래서 생기는 문제들에 대해서 자기네들끼리 치고받고 있었다. 대영제국이 만들어낸 사생아들이 세계 곳곳에서 언어를 통한 자기 아이덴티티를 얻지 못하고 언제나 이방인으로 머물면서 소외감을 느끼고 있다는 생각이 들었다. 우리가 우리나라 말을 사용할 수 있다는 게 정신적으로 얼마나 큰 행복인지를 알 수가 있었다.

번역 워크숍 시간이 끝나 메이플라워로 돌아가기 전에 뉴질랜드의 베릴과 함께 내 털양말을 사러 쇼핑몰에 들렀다. 베릴은 쉰일곱 살인데 한 일흔 살쯤 된 것처럼 늙어 보였다. 그녀는 언제나 머리를 길게 땋아 늘이고 외출할 땐 반드시 등에 메는 가방을 짊어지고 지팡이를 짚고 나선다. 다리뼈가 안 좋다고 했다. 그녀는 늙어 보이긴 하지만 눈빛만큼은 굉장히 강렬한 빛을 내고 또 그 말투가 얼마나 억세고 빠른지 그녀의 말은 정말로 알아듣기 힘들었다. 그녀와 함께 걸으면서 내가 너희들처럼 영어를 모국어로 사용하는 사람들이 말하는 속도를 도저히 따라갈 수가 없다, 단어들이 분리되지 않고 한 단어로 뒤엉켜버리기 때문에 알아들을 수가 없어서 놓치는게 많다, 내게는 스피킹 이전에 히어링이 더 큰 문제라고 하소연을 하자, 그녀는 너는 문법도 정확하고 단어도 많이 아니까 석 달 뒤면 잘하게 될 거라고 말했다. 정말 그럴 수 있을까라고 말하자, 그녀가 "Believe me"라고 말했다. 쇼핑몰 안에서 나는 털양말을 두 켤레 샀고(벌써 발이 시리니 11월쯤에는 얼마나 추워하게 될지 걱정이다) 그녀는 등산하는 것 같은 그 차림새로 어디론가 간다고 나와 헤어졌는데 나는 그녀의 말을 알아듣지 못했다.

마주치는 모든 사람에게 계속 얼굴에 웃음을 띠고서 하이, 헬로 하고 돌아다니려니 얼굴에 탈바가지를 쓰고 다니는 것 같은 느낌이다. 어떻게 언제나 만나는 사람들에게 활짝 미소 지으며 돌아다닐 수 있는 건지, 미국 사람들이 놀랍다. 나로서는 그게 더 힘들다. 차라리 무뚝뚝하게 인사하거나 아니면 아예 그냥 지나치거나 하는 편이 더 쉽다. 아직도 인사하는 습관이 붙질 않아서 인사를 할 때마다 힘들다는 생각을 하게 된다. 메이플라워 맨 꼭대기 8층에 약 30개 국에서 온 약 서른 명의 작가가 함께 살고 있기 때문에 내 방문을 나서기만 하면 언제나 한두 명의 작가와 마주치게 마련이다. 그때마다 얼굴을 환하게 하고서 하이 하고 인사를 해야 하는데, 어떤 때는 인사하는 것을 잊어버리고서 상대방이 저만큼 가버린 뒤에야 아 참 내 쪽에서는 인사를 하지 않았구나 하는 생각이 떠오르는 것이다. 아무튼 이 미소 탈바가지가 내게는 무지무지 무겁게 느껴진다.

모처럼 좋은 날씨. 그러나 아주 좋은 날씨는 아니다. 햇빛은 많지만 회색 구름이 간간이 보인다. 오늘부터 월요일까지 모든 공공기관이 문을 닫고 가게들도 일찍 문을 닫는다. 오늘은 토요일, 내일은 일요일, 그리고 월요일은 노동절이기 때문이라나. 쇼나는 마운트플레전트에 가겠다고 하면서 함께 가지 않겠느냐고 물었다. 공식 행사가 없는 노는 날에는 IWP 측에서 여러 가지 즐거운 소풍들을 마련해주는데 그중의 하나인 모양이었다. 오전 열시에 떠나서 오후 다섯시에 돌아오는 여행이라고 했다. 나는 가지 않았다. 그 대신 그녀의 방과 내 방과 부엌과 배스 룸을 청소했다. 두 여자가 일주일 동안 한 번도 청소를 하질 않았으니 얼마나 지저분하랴. 그래도 입식 생활이기 때문에 덜 지저분해 보이는 것 같다. 바닥에 내려져 있는 물건들이 아무것도 없으니까. 한국식 생활이라면 일주일 동안 청소를 안 했다면 무지 지저분해 보였을 거다.

오늘 아침 부엌 식탁에서 피자를 먹으면서(아침부터 어떻게 피자를 먹을 수 있는 건지) 쇼나가 내 시에 대해 처음으로 말을 꺼냈다. 첫마디가 네 시는 'not enjoyable'하다, 네 시는 'destructive'하다였다. 그래서 한국에서도 그런 말 많이 들었다고 대답하자, 내가 삐진 줄 알았는지 그러나 내 시가 마음에 든다고 덧붙였다. 어제 번역 워크숍에 함께 가며 오며 뉴질랜드의 베릴도 비슷한 말을 했다. 아마 쇼나가 베릴에게 내 시들을 보여준 모양이었다. 베릴 역시 파괴적이라는 단어를 사용했다. 내 시가 파괴적 에너지로 가득차 있다고 말했다. 재미있는 것은 베릴이 내 시 중에서 「삼십 삼 년 동안 두 번째로」라는 시를 가장 좋아한다는 점이었다. 그건 한 여자가 33년 동안 두번째로, 자기 자신으로부터 도망치기 위해 머리통 팔다리 다 떼어놓고서 무릎 하나만으로 집밖으로 도망쳐 나갔지만 결국은 자기 자신으로부터 도망칠 수가 없었다는 내용의 시였는데, 그 시를 번역할 적에 나는 '무릎'을 '발'로 고쳤다. 상상력의 논리(?)를 맞추기 위해서였다. 그런데 베릴은 온몸의 모든 부분을 다 떼버리고 남은 그 두 발이 굉장히 인상적이었던 모양이다. 우리가 IWP 사무실에 잠깐 들렀을 때 그녀는 그 시에 대해 이야기하면서 검지와 가운뎃손가락으로 두 발이 걸어가는 시늉을 해 보였다. 그 시의 마지막 구절은 "It was……/a trampled face/my own"이었는데 베릴은 그것을 "It's a sudden shocking stop"이라고 표현했다. 그러면서 하는 말이, 대부분의 여성 시가 꽃이나 기타 아름다운, 장식적인 것들에 대해 이야기하는데 네 시는 파괴적이고 쇼킹하다, 이건 칭찬으로 하는 말이다라고 했다. 그녀는 언제나 공식적으로 자기 자신을 소개할 때 나는 페미니스트 소설가이다라고 말하고 모든 것을 페미니즘적 관점에서 보는 버릇을 갖고 있다. 그녀는 내 시도 그런 관점에서 보았을 게 분명하다. 시 창작자로서보다는 시 번역자로서의 즐거움이 더 컸다. 어쨌거나 내가 번역한 시가 그들에게 얼마큼 통할 수 있다는 게 기뻤다. 그리고 그들이 나이든 한국 여성 시인들과 얼마나 다른가 하는 생각을 하게 되었고, 언젠가 김혜순에게서 들은 말이 떠올랐다. 원로 여성 시인이 무슨 상의 심사위원으로 위촉되어 추천을 위해서 김혜순과 내 시집을 어렵사리 구해 읽었는데, 김혜순의 시집을 펼쳐보니 첫 페이지부터 이놈 저놈 소리가 나오고 최승자의 시집을 펼쳐보니 첫 페이지부터 웬 배설물(그 시인은 차마 똥이라는 말도 발음하지 못하고 배설물이라는 단어로 대치했다) 타령이 나오는가, 그래서 자기 낯이 뜨거워져서 추천조차 하지 못했다는 것이다. 그 얘기를 나누면서 김혜순과 나는 낄낄거리며 웃었더랬다. 베릴은 굉장히 늙어 보이긴 하지만 어딘가 성격 강한 배우 같은 인상을 준다. 그건 그녀의 악센트가 아주 강하기 때문이기도 하고, 그녀의 차림새가 언제나 허름한, 그야말로 한국으로 치면 시장바닥을 돌아다니는 할머니 같은 차림새임에도 불구하고 형형한 눈빛과 쉬지 않고 퍼부어대는 얘기들, 그런 것들이 한데 뒤엉켜 굉장한 에너지를 뿜어내기 때문이다. 그녀는 첫번째 남편과는 사별했고 두번째 남편과는 이혼했고 지금 함께 사는 남자와는 결혼하지 않고 그냥 친구처럼 함께 산다고 했다. 그리고 그 남자는 '그냥 페미니스트'라고 했다. 그냥 페미니스트라는 게 무슨 뜻인지는 모르겠으되, 그녀는 또 그 남자의 중풍 걸린 어머니를 돌보아주고 그 대가로 그에게서 돈을 받는다고 했다. 그건 어쨌거나 노동이니까. 그렇게 늙어 보임에도 불구하고 굉장한 활력을 갖고 있다는 게 부럽다. 나도 저 나이에 저런 활력과 생기를 가질 수 있을까 하는 생각을 하게 한다.

이틀 전에 호주 참가자 수 울프가 도착했다. 나이는 쉰쯤 되었고 피부 같은 것을 보면 늙었다는 게 여실히 드러나는데도 불구하고 이상하게도 어떤 여성스러움을 갖고 있다. 나이와는 상관없는 어떤 여성적인 것. 그래서 남성 작가들이 그녀에게 많은 관심을 갖고 있는 것 같다. 피지, 뉴질랜드, 호주 세 나라 참가자들은 금방 친해져서 언제나 잘 붙어다닌다. 지리적으로 남서태평양에 속해 있다는 것이 그들에게 어떤 연대감을 주는 모양이다. 내가 그들과 함께 있을 때, 너희들은 남서태평양의 세 자매로구나 했더니 웃음을 터뜨리면서 자기네끼리는 자기들을 남서태평양 마피아로 부르기로 했단다. 오늘 쇼나, 수와 함께 다운타운까지 걸어가 'Que'라는 바에 갔다. 그 바는 좀 음침했다. 그야말로 새드 카페였다. 맥주 한 잔씩을 앞에 놓고 마시고 있는데 갑자기 여자 바텐더가 우리 앞에 맥주를 한 잔씩 더 차자작 갖다놓았다. 나는 그럴 리가 없다고 생각하면서도 쇼나가 더 시켰나 하고 생각했다. 그런데 그게 아니라 옆의 당구대에서 당구를 치고 있던 웬 남자가 우리에게 한 잔씩 돌린 거라고 했다. 수는 이 공짜 술에 몹시 즐거워했고 당구를 치던 그 남자는 당구 치던 것을 중단하고서 우리 옆자리에 앉아 맨 먼저 사람 좋아 보이는 쇼나에게 말을 걸었다. 세 사람이 빠르게 지껄이고 있었기 때문에 나는 그들이 하는 말을 하나도 알아들을 수가 없었다. 쇼나는 나를 위해 통역해줄 생각은 않고서 대화에 심취해 빠르게 지껄이고 있었다. 얼마 있다가 쇼나가 내 생각이 났는지 통역을 해주었다. 그 남자는 화가라고 했다. 쇼나는 우리가 IWP 작가라는 것까지 그 남자에게 다 얘기했다. 남자가 나와 통성명을 할 때에 내가 한국에서 온 시인이라고 말하니까 합장을 하면서 인사를 했다. 남자는 또다시 샴페인 한 병을 돌렸다. 그래서 내 앞에는 원래 내 돈 주고 산 맥주 한 잔과 사내가 돌린 또 한 잔의 맥주 그리고 샴페인 한 잔까지 도합 세 개의 술잔이 놓여 있었다. 세 사람은 너무나 흥이 나서 신나게 얘기를 하는데 나는 도저히 알아들을 수가 없으니까 심심해졌다. 쇼나는 자기 앞에 놓여 있던 술들을 벌써 다 마셨고 내 앞에 놓인 잔들을 보고는 다 마실 거니? 하고 물었다. 아니, 내 잔만 마실 거다라고 말했더니 두 잔을 다 자기 앞으로 갖다놓았다. 얼마쯤 떠들다가 자기네들은 2층에 올라가서 음악을 들을 건데 넌 어떡할 거니 하고 묻길래 나는 집으로 돌아가겠다고 대답하고서 바를 나왔다. 버스가 없어서 택시를 불러 타고 메이플라워로 돌아왔다. 내가 그 바에서 나온 게 아홉시쯤이었는데 열두시가 된 지금도 쇼나는 돌아오지 않고 있다. 라면이나 끓여 먹어야겠다. 향수병을 치유하는 데는 쌀밥보다 라면이 더 즉각적인 효력을 갖고 있다.

싱가포르 참가자 보이와 함께 헌책방을 순례하기로 했다. 언젠가 번역 워크숍에서 자기소개를 할 때 내가 내 시 마흔네 편을 영어로 번역해 갖고 왔다는 이야기를 듣고 그걸 기억하고 있었는지, 복도에서 마주쳤을 때 그가 그 시들을 보여주지 않겠느냐고 물었기 때문에 시들을 그의 방으로 갖다주면서 대화를 나누다가 오후에 헌책방들을 함께 순례하기로 약속했던 것. 보이는 서른 살쯤 된 아직 결혼하지 않은 총각이고, 싱가포르국립대학 박사과정을 밟고 있다고 했다. 싱가포르는 정책적으로 영어가 공용어이기 때문에 그는 영어로 교육을 받았고 영어로 창작을 한다고 했다. 이상한 느낌이다. 그는 분명 중국인인데 말이다. 그렇게 인위적으로 한 국가의 국어를 바꿔버릴 수 있는 걸까? 내 영역 시들을 그에게 주면서 너는 영어로 창작을 하는 사람이니까 내 시들을 보면서 이상한 데가 있으면 고쳐보라고 했다.

내 방으로 돌아와 있는데 조금 있다가 보이에게서 전화가 왔다. 자기가 국수를 삶았는데 너무 많아서 그러니 같이 먹지 않겠느냐는 얘기였다. 역시 아시아인들이 더 인정미가 있다니까. 그의 방에서 맛없는 국수를 함께 먹고서 헌책방에 가기 위해 거리로 나섰는데 꽤 큰비가 내리고 있었다. 걸어가면 옷이 다 젖을 것 같은데 보이는 걸어가자고 우겨댔다. 이 청년은 상당히 낭만적……이라기보다는 뭔가 고뇌하는 제스처를 즐기는, 고뇌를 즐기는 게 버릇이 된 청년 같았다. 자기는 빗속을 걷는 걸 좋아한다고 했다. 나는 택시를 부를 생각이었지만 그가 우기는 바람에 젊은이의 청을 들어주기로 했다. 까짓것 좀 젖으면 어떠냐.

걸어서 맨 처음에 도착한 헌책방은 'The Haunted Bookshop'이라는 이름을 갖고 있었다. 상가가 아니라 단독주택 안에 있는, 꽤 큰 헌책방이었다. 한창 책들을 둘러보고 있는데 보이지 않는 어디에선가 커다란 목소리가 들렸고, 그 목소리가 쇼나의 목소리 같다고 생각했는데, 정말로 쇼나가 와 있었다. 조금 뒤에 폴란드 작가도 올 거라고 했다. 코너들을 전부 돌면서 도합 열 권의 책을 샀는데 너무 피곤해져서 다른 책방은 가볼 엄두도 나지 않았다. 카운터에 앉아 있던 늙수그레한 책방 주인은 우리가 IWP 참가 작가라는 것을 알고서는 우리와 통성명을 했다. 그는 자기를 'a former poet'이라고 소개했다. 그는 아이오와에 사는 한 작가 친구 집에 놀러왔다가 아이오와가 너무 좋아져서 여기 눌러살게 되었다고 말했다. 아이오와시티는 미국 전체에서 세번째로 범죄 없는 도시로 손꼽힌다고 했다. 아이오와는 아름답긴 했지만 시티라기보다는 스몰타운 같았고 나처럼 대도시 생활에 익숙한 사람은 금방 권태로워질 만한 도시였다. 그러나 자연을 즐기는 사람에게라면 아이오와는 괜찮은 도시일 게 분명하다. 돌아올 때도 보이는 자기는 걸어서 가겠다고 우겼고 쇼나와 나는 너무도 피곤해서 택시를 타고 돌아왔다.

밤늦게 보이가 내 방문을 두드렸다. 내가 주었던 시들을 벌써 다 읽었는지 그걸 돌려주려고 왔단다. 자기 나름대로 고쳐보았다고 했다. 나중에 방에 들어와 고친 부분들을 읽어보니 영 내 마음에 들지 않았다. 예를 들어서 어떤 시에서 내 한국어 구절 "내가 죽었다 깨어나도 이 밤은 아직 이 밤일 것이다"를 나는 그대로 "If I die and am resurrected, this night would be still this night"라고 번역했는데 보이가 뒷부분을 "This night would remain unchanged"로 고쳐놓았다. 뜻은 정확히 그 뜻이지만 그런 식으로 표현한다면 그건 시가 아니라 산문이 된다. 보이는 영어 문법에 대해서는 본토박이들보다 더 정확하게 알고 있고, 나는 참가하지 않지만 『100 Words』라는 소책자 편집회의에서도 보이가 항상 문법을 갖고 늘어지기 때문에 영어를 사용하는 다른 참가자들이 좋지 않게 생각하는 모양이었다. 쇼나에게 그 부분을 보여주면서 나는 이게 영 안 좋은데 너는 어떠냐고 물었더니 자기도 내가 번역한 게 완벽하다고 했다. 그게 훨씬 시 같다는 얘기였다. 어쨌거나 내가 남들이 고친 부분들을 그대로 받아들여서 고칠 건 아니고 다만 의견들을 물어보는 것이기 때문에, 내가 그렇게 고쳐서 내 시들을 제출할 건 아니지만, 기분은 영 좋질 않았다.

오늘부터 영어 수업이 시작되었다. IWP 디렉터 클라크가 직접 가르친다. 장소는 메이플라워 8층 코먼 룸이니까 다른 곳으로 이동할 필요가 없어서 그거 하나는 좋다. 영어회화 실력이 엉망이니까 하다 못해 히어링에라도 도움이 될 것 같아서 참석하기로 했다. 석 달 가까이 있으면서 영어회화 하나라도 배워 가면 그것도 미국에서 얻은 소득이 될 수 있겠다는 생각에서. 참석해보니 영어를 모국어로 사용하는 나라 사람들은 하나도 참석하지 않았다. 주로 아시아계 작가들 몇 명만 참석했다. 그들도 해외여행을 많이 한 사람들인지라 나보다는 영어회화 실력이 월등하다. 그런데 가르치는 것을 보니 영어회화가 아니라 주로 잡지나 신문에서 복사한, 새로운 속어들과 신조어들이 난무하는 글들을 읽어내려가면서, 그 글들이 다루고 있는 지극히 미국적인 현상들과 엄청난 속도로 만들어지고 있는 신조어들에 대해서 가르치는 것이었다. 지극히 미국적인 현상들도 나를 놀라게 하지만 그 많은 신조어와 속어가 나를 더 놀라게 했다. 그런 것들은 사전에 나와 있지도 않다. 슬랭 사전에 나와 있을 정도면 그건 이미 속어가 아니다. 이 다국적 문화의 새로운 언어 생성력이라는 건 엄청나다. 클라크의 설명에 의하면 이미 백인이 쓰는 영어는 그 새로운 언어 생성력의 힘이 소진되었고, 지금 새로 만들어지는 언어들은 흑인들이 쓰는 영어가 그 주요 원천이고 그다음이 히스패닉이란다. 지금도 물론 굳은 자리를 차지하고 있긴 하지만, 이미 유러피언 백인이 소수민족으로 전락해가고 있다는 것이다. 클라크의 국적은 캐나다인데 그의 조상은 프랑스에서 건너온 모양이었다. 아무튼 미국 역사의 초창기부터 아메리카의 주인 행세를 했던 유러피언 백인들 자체가 이제는 마이너리티로 전락해가고 있고, 더이상 생동하는 미국 문화 창조의 주역이 아니라는 얘기였다. '펑키'라는 단어가 나왔는데, 우리도 잘 알고 있는 단어이다. 그런데 이 단어는 흑인 사회에서 나온 말이고, 원래의 뜻은 남녀 간의 정사로 인해 이불에서 나는 냄새라고 했다. 흑인 아이들이(흑인들은 가난하니까 방이 많은 집에서는 살 수 없었을 테고 적은 숫자의 방에서 몰려 살면서 부모의 정사에서 나오는 그 냄새를 더 많이 맡았을 것이다) 이 빌어먹을 펑키 시트 좀 치울 수 없어요? 하고 항의하곤 했던 배경에서 나온 단어라고 했다. 그런데 재미있는 것은 그렇게 한번 각광을 받게 된 단어는 원래의 뜻으로만 존재하는 게 아니라 엄청나게 빠른 속도로 회전하는, 혹은 번져가는 문화 속에서 자꾸만 다른 의미들로 변화해간다는 것이다. 그래서 이제 펑키는 더이상 원래의 냄새를 뜻하는 단어가 아니라, 가령 젊은이들이 머리와 몸에 무슨 장식들을 주렁주렁 달고 다니는 것을 묘사하는 단어로 변했다는 것이다. 미국 신조어들의 특징은 성적인 것에서 나와 사회문화적인 용어로 귀착되든가 아니면 보통의 문맥에서 만들어지는 용어들이 끊임없이 성적인 언어로 환원된다는 점인 것 같다. 그 이유는 아마도 미국인들이 성에 대해서 개방적이고, 성에 대해서 끊임없이 얘기하고(라디오를 듣다보니까 성에 대해서만 이야기하는 프로그램도 있었다. 가령 지난 1년 동안 몇 번이나 잤나, 어떤 유형의 여자가 좋은가 등, 우리 사회로서는 공식적으로 입에 담을 수가 없는 내용들이 라디오에서조차 엄청나게 쏟아지고 있다), 성에서 출발해서 문화로 나아가고 문화에서 출발해서 성으로 환원하고 머리와 꼬리가 서로를 물고 있는, 그러니까 미국 문화에서 섹스적인 요소를 빼놓는다는 건 상상할 수가 없기 때문이다. 언젠가 교외를 지나다가 표지판에 적힌 'Sugar Bottom' 이라는 지명을 보았는데, 그때 그 이름이 뭔가 지명치고는 이상하다는 느낌을 가진 적이 있었다. 그게 마침 생각나 그 슈가 보텀이라는 지명에 대해서는 어떻게 생각하느냐고 물었더니, 그것도 바로 성적인 것에서 생겨난 단어라는 것이다. 그러니까 내 예감이 맞았던 셈이다. 아무튼 첫번째 영어 수업이었지만 많은 것을 생각하게 해주는 시간이었다. 그리고 그 구어체의 세계라는 건 놀라웠다. 나는 그런 단어들과 문장들을 읽어본 적이 없었다. 내가 주로 읽은 책이란 이미 오래전에 쓰인, 정석적인 책이 대부분일 테니까. 바로 그런 이유 때문에 내가 마틴 에이미스의 『런던 필즈』라는 책을 번역하려고 기를 쓰다가 결국에는 그 속어와 구어체 표현과 신조어 들 때문에 두 손 들어버린 것이었다(마틴 에이미스는 영국 작가이긴 하지만). 우리가 알고 있는 미국 문화라는 건 이미 몇십 년 전의 미국 문화라는 생각이 들었다. 지금의 미국 문화는 지금의 미국 언어의 신조어들과 단어들의 새로운 쓰임새를 알지 못하면 절대 알 수가 없다는 게 오늘 영어 시간에 내가 얻은 생각이었다.

　오늘은 메이플라워 맞은편 잔디밭을 가로질러 아이오와 강변으로 갔다. 잔디밭에 달맞이꽃들이 피어 있었다. 강변 벤치에 누워 오리들이 떠 있는 강물을 바라보는데 갑자기 누군가의 시 한 구절이 떠올랐다. 그건 로드 맥퀸이라는 싱어송라이터가 쓴 시집 중에 나오는 구절로 대학교 1학년 때 그의 시집을 읽다가 기억해둔 것인데, 이상하게도 몇십 년이 지나면서 그의 다른 시들은 다 잊어버렸으면서도 그 구절만큼은 잊히지 않고 내 기억의 서랍 속에 그대로 간직되어 있다. 글쎄 오늘은 좀 외로웠나, 아니면 나의 앞날이 불안해졌나. 그 구절은 이렇다. "Lonely rivers going to the sea give themselves to many brooks." 이건 내가 슬며시 외로운 생각이 들 때마다 나 자신에게 용기를 주기 위해 다시 되살려보곤 하는 구절이다. "바다로 가는 외로운 강물은 많은 여울에게 저를 내준다."

한국을 떠나올 적에 내가 쓰던 워드프로세서를 갖고 오질 않았는데 그게 지금 몹시 후회가 된다. 그게 없으면 불편하리라는 걸 알면서도 무거운, 그리고 세심한 주의를 필요로 하는 그 기계를 끌고 와야 한다는 당장의 불편함 때문에, 석 달 동안 노트에 쓰자 하면서 그냥 떠나왔는데 후회막급이다. 워드프로세서만 사용하다가 볼펜으로 노트에 쓴다는 건 너무나 힘든 일이다. 아니 힘든 건 둘째로 치고 우선 책상에 앉기가 싫다. 볼펜으로 노트에 써야 한다는 생각 때문에. 지금 이 글도 볼펜으로 쓰고 있다. 그러니 짜증스럽다는 생각이 날 수밖에.

오늘 아무래도 안 되겠다 싶어 노트북컴퓨터를 사야겠다고 생각하고서 메리에게 여기 메이플라워에 사는 한국 학생이 있으면 소개시켜달라고 했다. 아무래도 학생들이 컴퓨터에 대해서 잘 알고 싸게 살 수 있는 곳도 알 수 있을 것이기 때문에. 한국에서 올 때 한글 2.5를 사왔기 때문에 그걸 설치하면 될 것이다. 그동안은 컴퓨터와 한글 2.5 매뉴얼을 먼저 읽어 마스터하고서 노트북컴퓨터를 사야지 하고 있었는데, 컴퓨터 매뉴얼을 읽는 것만도 엄청나게 고된 작

50

업이라는 걸 알았다. 게다가 실물을 작동시키면서 익혀가야 하는데 매뉴얼만 읽자니 머릿속에 들어오지도 않았다. 내 부탁에 메리는 한국 학생 한 명이 아니라 무지무지 많은 한국 사람을 소개시켜주 겠다면서 아이오와 침례교 교회 목사를 전화로 연결시켜주었다. 그 동안 아시안 식품가게 여주인과 한국말을 해본 것 외에는 한국 사 람과 한국말을 한 것이 그게 처음이었으므로 우선 반가웠다. 한 시 간쯤 뒤에 목사 부인이 나를 픽업해 교회로 데리고 갔다. 거기서 처 음으로 한국 음식을 얻어먹고서 예배에 참석했다. 신도는 아니지만 같은 한국 사람으로서 그게 예의일 것 같았기 때문이다. 예배가 끝 나고서 목사님이 신도들에게 나를 소개했다. 내가 자리에서 일어나 인사를 했는데(그때 나는 맨 뒷좌석에 앉아 있었다) 사람들이 내 쪽 으로 고개를 돌리고 웃음으로 인사했을 때의 그 얼굴들이 기억에 남는다. 뭐랄까, 서울의 바쁘고 분주한 생활에서 오는 어떤 각박한 표정들이 하나도 없는 아주 평안하고 평온한 얼굴들이었지만 그러 면서도 어떤 노스텔지어를 가득 담고 있는 표정들이었다. 고국에서 온 시인이라는 말이 그들에게 갑자기 그런 향수의 표정을 불러일으 켰을까? 그건 아닐 거다. 어떤 나무들은 바다를, 바다의 소금기를 그리워하여 바다 쪽으로, 그 바다가 아무리 멀리 있어도, 바다 쪽으 로 구부러져 자라난다고 한다. 그런 나무들이 생각났다.

교회에서 여러 사람을 소개받았는데, 그중에서 고대 동문 김도일 씨와 부재율씨와도 인사를 나누었다. 김도일씨는 아이오와 한인회 회장이라고. 내가 컴퓨터를 사야 하고 한글을 설치해야만 하는 내 사정을 얘기하자 부재율씨가 컴퓨터 구입과 한글 설치를 도와주겠다고 했다. 늦은 시각에 메이플라워로 돌아와 정신없이 곯아떨어졌다. 아마 오랜만에 먹은 짜고 매운 한국 음식이 나를 더 지치게 만들었는지도 모른다.

싱가포르의 보이가 내 방문을 두드렸다. 전에 내가 부탁했던 시몬 드 보부아르의 『The Woman Destroyed』의 오리지널 불어판을 도서관에서 빌려왔다고 했다. 헌책방에서 보부아르의 영역판 책을 제목이 마음에 들어서 샀고 한국에 돌아가면 그 책을 번역해볼까 생각했기 때문에 오리지널 불어판이 필요할 것 같아 그에게 부탁했던 것이다. 이상한 곳이 있으면 불어 하는 사람에게 불어판을 갖고 물어봐야 하니까. 복사를 해야겠다.

엊그제 시더래피즈까지 가서 노트북컴퓨터를 구입했다. 부재율 씨가 도와주었다. 나중에 컴퓨터에 한글을 설치하는 것까지도. 그러나 아직 사용하지 못하고 있다. 몇 번 컴퓨터에 썼다가 날려버린 뒤무서워서 손도 못 대고 있다. 컴퓨터라도 배워둘걸. 내가 쓰던 기계는 트라이젬이라는 이름을 가진, 워드프로세서 기능만 가진 것이었기 때문에 금방 배워서 아주 요긴하게 편리하게 사용했는데, 이 컴퓨터라는 기계는 한층 복잡해서 영 사용할 엄두가 안 난다. 열심히 썼는데 그걸 날려버렸다고 생각해보라. 그것처럼 낭패스러운 일이또 있을까. 어젯밤에도 컴퓨터에 뭔가 끄적거리고 있었는데 갑자기 화면이 정지되었고 어떤 키를 눌러도 화면이 움직이지 않았다. 그래서 그걸 든 채로 마틴에게로 뛰어갔지만(마틴은 아일랜드에서 온 젊은 소설가인데 한때 IBM에서 일했다고 했다) 그도 내 컴퓨터는 처음 보는 컴퓨터라면서 어떻게 할 수가 없다고 했다. 결국은 아깝지만 날려버리는 수밖에 없었다. 그래서 지금도 노트북컴퓨터가 아닌 이 노트에다 일기를 쓰고 있다.

쇼나는 오늘 자기 방에 컴퓨터를 설치했는데, 아직 사용할 수가 없어서 뿔따구가 나 있다. 그동안은 컴퓨터가 도착하기만 기다리며(학교에 신청을 해서 설치해줄 때까지 기다려야 했다) 아무것도 쓰지 않고 놀다가 결국 컴퓨터가 도착해 설치되긴 했지만 뭔가 중요한 소프트웨어가 도착하지 않았단다. 그녀는 아주 오래전부터 컴퓨터를 써왔다고 했다. 그녀는 피지에 단 하나밖에 없는 대학에서 교수는 아니고 뭔가 행정적인 일을 하고, 그와 더불어 한 신문사를 위해 몇십 년간 칼럼을 써왔는데 아주 인기 높은 칼럼인 것 같았다. 아주 유머러스한 사람이기 때문에 그녀가 쓰는 글도 상당히 유머러스하리라는 걸 짐작할 수 있었다.

오늘 저녁엔 내가 모처럼 닭요리를 한국식으로 만들어서 쇼나와 함께 먹었는데 쇼나는 너무 맛있어했다. 닭도리탕식으로 만든 음식이었고, 나는 외국인들이 마늘이나 기타 향내가 강한 양념들을 싫어하는 줄 알았는데, 그게 아니라 오히려 아주 좋아한다는 걸 알았다. 미국인들의 경우에도 마찬가지였다. 예전에는 마늘 냄새를 싫어한다는 게 정설이었지만, 이제는 미국인들도 다인종 문화에 익숙해지면서 다국적 음식에도 익숙해진 모양이었다. 어제인가 쇼나가 나간 김에 김치맛 좀 보려고 꺼내놓고 먹고 있는데, 금세 외출에서 돌아온 쇼나가 부엌으로 들어왔다. 김치라는 걸 먹고 있는데, 외국인들은 이 냄새를 못 참아 한다는데, 못 참겠어? 하고 물으니까, 어떤 제국주의적인 돼지 같은 놈들이 그런 말을 하느냐고 하면서 맛 좀 보자고 한번 먹더니 자기는 먹을 만하다고 했다.

오늘로서 일주일간의 공식적 활동은 모두 끝나고 토요일, 일요일은 푹 휴식을 취할 수 있겠다.

오늘은 쉬는 날이고, 작가들이 심심할까봐 IWP 디렉터 클라크가 자기집에서 파티를 열어주기로 되어 있단다. 내가 쇼나에게 꼭 참석해야 하는지 물으니까 가는 게 예의 바른 행동이라고 했다. 그래서 나도 참석하기로 결정했다(내가 한국인이라는 이유로, 내가 안 가면 한국인은 모두가 비사교적인 사람이라고 생각할까봐. 자기 나라 떠나면 다 애국자가 된다더니, 내가 이런 생각까지 하게 되다니). 점심때쯤 보이에게서 전화가 왔다. 함께 헌책방들을 뒤지지 않겠느냐는 것. 클라크 집에서 열리는 파티에 참석하기로 했다니까, 자기는 파티를 좋아하지 않기 때문에 가지 않겠단다. 이 청년은 좀 어린애 같은 데가 있다. 언제나 자기가 고독하다는 걸 드러내고 싶어한다. 누군 안 고독한가? 파티장에서도 파티가 시작된 지 얼마쯤 지난 뒤에 불쑥 내 곁에 다가와서 "I don't like party"라고 말하면서 같이 집에 돌아가지 않겠느냐고 묻는다. 꼭 내 막냇동생 같은 느낌이 든다. 내게 막냇동생이 있다면 말이다. 좀 안됐다는 생각이 들어서 닭다리를 한국식으로 재워둔 것을 조금 가져다주면서 그대로 불에 얹어 익혀 먹기만 하면 된다고 설명해주니까 저녁때 돌아와서 해 먹겠단다.

클라크의 집에서 열린 파티는 바비큐 파티라는 이름을 갖고 있었는데, 아무리 기다려도 내가 아는 바비큐는 나오지 않았다. 나중에 알고 보니 이름만 바비큐일 뿐 소시지 구운 것을 빵에 집어넣어 먹으라고 돌렸다. 아직 가을이 완전히 무르익지는 않았는데, 그래도 가을 냄새가 꽤 풍기긴 했다. 클라크네 옆집 남자는 지붕 처마밑에 사다리를 기대놓고 올라가 페인트칠을 하고 있었다. 클라크의 말인즉슨 그 남자는 자기집 단장하는 것을 취미로 삼고 사는 사람이라고 했다. 토요일이어서 그런지 많은 작가가 오지 않았고 오갈 데 없는, 할일 없는 사람들만 파티에 참석한 것 같았다. 남자 작가들은 대부분 베란다에 앉아 잡담하며 포도주와 맥주를 마셨고, 쇼나와 베릴과 나는 클라크의 집안에서 꽤 큼직한 양탄자를 정원으로 끌고 나와 그 위에 누워 이런저런 얘기를 했는데, 남자들 틈에 끼어 있던 마틴이 우리 쪽으로 건너왔다. 영어를 모국어로 사용하는 세 사람이 갑자기 노래를 부르기 시작했는데, 그게 모두 국민학교 들어가면 배우는 노래였다. 서로 다른 나라임에도 불구하고 대영제국의 사생아들이라는 이유 때문에 교육과정에서 똑같은 노래들을 배우는 것이었다. 그 노래들 중에는 영어 가사는 모르지만 멜로디는 아는 노래들도 있어서 웃음이 나왔다. 나는 대영제국의 사생아들 중의 하나는 아니지만 아마도 대영제국의 후손의 사생아의 친구쯤 되는 건가 뭔가.

남자들 틈에 못 보던 얼굴이 하나 있었다. 머리를 길러 뒤로 묶었고 체격이 꽤 컸다. 청년인지 나이든 사람인지 잘 분간이 가지 않았는데 나를 유심히 바라보는 것 같았다. 나중에 그 남자도 우리의 정원 양탄자 위로 내려왔는데, 내가 너도 IWP 작가냐 하고 물었더니 아니라고 하면서 글쎄 언젠가는 그렇게 될지도 모르지라고 대답했다. 나는 사람들을 보면서 인상적으로 판단하는 버릇을 갖고 있는데, 무슨 말인가 하면 그 사람의 표정과 눈빛을 보고 인상으로 판단한다는 말이다. 표정과 시선이 전면적으로 외부로 향해 있는 사람들이 있고 외부와 내부로 적당히 균형 있게 걸쳐 있는 사람들이 있고 (대부분의 사람이 여기에 속한다) 외부로 분명 열려 있으면서도 그 무게중심이, 말하자면 어떤 닻 같은 것으로 내부에 정박해 있는 사람들이 있다. 그 내부에 잠겨 있는 무게 또한 사람들마다 조금씩 무겁고 가벼운 차이가 있는데, 이 마크라는 사람의 시선과 표정은 굉장히 무겁게 내부로 향해 있었다. 거의 로버트 드니로와 흡사한 표정이었다. 알고 보니 뉴욕에서 태어나 뉴욕에서 자란 전형적인 뉴요커인데 3년 전에 아이오와로 흘러들어와 아이오와대학 'Creative Writing Department'에서 공부했다고 한다. 크리에이티브 라이팅 디파트먼트는 우리나라식으로 하면 문창과인데, 미국에서는 꽤 인기 있는 학과라고 한다. 우리나라와 다른 점은 우리나라 문창과가 고등학교를 졸업한 뒤 곧장 들어갈 수 있는 학과라면, 아이오와대학 크리에이티브 라이팅 디파트먼트는 대학 졸업자가 들어갈 수 있는 학과라고. 2년제이기 때문에 이 학과를 졸업하면 MFA를 받게 된단다. 그 학과에서 'creative nonfiction'을 전공했다고 한다. 크리에이티브 논픽션이라는 게 뭔지 알아봐야겠다는 생각이 들었다. 우리나라에는 그런 섹션이 없기 때문이다. 미국에서도 불과 5년 전부터 비평가들이 그런 용어를 사용하기 시작했다고 한다. 소설과 논픽션을, 소설과 매스미디어의 기록들을 적당히 어떻게 해서 만드는 것인가보다. 한참 놀다가 우리도 베란다의 남자 무리로 합류했는데 아이티에서 온 리오넬 옆에 마침 내가 서 있게 되었다. 그런데 이 작자는 입이 좀 거친 편인가본데(왜냐하면 끊임없이 퍼킹, 퍼킹 해대기 때문이다) 나더러 일본인이지 하고 묻길래 아니 차이니즈, 라고 대답했더니 옆에 있던 마틴이 막 웃으면서 코리안이라고 대답해주었다. 그랬더니 리오넬이 자기가 한번은 한국 여자하고 잘 뻔했다는 얘기를 들려주었다. 그러면서 나하고 똑같은 'physical structure'를 가진 여자라고 했다. 나는 이런 말들만 나오면 이거 어떻게 해야 하는건가 하고 당황하곤 한다. 미국에서는 교수도 학생도 서로 거리낌이 없이 성에 대해 이야기한다. 메이플라워 맨 아래층에는 성폭행을 규탄하는 여학생들의 벽보가 요란한 어조로 붙어 있다. 그게 옳은 일이라는 걸 알면서도 어쩌면 저런 말까지 할 수 있을까 하는 게 나의 생각이다. 내가 성적으로 얼마나 폐쇄된 사회에서, 아니 성에 관해 벌어질 수 있는 일은 다 벌어지면서, 아니 성적 행위와 성적 논의가 거의 일방에서만 이루어지는, 그러니까 남자들 편에서만 이루어지는 사회에서 살았다는 것을 실감하는 일이 한두 번이 아니다. 여학생들도 아무렇게나 퍼킹, 퍼킹 하면서 길거리를 지나다닌다. 클라크의 말에 의하면 퍼킹은 더이상 성적인 단어가 아니란다. 온갖 것에 퍼킹을 붙이고 심지어는 'educa-fucking-tional'이라고 말하기도 한단다. 무슨 말인가 하면 한 단어가 미처 끝나기도 전에 그 단어 안에 퍼킹을 집어넣어야 속이 후련해진다는 거다. 영어 시간에도 클라크는 아무렇지도 않게 온갖 음담패설을 늘어놓고 너무나 세부적인 묘사까지 해대기 때문에(한 사람뿐이긴 하지만 여자가 있는데도 말이다. 하기야 어떤 여자 교수가 무슨 말을 하다가 퍼킹 하고 말하는 것을 들은 적도 있다) 그럴 때면 나는 이거 같이 웃어야 하나 못 들은 척해야 하나 하다가 같이 웃는 쪽을 택하곤 한다. 내숭 떤다고 할까봐.

아무튼 이 리오넬은 입이 약간 거친 편이고, 요새는 연일 대서특필되는 아이티와 미국의 알력 때문에 신경이 날카로워져 있는 것 같다. 그런데 리오넬은 좀 코믹한 면도 있다. 클라크가 비교적 최근에 출판했다는 『I Have a Father』라는 책을 그에게서 빌리면서, "My father thanks you, my mother thanks you and I thank you"라고 말하는 바람에 사람들이 다 함께 폭소를 터뜨렸다.

일요일마다 프레리 라이츠 서점에서 IWP 작가들의 'reading'이 열리기로 되어 있다. 그 첫번째 순서가 시에라리온에서 온 앰브로즈였다. 나는 이 리딩 순서에 끼어 있지 않다. 영어 스피킹이 서투르니까. 앰브로즈는 전통복 차림으로 나타났는데 정말 아름다운 복장이었다. 앰브로즈는 다른 흑인 작가들에 비해 상당히 젊었고 또한 얼굴이 무척 맑고 순진해 보여서 호감이 가는 사람이었다. 그가 읽는 소리를 하나도 알아듣지 못했지만 그 낭랑한 음성과 리듬은 정말로 듣기 좋았다. 이상하게도 제일 알아듣기 쉬운 영어가 아메리칸 영어이다. 다른 영어들, 아프리카계 영어, 중동계 영어, 아시아계 영어, 남서태평양계 영어는 무척 알아듣기가 힘들다. 특히 중동계 영어는 웬 자갈돌들이 한꺼번에 굴러가는 소리 같아서 도저히 하나하나 떼어서 알아들을 수가 없고, 드르럭드르럭 하는 소리밖에 들리지 않는다.

이 리딩이라는 문학적 관습이 내게는 굉장히 낯설게 느껴진다. 우리나라에는 리딩이라는 게 없다. 물론 시 낭송회라는 게 있긴 하지만, 그건 좀 다른 것 같다. 아무튼 아이오와시티라는 대학 도시에 와서 느낀 것은 리딩이라는 게 엄청나게 많다는 것이다. 유명한 시인, 소설가들이 이 대학 도시에 들러서 갖는 리딩도 있지만 하다못해 여기 문창과 학생들도 서점이나 바에서 리딩을 갖는다. 시의 경우에는 그래도 분량이 짧으니까 이해가 가지만 긴 분량의 소설 중 일부를 읽는 게 무슨 도움이 될까 싶다. 더 이상한 것은 아직 다 완성하지도 않은 소설의 일부분을 읽는 것이다. 마크가 그 일을 자주 하는데 그는 자기가 지금 쓰고 있는 소설의 일부를 들고 가끔씩 우리 작가들의 모임에 나타나 읽곤 한다. 평론의 경우에도 리딩이 있다. 이곳 문창과에서 가르쳤던 존 베리먼이라는 작고 시인의 괴상한 시집 『The Dream Songs』를 사본 적이 있는데 시가 하도 이상해서(왜냐하면 「드림 송」이라는 시가 무지무지하게 긴 연작시인데―연작시라기보다는 무조건 새로 쓰인 시들마다 「드림 송」이라는 제목을 붙인 것 같았다―그 시 한 편마다 꼭 두 사람의, 언제나 똑같은 인물이 등장하기 때문이다. 그것 때문에 처음에는 그의 시를 읽을 때 무척 혼란스러워 했었다) 무슨 이유일까 생각하고 있었는데, 어느 날 유명한 여성 평론가께서 이 도시에 와서 존 베리먼의 「드림 송」에 대한 평론 리딩을 갖는다는 것이었다. 평론 리딩이 어떤 건지, 또 내가 의아하게 생각하고 있는 점에 대해서 어떤 분석을 하는지 알고 싶어서 그 리딩에 참석했다. 상당히 인기가 있는 평론가였는지 좌석이 다 찬 것은 물론이고 통로에까지 학생들이 꽉 들어차게 앉아 있었는데, 내가 제대로 다 알아들었을까마는 아무튼 존 베리먼의 「드림 송」에 나오는 그 두 인물은 하나는 존 베리먼의 에고이고 다른 하나는 그의 슈퍼에고라는 요지의 평론이었다. 그녀의 리딩이 다 끝났을 때 박수 소리가 요란했다. 내가 리딩에 참석해서 들어본 박수 소리 중에서 가장 길고 가장 요란했다.

우리는 시인이든 소설가든 평론가든 자기 방에서 쓰고 그걸 출판하면 그만인데, 이곳에서는 언제나 리딩이 열린다. 그게 처음에는 참 이상하게 보였고, 좀 코미디 같아 보였고, 이건 실제의 문학 행위와는 상관없는 일종의 사교댄스 같은 게 아닐까(그냥 글쟁이들이나 예비 글쟁이들의 만남을 위한) 하는 생각을 했었는데, 내가 그것을 긍정적으로 보기 시작한 게 바로 그 여성 평론가의 리딩을 듣고서였다. 지금은 뭐라고 딱 부러지게 말할 수가 없고 아직도 부정 반 긍정 반이긴 하지만, 일단 긍정적인 방향으로 선회한 셈이다. 리딩이라는 게 얼마나 일상적이고 인기 있는 것이냐 하면, 다운타운의 카페나 바에서도 학생들의 리딩이 열리고(IWP 작가들도 몇 명 바에서 리딩을 가졌다) 개인 집에서도 리딩이 열린다. 나도 몇 번인가 개인 집에서 열리는 리딩에 참석했는데, 그건 물론 공식적인 그런 행사는 아니고 학생들이 자기 친구들끼리 모여서 포테이토칩 같은 것을 먹으면서 하는 리딩이었다. 그래도 리딩이 끝나면 서로 나누는 질문과 대답들이 꽤 심각하다. 그 학생들의 대부분은 이곳 문창과를 다니고 있는 재학생들이거나 거기를 나온 졸업생들이다. 그 졸업생들은 또 졸업을 한 뒤에도 직장을 갖거나 다른 도시로 가지 않고 여기 남아 계속 자기네들끼리 작품을 보여주고 리딩을 하고 토론을 하고 그러면서 사는 모양이었다. 그러니까 돈을 번다거나 사회적으로 출세를 한다거나 이런 생각들은 아예 갖고 있지 않은 것 같았다. 자신의 앞날에 대해서 꽤 비관적인 생각을 갖고 있는 듯했다. 1년에 몇십 명씩 졸업을 하고 그 졸업생들이 전국으로 흩어져 다시 어느 대학에선가 글쓰는 법을 가르치는 강사가 되는데 그 자리가 점점 적어지기 때문이었다. 그러나 대부분이 다른 직업을 가지려는 생각이 없는 것 같았다. 그러니까 되도록이면 돈 안 드는, 돈 안 쓰는 생활을 하려고 애쓴다. 대개 책들을 잘 사 보질 않는 것 같고(책값도 비싸니까, 그리고 한편으로는 도서관 시설이 잘 되어 있으니까) 우리나라 학생들보다 책들을 훨씬 더 안 읽는 것 같다. 그런데 토론은 무지무지 잘 벌인다. 그건 일반 미국 사람들이 파티에서 끊임없이 얘기를 해대는 것과 일맥상통한다. 미국 사람들처럼 말 많은 사람들은 처음 보는 것 같다. 하기야 나는 해외여행이 처음이니까 다른 나라 사람들과 비교해서는 잘 모르지만, 아무튼 우리나라 사람들에 비해서는 무척 말이 많다. 그렇다고 자기 이야기를 하거나 아니면 남의 얘기를 하는 게 아니라, 무엇무엇에 대해서 이렇게 생각한다, 저렇게 생각한다 하는 이야기가 많다. 거리를 지나가면서도 사람들이 하는 얘기를 가만히 들어보면, 누가 어째서저째서 하는, 우리나라 거리에서 흔히 들을 수 있는 이야기들이 아니라 "I think"라는 말이 가장 많이 들리는 것 같다.

앰브로즈한테서 들은 슬픈 얘기. 그의 나라에는 출판사가 단 하나도 없단다. 그래서 책을 출판하고 싶으면 옆의 무슨 나라에 가서 출판을 해야 한단다. 그런 얘기들을 하고 있는데 나이지리아인지 어느 나라인지 확실히 기억이 나지 않는, 아프리카 작가인 어떤 사람이 한국에는 책방이 많으냐고 물었다. 그래서 그렇다고 하니까, 돈만 주면 아무 때나 살 수 있느냐고 묻는다. 그래서 그렇다고 하니 꿩

장히 놀라는 눈치였다. 무슨 사정을 가진 나라인지는 모르겠지만 책방에서 돈 주고 못 살 책이 있을까. 그런데 이 아프리카 작가는 우리나라가 굉장히 후진국인 줄로 알고 있었나보다.

IWP 사무실이 있는 'English Philosophy Building', 즉 EPB에서 내 시집들이 도착했다는 전화가 왔다. 떠나기 전에 미래사에 내 시집을 미국으로 부쳐달라고 부탁했었는데 그게 도착한 모양이었다. 마침 EPB에 갈 일이 있어서 거기 가 우선 IWP 사무실 가족들에게 한 권씩 주려고 포장을 뜯어보니 그건 최승호씨의 시집이었다. 최승까지는 똑같은 이름인데다 그 시리즈의 시집들이 똑같은 커버니까 나도 처음에는 그게 내 시집인 줄 알고서 다른 사람에게 불쑥 건네주었다가 상대방의 손에 들린 시집 제목을 보니까 내 시집 제목이 아니었다. 그제야 확인을 해보니까 모두가 최승호씨 시집이었다. 아마 미래사 직원도 나처럼 그렇게 실수를 했나보다.

내일 열리는 패널 디스커션 참가자들 중에 나도 끼어 있다. 나는 스피킹을 못하니까 원고를 작성해서 주욱 읽어내려가기로 했다. 며칠 전부터 원고를 써야지 하면서도 쓰질 못하고 있다가 결국은 오늘 저녁 먹고부터 책상 앞에 앉아 쓰기 시작해서 방금 다 끝냈다. 내가 영어 타이핑을 하자면 엄청나게 많은 시간이 걸릴 테니까 쇼나에게 타이핑을 해달라고 부탁했다. 쇼나의 영어 타이핑 속도는 나의 한글 타이핑 속도보다 훨씬 더 빠른 것 같았다. 패널 디스커션의 제목은 'No Life but My Own: The Writer's Public and Private Selves' 였다. 원고지로 치면 한 20매 정도 쓴 것 같았는데, 내가 원고를 불러주면 쇼나가 그걸 타이핑했다. 스피킹의 경우에는 생각과 말하기가 동시에 이루어져야만 하기 때문에 나로서는 원고 작성을 하지 않을 수가 없었다. 영어를 사용하는 대부분의 다른 작가는 원고 작성 없이 대충 말할 요지만 적어갖고서 말하지만 나로서는 그런 건 엄두도 낼 수가 없는 형편이다.

쇼나가 타이핑을 하면서 네 문체는 내 것보다 훨씬 더 복잡하고 네 어휘력이 내 것보다 더 넓다고 말했다. 이건 쇼나가 나를 생각해서 과장해서 칭찬해준 거다. 문어체적인 표현이야 그동안 번역하느라고 익힌 것만 해도 얼마간은 가능할 것이다. 문제는 구어체 표현은 하나도 모른다는 거다. 구어체 표현과 일상생활에서 이루어지는 화법들을 모른다면 그 언어의 뼈다귀만 알고 있는 것이지 그 언어의 살은 하나도 모르는 셈이다. 여기 와서 구어체라는 게 얼마나 풍요로운 표현법인가를 알게 되었다. 그것을 어떻게 익혀야 하는 건지 막막한데 아무튼 방법을 찾아봐야겠다.

여기 와서 한 가지 느낀 것은 한국 사람들이 책을 많이 읽는다는 것이다. 여기 참가한 작가들의 경우 이론 서적은 별로 많이 읽는 것 같지가 않고 작품들만을 주로 읽는 것 같았다. 그런데 우리나라 사람들은 이론 서적들도 얼마나 많이 읽어대는가. 그게 어떤 면에서는 우리가 언어 약소민족 국가, 문화 약소민족 국가라는 것을 거꾸로 증명해주는 셈이지만. 여기 와서 갖게 된 생각 중의 하나는 한 사회가 그것이 소속되어 있는 보다 큰 사회 내에서 살아남으려면 다른 무엇보다도 언어로서 살아남아야 한다는 것이다. 경제적·사회적 면도 중요하지만, 그 자체의 아이덴티티를 가질 수 있으려면 우선 언어로 표현해야 되는데, 그것이 사회학자의 언어 혹은 경제학자의 언어가 아니라 문학가의 언어로 표현될 수 있을 때 그 작은 사회 내에 소속된 사람들이 자신의 아이덴티티를 가질 수 있을 뿐만 아니라 그 아이덴티티를 그보다 큰 사회의 구성원들에게도 인식시켜줄 수 있다는 얘기다. 사회학자의 언어, 경제학자의 언어는 사람들의 마음속에 언어로서 살아남지 못한다. 언어로서 살아남지 못한다는 것은 그 존재의 아이덴티티를 증명하지 못한다는 것과 마찬가지이다. 그러니까 미국 사회에서 한국 민족사회가 진정으로 인정받고 미국 사회를 이루는 하나의 사회 구성원이라는 것을 한국인과 동시에 미국인들에게 인식시켜주는 것은 경제적·사회적 면보다는 오히려 문학을 통해서라는 것이다. 물론 이 경우에는 영어로 쓰인 문학일 것이다. 영어로 쓰인 한국인의 작품이 나오지 않는 한 한국인은 문화적으로는 미국 사회에서는 존재하지 않는 민족이 된다. 지금 미국에선 순수 유러피언 백인들의 문화, 문학이 무너져가고 있다. 최근에 노튼 출판사에서 나온 최신 작가들의 『New Worlds of Literature』라는 책을 사서, 작품들은 아직 읽지 못했지만, 거기 실린 작가들의 이력을 대충 훑어보았는데 이 책이야말로 그런 각도에서 만들어진 책이었다. 거기엔 순수 백인들의 작품은 별로 없고 거개가 이민 온 혹은 국적을 바꾸지 않고 영주권만 갖고 미국에서 사는 작가들의 작품이었다. 그런 작가들의 작품은 그 작가 개인의 아이덴티티를 얻는 데 그치는 게 아니라 그 민족의, 그 국적의 아이덴티티를 미국 사회에서 획득하게 해준다. 미국은 이제 순수 유러피언 혈통을 가진 백인의 나라가 아니라 'nobody's land'이며 동시에 'anybody's land'로 변해가고 있고, 그런 사회 안에서 문화적 시민권을 얻자면 다른 무엇보다도 문학가들이 많이 나와야 한다는 것이다. 그리고 그것이 이 사회 내에 사는 한국인들뿐만 아니라 한국에 사는 한국인들에게도 도움이 될 것 같다. 미국에 와서 눈여겨본 현상 중의 하나가, 적어도 문학계는 외국 작가들에게 필요 이상으로 열광한다는 점이다. 그러나 그건 이국 취향에서 나오는 현상이 아니라 그 문화 자체에 바로 그 요소가 담겨 있기 때문이다. 무어냐 하면, 이 사회 안에 그 문화를 알고 있는 구성원들이 언제나 존재한다는 것이다. 그러니까 세계 어느 나라의 문화든 미국 문화 안에 흡수되어 미국 문화가 될 수 있다는 뜻이다. 미국 문화는 끊임없이 미국 외 문화로부터 자신을 생성해가고 있다. 그런데 우리 한국 사람들은 이 사회에서 괜찮은 작가를 내지 못한 것 같다. 노튼에서 나온 그 최신 미국문학에 관한 책을 쭉 훑어보았지만 한국인 작가는 없었다. 다만 하와이인지 아이티인지 출신의 캐시 송이라는 시인이 한국인 할머니를 갖고 있었다. 그 책에는 클라크와 그의 아내 바라티도 나와 있었다. 책값이 너무 비싸서 사 보진 못했지만, 작년에 HBJ 출판사에서 나온 『The HBJ Anthology of Literature』라는 책을 서점에 서서 대충 훑어보았는데 거기엔 클라크의 작품은 실려 있지 않았지만 바라티의 단편소설이 실려 있었다. 단편소설의 경우는 너새니얼 호손부터, 시의 경우는 무명씨들과 제프리 초서부터 시작되는 앤솔러지이니까 바라티의 경우에는 이미 완벽하게 문학사에 오른 작가라고 볼 수 있다. 재미있는 것은 시 분야를 보니까, 거기에 반갑게도 레너드 코언의 작품 세 편이 실려 있었는데 그중의 하나가 우리도 노래로 잘 알고 있는 「Suzanne Takes You Down」이었다.

오늘 패널 디스커션이 있었다. 내 차례가 돌아왔을 때 나는 고개
도 들지 않고서 원고만 주욱 읽어내려갔다. 스피치는커녕 내가 언
제 사람들 앞에서 원고라도 읽은 적이 있어야지. 간간이 얼굴을 들
어 청중과 가끔씩 눈을 마주쳐야 한다는 건 이론적으로는 알고 있었
지만 해본 적이 없는 일이라서 잘 되질 않았고 그래서 엣다 모르겠
다 하고 그냥 읽어대기만 했다. 그런데 듣는 사람들은 나름대로 재
미있었나보다. 간간이 웃음이 나왔고 특히 'XX' 이야기가 나왔을 때
는 폭소가 터졌다. 원고의 내용은 대체로 내가 언제 태어나 어떤 시
대에 유년기와 청년기를 보냈고 언제 데뷔했고 남들이 말하는 내 시
의 특성은 뭐고(이 부분은 한국 시에서 해체시 어쩌구저쩌구가 정설
로 되어 있으니까, 'deconstructionism'이라는 용어를 썼다), 여성
으로서 한국에서의 시쓰기에 어떤 어려움이 있고 등을 이야기했다.
그리고 그 실례로 XX 얘기를 했다. 언젠가 앵무새인가 뭔가 하는(제
목이 기억이 나질 않는다) 앤솔러지가 나왔는데 거기 내 작품 중의
하나에 XX라는 시어 아닌 시어가 있었다. 그 시를 쓸 때의 원래 단
어는 청춘이라는 시어였는데 그 나이에 청춘 타령을 하기도 그렇고,

또 청춘이라는 단어가 얼마나 때묻은 단어인가. 그래서 다른 단어로 대치해야겠는데 떠오르는 단어가 없어서 그냥 XX로 대치했고, 그 김에 "청춘을"의 '을'이라는 토씨를 '를'로 바꾸었다. 그러니까 "XX를"로 바꾼 것이었다. 독자들 마음대로 상상하시라고. 그랬더니 남성 시인들은 그것을 한결같이 여성의 성적 기관으로 읽었다. 자기들끼리 그렇게 읽고 그것으로 그쳤다면 그걸로 그만이지만, 왜 굳이 나에게 그렇게 읽었다고 이야기하면서 용감하니 어쩌니 하는 말들을 했는지 모르겠다. 아니 그러니까 그들은 그렇게 굳세게 믿었다는 얘기겠지. 아무튼 우습기도 하고 정말로 이 빌어먹을 인간들이라는 말이 속에서 저절로 나올 만큼 화가 나기도 해서, 그 시를 다음 시집에 포함시켜 출판할 때 나는 그 밑에 각주를 달아놓고 싶었다. A라는 남성 시인은 이 XX를 이렇게 읽었고 B도 이렇게 읽었고…… 줄줄이 각주를 달아놓고 싶었지만, 생각해보라, 한국 사회에서, 한국 시단에서, 그게 또 얼마만한 구설수를 불러일으킬 건가. 그래서 아무 소리 안 하고 얌전하게 그 "XX를"을 "청춘을"로 고쳐놓았다. 그 경험을 얘기하는 대목에서 폭소가 터졌다. 나중에 다 끝나고서 계단을 내려올 적에 앰브로즈가 나에게 웃으면서 그 XX가 뭐였는데? 하고 묻길래 남자는 다 똑같다는 생각이 들어서 XX! 하고 소리를 꽥 질러주었다.

내 원고 읽기가 끝나고 질문과 대답 시간에 클라크가 내게 특별히 무엇을 위해서, 무슨 이데올로기를 위해서 쓰느냐고 물었다. 그래서 내가 나는 무엇을 위해서 쓰지는 않는다, 내가 쓴 것이 무슨 '이즘'이나 무슨 이데올로기에 도움이 될 수 있다면, 그리고 그것이 좋은 이즘이나 이데올로기라면 내 시를 이용하는 것은 양해할 수 있지만 내게 무슨 이즘이나 이데올로기를 위해서 쓰라고 한다면 나는 쓰지 않는다라고 대답했다. 그러자 대뜸 네덜란드의 아스트리드가 시를 쓰고 출판하는 것은 커뮤니케이션을 위한 것인데 그렇다면 너는 뭐 때문에 시를 써서 출판하느냐고 따졌다. 한국에서도 너무나 자주, 너무나 익숙하게 들어본 질문이다. 그러니 내 대답은 즉각적일 수밖에. 커뮤니케이션을 위한 것이라는 데는 기본적으로 동의하지만 그것이 'physical communication'을 뜻하는 것은 아니다라고 대답했다. 그 순간에 알맞은 단어가 생각나지 않아 그냥 피지컬이라는 단어가 느닷없이 튀어나왔는데 어디서나 반박하고 물고 늘어지기 좋아하는 아스트리드가 금세 아, 알겠다, 질문을 철회하겠다라고 말했다. 아스트리드는 어디서나 반박을 위한 반박, 반대를 위한 반대를 좋아한다. 저번에도 쇼나가 화가 나서 얘기하는 걸 들어보니, 메이 플라워 8층 코먼 룸에서 작가들끼리 무슨 문제를 갖고서 토론을 벌였는데 거기서 아스트리드가 쇼나의 견해에 집요하게 공격을 한 모양이었다. 그래서 내가 그때 아스트리드는 반대를 위한 반대를 좋아하는 사람이어서 그런 거니까 신경쓸 것 없다고 말해주었다. 그리고 그 반박이랄까 반대가 신선한 것이냐 하면 너무나 많이 들어온 소리였다. 그 점이 그녀가 반대를 위한 반대를 하고 있다는 인상을 더 강하게 심어주는 것이었다.

한 가지 재미있는 점은 내 시집들을 설명하는 대목에서 첫번째 시집은 몇년(1981년)에 나왔고 지금 21쇄를 찍었으며, 라고 말할 때 거의 모든 사람이 탄성을 질렀다는 것이다. 외국에서는 시집이라는 게 초판이 다 팔리면 잘 팔리는 거라니까 놀랄 수밖에 없다. 한국 작가들에게 자기 시집에 관해서 이야기할 때에는 몇 쇄를 찍었는지 이야기하라는 말을 전해주어야겠다. 우리나라야 워낙 시집이 잘 팔리니 어느 시인의 시집이든 그 정도는 팔릴 수 있으니까. 나중에 내가 우리나라에서는 문자 그대로 밀리언셀러 시집도 심심찮게 나온다는 이야기를 할 때는 더욱 놀라는 것 같았다. 그러자 클라크가 자기가 서울에 갔을 때의 체험을 이야기했다. 아마 교보문고에 갔던 모양이다. 무슨 책방이 어찌나 큰지 완전히 지하철만큼 큰데다 책을 사는 사람이 어찌나 많은지 부딪치면서 다녀야 한다는 얘기를 했다. 사람들이 진짜 놀라는 눈치였다. 그건 인구가 지나치게 서울에 집중되어 있다는 게 가장 큰 이유일 텐데 말이다.

오늘은 식료품 쇼핑이 있는 날. 운전사는 존. 우리는 운전사라고 부르지만 실제로 직업이 운전사인 사람은 아니다. 세 명의 드라이버가 있는데, 존, 조너선, 마크이다. 존과 조너선은 현재 문창과에 재학중인 학생들이고(하지만 우리나라 대학생들보다는 나이가 많다. 왜냐하면 이 아이오와대학 문창과는 대학을 졸업한 학생들이라야 응시할 수 있기 때문) 마크는 졸업생이다. 존과 조너선, 그리고 마크 사이에는 한 세대쯤의, 그러니까 우리나라식으로 치자면 한 10년쯤의 차이가 나 보인다. 존과 조너선은 주로 식료품 쇼핑, 공식 행사 등에 우리를 태워다주고, 마크는 주로 토요일이나 일요일의 비공식적 일정과 관련해서 우리를 실어다주고 실어오는가 하면 그 비공식적 일정을 진두지휘한다. 아마 그 비공식적 일정을 자신이 계획하는 것 같다. 그러니까 그가 맡은 분야는 필드 트립 분야이다. 이 마크라는 친구는 좀 괴상한 면을 갖고 있는데 그렇다고 비사교적인 사람은 아니고, 뭔가 하면 다른 사람들과는 좀 다른 취향을 갖고 있다는 거다. 그는 다운타운이 아닌 멀리 떨어진 변두리에서 단독주택을 얻어 살고, 현재 크리에이티브 논픽션 장르에 속하는 「스쿨하우스」라는

75

작품을 쓰고 있는데 폐교된 학교를 빌려 거기서 가끔씩 생활하면서 그곳의 자연과 그곳 사람들을 얽어매어 자기 작품 속에 끌어들이고 있다고 말했다.

존은 프린스턴대학 철학과를 졸업했다고 했다. 그가 주로 우리를 식료품 쇼핑에 데리고 다니는데, 여자보다 긴 머리칼을 치렁치렁 늘이고 다닌다. 남자들도 헤어스타일 취향이 제각각이다. 조너선은 짧은 머리에 콧수염을 풍성하게 길렀고, 존은 콧수염은 기르지 않는 대신 머리칼이 어깨 아래로 한참 내려가 있을 만큼 머리를 길게 길러 풀고 다녔고, 마크는 콧수염을 조금 기르고 머리는 목이 끝나는 부분 정도까지 길러서 항상 묶고 다닌다. 게다가 웃기는 것이 마크는 항상 팔목에 납작한 검은 고무줄을 두르고 다니는데, 한번은 내가 그건 뭐냐고 물으니까, 자기가 살아 있다는 표시로 차고 다니는 거란다. 그런데 가만 보면 어떤 때는 검은 고무줄 하나만 매고 있을 때가 있고 어떤 때는 검은 고무줄과 누런 고무줄을 각기 양쪽 팔목에 매고 있을 때가 있었다. 누런 고무줄은 뭐냐고 물어볼까 하다가 그만두었다.

오늘 식료품 쇼핑은 이글 슈퍼마켓 한 군데서 모두 끝마쳤는데, 껍질을 까놓은 새우가 눈에 띄어 얼른 샀다. 아이오와가 미국 중부 지역이어서 그런지는 알 수 없지만 생선 구경하기가 힘들고, 또 생선은 값이 비싸다. 그런데 새우 가격은 오히려 한국보다 싼 편인 것 같았다.

새우를 주재료로 하여 점심에는 부침개를 부쳐 쇼나와 수, 베릴과 함께 맛있게 먹었다. 이게 코리안 피자라고 할 수 있다고 하니까 그

백설표 부침가루를 어디서 사느냐고 수가 물었다. 수는 한국 음식에 많은 관심을 갖고 있다. 호주에서도 한국 음식을 많이 사 먹었다고 했다. 나는 이제는 완전히 일류 요리사로 소문이 나 있기 때문에 아무 음식이나 자신감을 갖고서 만든다. 사실은 그건 양념맛인데. 어쨌거나 지금까지는 내가 8층에서 '베스트 쿡'이다. 그렇다고 내가 요리법을 아느냐 하면 전혀 그렇지 않고, 나는 다만 상상력으로 요리를 한다. 그러니까 전통적 요리법과는 다른데, 그 주요한 차이는 내 요리 방법이 시간이 훨씬 덜 든다는 점일 것이다. 그래서 나는 내가 '크리에이티브 쿡'이라고 자부하고 있다. 적어도 메이플라워 안에서는.

점심은 남태평양 일당과 함께 했고, 점심과 저녁 사이에는 메리와 코리안 피자를 함께 먹었고, 저녁에는 싱가포르의 보이, 핀란드의 헬레나, 아일랜드의 마틴을 불러 코리안 피자를 먹고 술 마시며 얘기했다. 셋 다 삼십대 초반이라서 자기네끼리 상당히 잘 몰려다니는 팀인데 내가 이중에서 가장 마음에 드는 사람이 핀란드의 헬레나이다. 그녀 역시 자기 나라에서 번역가이고 주로 프랑스어를 핀란드어로 번역한다고 했다. 나이는 서른다섯쯤인데 상당히 앳돼 보인다. 자기 나라에서도 젊어 보이는 축에 든다고 했다. 결혼은 했는지 안했는지 모르겠다. 물어보기가 뭣하니까. 영어로 번역된 헬레나의 시를 읽어보았는데 시가 괜찮았다. 참가 작가들 중 괜찮은 시를 쓰는 사람이 이스라엘의 아미르와 핀란드의 헬레나인 것 같다. 헬레나도 내 시를 보았는데, 자기 나라 말로 번역하겠단다. 헬레나는 또 남서태평양 마피아와 묘한 불화를 보이고 있는데, 나는 연령상으로 보면 그 남서태평양 세 자매와 헬레나 사이의 중간 지점이라고 볼 수 있다. 이 세 자매는 다 열렬한 페미니스트이고, 베릴은 어디서나 자기를 페미니스트 소설가라고 소개할 만큼 가장 열렬한 페미니스트 문학가인데 그게 헬레나의 기분에 거슬리는 모양이었다. 헬레나의 시도 분명 페미니스트적인 시였다. 그녀의 시를 보면 신체 부분이 대거 등장한다. 그런데 주요한 차이점은 헬레나의 페미니즘은 상당히 추상적인 예술에 더 많은 비중을 두고 있는 페미니즘이고, 베릴의 그것은(수의 경우는 또 다르다) 상당히 운동 쪽으로 기울어져 있는 페미니즘이다. 헬레나의 페미니즘이 개인적·존재론적 페미니즘이라면, 베릴의 그것은 계급적·사회적·운동권적 페미니즘이다. 나로 말하자면 헬레나 쪽이 훨씬 더 내 취향에 가깝다. 나는 무슨무슨 이즘, 운동, 이데올로기를 싫어하기 때문이다. 문학으로 그걸 할 수 있는 사람이 있고 할 수 없는 사람이 있다. 나는 할 수 없는 사람이라는 걸 내가 알고 또 하기 싫은 걸 어쩌랴. 나는 나로부터 사회로 나아가는 방향으로 서 있을 뿐이다. 내가 쓴 것이 사회로 나아가 사회의 이슈와 맞아떨어지고 사회운동과 맞아떨어진다면 그건 대단히 기분 좋은 일이고 의미 있는 일일 것이다. 그러나 그렇지 않다고 해서 내가 작품을 쓰지 않을 것은 아니다. 사회의 이슈와 사회의 운동 방향을 자기 등에 업고서, 말하자면 그것을 배경으로 해서 자기 작품 쪽으로 집중해 들어가는 사람들이 있고 그렇지 않은 사람들이 있다. 나는 그렇지 않은 사람이고 그러지 못한다는 것을 내가 안다. 내 자신의 감성, 내 자신의 이성이 되다시피 한 게 아닌 데서 출발한 내 작품들은 내게 이건 네 게 아니다라고 분명하게 말해주기 때문이다.

작가가 자기 작품을 써놓고서 이건 내 게 아니다라는 감정을 느낀다면 그것처럼 낭패스러운 일도 없을 것이다. 내 자식인 줄 알았는데 내 자식이 아니라는 걸 알았을 때처럼. 그러나 그렇지 않은, 그 반대인 사람들도 있다. 이게 헬레나와 남서태평양 세 자매 간의 차이일 것이다. 누가 좋고 나쁜지 따지는 것은 의미가 없다.

아침 일찍, 거의 새벽이라고 할 만한 시각부터 쇼나가 헌옷가게에 간다고 서두르기에 나도 따라나섰다. 코럴빌에 있는 가게였는데 한참 옷을 고르다보니 우리가 고르고 있던 그곳이 남자들을 위한 코너라는 걸 알았다. 다시 여자들을 위한 코너로 가서 옷을 골랐다. 나는 1달러짜리 코트를 샀다. 솜을 넣어 누빈 연보라색의 코트였는데, 그런 옷은 보통 5달러쯤 하지만 소매에 뭐가 좀 묻었다고 1달러란다. 쇼나는 매우 꼼꼼한 성격이라 아직도 옷을 채 고르지 않은 상태여서 그녀를 기다리다가는 하루가 다 지나갈 것 같아 나 먼저 메이플라워로 돌아오기로 했다. 코럴빌은 버스가 자주 다니지 않는 지역이어서 아이오와시티 다운타운으로 가는 버스를 타기 위해 무려 한 시간을 기다려야 했다. 정말 미국에서는 자동차 없이는 못 살겠다.

영어 시간에 참석했는데 선생이 마크였다. 클라크는 일주일 동안 캐나다에 가 있다. 그런데 마크가 하고 온 꼴을 보니 가관이었다. 아마 스쿨하우스에 가 있다가 시간이 되어 갑자기 그냥 오게 되었는지는 모르겠지만, 다 떨어진 트레이닝복을 입고 있었는데 여기저기 검불들이 붙어 있었다. 그렇게 엄청나게 빵꾸가 난 트레이닝복을 입고 다니는 사람은 처음 보았다. 여기저기 구멍이 뚫린 것은 물론이고 똥구멍 있는 부분까지 찢어져 있었는데 그걸 아는지 모르는지, 아무튼 그런 옷을 입고서 우리를 가르쳤다.

그의 수업은 클라크의 수업과는 다른 형태였는데, 클라크의 시간에는 주로 유명 잡지들의 재미있는 기사를 복사해 한 부씩 갖고서 한 사람이 한 문단씩 읽어가다가 재미있는 현상이나 신조어가 나오면 중단하고 거기에 대한 설명을 한 뒤 다시 읽어내려가는 형식이었는데, 마크는 웬 문장 작법 같은 것을 가르치려고 했다. 문장이야 누가 몰라. 문법 뼈다귀에 내용적으로는 통하지 않는, 그러나 문법으로는 존립할 수 있는 온갖 단어들을 붙여서 문장을 만드는 것이었다. 그럴 필요가 있느냐고 내가 물었더니 재미있지 않으냐고 했다. 내용은 미친 사람이 말하는 것처럼 앞뒤가 맞지 않지만 문법은 정확한 게. 그다음에는 그가 「총각 파티」라는 희곡 작품을 읽어 내려갔는데 그건 대단해 보였다. 아마 그가 대학에서는 연극 공부를 하지 않았나 싶었다.

플로리다에 머물고 있는 삼촌에게서 전화가 왔다. 삼촌은 8월에 나보다 먼저 미국으로 왔고 내가 미국에 올 거라는 걸 알고 있었는데, 분명 도착할 날짜가 넘었음에도 불구하고 연락이 없자 아이오와 대학 측에 전화를 걸어 내 방 전화번호를 찾아낸 거다. 공중에서 사라진 줄 알았더니, 살아 있으니 다행이로구나, 라고 하셨다. 제때제때 알아서 인사 챙기고 연락하고 이런 걸 못하는 성미이고, 그러다 보면 제때를 놓쳐버려 그다음에는 미안해서 그러질 못하고, 이런 식으로 지내다가 삼촌이 날 먼저 찾아내게 만든 거다. 댈러스 이모한테 도착했다고 전화했느냐고 묻길래 안 했다고 하니까, 너는 애가 어째 자라질 못하고 그 모양이냐 하면서, 이모가 걱정할 테니까 당장 전화하라고 했다. 그래서 욕먹는 김에 한꺼번에 욕먹는 게 낫겠다 싶어서 이모한테 전화를 걸었더니, 이모님 말씀이 오늘 내게서 꼭 전화가 올 줄 알았다는 거였다. 어젯밤 꿈에 날 보았는데 아주 하얗고 예쁜 얼굴을 하고 있더라고. 꿈에서 깨어나면서 오늘은 분명 승자에게서 연락이 올 거라고 생각하고 기다리고 있었단다.

수가 IWP 여성 작가 대표로 주최 측과 무슨 얘기를 하고 돌아왔는데 그녀가 하는 말 중 우리를, 여성 작가들을 즐겁게 하는 대목이 있었다. 작가들의 가족도 그 작가와 함께 머물 수 있는데(그 경우엔 방을 하나 더 준다. 그러니까 방 두 개, 부엌 하나, 배스 룸 하나로 이루어진 아파트를 통째로 주는 것이다. 지금 수도 며칠 전에 도착한 자기 남편 고든 그리고 딸 키티와 함께 머무르고 있다), 중요한 것은 합법적인 가족(말하자면 남편이나 아내)뿐만 아니라 연인이나 정부도 함께 지낼 수 있다는 거다. 역시 아메리카다. 그 이야기를 들으면서 내가 쇼나에게 나도 빨리 현지에서 애인 하나 구해서 네 방 빼앗아서 그 남자하고 살아야겠다고 말했더니 쇼나 왈, 알았어, 내가 하나 구해주지.

점심 무렵 코럴빌호수라는 곳으로 수영하러 갔다. 내가 야외로 나가는 데 함께 따라간 것은 이번이 처음이었다. 드라이버는 마크, 안내자도 마크. 그가 계획한 거다. 7, 8월에 그 더운 서울의 여름 동안 나는 난생처음으로 수영복을 입게 되었다. 수영을 배웠던 것이다. 한 달 수강료가 8만 원쯤 했던 것 같다. 아니 수영장 이용 금액과 수강료를 합쳐서 그랬던 것 같다. 그때 수영 코치가 하도 짓궂게 굴어서 콱 그만둘까 생각하다가 그래도 배우는 게 낫지 하고 꾹 참고 배웠는데, 그 와중에 아마 IWP 참가자로 선정되었다는 소식을 듣게 되었던 것 같다. 자유형인가를 다 배우고서 배영을 배우다 말고 미국으로 출발했다. 어렵사리 돈 주고 배웠던 수영을 다 까먹을까봐 호수에 따라가기로 결정했다. 어제 쇼나와 이야기하다가 그냥 검은 반바지와 검은 티셔츠를 수영복 대신 입고 헤엄치기로 했다. 우리 중에 수영복 갖고 온 사람은 아무도 없었다. 그런데 이제 곧 가을이 올 텐데 뭐하러 수영복을 사나? 쇼나는 완전히 커다란 장방형의 헝겊조각만을 걸치고 수영을 한단다. 그 천은 잠잘 때는 잠옷이 돼주고 어떤 때는 집안에서 입는 일상복 역할까지 한다. 쇼나가 어깨를 다 드러낸 채 그 헝겊을 걸치고 부엌 테이블에 앉아 독서하는 모습을 가끔 보았다. 그것을 매는 방법에 따라 수영복도 되고 잠옷도 되고 일상복도 되는 모양이었다. 그런 식으로 장방형 헝겊을 두르고 다니는 사람이 또하나 있다. 미얀마에서 온 윈 페. 나이가 예순 가까이 된 남자인데 쉰 살쯤 된 쇼나보다 훨씬 젊어 보였다. 열대 여자들은 쉽게 늙는 것 같다.

코럴빌호수에 도착해보니 그래도 꽤 큰 호수였다. 호숫가에 도착해서 물을 보자 갑자기 어린애처럼 너무도 기분이 좋아져 다 왔다, 애기들아 내리자 하고 말하면서 두 팔을 활짝 벌렸을 때 갑자기 마크가 자기 쪽으로 펼쳐진 내 손을 꼭 쥐었다(그가 운전하는 밴의 운전석 옆자리, 그러니까 맨 앞자리에 내가 앉아 있었다). 순간적으로 깜짝 놀라 얼른 손을 뺐다. 외국 사람들은 친근감을 느낄 때 그런다는 걸 알지만, 한국에서 그런 일이라곤 있을 수가 없고 그런 일이 내게 있어본 적도 없기 때문에 본능적으로 깜짝 놀랐던 것 같아 내가 오히려 더 머쓱해졌다. 모래밭에 내려가 쇼나와 아미르가 옷을 벗고 있었는데 나는 추워서 물에 못 들어갈 것 같아 모래밭에 앉아 햇빛을 쬐었다. 수 역시 물에 들어가지 않고 선글라스를 끼고 책을 읽었다. 리오넬은 담배 피우면서 여기저기 물가를 돌아다니고, 윈 페와 보이는 호수 저쪽 끝을 향한 채 수채화를 그렸다. 보이도 꽤 그림을 잘 그렸고 윈 페는 자기네 나라에서 화가인데다 영화감독이기도 하다. 아미르가 주저하지도 않고 옷을 다 벗고서 팬티 바람으로 내 앞에서 오락가락하며 내 시선을 흩트려놓길래 나는 옷 벗은 남자 좋아하지 않는다. 그건 내 눈에는 고통이다라고 말했더니 아미르가 막 웃으면서 난 아직 다 안 벗었다, 이거 마저 벗을까 하고 말했다. 아미르는 시인이고 나보다 두 살 아래인데 자기네 나라에 아내가 있다는데도 벌써 여자친구를 자기 방에 끌어들이고 호숫가에도 같이 데리고 왔다. 그녀는 유러피언이라고 했는데, 아미르가 성적 냄새를 진동시키고 다니는 남자인 데 반해서 이 여자는 참하다. 참하다못해 약간 그늘이 져 있다.

　햇빛을 한참 쪼이고 있자 몸이 따뜻해진 것 같아 나도 물속에 뛰어들었지만 생각보다 물이 차가웠다. 수영하는 법을 잊어버린 줄 알았는데, 처음 몇 번만 어색했고 그다음에는 서울에서처럼 할 수가 있었다. 얕은 물인 것 같았고 물안경도 없어서 눈을 감고 수영을 하다가, 얼마나 헤엄을 쳤는지 모르지만 갑자기 가라앉게 되었는데 발이 바닥에 닿지 않았다. 순간적으로 공포감에 휩싸여 수영이 되질 않았다. 정말 죽을 것 같은 공포감에 마구 허우적거리니까 쇼나가 나를 보고 헤엄쳐 와 나를 구해주었다. 이 여자는 내가 공포감에 휩싸여 있다는 것을 알고서는 서두르지 않고 가만가만, 이라고 말하면서 나를 평행으로 뉘어 물가로 끌고 갔다. 눈을 감고 수영을 한 게 잘못이었다. 호수 안쪽으로 헤엄쳐 들어가고 있었던 것이다. 공포감에서 벗어나자 이번에는 눈을 감지 않으려고 배영을 했다. 하늘을 보면서. 그런데 신기한 것은 서울에서 떠날 적에는 배영을 채 다 배우지 못한 상태였다. 너무 어려워서 이걸 내가 배울 수 있을까 하고 보드를 가슴에 안고 물에 떠 있곤 했고 아직 정식으로 보드를 버리고서 혼자 힘으로는 가지 못하는 상태였는데 놀랍게도 내 팔이 저절로 아래위로 휘저으면서 나아가는 게 아닌가. 그건 정말로 신기한 일이었다. 쇼나는 내 수영 자세가 훌륭하다고 칭찬했다. 아무렴 돈 주고 배운 건데. 수영 코치도 그랬다. 아줌마, 수영하는 법을 다 익히면 굉장히 잘할 거예요, 라고. 서울에 돌아가면 다시 수영을 배워? 내가 유일하게 할 수 있는 스포츠가 탁구였는데 이제 수영 종목이 하나 더 는 셈이다. 하지만 탁구는 대학교 다닐 때 해보고 그다음에는 쳐본 기억이 없다. 그런데 쇼나의 수영 솜씨야말로 일품이었다. 열대 사람인 만큼 수영 잘할 것은 불문가지이지만, 수영보다도 하늘을 보고 누워 두 다리를 꼬고서 가만히 오래 떠 있는 게 정말로 놀라웠다.

수영을 끝내고 둘러앉아 점심식사를 하고서 올빼미들이 있다는 산으로 갔다. 한참을 들어간 것 같은데 산길을 따라서 주욱 올빼미 우리가 있었고, 그 우리 하나마다 종류가 서로 다른 올빼미들이 살고 있었다. 일행과 함께 가다가 나는 그늘이 있는 벤치가 나오길래 거기 앉았다. 올빼미는 기분 나쁘게 생긴 새인데다 나는 원래가 개를 빼놓고는 다른 동물들을 좋아하지 않았기 때문이다. 그림책에서 본 판다쯤이라면 굉장히 사랑스러울 것 같았다. 올빼미들이 왜 그리 많은지 아무리 기다려도 일행은 돌아오지 않았다. 벤치 옆에 소나무숲이 있고 떨어진 소나무 잎들이 수북이 쌓여 있길래 거기 들어가 누워 있었다. 그런데 이게 탈이었다. 그 숲에서 뭔가가 물었다는 생각이 들었는데, 집에 돌아와서부터는 조금 가려운 것 같았다. 괜찮으려니 하고 클라크의 집에서 열리는 파티에 참석했다. 클라크네 집에 들어가는데 문간에 서 있던 마크가 문을 열어주면서 또 내 손을 잡는다. 이번에는 놀라지 않았지만, 이거 정상적인 건가 하는 생

각이 들었다. 파티장에는 얼굴 보기 힘들다는 클라크의 아내 바라티
도 호스티스로 참석해 있었다. 아름다운 인도 여자였는데, 검은색
상의에 검은색 바지(그런 옷 형태를 뭐라고 하던가, 슈트라고 하던
가? 모르겠다)를 입고 있었는데 클라크보다 한 살 위라는 정보를 갖
고 있었으므로(『최신 미국문학사』 책에서 그녀의 출생 연도를 읽고
알았다. 나와 같은 용띠였다) 두 사람을 비교해보니 바라티가 나이
는 더 많아도 훨씬 젊어 보였다. 클라크는 쉰몇 살인데도 벌써 할아
버지처럼 보인다.

아침에 일어나니 부기가 가라앉기는커녕 왼쪽 눈을 완전히 뜰 수가 없었다. 눈퉁이 전체가 부어 있었다. 이건 대단히 급성이다 싶어 민간요법은 포기하기로 하고 메리에게 연락을 했다. 병원에 가야겠다고. IWP 작가들은 미국 건강보험에 들어 있기 때문에 무슨 절차가 필요할 것이었다. 조금 뒤에 메리가 전화를 했다. 병원은 문을 닫았고 의사와 이야기를 했는데 벌레 물린 데는 달리 치료약이 없으니, 오스코 드러그에서 무슨 약인가를 사다 먹으라고 했단다. 마침 조너선이 메이플라워에 들렀길래 쇼나와 함께 그의 차를 타고 나가 오스코 드러그에서 그 약을 샀다. 함께 갔던 일행은 모두 괜찮은데 왜 나만 이 모양인지 모르겠다. 안대라는 걸 사려고 찾아보아도 없었다. 보통 밴드의 세 배 넓이쯤 되는 밴드를 사 눈에 붙였다. 복도에서 마주치는 사람들마다 승자야, 네가 어떻게 된 일이냐 하고 물었다. 베릴이 나를 보고 애꾸눈 잭이라고 놀려대길래 내가 지금부터 'Eyeless in Iowa'라는 작품을 영어로 쓸 거라고 말했더니 마구 웃었다. 올더스 헉슬리의 소설 중에 『Eyeless in Gaza』라는 작품이 있었던 것이다.

밤중에 이모한테서 전화가 와, 벌레에 물려서 눈이 남산만하게 부었다는 이야기를 했더니, 풀밭에는 절대 앉으면 안 된다고 알려주었다. 들판에나 산에는 농약 같은 것을 뿌리지 않기 때문에 벌레들이 많고 무지 힘이 세다는 것이다. 자기도 10년 전에 풀밭에서 개미한테 물렸더랬는데 무지 고생을 했고 지금도 가끔씩 그곳이 아프다고 했다. 절대로 풀밭에는 앉지 말아라. 그러면 풀밭은 뭐하라고 있나?

오늘, 김혜순과 박경남에게서 똑같은 날 소포가 도착했다. 김혜순에게 편지를 써 보내면서 아이오와는 너무 춥다고 불평을 늘어놓고 솜옷과 속옷을 보내달라고 했더니, 예쁜 노란색 스웨터와 보라색(김혜순은 보라색을 엄청나게 좋아한다) 보통 바지와 역시 보라색의 솜바지 그리고 새로 산 겨울 내의 두 벌을 부쳐왔다. 돈이 많이 들었을 것 같아 미안했다. 내가 너무 난리를 친 것 같기도 하고. 경남이에게서는 컴퓨터에 관한 책과 한글 2.5 설명서가 도착했다. 둘 다 내게 꼭 필요한 것들이다.

영문학과 교수이자 IWP 고문이자 소설가이자 메리의 남편인 피터 내저리스가 사회자가 되어 진행하는 오픈 마이크 시간이 화요일에 열렸고 앞으로도 쭉 매주 화요일마다 열린다. 이건 우리가 묵고 있는 메이플라워 1층 피아노 룸에서 열렸다. 그런데 나는 이 시간에 한 번도 참석지 않았다. 공식 행사는 아니고 작가들이 모여서 자기 작품을 읽는다거나 그냥 대화를 나누는 정도의 시간이기도 하고, 히어링이 나쁜데 또 거기 가서 뭘 알아듣겠다고 앉아 있나 싶어서였다. 그러다 오늘 처음으로 참석해보았다. 오늘은 피터가 사회자가 되어 진행하는 게 아니라 『아이오와 리뷰』의 편집자인 아무개라는 사람이 와서 미국에서의 출판에 관해 이야기한다고 했다. 아래층으로 내려가 남서태평양 세 자매가 앉아 있는 테이블로 가니까 거기 마크가 앉아 있었다. 내가 눈에서 밴드를 뗀 것을 보고는 환하게 웃으며 "Look, she has two eyes!"라고 말했다. 마크가 환하게 웃을 때는 아기 같다. 그런데 보통 때는 로버트 드니로 같은, 저 내면 깊숙한 곳으로 처박혀 있는 표정이다.

『아이오와 리뷰』의 편집자가 하는 말들은 제대로 알아들을 수가 없었고 또 내 시가 영어로 출판될 수 있을 것 같지도 않으니까 나는 그닥 관심은 없었는데 다른 작가들의 관심은 대단했다. 특히 시에라리온, 출판사가 하나도 없다는 나라에서 온 앰브로즈는 미국에서 출판을 하고 싶어하는 게 분명했다. 하기야 그의 나라 공용어가 영어이고 그가 영어로 창작을 하니까 출판하기가 그리 어렵지는 않을 것이다. 참 이상한 것은, 아니 이상할 것도 없지만, 영어로 창작을 하는 비미국인들이 미국 출판을 가장 원한다는 것이다. 자기 나라에서 이미 영어로 출판되었음에도 불구하고 말이다. 중앙에 대한 변방의 목마름.

오늘 패널 디스커션이 있는 날이라 EPB에 갔다가 몇층인가 기억
은 나지 않지만 여자 화장실에 들어가 볼일을 보고 나오려는데 문간
에 '존은 강간범이다!'라고 쓰여 있었다. 영문과나 문학창작과의 존
이라는 이름을 가진 누구인가가 강간을 했다는 이야기이다. 성범죄,
섹슈얼 해러스먼트가 요즘 미국 문화의 이슈인 것 같다. 실제로 아
이오와에서는 길 가다가 붙들려서, 아니면 무단 침입한 괴한에게 강
간당하는 경우는 드물다고 한다. 아는 사이인 관계에서 여자의 자발
적인 동의 없이 무력으로 이루어진 게 대부분이라고 한다. 그러니까
잘 아는 사이에서 강간이 이루어진다는 것이다. 아이오와는 미국에
서도 세번째로 범죄 없는 도시이고 이 지역 한국인 침례교회 목사의
말에 따르면 자기집은 한 번도 문을 잠그고 잔 적이 없다고 했다. 아
메리칸 섹스라는 게 어떤 건지 감은 안 잡히지만 어쨌든 성에 관한
논의 자체는 엄청나게 개방되어 있다. 우리 같은 한국 사람이라면
어떻게 그런 말을 꺼낼 수 있을까 싶지만, 그런 말을 여자든 남자든
꺼낼 수 있고 논의할 수 있다는 건 어쨌거나 좋은 일이다. 논의 자체
가 경직되어 있는 사회에서는 경직되어 있다는 그 사실 때문에 이득

을 보는 집단이 있고 억압을 당해야 하는 집단이 있다.

　나도 낯이 익은 두 여학생이 자기네들끼리 이야기하는 것을 들었는데 나는 모르는 어떤 교수를 욕하고 있었다. 학생과 교수가 함께 어울린 파티에서였는데, 아마 기숙사에서 열린 파티였기 때문에 나중에는 침대에 눕기도 하고 의자에 앉기도 하고 바닥에 눕기도 하면서 이야기를 한 모양이었다. 그런데 그 두 명 중의 한 여학생이 침대에 기대어 앉아 있었는데 그 교수가 옆에 앉아, 혹은 누워 있었는지 모르지만, 아무튼 자기 다리에 장난을 걸어왔다는 것이다. 그러자 그 얘길 듣고 있던 여학생이 "Dirty old man!" 하면서 인상을 북 긁었다. 그래서 내가 그게 이상한 거니, 너희 나라에서는 그거 보통 아니니? 하고 물었더니, 그 여학생이 마구 웃음을 터뜨리면서 그렇지 않다고 대답했다. 보통의 친근함을 나타내는 행위(왜냐하면 친구지간인 남녀가 껴안는 것은 보통이기 때문이다. 우리 사회처럼 껴안았다 하면 남녀의 성적 관계가 되어버리는 곳에서 자라난 내겐 그걸 분간하기가 참 힘들다. 서로 껴안는 걸 보고서 쟤네들은 연인 관계인가보다 생각하고 있으면 그다음엔 각자의 진짜 애인들이 나타나는 것이다)와 성희롱에 해당되는 행위 사이의 구분점을 나는 아직 모른다. 그게 내가 경직되고 폐쇄된 사회에서 살았다는 증거다. 그런데 경직되고 폐쇄된 사회에서 살아온 여자만 그런 걸 모르는 게 아니다. 왜냐하면 팔레스타인에서 온 소설가가 베릴에게 아메리카 여자들은 겉 다르고 속 다르고 이중적이라고 불평을 늘어놓았다는데 그 내용인즉슨 이러했다. 그가 엘리베이터를 타고 오르락내리락하면서 엘리베이터 안에서 사귄 여학생들(주로 메이플라워에 사는)을 자기 방으로 꼬셔(자기는 꼬셨다고 생각한 거다) 데리고 가서 이 얘기 저 얘기 나누다가 침대로 데리고 가려 하면 정색을 하고 미친놈 취급을 한다는 얘기였다. 그 소설가의 말인즉슨 여자들 옷차림이 그 정도면 얼마나 헤픈가 짐작이 가는데 자기에게는 그렇게 대해 주지 않는다는 얘기다. 쇼나와 베릴의 해설에 의하면 이 남자는 대단히 큰 착각을 하고 있었다. 미국 여학생들이 그리고 미국 여자들이 그렇게 헐거운 차림새를 하고 다니는 것은 그들의 성에 대한 관념과는 아무런 관계가 없다는 것이다. 그것은 단지 패션일 뿐이라고 했다. 그러나 경직된 사회에서 살았던 이 남자는 여자가 노출이 심한 옷차림을 하고 있으면 다 그렇고 그런 여자로 보는 것이다. 말하자면 자기네 사회에서 보던 식으로 보는 것이다. 쇼나에 의하면 그런 여학생들 모두가 대체로 자기 '보이프렌드'를 갖고 있다고 한다. 보이프렌드, 걸프렌드는 그냥 프렌드와는 달리 성관계를 갖고 있다는 것을 뜻한다. 자기 보이프렌드가 있는데 뭐하러 다른 남자와 자겠는가? 들리는 말에 의하면 이 팔레스타인 소설가는 한 여자에게도 성공하지 못했다고 한다. 그러고서 뒷전에서 욕만 얻어먹는 거다. 미국 남자들과 남학생들을 보면 'sexual harasser'라는 소릴 들을까봐 엄청 겁을 낸다. 대부분 여자 쪽에서 더 적극적이지 남자 쪽에서는 적극적으로 나가지 못한다. 신사다운 방향으로는 적극적으로 나갈 수 있지만 남자로서의 우월감이나 무력을 행사하는 쪽으로는 적극적으로 나가지 못한다. 다른 곳은 몰라도 그게 이 아이오와, 대학 도시에서 볼 수 있는 남녀 관계의 특성이다. 자칫해서 섹슈얼 해러서라는 낙인이 찍히면 그건 엄청난 오명이 되기 때문이다. 한번은 영어 시간에 클라크가 지난번에 갔다 온 캐나다 여행 얘기를 하면서 자기가 캐나다에서 어느 화장실에 들어갔는데, 갑자기 여자가 남자 화장실로 들어와 태연히 화장을 끝내고 나가는데 남자들이 아무렇지도 않게 보더라는 이야기를 하면서, 캐나다는 성적으로 상당히 개방된 나라라고 말하며 부러워하는 눈치였다. 그러면서 덧붙이는 말이, 미국에서 웬 남자가 여자 화장실에 들어갔다고 쳐봐, 그러면 당장에 여기 남자 들어왔다. 성폭행이야, 라고 외칠 거라고, 자못 공포스럽다는 표정으로 말했다. 그걸 보면 미국 남자들이 섹슈얼 해러서로 몰릴까봐 겁내고 그것을 상당히 깊게 의식화해 갖고 있다는 걸 알 수 있다.

  아침 열시에 식료품 쇼핑. 나는 정스마켓으로 데려가달라고 해서 거기서 당면과 기타 잡채거리들을 샀다. 갑자기 잡채가 먹고 싶은 생각이 들어서. 내 짧은 입에도 가끔씩 먹고 싶은 게 생각나는 때가 있다. 잡채를 준비해서 점식식사에 쇼나, 수, 보이, 마틴, 마크를 불렀다. 다들 내 음식을 자주 먹어보았지만 마크는 처음이었다. 그런데 내가 만드는 잡채라는 건 전통적인 요리 방법과는 다르다. 전통적인 방법은 잡채 따로 삶아내고, 고기를 비롯해 갖가지 야채를 따로따로 익혀 나중에 하나로 무치는데, 내가 생각하기엔 그건 시간 낭비였다. 그래서 당면은 그냥 더운물에 담가놓고 먼저 고기를 볶다가 그다음엔 표고버섯, 당근 식으로 딱딱한 것부터 넣다가, 무른 야채들을 넣기 직전에 먼저 불려둔 당면을 넣고 다시 볶다가, 맨 끝에 여린 잎사귀 야채들을 넣고서 한번 후딱 볶은 뒤에 양념간장 넣고 잘 섞기만 하면 끝나는 것이다. 양념간장에 고춧가루를 많이 넣었기 때문에 매워할 줄 알았는데 다들 잘 먹었다. 특히 쇼나는 자기는 한 시간 전에 고기를 먹었기 때문에 먹지 않겠다고 우기다가 다른 사람들이 먹는 걸 보고는 에라 모르겠다 하고 한 접시를 다 먹었다. 제일 못 먹는 사람이 마틴이다. 가만히 보아하니 마틴은 여간해서는 외국 음식을 먹으려 들지 않는다. 그는 언제나 야채 샐러드 같은 것을 즐겨 먹는다. 자극적인 외국 음식을 먹다가 된통 혼난 경험이 있는지도 모른다. 쇼나, 수, 마크가 제일 잘 먹었다. 나 자신도 많이 먹질 못했는데, 나는 음식 요리를 즐겨 하지만 나 먹으려고 하는 적은 별로 없다. 남들이 맛있게 먹는 걸 보는 걸 좋아하기 때문에 자주 하게 된다. 그 덕에 쇼나가 맛있는 요리를 자주 얻어먹는데, 베릴이 그걸 두고 승자, 너가 쇼나를 망치고 있는 거야라고 말했다. 베릴은 채식주의자이기 때문에 고기가 들어가는 잡채 요리로는 초대하지 않았다. 맨 나중에 음식이 조금 남아 아무도 더이상 손대지 않으려 하자 마크가 자기 접시로 갖고 가 깨끗이 다 비웠다. 포도주에 곁들여 잡채를 먹으며 두어 시간 떠들다가 식사가 다 끝나자 보이와 마크가 설거지를 해주었다. 다들 돌아간 뒤에 좀 누워 있다가 커피 물을 올려놓고서 부엌 식탁에 앉아 책을 읽는데 어디선가 너무도 향기로운 냄새가 났다. 이게 도대체 어디서 나는 냄새인가 싶어 고개를 두리번거리자니 가스레인지 위 후드에 마크가 자기 정원에서 따 말린 것이라며 갖다준 타임이니 뭐니 하는 약초들이 걸려 있었다. 끓는 물의 증기가 닿으면서 약초에서 스며나오는 냄새였다.

　오후 다섯시에 또 파티. 미술관에서 열린다고 했다. 잡채 만드느라 피곤했지만 나가기로 했다. 파티장에 가니까 또 치마를 입어야겠지 하고서 남대문시장에서 산 만 원짜리 검은색 치마(남서태평양 일당들은 이 치마가 굉장히 비싼 치마인 줄로 알고 있다)에 김혜순이 며칠 전에 보내준 노란색 스웨터를 걸치고(사실 한국에서 이런 복장은 파티 복장이 아니라 시장 갈 때 입는 옷이다) 메이플라워 정문으로 나가니까 이미 모여 있던 작가들이 갑자기 와, 승자 오늘 이쁘다며 야단들이다. 아마 노란색과 검은색이 조화를 잘 이루니까 그렇기도 하고 날이 흐리고 가랑비가 내리고 있었기 때문에 노란색이 잘 어울렸나보다. 우리를 미술관까지 데리고 간 드라이버는 조너선. 아이오와강을 가로지른 다리를 건너서 오 분도 안 되는 거리에 미술관이 있었다. 아이오와시티 국제방문자협회가 국제 방문자의 날을 맞아 IWP 작가들을 위해 베푸는 리셉션이라고 했다. 파티장으로 들어가기 전에 미술관 그림들을 한참 구경했는데, 아프리카관과 아메리칸 인디언관이 꽤 인상적이었다. 그 외에는 그림에 대해서 거의 아는 바가 없어서 특별히 관심이 끌리는 건 없었고, 김혜순의 딸 이휘재의 그림들을 여기 갖다 전시하는 게 더 낫겠다는 생각이 들었다. 거의 내 나이 또래의 화가들 작품이 많았는데, 글쎄다……

지하에 있는 파티장으로 이어지는 계단을 내려가는데 파티가 벌써 오래전에 시작되었는지 많은 사람이 있었고, 언제 와 있었는지 마크가 파티장에서 나와 계단을 올라오면서 내게 점심을 잘 먹었다고 고맙다고 또 인사를 한다. 미국인들처럼 인사 잘하는 사람들도 없을 거다. 마크가 모는 차를 타고 어딜 갔다 올 때는 나도 그에게 꼭 운전을 해주어서 고맙다고 인사를 하는데, 그럴 때면 그의 대답은 "It's my job"이다. 그는 그 대가로 IWP 측에서 돈을 받기 때문이다.

파티장에서 사람들과 얘기하고 있는데 또 보이가 와서 "I don't like party"라고 한다. 이 젊은이를 때려 가르칠 수도 없고 참. 왜 매일 나한테 와서 자기는 파티를 안 좋아한다고 말하는지 알 수가 없다. 나도 그때는 몹시 뼈가 쑤셔서 아프던 참이었으므로, 그럼 나가자 하고 파티장에서 함께 나와 건물 바로 옆에 있는 강변 벤치에 앉았다. 대학생인지 보통 시민인지 모를 사람들이 강물 위에서 보트인지 카누인지를 즐기고 있었다. 보이가 가방에서 종이를 부스럭부스럭 꺼내더니 내게 시를 읽어주었다. 전에 수영하러 코럴빌호수에 갔던 날 쓴 시라고 했다. 거기 함께 갔던 모든 사람에 대한 언급이 한 구절씩 나왔다. 그 모든 언급은 지금은 기억이 나질 않고, 다만 아미르에 관해서는 보이 역시 그의 섹시한 특성에 주목하고 있었고, 마크에 대해서는 "자연의 수도승 마크"라고 표현했고, 승자에 대해서는 "승자는 행복을 두려워한다"라고 쓰여 있었다는 게 기억날 뿐이다. 내가 보기엔 보이가 행복을 두려워하는(두려워한다기보다는 거부하는) 것 같은데, 바로 그 보이가 나에 대해 그런 말을 하다니, 다른 사람들이 보기에 나도 우거지상을 하고 다니는 건가? 나의 미소 마스크를 다시 한번 윤나게 손질해야겠다.

아침에 평소보다 일찍 일어났다. 신문을 가지러 문간으로 가보니, 문 밑으로 밀어넣은 종이 뭉치가 보였다. 그것은 내가 영역했던 내 시들이었다. 쉰 편에 가까운, 번역도 시원치 않은 시들을 읽느라고 마틴이 고생깨나 했겠다는 생각이 들었다. 아마도 내가 자고 있는 어느 시각엔가 그가 그것들을 밀어넣고 간 모양이었다. 그러고 보니 어젯밤 그가 보이의 방에서 일찍 물러간 게 내 시들을 끝마치기 위해서였는지도 모르겠다. 시 뭉치들을 그대로 책상 위에 얹어놓고서, 오늘부터는 컴퓨터가 제대로 내 뜻에 따라 움직여주든 말든 간에 어쨌든 써야겠다는 생각이 들어 한동안 컴퓨터를 두드리다가, 쉬는 참에 시 뭉치를 서랍에 넣으려고 보니 맨 위의 두 장은 마틴이 소감인지 뭔지를 써놓은 종이였다.

첫번째 종이엔 이렇게 쓰여 있었다.

최승자에게

나는 당신의 시를 더이상 간직하고 싶지 않다. 당신이 그 시들을 필요로 한다는 것을 알기 때문에. 그 시들 모두에 대해서 논평을 해놓지 못한 것이 미안하다. 지금 당장은 나는 무척 당혹스러운 느낌을 갖고 있고, 또 그동안은 내가 시간을 잘 조직적으로 이용하지 못했기 때문이다. 어쩌면 나중에 그 시들에 대해 우리가 함께 자세히 얘기할 시간을 갖게 될 것이다. 당신은 매우 'powerful'한 시인이다. 당신의 번역 중 얼마간은 뛰어난 것이 못 되지만, 당신 자신의 독특한 목소리들이 그것을 뚫고 내비쳐 보인다. 어떤 고통이 당신 가슴속에서 계속되어야만 하는 것일까. 우리가 함께 막힘없이 얘기를 나눌 수 있도록 내가 당신네 나라 말을 할 수 있었으면 좋겠다. 나는 당신 목소리의 그 가차없는 강렬함에 경탄을 보낸다.

마틴 로퍼

추신: 당신의 시 위에 검은 글씨로 써놓은 것은 모두가 내가 언급한 것이다.

두번째 종이엔 이런 것들이 씌어 있었다.

「여성에 관하여」: "모래바람 부는……"이 마음에 든다. 멋진 시다. 다른 제목이 어떨는지?

「겨울에 바다에 갔었다」: 당신은 어디서 이런 이미지들을 얻었는가? 완전히 경악스럽게 만드는 시다. 그 이미지들이 내게서 떠나질 않는다.

「삼십 삼 년 동안 두 번째로」: 아주 근사한 아이디어이다. 당

101

신의 시들은 정말로 독창적이다. 그것을 당신 스스로 알고 있다는 것을 알지만 어쨌든 그것을 나는 당신에게 말하고 싶다.

「언젠가 다시 한번」: 나는 이 작품의 무드와 그 황량한 분위기를 사랑한다.

「일찍이 세계는」: 맨 처음 1연은 내가 오랜만에 읽어본 가장 좋은 시 중의 하나다. 내 마음을 사로잡는다.

「기억의 집」: 특별히 벽의 이미지들이 내 마음에 든다. 멋진 착상이다. 그러나 이 시의 마지막 행은 나를 완전히 어리둥절하게 만든다.

「기억의 집」의 맨 마지막 행을 내가 뭐라고 번역했나 찾아보았더니, 마틴이 왜 그런 말을 했는지 알겠다. "아버지의 나라/그 물빛 흔들리는 강가에 다다르고 싶다"라는 마지막 행에서 "물빛"을 내가 'water color'로 번역해놓았던 것이다. 워터 컬러는 수채화라는 뜻이다. 그걸 알면서도 그렇게 해놓은 것은 그때는 도저히 달리 어쩔 수가 없었다. 그 단어 하나만 끝나면 시 하나가 번역되는데, 그 단어 하나 때문에 포기할 수가 없었다. 게다가 그건 내가 좋아하는 시였으니까. 그런데 문제는 내 시에서 눈빛이라든가 물빛이라는 단어, 특히 눈빛이 많이 나온다는 걸 번역을 하면서 느꼈는데, 눈빛을 영어로 뭐라고 번역하나. 눈빛이라는 말은 영어에는 없다. 어쩔 수가 없어서 그냥 'eye light'라고 해두었는데 이것 역시 고쳐야 한다. 이건 어쩔 수 없이 'gaze' 정도로 그칠 수밖에 없다. 한국어의 눈빛이라는 단어가 주는 빛이 영어 단어에는 없다. 그 대신에 'water color'를 'water light'로 바꾸었다. 이 빛이라는 단어가 문제였다. 우리말에 빛은 두 가지 뜻을 갖고 있는데 이게 혼란을 준다. 나중에 반응을 알아봐야겠다.

내가 내 영역 시들을 들여다본 게 오늘이 처음이다. 다섯 부쯤을 갖고 왔었는데 그동안 헬레나, 보이, 쇼나, 마틴 등 몇 명에게 보여주었지만 나 자신은 들여다보지도 않았다. 8월에 지긋지긋하게 고생했던 게 생각나 당분간은 쳐다보고 싶지도 않았기 때문이다. 한 열흘 전인가 IWP 사무실에서 번역을 담당하는 캐럴라인 브라운이 공문을 보내왔는데 '오늘의 국제문학' 시간 중 내게 할당된 시간에 자료로 제출할 시로 열일곱 편을 골랐고, 내게 할당된 두 명의 번역자는 누구누구이니 만나서 함께 상의해보라는 이야기였다. 그게 아마 9월 초였던 것 같다. 그중 한 명은 여기서 12년간 살면서 지금 영문학과에 재학중인 한국인 여학생이고, 다른 한 명 역시 영문과 학생이라고 했던 것 같다. 그러나 나는 그들을 만나 시 번역 논의를 하지 않았다. 한국인 여학생에게만 내 시집들을 주면서 내 시와 내가 번역한 시들을 일단 대조해보라고 했었다. 처음부터 무슨 논의를 갖는 것보다는 내 시집을 읽고, 내가 번역한 시들을 읽고서 충분히 소화시킨 다음에 얘기를 시작하는 게 더 빠른 방법이라는 생각이 들었기 때문이기도 하고, 또 한편으로는 그들이 아직 대학생이기 때문에 신뢰가 가지 않았던 것이다. 그 열일곱 편은 내 순서의 오늘의 국제문학 시간(이건 문학창작과가 아니라 영문과를 위한 시간이다)에 자료로 나누어질 것이었다. 캐럴라인 브라운인지 아니면 누가 골랐는지 모르겠지만, 총 마흔네 편 중「일찍이 나는」「과거에 사는 사람들」(이거 한국 시 제목이 맞나 모르겠다)「청파동을 기억하는가」
「밤」「꿈 대신에 우리는」「끊임없이 나를 찾는 전화벨이 울리고」
「밤부엉이」「한 목소리가」「나날」「여성에 관하여」「내게 새를 가르
쳐 주시겠어요?」「자칭 시」「겨울에 바다에 갔었다」「없는 숲」「기
억의 집」「미망 혹은 비망 7」「너에게」 등 열일곱 편을 골랐다.

쇼나는 또 무슨 파티에 갔다. 아마도 쇼나처럼 사람 만나 얘기하기 좋아하고 여기저기 돌아다니기 좋아하는 사람도 없을 것이다. 마크가 가자고 한 건데 나는 가지 않았다. 사람들 만나 떠드는 것도 이젠 지쳤다.

하루종일 뭘 했는지 기억이 나질 않는다. 토요일이니까 공식 행사는 없는 날이고, 내가 무얼 했나? 이 아메리카에 와서 무어 하나라도 배워가는 게 있어야지 이렇게 놀고만 있어도 될까?

밤늦게 쇼나가 와서 무슨 교수 집에서 열렸던 오늘의 파티에 대해서 이야기해주었다. 그런데 그 파티에 리오넬과 보이와 미얀마인 윈 페가 함께 갔던 모양이다. 쇼나는 그들에게 화가 잔뜩 나 있었다. 자기는 그 파티가 상당히 재미있었는데 이 남자들이 그들을 데리고 간, 그리고 그 파티 참석을 주선했을 게 분명한 마크에게 빨리 돌아가자고 졸라댔다는 것이다. 그래서 마크가 그럼 그들을 데려다주고 돌아오겠노라고 했지만 자기와 수는 그게 너무 미안해서 자기들도 그럼 함께 나오겠다고 했다는 거다. 그런데 파티장에서 나오자 이 남자들이 무슨 바로 데려다달라고 했단다. 아니 그 파티에도 똑똑

하고 아름다운 아가씨들이 많은데 왜 적당한 대화거리를 찾아 그들과 재미있게 어울리지 못하고 시종 무뚝뚝한 얼굴로 앉아 있다가 집에 가자고 해놓고서 또 웬 술집으로 가냐, 이거였다. 나는 그 사정을 짐작할 만하다. 쇼나는 피지 힌두인이지만 철저한 백인이다. 그녀는 사교, 사교계라는 것을 알고 어떻게 처신해야 한다는 걸 알고 있다. 그러나 보이와 윈 페는 아시아인이고 리오넬은 내가 보기엔 철저한 시인이다. 아시아인인 보이와 윈 페는 이론적으로는 그런 자리에서 어떻게 해야 한다는 걸 알고 있었겠지만 감정이 따라주질 않았을 것이다. 사실 나도 대부분의 파티에서 솔직히 말해 지겨움밖에 느끼는 게 없고 이 미국인들은 왜 이리 쓸데없는 말들을 열심히 지껄이는 걸까 하고 생각한 적이 한두 번이 아니고, 그러다가 급기야는 내가 하릴없이 시간을 낭비하고 있다는 생각까지 하게 되는 것이다. 아마도 쇼나는 그런 것을 느낄 수가 없을 것이다. 그리고 그런 걸 느낀다 하더라도 파티에서 그런 행동을 보이는 건 옳지 않다고, 이성으로 판단하는 정도가 아니라 그녀의 감수성 자체가, 그게 옳지 않다고 느끼기 때문에 그런 행동은 자연히 나오지 않을 거였다. 모르겠다, 정확히는. 하지만 분명 아시아인과 백인 간에는 센서빌리티와 멘탈리티에 엄청난 차이가 있다는 걸 여기 와서 한두 번 느끼는 게 아니다. 그런 걸 들어서는 알고 있었지만 실제로 겪는다는 건 때때로 이상한 충격을 준다. 어떻게 그렇게 다를 수가 있는 건지.

일요일. 대부분의 작가가 여기 문창과에 다니는 어느 작가 부부의 집으로 몰려갔다. 주선자는 아일랜드인 마틴. 마틴은 여기서 주로 아이오와에 사는 사람들, 특히 문창과 학생들과 사귀는데, 마틴이 워낙 싹싹하고 상냥하고 신사답고 그래서인지 많은 사람이 그를 좋아하고 그래서 언제나 그의 방에는 문창과 학생들이 드나든다. 그리고 마틴은 여기 문창과의 크리에이티브 논픽션 섹션에 등록하고 싶어하는 모양이다. 이미 소설가인데 그럴 필요가 있을까 하는 생각이 들지만 마틴은 자기 나라에 돌아가고 싶어하지 않는다. 문창과에는 이미 작가로 데뷔한 학생이 많으니까 그도 등록 못할 것은 없겠지만, IWP 참가 작가가 거기 등록한다는 건 좀 우스워 보이지 않을까? 쇼나 역시 그 문창과 학생 부부 집에서 열리는 파티에 쫓아갔다. 정력적인 쇼나.

오늘 내 방 열쇠를 잃어버렸다. 다운타운에 갔다 오면서, 버스가 삼십 분 만에 오는 날이라 걷는 게 더 빠르겠다 싶어 걸어오는 길 어디에선가 열쇠를 잃어버린 것. 쇼나가 돌아와 있지 않았더라면 내 방에 들어가지도 못할 뻔했다. 쇼나의 방을 통해 부엌으로 가 내 방으로 들어갔다. 다운타운에서 돌아와 메이플라워 건물 앞에 도착했을 때 앞 잔디밭에 인도에서 온 니란잔이 앉아 있었다. 니란잔은 키가 자그마한 인도 원주민인데 인도의 무슨 대학 영문과 교수라고 했다. 인도에서도 영어가 공용어니까 그도 영어로 창작을 한다. 언젠가 『100 Words』에 실린 그의 시를 읽었는데, 그가 떠나기 직전에 그의 아버지가 돌아가셨고 그는 그 장례식에 참석하지도 못한 모양이었다. 그런데 그의 시에 "해마다 아버지 내가 이 바나나 잎으로 당신을 먹여 살리겠습니다"라는 구절이 있었다. 제사의 의식을 묘사한 부분 같은데, 오늘 그가 잔디밭에서 날 불러 얘기 좀 하자고 하길래 그게 생각이 나 너의 그 시가 『100 Words』에 실린 시 중에서 가장 마음에 들더라고 말하면서 제사상에 바나나 잎을 올리느냐고 물었더니, 그게 아니라 바나나 잎에 담아 올린다는 거였다. 그러니 내가 잘못 읽은 거다. 이런저런 얘기를 나누는 중에 그가 내게 너 남자친구를 많이 갖고 있지 하고 묻길래, 남자친구는 많지만 보이프렌드는 없다고 하니까, 내가 결혼할 때 한국에 오겠다면서, 너 스물여덟 살쯤 되었지 하고 묻는다. 이 니란잔이라는 사람은 나와 마주쳐 인사할 때 내 손을 잡고서 인사하는 버릇을 갖고 있는데 그렇다면 스물여덟 살짜리 여자 손을 잡는 걸로 상상했겠구나 하는 생각이 들어 웃음이 나왔다. 그래서 내가 나는 한국 나이로 마흔세 살이다라고 말했더니 깜짝 놀란다. 그러면서 자기도 마흔세 살이라고.

　오랜만에 오픈 마이크 시간에 참석. 그런데 지난번에 마틴이 무슨 바에서 리딩을 한다길래 그 바에 갔을 때 거기서 보았던 베트남 시인이 오픈 마이크 시간에 참석해 있었다. 그때 바에서의 리딩은 문창과 학생들이 대부분 읽었고 IWP 작가로는 마틴이 읽었는데, 그 중간에 그 베트남인이 무대에 출연했었다. 그 베트남인을 나는 그전에도 IWP 사무실에서 본 적이 있다. 바에 출연했을 때에도 자기 친구인 아이오와 시인과 함께였는데 오늘도 그 아이오와인과 함께였다. 오늘 설명을 들어보니까 아이오와인과 베트남인은 둘 다 아이오와대학 문창과의 전신인 폴 엥글 워크숍 출신(이 워크숍은 꽤 유명한 워크숍인 모양인데 한국인 김은국도 이 워크숍 출신이고, 클라크와 그의 아내 바라티도 이 워크숍 출신이고 그 워크숍에 다니다가 어느 날 충동적으로 결혼했다고 했다. 그리고 현재 미국에서 활약하는 인기 있는 작가들 중 여기 출신이 많다고 한다. 그래서 중앙에서 자기 자리잡고 활약하는, 이 워크숍 출신 작가들이 아이오와시티에 와서 리딩을 할 때에는 문창과 학생들이 대거 몰려가고 나중에 끝난 뒤에 파티가 열릴 때도 있다)인데, 졸업 후 베트남인은 자기 나라로 돌아갔다가 그뒤 베트남이 공산화되었을 때 강제수용소에 갇히게 되었다고. 그가 리딩 때 읽은 시들은 그 당시에 쓰인 것들이었다. 베트남인은 그후 강제수용소 생활을 전전하다가 어떻게 해선가 이 아이오와 친구에게 편지를 전할 수 있었고, 그 편지를 받고 아이오와인은 여러 단체에 호소하여 결국은 그를 베트남에서 빼낼 수 있었다고 한다. 그래서 베트남인은 지금 아이오와에서 살고 있다고 한다. 재미있는 것은 바에서의 그 만남 이후 이 베트남인이 어느 날인가 쇼나에게 전화를 걸어와 데이트를 신청했는데 쇼나가 정중하게 거절했다는 사실이다. 베트남인은 할아버지이다. 쇼나도 내가 보기엔 할머니에 가까운데 그녀 자신은 그렇게 느끼지 않는다. 어떤 때에는 힌두식으로 쪽 찐 머리를 하지 않고 엉덩이까지 머리를 풀어 내리고는 검은 진에 부츠를 신고서 다운타운으로 진출하니까 말이다.

바에서 베트남 시인의 리딩이 있었을 때는 그의 친구 아이오와인이 먼저 영어로 시를 읽고(그가 번역했다고 했다) 그뒤에 베트남인이 자기 나라 말로 자기 시를 읽는데, 그 낭송이라는 게 아주 이상한 것이었다. 우리나라로 치면 무슨 창 같은 것이었다. 그것은 시라기보다는 노래에 가까웠다. 사실 영어 시를 들어보면 우리가 익히 알 수 있는, 조금은 진부한 내용이었다. 어느 날 군인이 들이닥쳐 자기를 끌고 갔고 그때 자기 아내는 해산의 자리에 누워 있었으며…… 하는 식의, 우리에게도 너무 익숙한 투의 그런 시였다. 그런데 베트남인의 시, 아니 시라기보다 노래는 전혀 다른 맛이었다. 오늘도 아이오와인 친구가 먼저 영어로 된 시를 읽고 베트남인은 창을 했다. 나중에 질문과 응답 시간에 너희 나라에 그렇게 시와 음악을 결합한 특별한 장르가 있는 거냐고 물으니까 그런 것 없단다.

　그 베트남인 다음에는 베릴이 자기 소설 중의 일부를 읽었는데, 레즈비언 여주인공의 심리 상태를 그린 소설이었다. 베릴은 자기 친구 중에는 레즈비언이 많다고 했다. 그녀는 레즈비언을 찬양한다. 그 다음에는 마크가 자기가 쓰는 중인 작품의 일부를 읽었다. 「스쿨하우스」라는 제목을 가진 그 소설 말이다. 그 소설은 우리 작가들 사이에서 유명하다. 아직 다 써지지도 않았는데 말이다. 그 이유는 틈만 있으면 마크가 자기 작품을 갖고 와 리딩을 하기 때문이고, 두번째는 그가 아이오와대학 문창과의 크리에이티브 논픽션 섹션을 전공했는데, 미국인이 아닌 우리 IWP 작가들에게는 도대체 크리에이티브 논픽션이라는 게 어떤 물건인지 궁금하기 때문에 관심을 갖게 된 것이다. 아일랜드인 마틴도 이 대학 크리에이티브 논픽션 섹션에 등록을 추진중이고 현재 청강을 하고 있다는데, 어느 날 보이의 방에서 헬레나, 보이, 마틴, 나 넷이서 저녁식사를 할 때도 그 이야기가 나왔다. 자기가 그 부문을 지금 청강하고 있는데 일주일에 작품 하나씩을 내야 하는 강행군 수업이고, 자기로서는 들어보지 못한 개념이 수업의 핵심적인 내용을 이루는데, 그건 'disorientation'이라는 개념이라고 했다. 그러면서 마틴이 내게 디스오리엔테이션이 뭔지 알아? 라고 물었다. 그래서 잘은 모르겠지만 혹시 'Einfremdung'하고 비슷한 거니?라고 물었더니(그러나 디스오리엔테이션은 아인프렘덩하고는 별개인 것 같다), 이번에는 마틴이 내 발음을 못 알아들었는지 뜻을 못 알아들었는지 멍하니 나를 쳐다보자, 보이가 옆에 있다가 'alienation'이라고 말하니 그제야 마틴이 고개를 끄덕였다.

오늘은 올드 캐피털 건물 앞에서 단체사진을 찍었다. IWP 사무실에 가보면 해마다 이 프로그램에 참석했던 작가들의 단체사진이 연도별로 붙어 있는데, 우리가 오늘 찍은 이 사진도 내년쯤엔 거기 붙게 되리라. 그러고 보니 내가 미국에 도착한 지 꼭 한 달이 되었구나. 뭘 했지? 하다못해 영어회화라도 배우지 않고는. 그러려면 많은 사람과 어울려 떠들어야 하는데 그게 지겹고 귀찮아서다. 그리고 영어회화를 배우려면 내 발음을 전부 교정해야 하는데 그걸 어떻게 한담? 나는 영어 번역을 하면서도 발음은 찾아 읽지도 않는다.

내가 미국엘 간다거나 미국인들과 이야기를 나눌 기회가 있으리라곤 생각도 못했고, 그 외에 내가 영어를 발음해야 할 일은 없을 것 같으니까 언제나 나는 번역 때문에 늘상 사전을 뒤적거리면서도 발음은 해본 적이 없고, 다만 그 뜻만을 읽고 컨텍스트에 알맞은 뜻을 고르는 일에만 신경을 써왔다. 그러니 발음은 엉망일 수밖에. 오죽하면 내 친구 하나가 최승자식 발음이라는 말까지 만들었을까. 그런데 그 발음들을 어떻게 고치나. 내 발음을 사람들은 잘 알아듣지 못한다. 그리고 무슨 리딩 같은 데서 추상적인, 관념적인 이야기를 하

112

면 잘 알아듣는데 일상적인 얘기를 구어체로 하면 하나도 알아듣질 못한다. 내용이 추상적이면 추상적일수록, 내용이 고급하면 고급할 수록 더 잘 이해하는데 일상적인 얘기를 하면 그게 읽어보지 않은 것들이라 상상력이 잘 움직이지 않는 모양이다. 내용이 고차원적일 때 오히려 상상력이 제 길로 들어선 것처럼 모르는 말도 맞혀가면서 들을 수 있는 것은 이론적인, 아니면 상당히 문학적인 책들만 주로 보아왔기 때문일지도 모른다. 그리고 아마도 그런 이유 때문에 사람들이 내 영어는 'literary'하다고 말하는 것일 게다. 사람들은 누구나 내 영어가 'excellent'하다고 말한다. 그러면서 꼭 덧붙이는데, 다만 구어체 표현을 배우면……이라고 말한다. 내가 생각해도 내 영어 말은 말이 아니라 글이다. 글을 통해서만 영어를 배웠으니. 그런데 그걸 배우려면 하루이틀 걸릴 일도 아니고 오랜 시간에 걸쳐서 배워야 하는 건데, 지금은 그럴 시간이 없다. 아니 그럴 마음이 되질 않는다. 한국에서 올 때 미국 가서 대충 읽어보고 써먹어야지 하고서 조화유라는 재미교포가 쓴 무슨 회화책 같은 것을 몇 권 사 갖고 왔는데 그거 읽어볼 시간도 마음도 없다. 내 마음이 지쳤나보다. 사람들과 자주 어울리다보면 자연스럽게 배울 수도 있겠지만 그렇게 해서 배우는 양은 적을 것 같다. 다른 방법이 필요할 것 같다. 그 방법을 찾아봐야겠다.

엊그제 밤에 마신 술로 아직도 골치가 아프다. 어제 하루종일 두통에 시달렸는데 아직도 두통이 가시지 않는다. 화요일 밤 오픈 마이크 시간이 끝난 뒤, 모두들 8층 코먼 룸으로 올라와 술을 마셨던 것. 여기 사람들이 마시는 술이란 한국인이 마시는 술에 비하면 술이랄 것도 없는데(왜냐하면 포도주 몇 잔, 맥주 몇 잔 놓고 몇 시간을 떠들어대니까. 우리처럼 술좌석에 앉자마자 소주를 한 잔씩 쫙 마시고 하는 그런 습관이 없다. 그러니까 한국 사람은 여기서는 별로 술 취할 기회가 없을 것이다) 이날은 아미르가 내 옆자리에 앉아 있었기 때문에 보드카를 마시게 된 것. 다른 중동인들은 술을 안 마시는 것 같은데 아미르는 꼭 독한 술만 마신다. 포도주에다 보드카를 섞어 마셔서 그런 건지 몹시 골치가 아프다. 아미르는 그날 밤 몹시 취했던 것 같다.

오늘 아침에 복도에서 메리와 니란잔이 무슨 이야기를 하고 있는 중에 그들과 마주쳤는데 "How are you?" 그러길래, 별로 안 좋아, 그랬더니, 왜 안 좋아, 그러길래, "I have a leftover from hangover"라고 말했더니 둘이서 너무 재미있어 하며 웃었다. 행오

버는 간밤에 마신 술로 인한 숙취이고 레프트오버는 어제 먹다 남은 음식을 말한다. 그러니까 어제 숙취가 오늘까지 남아 있다는 뜻으로 한 말인데, 그게 꽤나 재미있었나보다. 왜냐하면 오늘 IWP 사무실에 갈 일이 있어서 들렀더니 클라크가 "You have a leftover from hangover"라고 말하면서 낄낄 웃었기 때문이다. 누군가가 또 금방 그 말을 전했나보다.

밤 여덟시에 로버트 크릴리 리딩에 가려는데 전화가 왔다. 말레이시아 여성 작가 카디자였다. 자기와 같이 가자는 거였다. 이 여자는 내가 자길 얼마나 싫어하는지 모르나, 정말로? 거길 가는데 왜 자기 혼자 가질 못하고 꼭 남하고 같이 가려고 하는지 모르겠다. 화가 나서 부엌으로 들어가 물 한잔을 마시는데 쇼나가 들어오길래 그 얘기를 했더니 "That bloody woman"이라고 말했다. 조금 전에 자기에게도 전화를 했다는 것이다. 자기는 시에는 흥미가 없으니까 안 갈 거라고 했고, 그러자 그러면 승자는 자기 방에 있느냐고 묻더라는 것이다. 그래서 승자는 제 방에 없는 것 같다, 왜냐하면 아무 기척도 들리지 않으니까라고 대답했는데, 기어이 전화를 한 것이었다. 나는 어떻게 그렇게 상대방의 얼굴 표정이랄까 말투에서 그런 걸 못 느낄 수 있는지 참 용하다는 생각이 든다. 나는 이 여자가 너무나 애기처럼 재재거리고 무슨 투정하는 것처럼 말하고 항상 남에게 뭘 해달라고 하기 때문에 싫다. 슈퍼마켓에 가서도 이거 사달라, 저거 사달라 하고. 아무튼 어쩔 수 없이 같이 가야 했는데, 인기 있는 시인의 리딩이어서인지 청중이 많이 몰려왔다. 그런데 카디자는 계속 문간을 바라보면서, 우리가 아는 인물이 들어올 때마다 저기 아무개가 온다, 아무개가 온다 하고 계속 말을 해댔다. 나중에는 IWP 스태프 진 중의 하나인 총장 부인(그녀는 번역 담당이다) 엘리자베스가 들어온 모양인데, 카디자가 또 저기 엘리자베스가 온다라고 말하면서 내 팔을 잡아당겼다. 나는 이 여자가 내 팔을 잡고 그러는 게 싫다. 난 백인도 아니고 아시아인인데 말이다. 진절머리가 나서 리딩까지도 재미가 없었다. 리딩이 다 끝났을 때 카디자가 뒤쪽 좌석을 두리번거리면서 엘리자베스가 어디 있지 하고 중얼거렸다. 가서 인사를 할 모양이었다. 그래서 화가 나서 아무 말도 하지 않고 뒤도 돌아보지 않고 나와버렸더니, 카디자도 할 수 없다는 듯 나를 따라 나왔다. 가서 인사를 하고 싶으면 인사를 하면 될 것이지 또 왜 나를 따라 나온담. 밤 시간이라 버스가 삼십 분에 하나씩 오기 때문에 걸어서 오는데 역시 함께 걸어가고 있던 보이와 헬레나를 만났다. 함께 이야기하면서 걷다가 그들은 다시 앞서 걷고 카디자와 나는 뒤처져 걷는데, 카디자가 너 번역하고 있니 하고 묻는다. 자기 작품 번역해달라고 할까봐 내가 얼른 화난 목소리로, 아이오와까지 와서 뭐하러 번역하고 있어? 하고 커다랗게 말했는데도 내가 화났다는 것을 모르는 모양이다. 모르는 건지 알면서도 모르는 척하는 건지. 좀 미안한 생각이 들어서 애가 몇이냐 하고 물었더니 애가 없댄다. 결혼했니 물었더니, 그건 대답하기 힘들다는 대답이었다. 그래서 뭐가 힘들어? 나도 결혼 안 하고 혼자 사는 여자라라고 말해줬더니 카디자는 아무 소리도 안 했다. 나중에 집에 돌아와 쇼나에게 그 얘길 했더니, 아마 결혼은 하지 않고 어떤 유력자와 내연의 관계에 있을 거라나. 참 쇼나의 상상력도.

오늘 수, 베릴이 우리 부엌으로 와 우리와 함께 점심식사를 했다. 그러다가 무슨 이야기 끝에 컬러 이야기가 나왔다. 쇼나는 백인인데 피지 원주민인 브라운맨(백인도 흑인도 황인종도 아닌, 남서태평양의 토박이 원주민을 가리키는 것 같다)과 결혼했다. 양쪽 집안 모두가 반대하는 결혼이었다고 한다. 결혼해서 첫 딸을 낳았는데 살결이 흰 백인이었고, 마흔몇 살에 둘째 딸을 낳게 되었는데(쇼나는 지금 쉰쯤 되었는데 그 막내딸은 일곱 살이다. 수의 경우도 마찬가지. 수도 쉰가량 되었는데 일곱 살 난 딸 하나를 갖고 있다) 막내딸을 낳고 보니 완전 브라운이더라는 것이다. 머리부터 발끝까지. 그러다가 자기들 피부 빛깔에 대한 이야기가 나왔는데, 모두 백인이지만 그들이 열대지방에 살기 때문인지(호주가 열대인지는 정확히 모르겠다. 아무튼 덥고 건조한 나라인 것 같다) 피부가 거의 화상 입은 것처럼 불그스름하고 바싹 말라 있었다. 그들 모두가 핑크그레이로 늙어가는 피부가 싫은 모양이었다. 쇼나가 난 이 핑크그레이 살결이 싫어 그러니까, 수가 나도, 라고 대답했다. 나는 무슨 색깔이냐, 노란 색깔이니 하고 물었더니 너야말로 화이트라고 대답했다. 수가 내 옆자리로 건너오더니 자기 팔뚝과 내 팔뚝을 비교하면서 네 팔뚝은 화이트고 내 팔뚝은 핑크를 지나쳐 자주색이다라고 말했다. 나도 쉰쯤 되면 저런 피부를 갖게 될까라고 생각해봤지만, 그렇지는 않고 아마 누리끼리한 회색이 되어 있겠지. 그래도 한국 여성들의 피부는 다른 나라 여성들의 피부보다 훨씬 늦게 늙는 것 같다. 왜냐하면 같은 또래의 미국 여자나 다른 나라 여자들의 피부와 비교해보면 내 피부가 훨씬 덜 늙었고, 또 여기 여자들은 내 피부가 아주 좋다고 말하기 때문이다.

오늘 쇼나의 연애담을 들었다. 쇼나는 아무튼 대단한 여자라는 생각이 든다. 결혼 전에 그녀가 어느 날 거리를 따라 걸어내려가고 있는데 멋진 청년을 보았단다(쇼나가 어떤 형의 남자를 좋아하는지 나는 알고 있다. 언젠가 컴퓨터 때문에 한국 남학생을 만날 때 쇼나도 그 자리에 함께 있었는데, 나중에 쇼나가 그 청년이 너무 멋있게 생겼다고 극찬을 했기 때문이다. 그런데 그건 한국인이 보는 잘생긴 한국 남자의 기준과는 거리가 멀었다). 그래서 한 친구에게 그 얘기를 했는데, 알고 보니 그 친구가 아는 남자였다고 한다. 그런데 어느 날 그 친구가 쇼나에게 자기가 오늘 어느 파티에 가야 하는데 거기에 그 남자가 올 거라고 하기에 자기도 따라갔다고 한다. 파티장에서 그 남자는 다른 예쁜 힌두 여자와 얘기하는 중이었는데, 자기가 그 청년을 가로채었단다. 파티가 끝나기 전에 청년이 가야 한다고 나갈 때 자기도 따라 나가 그의 집까지 차로 바래다주겠다고 제안했고, 그의 집까지 차를 몰고 가면서 자기 마음을 완전히 털어놔버렸고, 그리하여 일사천리로 결혼이 이루어졌다는 얘기다. 그런데 재미있는 것은 결혼식 올리고 두 딸 낳고 살지만 법률적 결혼은 하지 않았다는 것. 내가 깜짝 놀라서 왜냐고 물으니까 쇼나 왈, 나는 속박받는 게 싫거든이라고 말했다. 그래서 내가 한국 여자들은 'wifeship'을 굉장한 기득권이라고 믿고 그걸 고수하려고 기를 쓰는데 넌 겁도 안 나느냐고 물었더니, 피지에도 그런 여자가 많지만 자기는 그게 자기에게 자유롭다는 감정을 주기 때문에 법률적으로 비결혼 상태를 고수하고 있다는 거였다. 큰딸이 어쩌다가 그들이 법률상의 부부가 아니라는 걸 알고서 그것에 대해 물어왔을 때에도 그녀는 그 문제에 대한 자기 입장과 자기 감정과 자기 이론을 잘 설명해 딸을 납득시켰다고 한다. 나는 정말로 이 남서태평양 자매들에게서 배우는 게 너무 많다.

아무런 공식 행사도 없는 날. 저녁때 몇 명이서 시더래피즈로 갔다. 여행 주선자이자 드라이버는 마크. 시더래피즈 아트 뮤지엄에서 열리는 'potluck dinner'에 참가하기 위해서. 나는 떡볶이를 만들어 갖고 갔다. 거기서 식사를 하고 공연을 갖기로 되어 있다. 내가 참여하는 건 물론 아니지만. 식사하고서 그 지역 예술가들의 공연과 더불어 IWP 작가들의 공연과 리딩도 있었다. 공연이라야 내가 보기엔 정말 대단할 게 없었지만, 그렇게 적은 사람들이라도 모여서, 그리고 그 작품들이 별볼일 없는 것 같아 보임에도 불구하고 뭔가를 끊임없이 하고 있다는 것, 이게 놀라운 거다. 사실 나처럼 대도시에서 산 사람들은 그런 자그마한 공연에는 아무런 흥미도 느끼질 못하고 시시하다는 느낌만 받기 일쑤이지만, 한 가지 부러운 것은 그런 작은 공연들, 작은 행사들을 위해서도 다양한 종류의 지원이 있다는 거다. 그리고 아무리 적은 숫자의 사람이라도 와서 그걸 즐기는 사람들이 있고. 아이오와시티에서도 보면 거의 모든 사람이 뭔가를 하고 있다. 예술이라는 이름을 건 뭔가를 하고 있다. 그게 참 신기해 보인다. 아이오와시티에서 나는 우리나라처럼 생업으로 바쁜 사람들은 한 명도 보지 못했다. 물론 슈퍼마켓 같은, 그야말로 돈 벌기 위해서 장사판을 벌인 사람들을 제외하고서는. 모든 사람이 돈 버는 일에 별로 관심이 없다. 마크만 해도 자기는 돈을 벌기보다는 되도록이면 안 씀으로써 생활을 유지해나가려 애쓰는 사람이라고 스스로 말한 적이 있다. 고정된 직업을 가지려는 사람이 드물고 그 얽매이지 않은 시간에 자기 하고 싶은 것을 하려고 애쓴다. 다른 나라도 이런지 해외여행을 좀 다녀봐야겠다.

솔직히 말하자면 이 시더래피즈 여행은 지겨웠다. 재미있는 게 하나도 없었다. 한 가지 재미있는 게 있었다면, 쇼나와 베릴이 무대에 올라가 뉴질랜드 마오리족 노래를 합창한 것이었다. 두 자매가 어찌나 힘차게 부르는지. 쇼나는 노래를 아주 잘하는 편은 아니었지만 베릴은 정말로 그 나이에 어떻게 그렇게 힘차고 맑고 낭랑한 목소리를 가질 수 있는지 놀라웠다. 합창이 끝난 다음에 쇼나가 갑자기 청중을 향해서 혀를 쑥 빼물고서 액! 소리를 내고는 내려갔다. 그게 무슨 의미인지 모르겠다. 아, 또 한 가지 재미있는 게 있었다. 나뭇잎과 풀잎이 서서히 누런색으로 변해가는 시골길을 달리는 동안 차 안의 모든 사람들이 저마다 자기 나라 유행가를 불렀다는 것(나만 빼놓고서). 제일 구슬픈 유행가는 인도의 니란잔이 부른 노래였는데, 떠나간 님을 그리워하는 노래라고.

밤늦은 시각에 아이오와시티를 향해서 출발했다. 그런데 이 시더래피즈라는 도시는 참 특이했다. 서울이라는 대도시에서만 살아서 그런지, 그렇게 도시 형태를 갖추고 있고 '도시'라는 이름을 가진 도시에 지나다니는 사람이 한 명도 없다는 게 신기했다. 그 도시에 처음 들어섰을 때도 마찬가지였다. 이미 어두워진 시각이었는데 지나다니는 사람들은 한 명도 없었고 가끔씩 거리에 늘어서 있는 어느 집의 거리 쪽으로 나 있는 창에서 사람 모습을 볼 수 있었을 뿐이다. 너무나도 인적이 없어서 우리는 거리에 지나다니는 사람이 얼마나 있나 그 숫자를 세어보기로 했는데, 아트 뮤지엄까지 가는 동안 딱 한 명을 보았지만, 그는 보통 시민이 아니라 무슨 안전요원인 것 같았다. 고무로 된 노란색 복장을 하고 있었다. 돌아올 때에는 단 한 명도 거리를 지나다니는 사람들을 보지 못했다. 그런데 바나 카페에는 사람들이 있는 모양이었다. 차가 바나 카페를 지날 때에는 불들이 환하게 켜진 게 보였고 그 안에서 사람들 소리도 들렸다.

아이오와시티로 들어오자 마크가 갑자기 차를 공동묘지로 몰았다. 공동묘지에 있는 검은 천사를 보여주겠단다. 자기는 가끔 거기가서 자고 가기도 한다고. 그곳의 평화를 사랑한단다. 공동묘지 사이로 차 한 대가 아슬아슬하게 지나갈 만한 길이 나 있었다. 공동묘지는 어두웠고 고요했다. 차가 검은 천사 동상 앞에 멈추고 사람들이 밴에서 내릴 때 나는 좀 무서웠는지 차에서 내리다 꼬꾸라지고 말았다. 그래도 순발력 있게 몸을 추슬렀기 때문에 다친 곳은 없었지만, 그걸 보고 또 마크가 한소리를 했다. "Your shoes is a kiss of death." 내 구두굽이 높다고 비꼬는 말이다. 그런데 한국 수준으로 보면 내 구두는 결코 굽 높은 구두가 아니다. 중간 정도. 그런데 파티에 갈 때도 그 구두, 야외에 갈 때에도 그 구두, 오로지 그 구두만 신고 다닌다. 언젠가 마크가 작가 일행을 끌고 산(뒷동산)으로 간 적이 있는데 그때도 그가 똑같은 말을 하면서 한국에서 올 때 다른 신발은 안 가져왔느냐고 물었다. 딱 한 켤레를 더 갖고 오긴 했는데 그건 이 구두보다 더 굽이 높다고 대답했더니 웃었다. 석 달 있다 갈 건데 운동화를 사기도 그렇고, 또 운동홧값이 여간 비싸야 말이지. 아이오와 여자들은 굽 높은 구두를 신지 않고, 도대체 정장이라는 걸 하지 않는다. 학생들도 보면 반바지에 러닝셔츠 같은 차림이고 때로는 맨발로도 돌아다닌다. 나도 언젠가 한번은 맨발로 다운타운을 걸어다녀볼 계획을 세우고 있다. 그건 참 희한한 경험일 거다.

오늘 영어 시간에 참석. 월화수금, 일주일에 네 번, 클라크가 메이플라워 8층으로 와 코먼 룸에서 영어를 가르치는데, 그는 8층 엘리베이터에서 내리자마자 긴 복도 맨 끝에 있는 코먼 룸을 향해 걸어가면서 "English class! English class!" 하고 외친다. 영어 시간이 되었으니 공부하러 나오라는 거다. 워낙 듣는 사람이 없었지만(다들 영어가 모국어거나 공용어이니까) 요즘은 더욱 장사가 안되는지, 오늘은 코먼 룸까지 갔다가 길을 되돌아오면서 계속 잉글리시 클래스, 잉글리시 클래스 하고 외친다. 나는 그 소리를 들을 때마다 꼭 한국에서 해 넘어갈 무렵 종을 딸랑거리면서 두부 사려, 두부 사려, 두부가 왔어요 하고 외치는 두부 장수를 연상한다. 클라크가 안됐다는 생각이 들어 복도로 나가, 가르칠 학생들이 충분히 모였냐고 하니까 곧 많이 올 테니까 참석하란다. 코먼 룸에 가보니 나밖에 없다. 나중에 요제프, 윈 페, 카디자, 알베르토, 아미르가 왔다. 돌려가면서 복사된 기사를 읽는데 O. J. 심슨이라는 굉장한 유명 인사로 짐작되는 사람이 이혼한 자기 아내 니콜이라는 여자를 살해한 혐의로 구속되었는데 그것에 관한 추측 기사였다. 나는 O. J. 심슨이란 인물도 모르고 그런 사람이 전처를 살해해 구속되었다는 사건도 모르는 터였다. 도대체 O. J. 심슨이라는 사람이 뭐 하는 사람이냐는 내 질문에 클라크가 너는 텔레비전도 안 보니?라는 물음으로 대답했다. 내 방에 텔레비전을 설치하지 않았다고 말하니까, 그렇다면 이상할 것도 없구나, 네 히어링과 영어회화가, 그러길래 내가 얼른 이어서, 늘지 않은 것도, 하고 말했고 그가 껄껄(사실 그의 웃음소리는 껄껄이 아니다. 그 웃음소리를 어떤 의성어로 표현해야 할지 모르겠다. 낄낄? 그보다는 길길?) 웃으면서 텔레비전은 히어링을 위해 중요한 수단이라고 말했다. 이곳에 도착하고 나서 며칠 뒤에 모두 자기 방에 텔레비전을 설치했는데 나만 설치하지 않았다. 워낙 텔레비전을 잘 보는 타입도 아니고 텔레비전에 나오는 말들을 잘 듣지도 못할 테니까 쓸모가 없을 것 같아서 설치하지 않았던 거다. 그렇게 텔레비전 없이 지낸 게 한 달하고 닷새쯤 된 것 같다. 그동안 내가 익힌 히어링과 회화는 주로 쇼나와의 대화와 쇼나의 통역에 의한 대화를 통해서였다. 쇼나와의 대화에는 아무런 문제가 없었다. 쇼나가 나와 대화할 때면 언제나 느리게 말하니까. 문법이나 단어 때문에 내가 그녀의 말을 못 알아들은 적은 없었다. 느리게만 말하면 그녀와의 대화는 심각한 주제의 대화까지도 가능하다. 아니 심각한 주제에 관해서라면 더욱 대화가 잘 된다. 왜냐하면 그럴 때는 주로 책에서 많이 본 문장들과 단어들이 이용되기 때문이다. 하지만 쇼나가 나와 말할 때의 속도에만 익숙해져 있어서 다른 사람들이 말하는 속도는 따라가질 못한다. 텔레비전을 설치해서 그동안 열심히 그걸 보았더라면 정말 히어링 실력이 늘 수도 있었겠다 하는 생각이 들었다.

클라크의 영어 수업 시간이 끝난 뒤에 메리에게 부탁해서 당장 텔레비전을 설치했다. 낮에 설치했는데, 텔레비전을 틀어보니 여기저기서 드라마를 방영중이다. 메리가 이 프로는 어떻고 저 프로는 어떻고 설명을 해주었는데, 모두가 숱한 인물이 뒤섞여 이루어지는(등장인물들이 우리나라 방송극에 비해 엄청나게 많은 것 같다) 남녀 상열지사였다. 채널을 이리저리 돌리다가 한곳에 고정시켜 보고 있는데 어디서 좀 본 것 같은 드라마였다. 조금 뒤에 제목이 나오는 걸 보니, 바로 〈제너럴 호스피털〉이었다.

어젯밤 열시쯤 잠자리에 들었다. 아프리카 작가의 작품이 영화화된 필름을 감상하는 시간이 있었는데 너무 지겨워서 체면 불고하고 나와버렸다. 패트릭에게 미안한 생각이 안 드는 것은 아니었지만 도대체 언제 끝날지도 모르는 지겨운 영화를 언제까지 보고 앉아 있으란 말인가. 패트릭이라는 작가 자신도 지겨운 사람이다. 패트릭은 나이지리아 희곡작가이고 국립대학 교수란다. 그런데 공식 행사 같은 데서 우리를 상대로 말을 할 때에도, 학생들이 청중일 때는 더더구나, 가르치려는 것 같은 태도가 보여서 싫다. 쇼나와 나는 그를 아프리카 족장이라고 부른다.

오늘 아침 일곱시 반에 미시시피강 여행을 떠나기로 되어 있어서 일찍 일어나야 한다는 생각 때문에 일찍 잠을 청했다. 그런데 꿈에서 엄마를 보았다. 정말 오랜만에, 검은 옷을 입고 검은 숄을 두르고 나타났다. 무슨 건물 몇층에서 무슨 집회가 있었는데, 거기에 언젠가 어디선가 한 번씩 나를 만난 적이 있다는, 그러나 나는 모르는 사람들이 모여 있었다. 많은 사람이 돌아가면서 자기는 언젠가 누구와 함께 나를 만난 적이 있노라고 설명하고 있었는데, 갑자기 엄마

127

가 문을 열고 나타나 사람들 한가운데 앉았다. 너무도 반가워 엄마의 허리를 붙잡고 마구, 오래 울었다. 이상한 것은 그렇게 울 적에, 내가 엄마를 붙잡고 우는 모습이 꿈속의 나의 심상에 보였는데, 거기엔 엄마가 없었고 엄마의 허리를 꽉 붙잡은 내 두 손만 있었다. 꿈에서 깨어나 시계를 보니, 한시.

아침 여섯시에 쇼나를 깨워주겠다고 약속하고서 내가 일곱시 십분까지 자버렸다. 간밤에 꿈에서 깨어나 몇 시간 앉아 있다 잠이 들었으므로 늦게 깨어난 모양이었다. 부랴부랴 세수하고 내려가보니 사람들은 대절한 버스에 다 올라타 떠나기만 기다리고 있고, 아래층 로비에서 메리는 내 방에 전화를 거는 중이었고, 마크는 초조한 모습으로 벽에 기대어 있었다. 나의 지각 버릇. 학교 다닐 때에도 1년 수업이 끝난 뒤에 총 계산을 해보면 전 학년 중에서 지각 제일 많이 한 사람 최승자, 결석 제일 많이 한 사람 최승자였지.

미시시피강 여행은 아이오와주 존 디어 컴퍼니에서 선사하는 여행이다. 농기구를 만드는 회사인 것 같은데(아이오와주는 농업지역이다) IWP의 굵직한 스폰서 중의 하나이다. 그래서 우리는 은전을 입고 있는 셈이므로 먼저 존 디어 컴퍼니 공장을 견학하고서 그다음에야 미시시피강을 여행할 수 있다.

존 디어 컴퍼니까지는 차로 한 시간 반 거리. 가는 길에 보니, 가을인데 보리일까, 파릇한 새싹들이 돋아난 밭들이 보였다. 나무들은 아직 푸르렀지만, 군데군데 돌연한 발화처럼 저 혼자만 단풍으로 물든 나무들도 있었다. 아이오와의 날씨가 잘 변하는, 예측하기 어려운 것처럼, 가을 산하의(사실 산은 없다. 밋밋한 벌판이다. 우리나라처럼 시골에 가면 곳곳에 산이 보이는, 산으로 둘러싸인 그런 풍경이 갑자기 보고 싶어진다) 단풍 드는 모습도 이곳에선 예측하기 어렵다. 한국에서처럼 서서히 노란색, 붉은색으로 물들어가는 게 아니라, 하룻밤 자고 나면 다른 나무들은 아직 멀쩡한 푸른색인데 돌연히 한 나무만 혹은 한 나무의 어느 한 부분만 갑작스럽게 붉은색으로 확 변해 있다. 미국은 나무들조차 지극히 개인적인 모양이다.

공장 견학을 할 때 열두 살 이하는 들어가지 못하게 해서 수의 딸 키티는 들어가질 못했다. 미국 수준으로 열두 살이라면 내 체중을 후딱 넘는다. 그런데 그 안에 들어간 내가 잘못이었다. 공장 안은 차를 타고 다녀야 할 만큼 넓었는데 기계에 페인트를 칠하는 구역에 들어갔다가 홍역을 치렀다. 도저히 견디질 못하겠어서 밖에 데려다 달라고 했다. 눈물 콧물은 둘째로 치고 눈을 뜰 수 없을 정도로 안구가 아파왔기 때문이다. 한국에서는 그런 일이 없었는데 이상하게도 미국에서는 벌레에 물린다거나 화학약품 따위의 냄새, 하다못해 스킨로션 같은 것에도 내 몸이 대단히 민감하게 반응하는 것 같다. 나의 자가면역 체계의 과도한 반응. 모든 것이 처음 체험하는 물질들이기 때문일지도 모른다. 처음 왔을 때에는 날씨에조차 적응을 하지 못해 엄청 고생을 했다. 그렇다고 한국의 날씨와 크게 다른 것은 아니지만, 한국의 날씨가 대개 완만하게 변화하는 데 반해 아이오와의 날씨는 예측하기가 어렵다. 하루는 무지 더웠다가 그 다음날은 무지 추웠다가, 그런 식으로 자꾸 변하니까 내 몸이 나중에는 상반신에서는 막 열이 나고 하반신은 얼음장같이 차가워지곤 했다. 이제는 그런 일은 없지만.

존 디어 컴퍼니에서 대접하는 점심을 먹고서 그 회사 앞의 잘 조성된 호수와 그것을 둘러싼 풀밭으로 나가 사람들이 삼삼오오 몰려다니면서 사진을 찍었다. 나는 풀밭 위에 앉아 있다가, 갑자기 뭔가 내 발목을 물었다는 느낌과 함께 이모가 풀밭에는 절대 앉지 말라고 했던 생각이 퍼뜩 떠올라 벌떡 일어나서 발목을 보니, 벌써 발목이 소복이 부어올랐고 복사뼈에 검은 반점이 생겨나 있었다. 내 살과 내 피가 이 미국 벌레들에게는 되게 맛있나보다. 다른 사람들이 벌레 물려 하소연하는 것을 보지 못했는데, 왜 나만 이런지 모르겠다. 쇼나에게 그걸 보여주니까 아유, 불쌍한 치킨 레그, 네 닭살이 다른 사람들 살보다 맛있나보다 그런다. 어쩌면 그렇게 나와 똑같은 생각을 할 수 있을까. 풀밭이 두려워 이제는 벤치에 앉아 있는데 폴리시 가이가 내 옆에 앉았다. 그는 나와 같은 나이의 소설가인데, 나보다 심히 늙어 보인다. 나는 내 나이에 나보다 더 늙은 사람들을 보면 신경질이 난다. 내 나이를 생각나게 해주기 때문에. 그에게 담뱃불을 빌리는데 그의 손이 심하게 떨리는 것을 볼 수 있었다. 알코올중독. 말할 때는 그의 턱도 떨린다. 왜 그렇게 술을 마셔대는 걸까. 폴란드도 술 마시게 하는 사회인가보다. 그러고 보니 생각이 난다. 마틴이 이 폴리시 가이와 배스 룸과 부엌을 공유하는, 말하자면 폴리시 가이의 이웃인데, 어느 날 이상하게도 마틴이 베릴의 옆방(그 방은 비어 있는 방이었다)에서 나오는 게 보여 쇼나에게 왜 마틴이 그 방에서 나오느냐고 물었더니 폴리시 가이 때문에 자기 방에서 이사 나왔다고 했다. 쇼나는 남의 얘기나 또는 남에 대한 나쁜 이야기는 잘 안 하는 사람이니까 알면서도 그 얘길 나한테 하지 않고 있었던 모양이었다. 어느 날 마틴이 일어나 배스 룸으로 들어가니까 배스 룸 바닥에 폴리시 가이가 큰대자로 뻗어 있었다. 순간 마틴은 그가 죽은 거라고 생각했다고 한다. 맨 처음의 공포감이 지난 뒤 바닥에 흩어진 토사물이 마틴의 눈에 띄었다. 마틴은 메리에게 전화를 하고 그 토사물을 다 치웠다고 한다. 마틴이 착한 청년이니까 그걸 치워주었지, 다른 사람이라면 치워주지도 않았을 거다. 그 사건 이후에 마틴은 그 방에서 이사 나와 베릴과 한 아파트를 쓴다. 마틴은 사람이 여리고 곱상해서 그런지 남자들보다는 여자들하고 더 잘 어울린다. 그리고 남자들보다는 여자들이 그를 더 좋아한다. 그의 방에는 언제나 아이오와 현지 학생들이나 졸업생들이 잘 드나드는데 대부분이 여자이다.

미시시피강. 그게 미시시피강이었나. 꿈에도 그리던(?), 마크 트웨인의『톰 소여의 모험』을 볼 때부터 내 의식 속에 들어왔던, 그리고 수많은 미국 문학작품 속에 나왔던 그 미시시피강. 그런데 내가 본 것은 물론 그 엄청난 길이의 강의 어느 한 점에 불과한 거겠지만, 약 두 시간 유람선을 타고 오가며 본 미시시피강은 그저 아담한 강이었다. 사람들이 배 앞머리에 앉아 술 마시고 떠들며 강 여행을 하는 동안 나는 햇빛이 없는 배 뒷머리에 두 시간 동안 꼼짝 않고 강 풍경만 바라보았다. 그래도 미시시피강이니까 기억 속에 집어넣어 가려고. 얼마쯤 시간이 지났을 때 불쑥 내 눈앞에 망원경이 나타났다. 뒤돌아보니 마크가 내게 망원경을 건네주고 있었다. 이거 누구 거냐고 물으니까 자기 거란다. 망원경으로 바라보니까 물가의 풍경이 세부적으로 보인다. 도로 쪽에 면한 물가에는 곳곳에 보트들을 타기 위해 내려가도록 만들어진 계단들이 있었다. 마크는 자기는 예전에 바다를 좋아했었고, 3년 전 그가 태어나 자라고 살았던 뉴욕을 떠나 아이오와로 올 적에 여기 오면 'ocean'이 무척 그리울 거라고 생각했는데 이제는 그렇지가 않다고 말했다. 바다는 너무 'overpowering'하다고. 이제는 바다보다는 강이 좋고, 미시시피강보다는 아이오와강이 좋고, 자기는 아이오와를 고향으로 생각하게 되었다고 한다. 아이오와 강물은 미시시피강으로 흘러든다. 작은 강이 좋다는 얘기. 그건 네가 더이상 젊지 않다는 뜻이다라고 말했더니 슬며시 웃는다. 왕복 두 시간이 걸리는 여행이 다 끝나갈 무렵 배 앞머리로 쇼나 일당과 합류했다. 쇼나에게 오늘 날짜로 나는 미시시피강을 졸업했다고 말했더니, 쇼나도 미시시피강이 너무 보잘것없다고, 자기네 나라 강만도 못하다고 말했다. 미시시피강이 우리를 속인 게 아니라 우리가 미시시피강에 속아넘어가길 원했던 거겠지, 자진해서.

오늘 아침 『데일리 아이오완』에 그 학생(학생인지 뭔지 모르지만)의 칼럼이 실렸다. 나는 이 학생의 칼럼을 좋아하는데, 그가 아주 잘생긴 얼굴을 가졌기 때문이다. 그는 오늘은 웬 뚱딴지처럼 그런지 패션에 관해서 이야기하고 있다. 그의 이야기는 처음에는 이렇게 시작된다. 미국인들 세 명 중의 한 명은 뚱보급에 속하는데 그 뚱보급에 속하는 비율이 1980년대보다 늘었고 그 비율을 높인 게 틴에이저들인데, 그 원인 중의 하나가 그런지 스타일이라는 패션이라는 것이다. 그런지는 원래는 음악 용어인데, 아름다운 음악이 아니라 의도적으로 불쾌한 소리를 내는 것을 주특기로 하는 음악이란다. 그런데 미국 문화라는 건 그 언어가 확장해가는 모양을 보면 알 수 있듯이 한 군데, 한 분야에 머물지 않고 퍼져가는 특성이 있고, 그게 이제는 패션에까지 퍼졌는데, 이 마이클이라는 학생이 주장하는 바는 그런지 패션 때문에 젊은이들이 더 살찌게 되었다는 거다. 그런지 패션이란 요약하자면 아무렇게나 입고 다니는 거지만, 미국 사람들이 원래 아무거나 입고 다니는 사람들이니까 구별을 하자면, 옷의 질에 있어서 아무 옷이나 입는 것을 말하는 게 아니라 옷 입는 순서랄까 옷 입는 격식에 있어서 아무렇게나 입고 다닌다는 거다. 그중에서도 일부러 아주 펑퍼짐한 옷들을 몇 개 층층으로 껴입고 다니는 것을 그런지 패션이라고 하는 것 같은데(정확히는 나도 모르겠다, 뭐가 그런지 패션인지) 그것이 사람들에게 자기 몸에 신경을 쓰지 않게 만든다는 것이다. 아무리 살이 쪄도 그보다 더 펑퍼짐한 옷을 입으면 살찐 게 잘 안 드러나니까 사람들이 비만에 대해 무신경해진다는 것.

지금 아이오와 대학생들의 옷차림 중에서 가장 재미있는 것은 청바지의 한쪽 무릎 위를 가로로 쫙 찢어 입고 다니는 것. 어떤 아이들은 양쪽을 다 찢어 입고 다닌다. 며칠 전에는 어떤 아이가 엉덩이의 둥근 부분이 끝나는 바로 그 지점을 가로로 쫙 찢어 입고 다니는 것을 보았다. 지금은 비교적 추운 날씨인데 저 애는 엉덩이가 시리지도 않나 하는 생각이 들었다. 그런데 오늘 칼럼을 보니까, 바로 그 찢는 수고를 덜어주기 위해 생산 과정에서 무릎을 쫙 찢어서 시장에 내놓는 청바지 회사가 있다는 것이다. 참 어딜 가나 젊은 애들은 티를 낸다니까. 게다가 클라크의 말에 의하면 대학가에 담배가 다시 돌아오고 있다고 한다(이건 나 같은 골초로서는 상당히 고무적인 사실이다. 그런 학생이 많이 생겨서 학교 건물이나 공공건물에서도 담배를 피웠으면 좋겠다, 라고 말했다가는 아이오와 시민들한테 몰매를 당할라). 그의 말에 의하면 재작년부터 그러는 것 같단다. 미국에서는 일단 담배 피우는 사람은 별로 좋지 않은 부류로 낙인찍힌다. 일종의 범죄자 같은 인상을 주는 모양이다. IWP 주최 측에도 담배를 피우는 사람은 단 한 명도 없다. 대학에 근무하는 사람들치고

(교수든 뭐든) 담배 피우는 사람을 나로서는 보지 못했다. 아, IWP 가족 중에서 경리를 맡고 있는 신디가 담배를 피우고, 마크가 두 번 담배를 피우는 것을 보았다. 신디는 골초 같은데. 어쨌거나 공공건 물 안에서는 담배를 피울 수가 없고 꼭 밖으로 나가야 하니까 나중 에는 정말로 귀찮아져서 담배를 끊을 수도 있겠다. 그러고 보니 고 대 동문 부재율씨가 그런 경우에 속하겠다. 그는 1년 전엔가 담배를 완벽하게 끊었는데, 그 이유인즉슨 아이오와의 한겨울은 엄청나게 추운데(영하 40도까지 내려갈 때도 있다고 한다) 담배를 피우고 싶 을 때마다 얼음이 꽝꽝 얼어붙고 매서운 바람이 씽씽 부는 바깥으로 나가야 하기 때문에 나중에는 지쳐서 내가 뭐하러 이 고생을 하면 서 담배를 피우나, 끊는 게 낫지 하고 완벽한 논스모커로 변신했다 는 거다. 클라크는 대학가에 담배가 다시 돌아오고 있는 이유를 "대 학생들은 언제나 히피가 되고 싶어하거든"이라고 설명했다. 어떻게 든 기존 체계에 반항하고 싶어한다는 거다. 모두가 담배를 피울 때 엔 담배를 피우지 말아야 한다는 운동에 가담하고, 모두가 담배를 피우지 않을 때엔 담배를 피우는 것으로 반항한다는 거다. 그와 비 슷한 현상으로는 여학생들 혹은 미국 여자들의 화장법을 들 수가 있 다. 지금 미국에서는 내추럴이 가장 인기 있는 화장법이다. 뭐냐, 화 장을 안 하는 거다. 아니 화장을 안 하는 건 아니고, 다만 우리나라 에서처럼 뭐 바르고 뭐 바르고 몇 가지를 발라서 얼굴을 회칠해놓는 그런 화장법이 아니라는 이야기다. 얼굴은 거의 정말로 내추럴하다. 다만 눈에 악센트를 준다. 그러나 대학생들은 거의 화장을 하지 않 는다. 다만 나이 많은 여자들이 화장을 하는데, 그 화장의 지상 목표

는 내추럴이다. 생각을 해보면 도대체가 이 문명이랄까 문화의 숨바꼭질이라는 건 웃음이 나온다. 아티피셜에서 내추럴, 그러나 그 속 내용은 내추럴을 가장한 아티피셜.

쇼나가 아직도 안 돌아오고 있다. 나는 이 여자가 안 돌아오면 걱정된다. 아니 그게 아니다. 쇼나는 완벽한 사람이다. 내가 걱정하는 건 사실은 나다. 이 여자가 돌아와야 내가 잠을 자지. 독일어 수업을 받아본 사람은 알 거다. 옆방의 남자가 나머지 한쪽 구두만 벗어던지는 소리가 들리면 잠을 이루지 못하고 나머지 한쪽 구두도 벗어던지는 소리가 들릴 때까지 기다리는, 그 소리가 들리지 않으면 잠을 이루지 못하는. 또 마크가(분명 이건 그의 일이긴 하지만) 쇼나와 수와 기타 몇 명을 이끌고서 코럴빌에 있는 어디론가 끌고 갔다. 아메리칸 볼링과 핀볼을 보여주겠다고. 나야 워낙 스포츠엔 관심이 없으니까 안 갔지만.

두번째 시더래피즈행. 전에 갔었던 시더래피즈 아트 뮤지엄에서 열린다는 전시회에 따라갔다. 제목이 근사해서. 제목은 〈Inca's Road〉. 해 저문 뒤 마크가 운전하는 밴을 타고 출발. 마크가 처음으로 자기 걸프렌드를 데리고 나타났다. 미니애폴리스에서 활약하는 안무가라고. 그녀 또한 유태인인 것 같다. 얼굴 모습이 바브라 스트라이샌드 같은데, 그 가수보다 열 배는 아름답다. 마크는 폴란드계 유태인이라고 한다. 언젠가 그의 이름 스펠의 맨 끝자가 K가 아니라 C로 끝난다는 걸 알고서 너 유태인이냐고 물었더니 폴란드계 유태인이라고 대답했다. 마크의 걸프렌드는 내 마음에 든다. 요란스럽지 않아서 좋다.

아트 뮤지엄에 가서 내가 또 속았다는 걸 알았다. 도대체 그걸 전시회라는 이름으로 부를 수 있는 건지. 내가 대도시에 살아서 우선 물량적으로 큰 행사에 익숙해서인지 모르지만, 이곳에서 내가 가본 전시회나 공연들은 우선 그 크기가 나를 실망시키곤 했다. 그런데 오늘은 제목이 엄청 거창하고 멋있어서 따라온 건데 겨우 그림 몇 점, 그리고 끝없이 이어지는 울음소리와 우는 표정만이 있는 비디오

공연이 전부이다. 그림 몇 점 걸려 있는 것도 거의가 똑같은 그림들이다. 특이한 것은 벽이 아니라 바닥에 깔아놓은(?) 그림들이다. 벽에 걸린 것도 있고 바닥에 깔려 있기도 한 그 그림들의 재료는 포대 같은 마, 그 위에 두껍게 뿌려놓은 흙더미, 나뭇조각들, 깨어진 항아리 혹은 접싯조각들, 무슨 약초들, 그런 것들이 전부였다. 잉카의 흙과 나뭇조각인가? 그리고 텔레비전에서는 한 남자가 끝없이 울고 있다. 자기 아버지가 죽어서 우는 거란다. 그런데 우리나라 곡소리와 비슷한 것 같다. 전문가가 아니니까 모를 일이지만, 내가 보기엔 별로 대단할 게 없는 전시회다. 그런데 제목도 멋지고, 팸플릿도 멋지고, 무엇보다 멋진 일은 이 별것 아닌 것 같은 전시회의 후원자들이 엄청 많다는 거다. 무려 아홉 곳으로부터 후원을 얻고 이루어진 전시회다. 패밀리 재단이 둘 있고, 아이오와대학도 끼어 있다. 내가 부러워하는 게 이런 거다. 국내 예술가에 대해서든 외국인 예술가에 대해서든 지역사회 내의 유력한 단체, 조직들이 후원을 아끼지 않는다는 것. 외국인 예술가들에 대한 후원은 결국은 국내 예술가들과 자기네 나라 사람들에 대해 후원하는 것과 마찬가지이다. 그 전시회나 공연을 보고 즐기고 그것으로부터 뭔가를 얻는 건 자국 사람들이니까.

다시는 무슨 전시회든 따라가지 말아야지 하고 결심했다. 너무도 시시하고 재미가 없었으니까. 관람이 끝난 뒤 일행은 시더래피즈 내의 체코타운에 있는 리틀 보헤미아라는 이름을 가진 펍으로 들어가 음식과 술을 먹었다. 나중에 돌아오는 차 안에서 수에게서 들은 이야기로는 그 바의 웨이터가 우리 테이블을 오락가락하면서 수에게 수작을 부렸단다. 팔과 기타 부분을 문질러대더라는 것. 여기서도 그러는구나. 그리고 나로서 놀라운 것 한 가지는 수는 쉰이 다 된 여자이고 내가 보기에도 그 피부를 보면 상당히 늙어 보임에도 불구하고 남자들은(그 펍의 웨이터는 상당히 젊은 청년이었다) 수를 참 좋아한다는 것. 그건 그녀가 가진 상당한, 여자로서의 어떤 태도 때문일 거라는 생각이 든다.

콜럼버스 데이 퍼레이드가 열리는 날. 며칠 전부터 신문과 텔레비
전에서 떠들어댔으니, 아마 빽적지근한 행사가 벌어지는 모양이다.
열두시에 퍼레이드를 구경하려는 일행을 싣고 밴이 떠나갔다. 쇼나
가 거기 빠질 리가 있나. 게다가 오늘은 멕시칸 레스토랑에서 굉장
한 점심을 가질 거라고 했으니. 나는 귀찮아서 가지 않았다.

나는 더이상 원숭이가 되고 싶지 않다. 밴에 태워져 이리저리 끌
려다니는 것도 이젠 신물이 난다. 예의상 할 만큼은 했으니까 이젠
내 마음대로 해야지. 그런데 하루종일 뭘 했나. 텔레비전을 보았다.
최근에 아주 재미있는 채널을 발견했다. 디스커버리 채널. 일종의
교육방송인 것 같다. 학생들을 가르칠 뿐 아니라, 학생들을 가르치
는 선생들을 가르치는 프로그램도 있다. 아, 나는 역시 너무도 고차
원적인 인간인가? 다른 채널들은 마음에 들지 않고 이 채널이 딱 마
음에 드니 말이다. 사실은 그게 아니고 다른 보통 방송들, 특히 드라
마들은 인물들이 제대로 발음을 하지 않고 웅얼웅얼 말을 삼켜버리
기 때문에 제대로 알아들을 수가 없고, 코미디 프로는 물론 그 뜻도
알아듣기 힘들고, 토크쇼들은 너무 빨라서 알아듣기가 힘들다. 그런

데 이 디스커버리 채널의 프로그램들은 대개가 내레이터가 있어서 책을 읽는 것 같고, 그 내레이션이 문어체 문장과 단어들이기 때문에 알아듣기가 훨씬 쉽다. 게다가 나는 추상적인, 고급스러운 내용들은 아주 잘 알아듣는 반면 일상적인 내용의 이야기들은 알아듣질 못하는 이상한 증세를 갖고 있으니까.

오늘 디스커버리 채널만 무려 다섯 시간 이상 들여다본 것 같다. 내가 지겨워서 텔레비전을 꺼버릴 때까지도 그 프로그램은 끝나지 않았다. 하루종일 그 프로그램만 방송하는 것 같았다. 그건 물질, 특히 영양물질이 화학적으로 뇌에 미치는 영향에 관한 연구였는데 나에게는 정말로 너무 재미있는 프로그램이었다. 내 자신이 식품, 식품이 갖고 있는 성질들과 성분들이 몸에 미치는 영향에 많은 관심을 갖고 있으니까. 그리고 그 프로그램에서 나온, 뇌와 관련된 식품이 갖고 있는 성분들은 이미 내가 알고 있는 것들이었다. 그중에서 가장 주된 화학물질은 도파민이었다. 내가 도파민이라는 화학물질의 이름을 최초로 들었던 게 아마 1988년 서울 올림픽 때였던 것 같다. 미국 대표 달리기 선수(벤 존슨이라는 이름이었던 것 같다)가 달리기 전에 도파민인가 스테로이드인가를 복용했다는 이유로 금메달을 박탈당했던 것으로 기억하고 있다. 화학물질이 뇌를 자극하고 그것이 운동신경을 자극하고 그리하여 시합에서 좋은 성적을 얻을 수 있다는 것 때문에 운동선수들이 몰래 복용하는 모양이다. 그런데 이 미국인들은 왜 그런 화학물질을 단독으로 추출하여 사용하는지 알 수가 없다. 그게 항상 문제다. 뭐가 좋다 하면, 그들은 그 눈에 보이지도 않는 화학물질들을 용케도 분리·추출해낸다. 그리고 그것을 이용한다. 그러나 그렇게 분리·추출된 물질들은 결국은 언제나 부작용을 남긴다. 내가 재미있어 하는 것 중의 하나는, 미국인들의 사고는 언제나 하나밖에 생각할 줄 모른다는 거다. 그들은 두 가지를 동시에 생각하거나 전체를 생각할 줄 모른다. 그들은 언제나 하나만 안다. 물론, 그다음에 그들은 또 한 가지를 알아낸다. 그 또 한 가지는 전에 알았던 한 가지와 모순되는 것일 수도 있고 그것과 부합되는 것일 수도 있다. 그들은 끊임없이 직선적으로 하나에서 다른 하나로 나아간다. 그것은 지식의 발전일 수도 있고 지식의 시행착오일 수도 있지만, 어쨌든 간에 'progress'이긴 하다. 그들은 언제나 하나밖에 모르면서, 아니 하나밖에 모르지만, 그 하나 다음에 또 다른 하나, 그다음에 또 또다른 하나, 이렇게 직선적으로 나아가면서 전체의 종합을 향해 간다. 그런데 우리 동양인들은 가만 보면 맨 처음에 전체를 본다. 아니 맨 처음에 전체가 있다. 그리고 그것이 그 자체에 포함된 세부를 향해 나아간다. 예를 들면 주역이라든가 사상의학이라든가 하는 것에서는 처음에 전체, 종합, 개괄이 있다. 그리고 그것이 무한히 세부를 향해서 나아간다. 여기에는 프로그레스가 없다. 프로그레스의 끝이 이미 맨 처음으로 전제되어 있기 때문이다. 그런데 서양인들의 사고라는 건 예를 들자면, 비타민 B가 어떻고, 칼슘 미네랄이 어떻고 하면서 그 물질 하나에 대해서만 집중한다. 그다음엔 그러나 칼슘은 단독으로 섭취하면 어떻고 무엇과 섭취하면 잘 흡수되고 하는 식으로 발전한다. 그러니까 그들은 직선적으로 수많은 시행착오를 거치면서 나아간다. 처음에는 칼슘의 작용밖에 모르다가, 칼슘과 연계된 작용들을 알게 된다. 이렇게 하나하나

발전해가는 과정, 종합적인, 전체적인, 개괄적인 어떤 것을 향해 한 단계에서는 하나밖에 모르는 지식을 갖고 나아간다는 것, 어떤 지식의 조립 과정을 통해, 그러나 어쨌든 전체를 얻어낸다. 그 전체라는 것은 항상 동양인들의 경우처럼 처음부터 존재하는, 처음부터 알고 있는 전체가 아니라, 하나하나 한 단계 한 단계의 앎을 통해 조립된 전체이다. 그런 식으로 해서 그들은 로봇을 만들어내고 달나라에 상륙한다. 하나씩의 부분들에 대한 지식을 종합해서. 그러니까 프로그레스라는 개념은 단연코 서구적인 것이다. 동양적인 관점에서는 모든 것이 완결되어 있으므로 프로그레스가 없다. 발명과 발견은 단연코 서구의 것이다. 아니 최초의 발견은 동양의 것인지 모르겠다. 하지만 발명은 단연코 서구의 것이다. 하나하나를 겪으면서 전체를 향해 나아가는 것과, 처음부터 전체를 상정하고서 세부를 향해 나아가는 것, 그 둘 간의 차이, 그리고 그 둘 간의 무한한 상호보완성, 그게 동양과 서양의 만날 수 없는 점이고, 또한 만날 수 있는, 만나야 하는 점일 것이다. 서양인들이 향해 나아가는, 그 조립된 전체가 전체가 아니라고 우길 수는 없다. 그것이 아무리 인공적인 전체라 해도. 언젠가 황지우, 김혜순, 주인석, 나 넷이서 만나게 된 자리에서 내가 (그의 사주팔자를 봐주었던가 아니면 사상의학적 관점에서 본 그의 체질에 관해서 얘기했던가, 아무튼 그런 얘기가 있었던 자리로 기억하고 있는데) 동양인의 사고방식인 이미 완결된 형태를 뜻하는 원과 서양인의 발전적인 일회적 사고방식을 뜻하는 직선을 절충하여, 손으로 타원형을 그리면서, 그러나 일직선적으로 움직여 나아가는 제스처를 하면서 세계가 그런 식으로 움직여 나아간다고 본다고 말했을 때, 황지우는 서구적인 것에 대해 부정적으로 말했다. 그러나 지금 내 생각은 그때와 똑같다. 단독으로 놓고 보면, 서구적인 것은 부정적인 것이 되거나 아니면 긍정 일변도의 것이 되거나 둘 중의 하나이다. 취향에 따라서 말이다. 하지만 서구적인 것을 볼 때든 동양적인 것을 볼 때든 그 하나만을 보아서는 안 된다. 그 둘이, 그 둘 간의 상호작용이 세계에 어떻게 작용하는가를 보는 게 더 중요하고 더 생산적이다. 둘이 서로를 상호보완하기 때문이다. 그것을 나는 나 자신의 개인적인 관심 분야에서도 쉽게 느낄 수 있다. 예를 들면, 음양오행적 관점에서, 아니면 더 나아가 사상의학적 관점에서, 내가 주로 내 육체와 관련한, 관심을 갖게 된 식품들의 전체적인 작용을 (그러니까 전체를), 서구의 영양학은 세부적으로 과학적인 실험들을 통해서, 그러니까 무슨 비타민이 얼마 무슨 미네랄이 얼마 등을 통해서 과학적으로(? 그러니까 서양적으로) 뒷받침해준다는 것이다. 아이오와에서 머무는 동안 즐거움이 있다면, 그중의 하나는 내가 한국에서 알았던 지극히 동양적이고 한국적인 전체적인 어떤 사실들, 결론들을, 서구의 과학적인, 아니 실험실적인 세부적인 자료들, 자세한 수치들과 현상들을 통해서 증명받고 있다는 점일 것이다. 사실 그게 개인적으로는 가장 큰 즐거움이다. 내가 언젠가 그렇게 믿어 알고 있었던 것들은 어떤 면에서는 미신 같은 것들이었고, 아니 나 자신은 미신으로 생각한 적 없으나 적어도 내 친구들은 내가 길을 잃었거나 이상하고 헛된 생각을 하고 있다고 생각했을지도 모르지만, 그게 아니라는 걸 그야말로 과학적으로, 산술적으로 증명해주는 서구적 자료들을 만날 때엔 정말로 기쁘다.

무엇을 쓰려고 하다가 또 본론에서 벗어나 다른 소리를 쓰고 있었는지 모르겠다. 이게 내 단점이다. 이건 서양식으로 하면 내가 쌍둥이좌 태생이기 때문이다. 쌍둥이좌의 특성은 'versatile, enjoying using their intelligence, never running short of imagination, flighty, doing too many things at once, finishing nothing'. 다재다능하고, 머리 쓰는 일을 좋아하고, 상상력이 모자라는 법이 없고, 여기까지는 괜찮다. 그런데 그다음 특성들이 내게 꼭 들어맞는 말들이다. 'flighty'라는 단어는 가볍고 경박스럽고 무책임하고 변덕스럽다는 뜻과 한편으로는 머리가 돈, 어리석은이라는 뜻을 갖고 있기 때문이다. 마지막 특성, 한꺼번에 너무 많은 일을 벌이고 아무것도 끝내지 못한다는 건 정말로 나한테 딱 들어맞는 말이다. 세상에 태어나서 뭐 시작해서 끝낸 게 있어야지. 시인이 된 것 외에는 정말 내가 한 일이 아무것도 없다. 그런데 시인은 내가 시인이 되려는 의지를 갖고 시인이 된 게 아니니까. 그런데 여자들 중에서 가장 오래 사는 별자리가 쌍둥이좌라는 게 재미있다. 통계에 의하면 쌍둥이좌 여성의 평균수명은 82세(쌍둥이좌 남성의 평균수명은 71세로 끝에서 네번째 순위다)로, 쌍둥이좌 여성들은 서로 다른 현실들에 잘 적응하는 능력이 있어서 다른 사람들이라면 견디기 힘든 압력들과 문제들을 잘 견뎌낸다는 것. 그러고 보니 언젠가 황지우가 했던 말이 생각난다. 승자 쟨 오래 살 거야, 똘망똘망해갖고선. 또 다른 길로 샜구나. 무슨 이야기를 쓰고 있었지? 아, 디스커버리 채널, 도파민!

내가 두번째로 도파민이라는 화학물질에 관심을 갖게 된 것은 대흥 출판사의 의뢰로 『소생』이라는 책을 번역할 때였다. 그건 올리버 색스(? 기억이 확실치 않다)라는 의사가 1960년대에 도파민이라는 신종 물질을 갖고서 잠자는 병을 가진 사람들을 치료하는 임상 실험 기록이었다. 잠자는 병이란 몇십 년 동안 아무 말도 하지 않거나 몇십 년 동안 똑같은 자세로 있거나 하는, 아무튼 뇌의 이상으로 인한 운동 불능, 언어 불능의 상태를 가리킨다. 도파민이라는 물질을 투여하여 몇십 년 동안 움직이지 못하던 사람을 움직이게 한다거나, 한 단어를 발음한 뒤 다음 단어를 잇기까지 몇 시간이 걸리는 사람들을 정상적으로, 너무 많이 투여했을 때에는 너무도 빠르게 말하게 해줄 수 있었다는 보고였다. 그런데 지금 기억으로는 그 도파민이라는 물질의 부작용 또한 만만치 않았던 것 같다. 그걸 단독으로 추출해서 썼으니까 그런 문제가 생길 거다. 그런데 오늘 디스커버리 채널에서 본 뇌에 관한 프로그램에서도 줄곧 도파민 얘기가 나왔다. 도파민이 뇌의 작용을 활성화시킨다는 것이다. 그전에 한국에서 비슷한 물질에 관해서 읽은 적이 있다. 삼양식품에서 나오는 무슨 건강 잡지에서 여러 번 보았고, 그다음에 까치사에서 나온, 제목은 까먹었지만, 건강에 관한 무슨 책에서도 그게 나왔다. 그 물질은 생선, 특히 조개류에 많이 들어 있다. 그래서 밤중에 오래도록 머리 쓰는 일을 해야 할 때에는 저녁식사 반찬으로 생선류를 먹는 게 좋다는 이야기다. 그러면 도파민처럼 뇌에 들어가 뇌를 활성화시키니까 지치질 않는다는 거겠지. 디스커버리 채널 프로그램에서도 똑같은 이야기를 하고 있었다. 그런데 이 아이오와에서는 생선을 먹을 수가 없다. 생선을 파는 슈퍼마켓은 거의 없고, 있다 해도 생선값이 무지 비싸기 때문.

오늘 프레리 라이츠에서 있었던 리딩의 주인공은 내 짝꿍 쇼나. 그녀는 전통 힌두 의상을 입고 나왔다. 쇼나는 일단 청중 앞에 서기만 하면 굉장한 활력을 가진 여배우로 변신해 사람들을 압도시킨다. 프레리 라이츠에서 리딩을 한 사람들 중에서 아마 쇼나가 가장 긴 박수를 받았을 거다.

프레리 라이츠에서 두 권의 책을 샀다. 하나는 폴 오스터라는 작가의 펭귄판 에세이 『굶기의 예술』이다. 제목이 마음에 들어서 샀다. 다른 하나는 루이즈 글릭이라는 여성 시인의 에세이 『Proofs and Theories』. 집에 와서 대충 훑어보니까, 여성 시인의 수필집은 재미가 없고 폴 오스터의 에세이는 무지무지 재미있었다. 그런데 서점에서 조너선을 만나 내가 두 작가에 대해서 물었을 때 조너선은 루이즈 글릭이 더 나은 작가일 거라고 말했다. 폴 오스터는 소설가이고 루이즈 글릭은 시인인데, 조너선 또한 시인이기 때문에 그렇게 말했나? 조너선도 루이즈 글릭의 에세이를 사 볼 생각이었단다. 그런데 나의 흥미를 끄는 것은 오히려 폴 오스터이다. 특히 잡지 기자들과의 인터뷰 기록문은 아직 한 편밖에 안 읽었지만, 그것만으로도 내가 좋아할 수 있는 작가라는 걸 알 수 있었다. 그의 소설책들을 구해봐야겠다. 나는 처음 보는 작가이다. 그의 논픽션 중에 『고독의 발명』이라는 게 있나본데, 인터뷰 기록문집에서 그 책 얘기가 많이 나와서 안 읽었어도 읽은 것 같은 느낌을 준다. 폴 오스터는 유태인 인데, 그의 산문집을 읽는 중에 내가 이상하게도 유태인들에게 이상 한 친밀감을 느낀다는 것을 발견했다. 아니 유태인들이 아니라 유태 인들의 글과 그들의 멘탈리티에 친밀감을 느낀다는 말이다. IWP 작 가 중에서 아미르도 유태인인데 그의 시들을 읽어보면 동양인의 멘 탈리티와 흡사한 뭔가가 있다. 폴 오스터의 산문집도 마찬가지이다. 그리고 여기서 만난 또 한 명의 유태인, 마크도 마찬가지이다. 그에 게 나는 친밀감을 느낀다. 그는 또 굉장히 괴벽스러운 성격을 갖고 있긴 하지만 그 자신이 자기는 동양적인 멘탈리티를 갖고 있다고 말 했듯, 그런 어떤 괴벽스러움이 동양적으로 보인다. 또 내가 좋아하 는 유태인, 레너드 코언이 있다. 아, 그리고 카프카와 파울 첼란! 그 런 유태인들에게서 내가 느끼는 친밀감의 정체가 뭔가. 어떤 미스티 컬한, 어떤 동양적인, 어떤 선(zen, 아직 컴퓨터를 익히지 못해 한자 를 끌어내는 법을 모르기 때문에 영어로 썼다)적인 것, 어떤 신비주 의적인 색채, 혹은 어떤 암울함?

새로 산 책들을 뒤적거리다 잠이 들었다가 시끄러운 소리에 깨었 다. 소설가 워크숍에 참석했다가 돌아온 쇼나가 자기 방에서 술판을 벌인 것. 나중에 나도 합류했는데, 수, 수의 남편 고든, 베릴, 인도의 니란잔, 마틴이 함께 술을 마시고 있었다. 모두가 영어 쓰는 나라 출 신들이다. 이 대영제국의 사생아들은 영국의 왕족 일가가 자기네 나라의 보통 사람들의 문화에 끼치는 영향에 대해서 불평을 늘어놓고 있었다. 그런데 이번 목요일에 인터내셔널 빌딩에서 비교연구회가 IWP 작가들을 위해서 파티를 열어주기로 했고, 거기서 모든 작가가 일 분씩 자기 작품을 읽게 되어 있는데, 마틴과 다른 사람들이 그 일 분들을 다 모아서 내게 주기로 했다. 내가 영어 스피킹을 못한다고 했더니, 모든 공식 리딩 행사에서 내 리딩은 빠져 있었다. 그러니까 한 번도 리딩을 갖지 못했다. 패널 디스커션에서 작성한 원고를 읽었던 것 외엔 내 작품의 리딩은 없었다. 써 있는 원고도 못 읽을까봐서 나를 제외시킨 걸까? 뭐야? 아무튼 그게 안됐다고 생각한 건지, 쇼나의 방에 모인 일당이 자기 몫의 일 분들을 모아 내게 주겠다는 거다. 그래서 쇼나가 우선 영역된 내 시 세 편을 한 편씩 읽고 그녀가 한 편 읽고 난 뒤에 내가 한국어로 된 시를 한 편씩 읽기로 했다. 베릴은 그 세 편 중에 「삼십 삼 년 동안 두 번째로」라는 시가 꼭 포함되어야 한다고 말했다. 그녀가 가장 좋아하는 내 시다. 이상하다. 한국어로 된 그 시는 썩 좋은 작품이 아닌데 그게 영어로 번역되었을 때에는 어떤 다른 느낌을 주는 모양이다. 아니 느낌이 아니라, 내 자신이 번역해놓고 보아도 그 작품은 영어로 번역되었을 때에 더 극적인 효과를 갖는 것 같았다. 그 시 자체에 드라마적 요소가 포함되어 있다.

오늘 아침 신문과 함께 배달된 광고지에 파마 세일 광고가 있었다. 갑자기 파마를 하고 싶다는 생각이 들어서, 쇼나에게 오늘 나 파마해야겠다고 하니까 네 머리는 예쁜데 뭐하러 파마를 하느냐고 물었다. 그래서 기분 전환을 하기 위해서라고 말했다. 조금 후에 메리가 우리 아파트에 들어왔다. 메리는 출근하면 곧잘 우리 방에 먼저 들른다. 왜냐하면 쇼나가 자기 방문을 열어놓고 살기 때문이다. 들어오고 싶은 사람은 누구든 들어오라고. 그런데 메리가 하룻밤 새에 커트하고 파마한 모습으로 나타났다. 거기에 자극을 받았는지 쇼나가 자기도 파마를 하겠다고 나섰다. 7년 만에 하는 파마란다. 쇼나가 미용실에 예약을 했다. 오늘 세시에 처음으로 오늘의 국제문학 시간이 열리는데 세시까지 파마를 다 끝낼 수 있겠느냐고 미용실 측에 물었더니 문제없다고 했다. 쇼나와 나는 오늘의 국제문학이 어떻게 진행되는 시간인지를 알아보기 위해서(왜냐하면 우리도 그 시간에 연사로 참석해야 하니까. 이 시간은 문창과가 아니라 영문학과 학생들을 상대로 하는 시간이었다) 그 시간에 참석하기로 했다. 우리의 파마 예약 시각은 한시였다. 그래서 시간이 빠듯할 것 같았다.

미용실에 가서 벽에 붙어 있는 모델들의 헤어스타일을 보면서 어떤 게 좋을까 고르던 중에 내가 한 글래머 모델의 아주 곱슬거리는 풍성한 헤어스타일을 가리키면서 난 저런 파마할까봐, 하고 말했더니, 쇼나가 일언지하에 "Shut up"이라고 말했다. 너 같은 치킨 레그한테는 그런 헤어스타일이 안 어울린다고.

파마하고서 만족스러워했던 적이 한 번도 없다. 이상하게 내가 아닌 것 같은 기분이 들기 때문. 이번에도 예외는 아니었지만 그래도 전보다는 덜한 것 같다. 쇼나는 내 파마가 나에게 아주 잘 어울린다고 추켜준다. 오늘의 국제문학 시간에 참석하기에는 너무 늦었다. 두 사람 다 그 시간에 참석하는 건 포기하고서 오스코 드러그로 들어가 서로 다른 방향으로 쫙 찢어졌다. 나는 우유 하나만 사고서 얼른 돌아왔다. 파마 약의 화학물질들이 핏속으로 들어간 건지, 갑자기 온몸이 가렵고 따끔거리기 시작했기 때문이다. 메이플라워로 돌아와 티본스테이크 요리를 준비하고 있는데 쇼나가 돌아왔다. 쇼나에게서 그녀의 모자를 빌렸다. 파마한 머리를 감추려고. 그 모자는 중화인민공화국 사람들이 쓰는 것과 흡사한(홍콩제였다) 모양의 검은 모자였는데, 내가 그 모자를 쓰자마자 쇼나가 아유 귀여워라 하면서 탄성을 지른다. 그 모자는 또 우리나라의 옛날 중학생들이 쓰고 다니던 모자와 흡사했다. 그 모자를 쓰니까 내가 보기에는 마치 불량스러운 깡돌이 같은 느낌을 준다. 그렇게 모자를 쓰고서 비디오 감상실로 내려가니까, 사람들이 다들 한마디씩 한다. 그들은 내가 파마한 줄을 모른다. 그냥 모자를 쓰고 있는 걸로 아는 거지. 마틴은 귀엽다는 듯, 아예 내 머리를 쓰다듬어준다.

인터내셔널 빌딩에서 비교연구회가 우리 작가 일당을 위해 파티를 열어주었다. 파티에서 영역된 내 작품을 쇼나가 읽었고, 나는 한국어로 읽었다. 「여성에 관하여」 「겨울에 바다에 갔었다」 「삼십 삼년 동안 두 번째로」 세 편을 읽었는데, 셋 다 내가 뽑은 게 아니라 쇼나와 베럴이 뽑았다. 번역은 내가 한국에서 해갖고 온 그 상태대로 읽었다. 작가들의 리딩이 끝나고 진짜 파티가 시작되어 내가 음식을 가지러 테이블로 갔을 때 누군가가 옆에서 한국말을 하길래 깜짝 놀라 바라보니 김재온 교수였다. 언젠가 어느 파티에서 만나 인사를 했고 이제 두번째로 만나는 셈이다. 김재온 교수가 디렉터로 있는 아시아태평양연구소가 인터내셔널 빌딩 안에 있다는 것. 김재온 교수가 자기 사무실에 있는데 메리가 올라가서 지금 승자가 자기 작품을 읽고 있으니 내려와보라고 해서 내려왔는데 벌써 리딩이 끝나서 듣질 못했다는 말씀. 쇼나를 김재온 교수에게 소개시켰다. 김재온 교수가 우리를 2층 사무실로 안내했는데 그 방들이 한국 책으로 꽉 차 있어서 기분이 좋았다. 다음주에 아시아태평양연구소가 우리 아시아 작가들을 초청한다는 공문이 왔었는데, 거기에 쇼나도 함께 가기로 했다. 그리고 베릴도. 그들은 아시아인은 아니지만 그들도 함께 초청해줄 수 있느냐는 내 부탁을 김재온 교수가 들어준 거다.

오늘 두번째로 번역 워크숍에 참가. 맨 처음 도착했을 때 번역 워크숍에 한 번 참가한 뒤로 매주 열리는 이 워크숍엔 처음 참석한 셈이다. 다른 작가들은 번역 워크숍 팀과 함께 자기 작품들의 번역을 거의 조정한 모양인데 나는 그동안 참석하지 않았다. 언젠가 마크가 캐럴라인이 내가 나타나길 기다린다는 얘기를 해주었지만, 캐럴라인과 더불어 내 작품의 번역을 위해 할당된 두 명의 학생이 충분히 생각해볼 수 있는 시간을 주기 위해서였다. 그런데 오늘 아침에 연락이 왔다. 오늘 번역 워크숍 시간에 내 번역 작품이 토의될 것이므로 거기에 참석하라는 전갈이었다. 번역 워크숍에 가보니, 영문과 다니는 한국인 여학생 박캐린과 데릭이라는 남학생이 번역한 내 작품 세 편이 토의 대상이었다. 자료로 제출하기로 채택된 내 시 열일곱 편 중에서 캐린이 세 편을 번역했고, 그것을 토대로 삼아 데릭이 각색을 한 거다. 캐린은 내가 번역한 것을 참조하지 않고서 직접 내 시집을 보고서 번역했다고 했다. 내 번역에 영향을 받을까봐 아예 보질 않았다는 거다. 그건 충분히 이해가 가는 소리다. 그리고 그것이 훨씬 더 좋은 방법이다. 그런데 데릭이 만들어놓은 시라는 건 전혀 내 시가 아니었다. 그래서 데릭에게 단도직입적으로 (완곡하게 표현하는 법도 모르니까) 데릭, 미안하지만 이건 내 시가 아니다, 이건 네 시다라고 말해주었다. 캐린의 번역은 내 시를 직접 읽고 번역한 것이고, 그래서 영어는 나보다 유창할는지 모르겠지만 아직 학생이라 그런지 시의 이미지 구조를 파악하지 못했다. 가령 「밤」이라는 작품의 첫 행은 "밤이 밀려온다"인데, 이걸 그녀는 "Night is descending"으로 번역해놓았다. 그래서 이 작품에서의 밤은 내려오는 게 아니라 상승하는 밤이다. 예컨대 바다 같은 가장 낮은 곳으로부터 홍수처럼 위로 위로 차올라오는 그런 밤이다라는 걸 보여주기 위해 칠판에다 그림까지 그리면서 설명해야 했다. 사람들이 그 이미지를 이해하는 것 같았다. 「청파동을 기억하는가」라는 시에서는 "겨울 동안 너는 다정했었다"라는 구절에서 캐린은 'affectionate'라는 단어를 사용했다. 그래서 그 단어는 문어체적이고 또 객관적인, 즉 제삼자에게로 향한 시점을 갖고 있다, 내 시에서는 제삼자가 아니라 숨겨진 이인칭에 대해 직접적으로 말하는 투이기 때문에 구어체적인 단어가 더 낫다고 했다. 원래 내가 사용했던 단어는 'sweet'이었다. 캐럴라인과 엘리자베스(아이오와대학 총장의 부인인데 IWP 번역 코디네이터로 일한다)도 내 의견에 동의했다. 캐럴라인은 두 학생이 번역한 것을 별로 좋아하지 않는 것 같았다. 그리고 내가 그들이 번역한 것에서 발견하지 못했던 이상한 점까지 지적을 해주었다. 어쨌거나 지금 상태로는 그들이 번역한 게 세 편에 지나지 않는데다 내 마음에 들지 않기 때문에 내 번역 시 쪽을 택해야겠다는 생각이 들었다. 내가 발표하는 오늘의 국제문학 시간은 24일 월요일이니까 열흘밖에 안 남은 셈이다.

번역 워크숍을 끝내고 IWP 사무실에 들러 다음주 월요일에 내가 번역했던 시들을 갖고 상의하기로 캐럴라인과 합의했다. 그녀 자신이 내 번역이 가장 마음에 든다고 했다. 사무실에서 그녀와 얘기하고 있는데, 어떤 여자가 인사를 하면서 어제 인터내셔널 빌딩에서 내 시를 잘 들었다고 말했다. 그 여자는 「여성에 관하여」의 이미지가 아름다웠다고 했다. 사람들이 가장 좋아하는 시들 중 하나가 바로 이 시다.

다운타운에 나온 김에 오스코 드러그에 들러 담배를 사갖고 메이플라워로 돌아갔다. 밤에는 고대 동문 파티에 참석.

폴 오스터의『굶기의 예술』을 거의 다 읽었다. 정말로 나와 어떤 부분이 일치하는 것 같은, 내가 오래전부터 알아온 것 같은 이상한 친밀감을 주는 작가다. 꼭 번역을 해야겠다는 생각이 든다. 싱가포르의 보이는 이 에세이는 보지 않았지만, 그의『고독의 발명』을 가장 좋아한다고 말했다. 그건 소설 작품은 아니다. 잡지 기자와의 인터뷰 기록에 나온 걸로 보아서는 그 책은 자기 아버지의 죽음을 계기로 쓰게 된, 미국식 분류로는 논픽션이라는 장르에 들어가는 작품이다(크리에이티브 논픽션인가? 한번 물어봐야겠다). 보이는 그의 소설들을 자기는 굉장하게 생각지는 않는다고 말하면서, 그의 소설들을 'magical realism'이라고 말했다. 그런데 내가 보기에 보이는 그의 시도 아카데믹할 뿐만 아니라, 그가 하는 비평도 강단 비평에서 내리는 판단들을 그대로 받아들이는 것 같다. 나는 아직 폴 오스터의 소설 작품들은 보지 못했지만, 보이가 폴 오스터의 어떤 면을 두고 매지컬 리얼리즘이라고 하는지는 알 수 있을 것 같다. 왜냐하면『굶기의 예술』에서 잡지 기자와의 인터뷰에서도 그런 정말로 마술 같은 괴이한 우연들이 그의 삶에서 일어나는 실례들을 읽었고,

마지막 장 「빨간 공책」에서는 그의 삶에 일어난 정말로 괴이하다 할 수밖에 없는(사실은 그렇진 않을 거다. 누구에게나 우연은 있다. 그 우연에 얼마나 필연의 의미를, 필연의 뉘앙스를 덧붙여주고 거기에 주목하는가 하는 게 작가마다 다르기 때문일지도 모른다) 우연한 사건들을 얘기하고 있다.

오늘 영어 수업이 끝난 뒤 클라크에게 나는 지금 폴 오스터라는 작가에게 개인적으로 무척 이끌리게 되었는데 폴 오스터가 어떤 작가냐 하고 물었더니, 폴 오스터는 미국보다도 유럽, 특히 프랑스에서 아주 유명한 작가라고 말했다.

폴 오스터는 유태인인데, 그가 나의 관심을 끄는 또 한 가지 이유는 그가 원래는 시를 썼었고, 또한 번역으로 밥 먹고 산 사람이라는 점이다. 실제로 이 책의 전반부는 자기가 번역했던 무수한 작가, 우리가 익히 잘 아는 유럽 작가들, 예를 들면 카프카, 말라르메 그리고 다다와 초현실주의 작가들에 대한 에세이들이다. 그중에서 나는 모르는 에드몽 자베스라는 작가에 대한 에세이와 그와의 인터뷰(불어로 된)를 번역한 것은 나의 흥미를 더욱 자극시킨다. 그런데 이 에드몽 자베스라는 작가도 유태인이다. 그러고 보니 언젠가 파티에서 헬레나와 사샤가 서로 좋아한다면서 얘기했던 작가가 이 작가였던 것 같은 생각이 들고, 그것을 더욱 밑받침해주는 것이 헬레나가 오늘의 국제문학 시간에 얘기했던 개념, 즉 책의 인사이드와 아웃사이드 개념이 바로 폴 오스터와의 인터뷰에서 이 작가의 입을 통해 나오는 개념과 똑같았기 때문이다. 아무튼 유태인들은 내 흥미를 끈다. 또 한 명의 유태인 작가, 솔 벨로가 했던 말이 생각난다(그런데 나는 솔

벨로의 작품은 많이 재미있게 읽었지만, 그에게서는 내 존재의 어떤 것, 보이지 않는 어떤 것을 건드리는 요소가 적다. 그는 사회화된─이런 말이 가능한가?─작가이다). "To be a Jew is bad, to be a young Jew is worse, to be a young educated Jew is a crime." 그런데 이 에드몽 자베스라는 작가는 폴 오스터와의 인터뷰에서 이런 말을 하고 있다. "나는 모든 작가가 어떤 면에서는 유태인 조건이라는 것을 체험한다고 생각한다. 왜냐하면 모든 작가, 모든 창작자는 일종의 추방 상태에서 살기 때문이다." 폴 오스터가 왜 이 작가에게 끌렸는지 알겠다.

오늘 이른 아침에 쇼나는 여행을 떠났다. 수의 가족과 함께 미니애폴리스로 떠난 것. 거기서 하룻밤 자고 일요일에 돌아오기로 되어 있다. 오늘밤은 쇼나 없이 나 혼자 자는 첫날밤이 될 것이다. 쇼나는 떠나면서, 내가 없어도 잘 알아서 처신하라고 말했다. 나이는 일곱 살밖에 차이가 안 나지만 그녀는 내겐 대모 같은 존재다. 아주 뜻밖의 우연한 만남이 아주 소중한 만남으로 변할 수 있다는 게 재미있다. 이러한 만남이 내 운명 교과서에 이미 쓰여 있었던 것일까? 알 수 없는 일. 그 교과서를 다 읽어보기 전까지는.

많은 작가가 여행을 떠났다. IWP 측에서 비행기표와 숙박비 등의 비용을 대주니까 마음대로 여행을 할 수 있다. 내게도 약 3천 달러의 여행 경비가 할당되어 있다는 걸 알지만 나는 한 번도 여행을 하지 않았다. 한 번도 아이오와를 뜨지 않은 사람은 나밖에 없을 것이다. 나는 움직이는 걸 싫어하고 만나고 싶은 사람도 없다. 돌아다니는 걸 귀찮아하는 사람이니까. 방에 틀어박혀 누워서 공상인지 망상인지 온갖 것들을 생각하는 시간이 내게는 제일 편안하고 또 제일 빠르게 지나가는 시간이기도 하다. 여행을 갔다 와서는 복도에서 자기네들끼리 여행 얘기를 주고받는 것을 보면 그들은 대개 대도시에 압도당했다는 걸 알 수가 있다. 시카고가 얼마나 큰지는 알 수 없지만, 시카고에 갔다 온 작가가 빅 시티라고 놀랍다는 어조로 말하는 것을 들었다. 샌프란시스코를 갔다 온 사람도 마찬가지. 그런데 나처럼 서울에서 살아온 사람은 대도시에 대한 흥미가 하나도 없다. 그리고 그런 도시들은 아마도 서울에 비하면 아주 작은 도시에 지나지 않을 거다. 서울의 인구가 천 몇백만이라고 하면 사람들은 엄청 놀란다. 놀랄 수밖에. 전체 인구가 몇백만 명밖에 안 되는 나라에서 온 사람이 많으니까.

　오늘은 해가 없다. 아이오와시티 거리에는 낙엽들이 떼 지어 바람에 불려다니고 있다. 엊그제 밤에 고대 동문 파티가 있었는데, 거기서 들은 이야기로는 아이오와시티가 아주 특이한 도시라는 것이다. 조금만 더 큰 도시에 가도 살벌하고 물가도 높고 사람들도 딱딱한데 아이오와의 거리와 아이오와 사람들은 아주 평온하고 평화롭다는 거다. 전국에서 세번째로 범죄 없는 도시라니까, 이해할 만하다. 나도 그런 것을 느꼈다. 아이오와시티 주민의(약 6만 명) 반이 대학생이고, 그 밖에는 교수들을 비롯해 어쨌거나 대학에서 밥 벌어먹고 사는 사람들로 이루어진 도시니까, 좀 다르긴 할 거다. 그리고 또 한 가지 특이한 점은 어느 장소에서 만나는 사람들이든 대개가 무슨 예술을 한다는 사람들이다. 대단한 예술가들은 아닌 것 같지만, 끊임없이 자기 예술에 대해서 또 남의 예술에 대해서 떠들어대고 즐거워하는 게 신기해 보인다. 개중에는 우연히 이 도시에 들렀다가 눌러앉은 사람들도 많다. 헌티드 북숍의 주인이 그렇고(그는 자기를 전직 시인이라고 소개했다) 마크도 그런 예에 속할 거다. 그는 전형적인 뉴요커이고 불과 3년 전에 이곳에 왔지만 이곳을 고향으로 느낀다고 말했다.

　　쇼핑몰에서 캐럴라인과 점심식사를 함께하고서 EPB로 가 IWP 사무실에서 내 번역 시를 갖고 작업하기 시작했다. 총 열일곱 편을 다섯시까지 줄곧 앉아서 쉬지 않고 해치웠다. 「기억의 집」에서 역시 'water color'가 지적되었다. 그래서 'water light'가 어떠냐고 했더니 너무 멋있다는 캐럴라인의 대답. 그런데 나는 그게 왜 멋있는지 얼마나 멋있는지 모른다. 역시 서로 다른 두 언어 간의 완벽한 소통은 불가능하다는 느낌이다. 「청파동을 기억하는가」에서 'eye light'도 지적당했다. 이 단어는 'gaze'로 대치되었다. 눈빛이라는 단어가 없다는 게 참 이상하다. 'eye color'를 제안해볼 걸 그랬나? 워터 컬러, 아이 라이트의 컬러. 라이트는 한국말로는 둘 다 빛이라는 단어이다. 물빛, 눈빛. 캐럴라인에게 빛이라는 한국 단어는 라이트라는 뜻과 컬러라는 두 가지 뜻을 갖고 있어서 그런 식으로 번역한 거라고 설명했다. 「끊임없이 나를 찾는 전화벨이 울리고」 중에서 "열망과 허망을 버무려"라는 구절이 나오는데, 한국에서 번역할 때 "허망"이라는 단어 때문에 골머리를 앓다가 옛다 모르겠다, 내 시를 내가 고치는데 누가 뭐라고 하랴 하면서 'nihil'이라는 단어로 대치했었는데, 캐럴라인에게 그게 또 걸리는 모양이었다. 그런데 이상하게도 한국에서는 그렇게 떠오르지 않던 단어가 갑자기 떠올랐다. 'futility'. 그 단어가 어떠냐니까 자기도 좋댄다. 「미망 혹은 비망 7」을 검토할 때, 보이가 고쳤던 마지막 구절, "If I die and am resurrected, this night would be still this night"(보이는 이 구절을 "This night would remain unchanged"로 고쳐놓았다)가 생각 나, 그렇게 고칠 의향은 전혀 없었지만, 캐럴라인이 어떻게 생각하는지 떠보려고 물어보려 하는 순간, 그녀가 먼저 이 시에서 자기는 마지막 구절이 가장 마음에 든다고 말했다. 그래서 보이는 이런 식으로 고치라고 조언했다고 하니까, 그 머리칼이 허연 여자가 갑자기 어린아이처럼 이상한 소리를 내면서(아마도 우리나라식 표현으로 하면 흥, 치, 피 정도가 되는 것 같다) 말도 안 되는 소리라고 한다. 가장 많은 시간을 잡아먹었던 것은 「내게 새를 가르쳐주시겠어요?」였다. 이건 보이한테서도 무지 공박을 당했던 구절이고, 그래서 내가 그렇게 이해가 안 갈까 하고서 쇼나에게도 물어보니까 쇼나도 좀 이상하다고 대답했다. 그때 마침 마틴이 내 영역 시들을 보고 있던 참이라 그에게 그 구절을 잘 고쳐봐라 했더니, 나중에 그가 돌려준 내 시들 중 그 구절에는 지금 그대로가 완벽하다라는 코멘트가 쓰여 있었다. 그러니까 마틴 한 사람만 그 구절을 좋다고 한 거다. 이 구절을 나는 그대로 "Would you teach me a bird?"라고 번역했는데, 캐럴라인 역시 그 구절이 몹시 걸리는 모양이었다. 그녀는 'about being a bird' 'a birdness' 등 여러 가지 다른 단어들을 제시하면서 고치는 게 어떻겠느냐고 했다. 그런데 나는 그렇게 고치면 이 시는 죽어버린다고 주장했다. 왜냐하면 새라고만 말하면 그건 제한되지 않은, 갇혀 있지 않은 어떤 무한한, 자유로운 상태를 떠올리게 할 수 있지만 캐럴라인이 제시하는 단어들은 이미 그 자체가 새의 이미지를 제한하고 있어 자유로운 무한의 상태를 보여줄 수 없기 때문이다. 여기서 별소리가 다 오갔다. 아니 이 구절이 문법적으로 틀린 것도 아닌데 왜 이해가 안 가냐? "Would you teach me English?"라는 문장이 가능한데 왜 "Would you teach me a bird?"라는 문장은 불가능하냐고 물으니까, 캐럴라인은 문법적으로는 틀리지 않지만 말이 안 된다는 거다. 그래서 내가 그러면 "Would you teach me sea?"라는 문장은 그러면 어떠냐 하고 물으니까, 그건 또 느낌이 들어오고 가능하다는 거였다. 그래서 내가 이 문장은 한국어로 말해도 역시 좀 이상하게 들리는 문장이다. 그런데 그 이상한 낯선 효과, 일상적인 어법과 마찰을 일으키는 바로 그것이 이 시에서 새의 무한 자유라는 이미지를 더 부각시켜준다고 말했다. 나는 이 시에서 새라는 단어를 다른 어떤 단어로 고칠 의향이 없었다. 왜냐하면 그러면 이 문장에서 새는 죽은, 갇힌 새가 되기 때문이다. 결국 나중에 캐럴라인이 묘책을 내놓았다. 그 묘책이란, "Would you teach me ; a bird?"였다. 세미콜론 하나를 집어넣은 것이었는데, 캐럴라인은 자기가 고친 게 흡족스러운지 아주 좋아했다. 나는 번역자의 그런 마음을 안다. 내가 번역하는 사람이니까. 한 구절을 멋지게 번역해놓으면 얼마나 기분이 좋아지는지. 꼬박 네 시간 동안 화장실 한번 가지 않고 한자리에 앉아 열일곱 편을 검토해 완결지었다. 이건 아주 좋은 실적이라고 할 수 있다. 왜냐하면 다른 작가들의 경우엔 계속 번역 워크숍에 참석하거나 자기에게 할당된 번역자들과 계속 만나면서 작업해왔기 때문이다. 이것으로 나는 땡. 기분 좋다. 캐럴라인은 시에 대해서 많이 알고 있다. 언젠가 내가 당신도 시를 쓰지 않느냐고 물으니까, 자기는 숨어서 쓴다고 대답했다. 내 시에 대한 캐럴라인의 소감 역시 다른 사람들과 마찬가지로, 스트롱, 파워풀, 디스트럭티브였고 거기에 한 가지를 덧붙였다. 뷰티풀. 내 시를 읽은 사람들이 소감을 말할 때 첫마디가 스트롱이고 그다음이 파워풀, 그다음이 디스트럭티브다. 뷰티풀이라고 말하는 사람은 별로 없었다.

아시아태평양연구소가 아시아 작가들을 식사에 초대했다. 아시아 작가는 싱가포르의 보이, 미얀마의 윈 페, 말레이시아의 카디자, 일본의 하루히코였는데, 어떻게 된 건지 다들 여행을 떠나서 없고 일본 작가와 나뿐이었다. 하루히코는 자기 부인과 한 살도 채 안 되는, 메이플라워 8층에 사는 꼬마들 가운데서 내가 제일 사랑하는 도모히코와 함께 참석했고 그다음에 쇼나, 베릴, 그리고 김재온 교수, 그 사모님(이곳의 한국 어린이들이 토요일마다 모여서 공부하는 코리안 스쿨의 교장 선생님이라고 했다), 그리고 아시아태평양연구소 비서 등이 함께 모여서 청석이라는 레스토랑에서 함께 식사를 했다. 청석의 주인은 한국인인데, 한국 음식, 중국 음식, 일본 음식 세 종류를 다 취급한다. 한국, 일본, 중국의 각종 음식을 시켜 먹었다. 쇼나와 베릴은 한국 음식이라면 뭐든 좋아하는 것 같다. 그들은 한국 음식이 굉장히 스파이시하다면서도 잘 먹는 편이다. 청석이라는 음식점은 영어로는 아호세라는 이름을 갖고 있는데 사람들이 그 레스토랑 이야기를 하는 것을 자주 들었지만 내가 거기 가본 것은 이게 처음이었다. 또하나 내가 가보지 못한 곳은 'Fox Head'라는 술집이

다. 아마 글쟁이들이 잘 가는 술집인가보다. 여기 안 가본 사람도 아
마 나 하나뿐일 거다.

비교연구회로부터 편지가 왔다. 캐서린 뭐라는 여자가 보낸 건데, 며칠 전에 비교연구회 주최 파티가 있었던 날 읽었던 내 시 중에서 한 편을 보내달라고 했다. 자기네 연구소 게시판에 걸어놓겠다는 거다. 사람들이 오가며 읽어볼 수 있도록. 게시판에 시를 걸어놓는다는 발상이 우습기도 하고 재미있기도 하다. 우리나라에서라면 게시판에 시 걸어놓는다는 생각을 할 수 있을까? 또 한 가지 우스운 점은 이 여자가 편지에서, 내 시의 제목이 기억나지 않는지 그 내용을 적어서 보내면서 그 시를 보내달라고 했는데 그녀가 묘사한 내용이라는 게 이런 거였다. "어떤 여자가 몹시도 지치고 피곤해서 머리통과 팔다리 다 떼놓고 도망가는 시." 그건 「삼십 삼 년 동안 두 번째로」라는 시이다. 그날 읽었던 시 세 편을 모두 보내주었다. 귀로 듣는 것과 눈으로 읽는 것은 다를 테니까, 세 편 중에서 아무거나 한 편을 고르시라는 전언과 함께.

쇼나도 나도 된통 호된 감기에 걸려 고생하고 있다.

어젯밤 비디오 감상 시간에 마크가 각본 쓰고 친구와 공동 제작했다는 영화 〈Bottom Land〉를 감상했다. 꼭 마크 같은 작품이라고 얘기하면서 쇼나와 나는 낄낄거리며 웃었다. 별로 재미가 없었다. 대화가 극도로 생략된 작품이었다. 이상하게도, 마크의 실생활이나 그가 쓰는 소설이나 그가 만든 영화나, 어디에나 신비주의적인 색채가 스며 있다. 그게 그 자신이 말하는, 자기가 갖고 있다고 생각한다는 오리엔탈 멘탈리티의 현현인지도 모르겠다.

영화 감상이 끝난 뒤 내 방에 올라와 리시버를 꽂고 라디오 뉴스를 듣고 있었는데, 톱 뉴스가 한국에서 다리가 무너졌다는 소식이다. 연일 북한 핵문제가 톱 뉴스더니 이제는 다리가 무너졌다는 게 톱 뉴스다. 성수대교인지 성산대교가 무너졌다고. 얼른 일어나 텔레비전의 스콜라 채널을 켰더니 그리스 방송 시간이었다. 스콜라 채널은 각국 방송이 시간대로 정해져 방영되는데, 나는 아직 한 번도 한국 방송을 본 적이 없다. 텔레비전을 설치한 지 얼마 되지 않았고, 텔레비전을 잘 보지 않는데다. 그 시간대를 지키고 있다가 텔레비전을 켜야 하는데 자꾸 그걸 잊어버리기 때문에 한 번도 한국 방송을 보지 못했다.

오늘 아침 일찍 쓰레기를 버리러 가는데 복도에서 마주친 베릴이 너네 나라 다리가 무너졌댄다, 라고 말한다. 나도 라디오 들어서 알고 있다고 말하고 쓰레기를 버리고 돌아오는데 베릴이 나를 붙잡고 또 그 얘기를 하려 한다. 불난 집에 부채질하나? 나 가스레인지 위에 뭐 올려놓고 나왔다고 말하고서 얼른 들어와버렸다. 나중에 점심때 부엌에서 마주친 쇼나에게 그 얘기를 했더니, 무거운 교통량 때문에 그렇게 된 거냐고 물었다. 그게 아니라 내가 생각하기엔 건설 회사들이 정부 관리들과 짜고 공사를 따내고서는 이윤을 많이 남기기 위해 부실 공사를 했기 때문에 그렇다고 말해주었다. 사실이 그렇다. 내가 건설협회 40년사의 반쪽을 쓴 사람 아닌가. 쇼나가 자기네 나라에서 겪었던 우리나라 건설 회사 이야기를 해주었다. 한국의 한 건설 회사(이름이 뭐냐고 물으니까 동…… 뭐라고 하길래 동아건설 아니냐고 했더니 맞댄다)가 고가도로를 건설하는 현장을 자기가 랜드로버를 몰고 지나갈 때 피지 소년이 녹색 깃발을 흔들길래 안심하고 달리는데, 소년이 더욱더 급하게 녹색 깃발을 흔들었고 그래서 자기는 더욱 안심하고 달렸는데, 나중에는 소년이 스톱이라고 외치면서 문자 그대로 그녀의 자동차 윈도에 뛰어들었다는 거다. 차에서 내린 그녀는 화가 나서 한국인 현장감독을 찾아내, 사람을 쓰려면 교육을 시켜가면서 써야지 녹색 깃발과 붉은 깃발의 뜻도 구분하지 못하는 사람을 쓰면 어떡하느냐고 한바탕 싸우고 욕을 퍼부어주었단다.

오늘 오후 세시쯤에 김도일씨 가족과 쇼나와 함께 사과밭에 가서 사과를 땄다. 자기가 딴 분량만큼의 사과를 아주 싼값에 살 수 있다고 했다. 그 사과밭은 너무 아름다웠다. 저절로 떨어진 사과들이 지천으로 깔려 있었다. 거기서 사진을 많이 찍었다. 쇼나와 나는 각기 한 양동이씩 사과를 땄고 그걸 다 샀다. 아이오와를 떠날 때까지 매일 먹어도 다 못 먹을 만큼 많은 사과를. 사과밭 주인은 노부부였는데 사과밭 한가운데 있는 그들의 하얀 집도 너무 아름다웠다. 그리고 윈드 차임이 바람 불 때마다 내는 그 소리도 너무 아름다웠다. 달리 표현할 말이 없다. 그냥 아름답다고 말할 수밖에는. 이상하게도 나는 아이오와에서 단 한 편의 시도, 아니 단 한 줄의 시구도 얻지 못했다. 모든 게 너무 다르기 때문에 내 감수성이 문 꽉 닫아버리고 있는 걸까. 그렇긴 하지만 안타깝지는 않다. 내가 체험하는 것들 모두가 착실하게 내 내부로 가라앉고 있을 거다. 그리고 어느 날 시로 나오겠지.

존 베리먼 탄생 기념 낭독회에 가려고 샤워하고 준비하고 있다가, 바깥에 바람이 심하고(모든 문이 덜컹거린다. 아이오와에 바람이 심할 때는 마치 허공에서 수백 마리의 소가 떼 지어 몰려다니며 비명을 질러대는 것 같다) 기온이 많이 내려간 것 같아 포기했다. 아직 감기가 다 낫지 않았기 때문에.

저녁 해 먹고 느긋하게 누워 리시버 꽂고 라디오를 듣자니 소설 낭독 시간인 모양이었다. 얼마 전에 소니 라디오를 사 와서 귀에 꽂고 듣기도 하는데, 내가 제일 좋아하는 방송은 내셔널 퍼블릭 라디오이다. 이건 정말로 멋진 방송이다. 이 방송을 들으면서 나는 비로소 미국이라는 나라의 속사정을 알게 된 것 같다. 이 방송만 듣고 있어도 아메리카 공부를 마스터할 수 있을 것 같다. 그다음에 즐겨 듣는 방송이 닥터 조이 브라운이라는 여자가 진행하는 인생 상담 프로그램인데, 이걸 듣고 있으면 내셔널 퍼블릭 라디오와는 정반대로 미국이라는 나라의 진흙탕 같은 가족관계, 이성관계를 접하게 된다. 나로서는 상상도 할 수 없는 내용들이다. 정말로 한국 사람이라면 상상도 할 수 없는 일들이 미국의 현실 속에서는 아무렇지도 않게 일어나는 거다. 전화를 걸어 상담하는 사람들이 실제 미국 사람들이 니까, 그런 일들이 실제로 일어나고 있다는 거다. 내셔널 퍼블릭 라디오가 미국의 정신을 알게 해준다면, 닥터 조이 브라운이라는 프로그램은 내게 미국의 징그러운 몸뚱어리를 보여준다.

내셔널 퍼블릭 라디오를 듣고 있는데 소설 낭독을 하고 있었다. 그런데 가만 듣자니, 주인공 이름이 한국 이름이었다. 이혼하고 자식 죽고 미국에서 혼자 사는 한 사십대 여자와 미국에서 비생산적인 생활을 하는 한국인 유학생의 관계를 그린 작품이었는데, 내가 읽지 않은 작품인 게 분명했다. 이게 누구의 작품일까 생각하며 들었는데 결국 낭독이 끝난 뒤에 들어보니, 김지원의 「A Certain Beginning」 이라는 작품이었다. 언젠가 IWP 사무실에 갔다가 거기 꽂혀 있던 영역된 여성 작가 앤솔러지를 보았는데, 오정희, 김지원 그리고 다른 한 명은 누구였는지 생각이 나지 않지만 아무튼 세 작가의 작품이 번역되어 있었다. 오정희의 번역된 작품은 「중국인 거리」였다. 우리나라 작품도 많이 번역되었으면 좋겠다는 생각을 했다. 내셔널 퍼블릭 라디오의 소설 낭독 시간, 아니면 아이오와에 참석한 다른 나라 소설가들의 소설 리딩을 들어보면 한국 것보다 크게 더 나을 것도 없는 소설들이다. 그런데 영어로 번역되었다는 것 하나 때문에 그들의 작품들은 일단 세계적인 조명을 받을 가능성을 갖게 되는 거다. 일단 영어로 번역된 것은 영어를 사용하지 않는 나라에서도 읽힐 수가 있기 때문이다.

김지원의 소설을 읽는 여자의 낭독은 그야말로 하나의 퍼포먼스였다. 내가 들은 리딩 중에서 가장 뛰어나게 잘 읽은 소설 낭독이었다.

오늘의 국제문학 시간. 나도 발표를 해야 했다. 스피킹은 못하니까, 어젯밤부터 원고를 쓰기 시작해서 오늘 아침에 겨우 끝낼 수 있었다. 갑자기 기온이 내려가 감기가 악화되어서 무리를 할 수가 없었기 때문. 오늘 아침에야 원고를 끝내는 바람에 오전에 시작되는 영어 수업엔 참석하지 못했다. 내가 한참 원고 쓰고 있을 때에 클라크가 "English class! English class!" 외치면서 코먼 룸으로 가는 소리가 들렸다. 나중에 오늘의 국제문학 시간 강의실에서 클라크와 마주쳤는데, 너 오늘 잉글리시 클래스에 안 나왔지 하길래, 그때 난 지금 발표할 원고 쓰고 있었다. 그러니까 이 원고는 갓 구운 아주 신선한 원고다라고 말했더니 웃는다. 내 순서가 되자 나는 그대로 원고만 좌악 읽어내려갔다. 오늘의 국제문학 시간의 주제는 '나는 왜 쓰는가, 나는 무엇을 쓰는가'라는 거였는데, 나는 정말로 이런 유의 질문을 싫어한다. 나는 왜 쓰지도 않고 나는 무엇을 쓰지도 않는다. 나는 나를 쓸 뿐이다. 그게 왜가 되고 무엇이 된다면 좋고, 안 돼도 할 수 없다. 아무튼 이런 질문들은 나를 귀찮게 만든다. 내가 원고에서 쓴 요지는 나는 이런 질문을 이미 살아넘긴survive 한 사람이다, 한국에서도 이미 이런 질문을 넌더리나게 들어왔는데 왜 여기서도 내가 이런 질문에 마주쳐야 하는가로 시작해서, 나의 체험을 이야기했다. 그리고 내가 쓰고 싶어서 쓸 때 거기에 이미 왜와 무엇이 다 포함되어 있다는 이야기를 했다. 나는 너무 늘어지는 원고가 될까봐 원고 작성할 때에 1.1, 1.2, 2.1, 2.2 등으로 나누어서 썼다.

콧물이 지독하게 흘러서 걱정을 했더니 수가 무슨 약을 주었었다. 그 약을 먹었더니 콧물은 멈추었는데 꼭 술 취한 것 같았다. 청중에게 내가 지금 취한 상태다, 감기약에 취해 있다, 그러지 않기를 바라지만 행여 내가 이상한 콧소리를 내더라도 이해하고 들어달라고 했더니 사람들이 와 하고 웃었다. 쇼나가 내게 해준 조언, 원고를 읽을 때에 간간이 고개를 들어 청중과 눈을 마주치라는 조언을 잊지 않고 실행에 옮겼다. 패널 디스커션에서 처음 원고를 읽었을 때보다 훨씬 더 부끄러움을 탄 것 같았다. 실제로는 부끄러워하는 것도 아닌데, 이런 유의 짓거리를 해본 적이 없어서 그런가보다. 아무튼 지겨운 의무 중의 하나는 해치운 셈이다. 속이 후련하다.

오늘 아침 내 평생 처음으로 향수라는 걸 뿌려보았다. 오스코 드러그에서 9달러 주고서 역시 내 평생 처음으로 사본 향수다. 그걸 사놓은 지가 벌써 한 달이 넘은 것 같은데 식탁 위에 올려놓고서 잊어버리고 있었다. 오늘 아침 식탁에서 그 향수가 눈에 들어오길래, 아니 생각 속으로 들어오길래 한번 뿌려보았다. 그랬더니 기분이 상쾌하다. 여기서 간호학을 전공하는 염영희씨 말이 생각났다. 그녀는 사십대에 남편과 자식을 서울에 두고서 졸지에 유학을 오게 되었는데, 빨리 돌아가고픈 마음에 보통 학생들보다 엄청나게 많은 과목을 신청해서 공부하고 있고, 그래서 항상 시간이 없고 항상 피곤하다고 했다. 아침에는 알람에 맞추어 눈을 뜨는데 일단 눈을 뜨면 아무리 피곤하더라도 기어서라도 배스 룸으로 가 샤워하고 향수를 칙 뿌리면 하루가 시작되었다는 기분과 함께 확실하게 잠이 깬다는 얘기였다. 향수 말고 여기서 내가 새로 산 화장품이 또 하나 있다. 마스카라. 이곳 여자들의 화장법은 한국 여자들의 화장법과 엄청 다르다. 한국 여자들이 색조 화장은 잘 하지 않고 얼굴 전면을 되도록 하얗게 칠하는 데 열중하는 반면에 이곳 여자들은 얼굴 바탕 화장은 거의 하지 않고 눈화장을 집중적으로 한다. 내 생각엔 크고 예쁜 둥근 눈이니까 눈화장은 하지 않아도 될 것 같은데 거의 모든 여자가 속눈썹을 빳빳이 치켜세운다. 그런데 그게 또 이상하게 화장 효과가 있나보다. 한 군데만 화장을 해도 효과를 거둘 수 있다면 그게 더 괜찮을 거라는 생각이 들었다. 뭘 이것저것 처바른다는 게 피부에 좋을 리는 없을 테니까. 쇼나는 로션도 안 바르고 스킨만 바르지만 눈화장에 엄청난 공을 들인다. 나는 처음에는 그녀가 인조 눈썹을 달고 다니는 줄 알았다. 왜냐하면 눈 아래에 마스카라 자국이 전혀 묻지 않았기 때문이다. 한국에서 나도 1년에 한두 번쯤은 마스카라를 사용해본 적이 있는데, 그때마다 마스카라 자국이 묻어 멍든 것처럼 혹은 피곤에 지친 것처럼 보이곤 했기 때문에 한번 사용해보고서 다음에 사용하고 싶은 마음이 들 때까지는 1년이 걸리기 십상이었다. 여기서 산 마스카라를 사용해보았는데 역시 한국에서 그랬던 것처럼 눈 밑에 검은 자국이 묻어났다. 어느 날 아침 식탁에서 내가 그 이야기를 하자 쇼나는 그건 내가 'waterproof'가 아닌 마스카라를 사용하기 때문이라고 했다. 워터프루프 마스카라라는 소리도 처음 들어봤다고 하니까 언제 자기 눈에 띄면 그걸 사다 주겠다고 하더니, 정말 어느 날인가 그걸 사갖고 왔다. 그걸 바르고서 쇼나와 수에게 나 예쁘냐고 물었더니, 수가 원더풀, 너 이젠 마음놓고 울어도 되겠다, 그래도 묻지 않을 테니까라고 말했다. 하지만 그걸 바르고 외출했다 돌아와보니 역시 눈 아래에 묻어 있었다. 그래서 그걸 바르는 것도 포기해버렸다. 기묘한 건 내가 다른 여자들 눈 밑에서 발견하는 마스카라 자국은 자연스러워 보이는데 내가 내 눈 밑에서 발견하는 검은 자국은 아주 부자연스러워 보인다는 점이다. 다른 모든 일상생활 방식에서도 다른 사람들이 하는 짓거리들은 아주 자연스러워 보이는데 내가 똑같이 하면 내 자신이 보기에 아주 부자연스러워 보이는 것과 똑같은 이치인 것 같다.

어젯밤부터 본격적인 난방이 시작된 것 같은데, 오늘 아침에 일어나보니 완전히 찜통 안에 들어 있는 것 같았다.

오늘은 식료품 쇼핑이 있는 날. 일행을 이글에 떨어뜨려주고 정스 마켓으로 가는데 오늘의 드라이버인 존과 대화를 주고받다가 네 전공이 뭐냐고 물었더니 시란다. 그러면서 자기는 프린스턴대학 철학과를 졸업한 뒤에 아이오와대학 문창과에 들어왔다고 했다. 전에 들어서 알고 있는 얘기였다. 철학과 다니고서 또 문창과 들어온 걸 보면 넌 시인이 될 운명인가보다라고 말했더니, 자기도 그러길 바라지만 자기 생각엔 자기는 밴 운전사가 될 운명인 것 같다나.

이곳 아이오와시티에서 발견한 재미있는 현상 중의 하나는 한 대학을 졸업한 뒤에 또다른 대학에 들어가 또다른 것을 배우는 사람이 무지 많다는 거다. 한국에서처럼 대학을 졸업한 뒤에 일류 기업체나 대학이나, 아무튼 사회적인 신분과 생활 기반을 얻기 위해 어떤 안정된 시스템 안으로 들어가려 하지 않는다는 것이다. 이런 현상을 잘 보여주는 것이 이곳 X세대의 용어들이다. 언젠가 우리의 또다른 드라이버인 조너선이 영어 시간에 클라크의 대타로 들어와 그 용어들을 가르쳐준 적이 있었다. 'slacker, terminal wanderlust, mid-twenties breakdown, option paralysis'라는 말들이 X세대를 잘 보여준다는 거다. 슬래커는 본래 회피하는 사람, 게으른 사람, 병역

기피자 등의 뜻을 갖고 있는데, X세대적 의미로는 되도록이면 최소한의 일을 하면서 살아가고 흔히 서너 가지의 중요한 창작품을 쓰고 있는 중이며(대개는 결코 완성되는 법이 없는) 그런 완성되지 않을 창작을 추구하는 것에서 인생의 의미를 찾는 사람들을 가리킨단다. 터미널 원더러스트는 결코 한군데 머무는 법 없이 이 도시 저 도시, 이 대학 저 대학으로 떠돌고 고정된 직장을 갖지 않으며 끊임없이 이 맥잡Mcjob(임금도 낮고 내로랄 것도 없고 안정성도 없고 품위도 없고 미래도 없는 서비스 분야의 직업, 이를테면 피자 배달부 등의 임시 직업)에서 저 맥잡으로 전전하는 것을 뜻하고 여기엔 제삼세계를 방문하는 것도 포함된다. 말하자면 한국의 영어 학원에서 영어를 가르치는 것도 터미널 원더러스트에 들어가는 거다. 미드트웬티즈 브레이크다운은 이십대 중반에 겪는 정신적 붕괴를 말하는데, 학교나 조직화된 환경을 벗어나면 제 구실을 못하는 무능력과, 이 세상에서 자신은 원래부터 외롭다는 자각 때문에 생긴다는 것이다. 옵션 퍼랠러시스는 문자 그대로, 무제한적인 선택권이 주어질 때 아무것도 선택하지 못하는 판단 마비 증세를 가리킨다.

오늘 코먼 룸에서 있었던 모임에서 마크에게 크리에이티브 논픽션에 관한 질문이 집중적으로 쏟아졌다. 나를 포함해서 거의 모든 작가가 크리에이티브 논픽션이라는 장르가 있다는 걸 처음 알았기 때문이다. 쇼나는 특히 흥미를 느낀다며 자기도 전공을 소설에서 크리에이티브 논픽션으로 바꿀 것을 진지하게 검토하고 있다고 말했고 마틴은 현재 크리에이티브 논픽션 섹션의 수업을 청강하고 있다. 내가 크리에이티브 논픽션이란 혹시 논크리에이티브한 사람들이 쓰는 픽션을 말하는 것 아니냐고 묻자 사람들이 웃음을 터뜨렸다. 크리에이티브 논픽션이란 메타픽션이라고 부를 수 있는 거냐고 묻자 마크는 그렇지 않다고 대답했고, 리오넬은 자기가 바로 그걸 물어보려는 참이었다고 했다. 아무튼 8층 작가들, 특히 소설가들은 크리에이티브 논픽션에 지대한 관심을 갖고 있다. 나도 좀 알아가야겠다는 생각을 했다. 우리나라 문창과에도 그런 부문을 만들 수 있을지도 모르니까.

쇼나가 뉴욕으로 떠났다. 다음주 화요일에 돌아온다고. 쇼나가 아침 일곱시 반쯤에 떠난다는 소리를 들었었는데, 그 시각에 깨어나긴 했지만 방해가 될까봐 자리에서 일어나지 않았다. 쇼나가 떠난 뒤 일어나 복도 쪽으로 난 내 방문을 바라보니까 문 밑바닥에 웬 쪽지가 들이밀어져 있었다. 내가 간밤에 새벽 세시 반까지 앉아 있었는데 그때는 그런 종이쪽지가 없었다. 분명 누군가가 새벽에 들이밀어 넣고 간 쪽지다. 그 종이에는 이런 글귀가 타이핑되어 있었다.

우리가 필요로 하는 책들은 우리에게 하나의 misfortune처럼 작용하는, 우리 자신보다 더 사랑하는 어떤 이의 죽음처럼 우리를 괴롭게 만드는, 마치 자살 직전에 있는 것처럼 혹은 사람이 사는 곳으로부터 멀리 떨어진 어느 숲에서 길 잃은 것처럼 느껴지게 하는 그런 책이다. 책이란 우리 내면의 얼어붙은 바다를 깨기 위한 도끼 구실을 해야 한다. ―프란츠 카프카

식상할 만큼 너무도 자주 인용되는 구절이다. 8층에 묵고 있는 작

가가 그것을 돌렸을 거라고 생각되지 않는다. 더구나 이른 새벽에 일어나 그걸 돌릴 작가는 없다. 담배가 떨어져 핸디마트까지 걸어가 담배를 사갖고 다시 걸어 돌아왔는데 8층 복도에서 수와 마주쳤다. 수가 자기 방에서 뭔가 보여줄 게 있다고 했다. 언젠가 그녀가 일본제 순두부 팩을 사 들고 와서는 그게 콩으로 만든 요구르트인 줄 알았는지 소이빈 요구르트를 만드는 법을 가르쳐달라고 한 적이 있어서 그때 내가 소이빈 밀크라는 건 있지만 소이빈 요구르트라는 건 없다, 소이빈 발효식품을 먹고 싶다면 된장을 먹으면 된다고 말한 적이 있었는데, 수가 오늘 코앞에서 정말로 소이빈 요구르트를 발견했다는 거다. 냉장고에서 꺼내 보여주는데, 정말로 소이빈 요구르트라고 적혀 있긴 했지만 온갖 잡다한 과일들이 섞여 있었다. 아마 콩은 아주 조금밖에 들어 있지 않을 거다. 그녀의 방에서 나오다가 그녀의 책상에도 내가 아침에 본 그 쪽지가 놓여 있는 게 보였다. 누가 이런 걸 돌렸을까, 너무도 자주 인용되어 클리셰로 변한 것을?이라고 내가 묻자 그녀는 자기는 그걸 처음 읽었다고 했다. 정말 믿기지 않는다.

그녀의 방문에는 이런 쪽지가 붙어 있다.

When you get there,
there is no there, there. —Gertrude Stein

저녁에 또 누가 내 방문 밑으로 내 사진을 집어넣고 갔다. 오늘의 국제문학 시간에 내가 발표하는 모습을 찍은 사진이다. 누구지?

오늘 그 유명한 핼러윈 데이 파티가 닥터 토비의 집에서 열리는 날이다. 얼마 전부터 텔레비전, 신문 할 것 없이 이 핼러윈 데이에 대해서 엄청나게 떠들어댔다. 이날엔 온갖 기괴한 복장들을 하고서 모여 논단다. 나는 파티에 가지 않았다. 코스튬도 없거니와 네 시간 반이나 계속되는 파티를 내 몸이 견뎌낼 것 같지 않았기 때문이다. 잠을 자고 있었는데 누군가가 집요하게 문을 두드리는 소리가 나서 깨어났다. 나중에 발로 문을 차는 소리까지 들렸다. 나가보니, 수의 딸 키티, 멕시코 작가 다비드 토스카나의 딸 발레리아, 그리고 일본 작가의 아들 도모히코가 문간에 서 있었다. 핼러윈 데이라고 먹을 걸 내놓으라는 거다. 키티는 커다란 포대를 들고 있었다. 사탕이나 초콜릿을 나는 먹지 않으니까 사다 놓았을 리가 없다. 할 수 없이 부엌으로 해서 쇼나의 방으로 들어가 사탕, 과자, 초콜릿을 꺼내 갖고 와 그들에게 주었다.

　오랫동안 공식 행사에 참석지 않아 미안한 마음이 들어 오늘 프레리 라이츠에서 열리는 리딩에 참석하기로 마음먹고 외출했다. 리더는 윈 페. 프레리 라이츠 서점으로 가는 길에 다른 책방에 들러 몇권의 책을 사고서 프레리 라이츠로 갔다. 다섯시가 되어 2층으로 올라가니 리딩이 열릴 장소가 마련되어 있지 않고 그 자리엔 서가들이 들어차 있었다. 아래층으로 내려와 카운터 직원에게 물어보니, 몇시에 열리기로 된 리딩이냐고 되물었다. 다섯시에 열리는 리딩이라고 하니까, 직원이 자기 시계를 들여다보더니 지금은 네시라고 대답했다. 깜짝 놀라서 내 시계를 보니까 다섯시. 내 시계는 다섯시라고 말하니까, 그제야 사정을 짐작했는지 직원이 어제부터 시간을 한시간 앞당겼다고 설명해준다. 참 희한한 일도 다 있다. 그러니까 어제 모든 사람들이 자기 시계를 한 시간 앞당겼다는 얘기다. 그동안 텔레비전도 라디오도 안 듣고 있었으니 그걸 알 턱이 있나. 그러니까 한 시간 일찍 온 셈이 되고 말았다. 뭐 번역할 만한 책이 있을까싶어 에세이 코너를 집중 공략하고 있는데 어디선가 베릴 목소리가 들린다. 어디서나 못 알아들을 수가 없는 그 빠르고 강한 말투. 나를 발견할까봐 얼른 서가 뒤쪽으로 숨어버렸다. 방해받고 싶지 않아서였다. 『Standing by Words』(웬델 베리) 『The Moronic Inferno』 『Visiting Mrs Nabokov』(마틴 에이미스) 『Social Text』(듀크대학 출판부)를 샀다. 도대체 책값으로 돈이 얼마나 나가는지 모르겠다. 게다가 요즘은 구어체를 배워야겠다는 생각에 저질 잡지들을 무지 많이 사 보고 있는데 그 돈도 만만치가 않다. 갖고 왔던 돈의 반 이상이 책값으로 나가는 것 같다. 내가 샀던 책들 중에서 가장 쓸모 있는 건 아마 『Visual Dictionary』와 『Pictorial Dictionary』일 거다. 이건 내가 평생 써먹을 책이기 때문이다. 번역을 위해 꼭 필요한 책이다. 가령 배를 찾아보면 배의 사진이나 그림이 나오고 배가 갖고 있는 모든 부분의 명칭이 나온다. 인체를 찾아보면 인체의 모든 부분뿐만 아니라 모든 신경 조직까지도 나온다. 신기한 책들이다. 마틴 에이미스의 산문집들은 눈에 띄자마자 샀다. 마틴 에이미스는 나의 철천지원수니까. 그의 『런던 필즈』라는 작품을 번역하다 그 엄청난 양의 신뼁 속어들 때문에 번역을 포기했던 쓰디쓴 경험 때문이다. 재미있는 것은 그의 『Moronic Inferno』에 실린 산문들 모두가 미국에 관한 것이라는 점이다. 마돈나라는 가수에 관한 산문도 있었다. 마틴 에이미스는 영국 작가인데, 그 또한 미국 문화에 엄청난 충격을 받았던 게 분명하다. 서문을 보니까 이런 구절이 있다. "아메리카는 한 나라라기보다는 한 세계이다." 거기에 나는 덧붙이고 싶다. 아메리카는 한 나라, 한 세계라기보다는, 끊임없이 자가 확대, 자가 팽창하도록 운명 지어진, 하나의 핵융합적 현상이다라고. 그 핵융합적 현상을 잘 보여주는 건 그 새로 만들어지는 엄청난 양의 신조어들, 속어들이다. 그것은 미국 문화에서 자체 발생하는 것일 수도 있고, 수많은 민족, 수많은 나라의 언어들이 미국 언어 속으로 융합해 들어가기 때문에 생기는 것으로도 볼 수 있다. 내가 언어를 다루는 사람이라서 그런지는 모르지만 여기 와서 압도당한 것은 그 언어 때문이다. 그 언어 역시 끊임없이 팽창하고 있다. 이 미국 문화라는 건 끊임없이 요동질치면서 나아가고 있고, 그리고 그 쉴새없는 요동질은 이 미국 사회가 숱하게 많은 서로 다른 민족·인종들로 이루어졌다는 데서 기인하는 것이리라. 서로 다른 수많은 인종·종족·민족들 간의 갈등으로 미국 문화는 가만히 정지해 있을 수가 없다. 그 갈등들 때문에 끊임없이 꿈틀거려야만 한다. 그게 미국 문화의 힘이다. 그 갈등들 자체가. 언어 부문에서 보면, 유러피언 백인들의 언어에서는 아무것도 더 나올 게 없다고 한다. 지금 가장 큰 언어적 보물창고 역할을 하는 것은 블랙 랭귀지이다. 모든 새로운 언어와 속어는 블랙 랭귀지에서 나온다고 한다. 그것이 미국 영어를 끊임없이 확장시키고 있다는 거다. 흑인 언어가 다 답사되고 다 개발되고 나면? 걱정할 것 없다. 그다음에는 히스패닉이 있으니까. 그리고 그다음 그다음이 줄줄이 이어질 수 있다. 실제로 얼마 전에 본 『New Worlds of Literature』라는 책에서는, 그것은 주로 비백인들의 작품을 다룬 책인데, 작품마다 굉장히 많은 숫자의 각주가 붙어 있다. 가령 힌두인 작가가 쓴 작품에는 불가피하게 힌디어들이 들어갈 것이다. 보통 사람들은 그 단어를 모르니까 거기에 대한 설명이 필요해지기 때문에 각주를 붙이는 건데, 그렇게 온갖 종족·민족 출신의 작가들이 자신의 작품 속에서 자기 종족·민족의 어휘들을 사용함으로써 그 종족·민족의 문화들이 미국 문화 속으로 융합해 들어갈 뿐만 아니라 그 어휘들까지도 미국 언어 속으로 융합해 들어간다. 그런데 얼마나 다양한 국가와 민족들이 여기에 몰려 있는가. 그 숫자는 실로 엄청날 것이다. 각 종족·민족·국가들의 문화와 언어가 미국 문화와 언어 속으로 융합해들어가는 것으로 그치는 게 아니라 그것들은 자기들끼리 또 갈등들을 일으킨다. 융합하고 갈등하고, 갈등하고 융합하면서 나아가는 것. 그게 바로 미국 문화, 미국 영어가 아닌가 싶다.

아침에 배달된 『데일리 아이오완』을 읽고 있자니, 3년 전 바로 오늘 있었던 총격 사건으로 팔다리를 못 쓰게 된 학생이 마침내 졸업을 한다는 기사가 실려 있었다. 가만히 읽어보자니, 그 총격 사건이라는 게 언젠가 메리가 들려준 그 사건인 것 같았다.

어느 날인가 심심해서 메리가 사무실로 쓰는 방에 들어가서(왜냐하면 모두들 여행을 떠나거나 다운타운을 돌거나 공식 행사들에 참석하거나 하면서 바쁜 일정을 보내는데, 움직이기 싫어하는 내 버릇이 어디 가나, 나만 혼자 구들장 귀신 흉내를 내느라 내 방에서 뒹굴다보면 가끔 심심하다는 생각이 들 때가 있고 그러면 메리의 방에 가서 둘이 수다를 떨기 때문이다) 메리와 무슨 얘긴가를 주고받다가, 내가 아직 서울에 있었을 때 IWP 측에서 보낸 질문서를 받은 적이 있는데, 거기에 청강하고 싶은 학과가 있느냐는 질문이 있어서 청강하겠다고 대답했고, 청강하고 싶은 학과는 'physical astronomy'였다고 말했다. 왜냐하면 나는 역학을 좀 공부했는데 서구의 물리학 혹은 물리천문학과 역학이 별개의 것이 아니라고 생각하기 때문이다, 그런데 왜 IWP 측에서는 대답만 받아놓고서 아무

189

런 소리도 없느냐고 물었던 적이 있다. 메리는 그때 자기 친구인 물리학 교수가 살아 있었더라면 자기가 얘기해서 청강하게 해줄 수 있었을 텐데라고 말했다. 그러면서 들려줬던 얘기가 바로 오늘 아침에 실린 3년 전에 있었던 그 사건인 것 같았다. 메리의 방에 그 신문을 들고 가 물어보니까, 그 사건이 맞다고 했다.

그것은 물리학과의 박사과정을 이수한 강루라는 이름을 가진 중국인 학생이 학교에서 자기 지도교수(메리의 친구)를 비롯해 몇 명인가를 쏘아 죽인 사건이었다. 그 사건에 대해서 자세히 알고 싶어서 도서관에 가 3년 전 신문을 찾아봐야겠다고 하니까, 메리가 오늘은 나가면 안 된다고 말했다. 미국인들은 한국인, 중국인, 일본인을 구별하지 못하기 때문에 나갔다가 중국인으로 오해받아 무슨 일을 당할지도 모른다는 설명이었다. 오늘 아침에 벌써 오스코 드러그에 갔다 왔는걸? 했더니, 메리는 아무 일도 없어서 다행이라고 말했다.

3년 전 오늘은 아마 눈이 왔었나보다. 왜냐하면 메리가 해주었던 그 이야기를 통해서 내 기억에 가장 깊게 남아 있는 것은 그 사건 자체보다도 그 사건의 배경을 이루는, 온 도시를 하얗게 뒤덮은 눈 더미이기 때문이다. 그때 그 이야기를 들으면서 나는 이건 소설감이다라는 생각을 했다. 그 중국인 학생은 갑작스러운 광기에 휩싸여 자기가 배웠던 교수들과 자기 동료 학생을 죽인 게 아니었다. 그는 죽여야 할 사람들을 수첩에 적어 갖고 있었고, 죽여야 할 사람들이 한 건물 안에 있는 게 아니었기 때문에 이 건물에서 저 건물로 옮겨다니면서 길에서 마주친 친구들과도 태연하게 하이, 라는 인사를 했다는 거다. 지금 내 기억에 남아 있는 것은 자세한 과정이 아니라, 어떤 풍경이다. 11월 첫날의 눈이 내리고 있는(아이오와에는 겨울에 몹시 눈이 많이 내린다고 한다), 혹은 눈 내린 아이오와시티 다운타운을, 코트 호주머니에 총을 숨기고서 죽여야 할 사람들이 있는 건물을 향해 걸어가고 있는 한 살인자의 외부 풍경과 내면 풍경이다. 그 학생의 내면 풍경은 어떤 것이었을까? 죽이기로, 그러고서 자기도 죽기로(그 자신도 총으로 자살했다) 결심한 사람이 완벽한 흰색으로 뒤덮인 거리를 걸어가고 있는 풍경. 왜인지 모르지만 그게 내 마음을 사로잡았다. 메리의 얘기에 의하면 그것은 전국적인 사건이었고 그래서 아이오와대학은 졸지에 살인사건으로 유명해진 대학이 되었다는 거다. 그런데 그다음에 메리가 자랑스럽게 덧붙인 얘기는, 그다음 2월에 자기 남편(피터, 아이오와 대학 영문과 교수, IWP 고문)이 엘비스 클래스를 열고 아이오와대학이 다시 전국적인 관심을 끌게 되면서 살인 사건은 점차 잊히게 되었다는 거다.

엘비스 클래스란 피터가 'Elvis as an Anthology'라는 이름으로 가르치는 과목인데, 엘비스 프레슬리의 노래들이 그렇게 미국 대중을 사로잡을 수 있었던 것은 각기 다른 다양한 민족·종족의 전통적 정서들과 가락들이 짬뽕으로 섞여 있기 때문이라는 관점에서, 미국인들의 다국적 문화, 다국적 정서를 캐들어가는 시간이라는 것. 언젠가 피터가 미국 내 텔레비전 방송과 외국 방송과의 인터뷰들만을 모은 비디오를 보여준 적이 있는데 그게 얼마나 전국적인, 그리고 세계적인 관심을 끌었는가를 미루어 짐작할 수 있었다. 엘비스 모르는 미국인 없고, 엘비스 모르는 나라도 없을 테니까. 그 비디오에서 각 나라의 전통적인 노래, 혹은 고전적인 노래들의 한 부분들과 엘비스 노래들 중의 한 부분들이 거의 똑같이 일치하는 것을, 실제의 멜로디로 보여주는 장면이 있는데, 정말로 그 가락들이 너무도 흡사해서 나 자신도 놀랐다.

하루종일 가랑비가 왔다. 아침에 눈을 떴을 때 간밤에 비가 왔다는 것을 알 수 있었다. 주차장에서 도로로 나가는 차들의 바퀴가 젖은 아스팔트와 접촉하면서 내는 그 부드러운 촉촉한 촉감의 소리 때문에. 지금은 비가 그쳤고, 동쪽으로 난 창문으로 보이는 뒷동산의 붉은 단풍나무들이 서쪽에서 엇비슷하게 비치는 노을빛을 받아 촉촉하고 환한 붉은빛으로 빛난다. 하루종일 빗물 먹은 나뭇잎에 아직 물기가 남아 있기 때문이리라.

며칠 전에 스케줄이 적힌 11월 달력을 받았다. 한 달 동안의 공식 행사들이 적혀 있는 그 달력을 벽에 붙여놓았는데, 그걸 바라보고 있자니 서글픈 생각이 난다. 다시 한 챕터가 끝나가고 있다는 생각. 그동안 뭘 했지? 뭘 하지 않았어도 뭔가가 내 속으로 가라앉을 거라는 걸, 뭔가가 나를 변화시켰다는 걸, 그리고 앞으로도 당분간 그것은 보이지 않는 잠재적인 힘을 갖고 내 의식과 무의식에 계속 작용하리라는 걸 나는 안다. 내 의식 속의 무의식, 내 무의식 속의 의식을. 보이는 것들 속의 보이지 않는 어떤 것들, 보이지 않는 것들 속의 투명한, 보이는 어떤 것들.

어젯밤 늦게 쇼나가 뉴욕에서 돌아왔다. 얼굴이 반쪽이 되었고 몹시 지친 표정이었다. 며칠 동안인가 혼자 지내다가 그녀가 돌아오니 무척 반가웠다. 철들고 나서 나는 다른 사람들과 함께 살아본 적이 없었던 터라 사실 공동생활이라는 게 은근히 걱정이 되기까지 했는데 나로서는 아주 성공적으로 적응을 한 셈이었다. 그녀가 돌아왔을 때 내가 그렇게 반가워할 정도가 된 것을 보면 말이다. 하긴 내 평생에 이렇게 많은 사람에 둘러싸여서 하루에도 수십 번씩 인사를 해대면서 사는 이런 생활은 이전에도 없었지만 앞으로도 아마 없을 것이다. 이런 생활에 중독될까 오히려 겁난다(내가 너무도 잘 적응을 하니까). 쇼나는 내가 반가워하는 것을 보고는 자기도 반가운지, 으음 키스 키스 하면서 내 턱밑에 키스를 했는데(그 크고 육중한 몸을 굽히고서), 그게 말이다, 그런 경험이 없었기 때문인지 영화 같은 데서 그런 장면을 볼 땐 쟤네들은 왜 번거롭게 저렇게 인사를 하나 생각했는데, 생각과는 달리 그 키스라는 게 너무도 기분 좋은 것이었다. 그런데 나는 답례로 그녀의 볼에 키스하는 일은 하지 못했다. 쇼나는 나라는 사람을 이젠 아주 잘 알게 되었으니까 이해해줄 것이다. 언젠가 그녀와 키스의 종류에 대해서 얘기한 적이 있었는데, 인사로 하는 키스 대목에서 그녀가 했던 말이 생각난다. 보통은 한쪽 뺨에 키스해도 되지만 보통보다 더 교양 있는 사람이라면 양쪽 뺨에 키스한다는 것이다. 그게 더 예절 바르다는 얘기였다. 키스의 스킨십.

늦은 밤 시간에 방 안쪽에 누워 있는데, 내 방문이 열려 있었나보다. 문을 노크하는 소리가 나더니 내 이름을 부르는 음성이 들린다. 나가보니 마크다. 방문이 열려 있으니까 요제프의 방으로 가다가(오늘 요제프의 아내가 오스트리아에서 도착했기 때문에 걔네들 방에서 한잔하나보다) 들렀다고 한다. 오랜만에 만난 셈이다. 그동안 내가 공식적인 시간에는 거의 참석하지 않았으니까. 앞으로는 아마 더욱 만날 기회가 없을 것이다. 떠나갈 날은 얼마 안 남았는데, 그동안 하기로 되어 있었던 일들을 하나도 하지 못한 채 여기 생활에 육체적으로(특히 기후 때문에 애먹었다. 내 육체가 그렇게 외부적인 요소에 크게 좌우될 만큼 약한 줄은 처음 알았다. 내심으로는 내가 깡다구를 가진 사람이라고 생각하고 있었는데), 정신적으로 적응하려 애쓰는 중에 한정된 시간이 다 지나가버렸기 때문에 앞으로는 하루하루의 시간 전부를 오직 내 일에만 바쳐도 모자랄 지경이다. 그리고 도서관에서 책 찾기와 헌책방 돌면서 책 사는 문제가 남아 있는데, 이게 얼마 남지 않은 시간 중에서 꽤 큰 몫을 차지할 것 같아 걱정된다. 왜 이 모양으로 사는지 모르겠다. 나는 늘 언제나 멍청하게 놀기만 하다가 끝에 가서야 아이고 큰일났네, 그러면서 부산을 떠니까 말이다.

오늘 대학 도서관에 가서 3년 전 신문을 찾아 읽어보았다. 강루 총격 사건의 전모를 알아보기 위해서. 그러나 사건이 벌어졌던 당일(1991년 11월 1일 금요일) 신문과 그다음 이틀간의 신문은 없다고 했고, 11월 4일 자 신문부터 볼 수 있었다. 신문에 의하면 같은 중화인민공화국 출신에다 같은 물리천문학과에 다니는 학생들은 그를 다른 중국 학생들과 교류가 거의 없는 외톨이로 보았다. 캠퍼스에서 같은 과 중국 학생들을 만나도(여기 물리천문학과는 중국인들이 꽉 잡고 있다는 설이 있다. 이 사실이 또한 나의 의견—물리학, 천문학, 주역 등이 모두 하나의 원칙에 의해 움직이는 것이라는 의견―을 뒷받침해준다) 하이, 라고 인사만 하고 지나칠 뿐 자기 얘기를 결코 하지 않았다고 한다. 다른 한편으로는 이곳 학생들이 잘 죽치는 곳인 스포츠 칼럼 바의 바텐더에 의하면 강루는 일주일에 두 번 정도로 자주 그 바에 드나들었고, 와서는 언제나 버드와이저 한 병을 시켜 마셨으며, 언제나 "please"라고 말했고, 언제나 미소 짓고 있었고, 그래서 종업원들 사이에서 그는 'Sweet Lu'라는 별명을 얻게 되었으며, 도저히 그런 끔찍한 일을 저지를 사람으로는 보이지 않았다는 것이다. 같은 과 중국인 학생들의 말을 빌린 신문기사에 의하면 강루는 봄에 이미 박사학위를 받았지만 진로 전망이 없는 게 분명해 보이자 심한 스트레스를 받은 것 같았고, 이 사건 조사단의 공식 발표에 의하면 강루 자신이 받기를 바랐던 상이 다른 중국인 학생에게 돌아가자, 그 학생과 자기를 제치고 그를 뽑아준 교수들을 쏘아 죽인 것이라고 한다. 그러나 메리의 해석은 다르다. 그 상이란 큰 영향력이 없는 것이라고 했다. 문제는 그가 박사학위를 받은 뒤 미국 내의 유명 대학에 교수 지원을 했지만, 그 성공적인 결과를 보장해줄 수 있는 교수들의 추천장을 받지 못했기 때문이라고 메리는 말했다. 그래서 내가 그런 말은 신문에 없던데라고 말했더니, 이 바보야, 대학 당국은 그런 게 학생들에게 알려지길 원치 않아라고 말했다. 또 조사단의 발표에 의하면 강루는 그 상이 잘못 심사되었으므로 재심사해달라는 진정서를 대학 당국에 보내 재심사를 받았지만 역시 떨어졌고, 그러자 온갖 종류의 유명 잡지에 수많은 편지를 보냈다고 한다. 나 같은 사람으로서는 정말 이해할 수가 없는 일이다. 그런 게 그의 삶에 있어서, 아니 산다는 문제에 있어서 그렇게 중요한 일일까? 무슨 목적을 위해서 그렇게 끈질기게 붙어보는 성격을 가질 수 있다면 차라리 좋겠다. 상대방이 말로 거절하기 전에 표정만 보고도 부정적인 답변을 읽을 때엔 자발적으로 뒤로 물러나는 게 내 성격이니까.

아무튼 이 총기 난사 사건의 시작과 끝은 이렇다. 1991년 11월 1일 오후 세시를 넘은 시각에(메리의 얘기에 의하면 그날 그 시각엔 눈이 내리고 있었다고 한다. 그러나 3년 하고 하루가 지난 오늘까지 아이오와시티엔 눈이 오지 않았다) 밴 앨런 홀 309호 회의실에 앉아 있던 강루가 갑자기 자리에서 일어나 자기 박사논문 심사 재심 위원인 두 교수와 자기가 원했던 상을 차지한 중국인 학생을 쏘고서는 아래층으로 내려가 물리학과장 연구실 208호로 들어가 학과장을 쏘아 죽인 뒤 다시 3층 회의실로 돌아와 다른 두 사람이 보는 가운데 최초의 희생자들 중의 한 명을 다시 쏘았다. 네 명의 희생자에 대한 이 총격은 1분 30초 만에 끝났다. 그다음에 그는 밴 앨런 홀 건물을 나와 제섭 홀로 갔다. 그 건물 1층 111호로 들어간 강루는 자기 박사논문과 관련하여 제출했던 탄원을 재심사했던 교수를 불러달라고 해 그녀가 로비로 나오자 그녀와 다른 한 여학생을 쏘았다. 마지막으로 그는 위층 203호로 올라가 거기서 자기 머리에 총을 쏘아 자살했다. 경찰이 오후 네시가 막 넘은 시각에 그를 찾아내 수갑을 채웠을 때 그는 아직 숨을 쉬고 있었지만 그 직후 숨을 거두었다고 한다.

완전히 겨울로 들어섰나 싶더니 오늘 아침은 얇은 안개 낀 아주 차분한 날씨다. 한국의 11월과 아주 흡사한 날씨. 오늘의 공동 행사는 식료품 쇼핑. 열시에 메이플라워 정문으로 나가니까 벌써 많은 사람이 모여 있다. 마틴의 얼굴도 보인다. 오랜만에 본다. 마틴은 검정 베레모를 쓰고 카키색의 두꺼운 겨울옷을 입고 있다. 그는 요즘 연애 사업이 한창이라는 풍문이 있다. 아주 핸섬한데다 친절하기 때문에(쇼핑 끝나고 무거운 물건 들어다주는 사람은 마틴밖에 없을 것이다) 여자들이 많이 따를 것이다. 또 그의 웃음은 아주 호탕해서 그의 방에서 웃어도 내 방까지 들릴 지경이다. 그 큰 껄껄 웃음이 묘하게도 다른 사람들을 즐겁게 해주어 상대방에게서도 웃음을 끌어낸다. 그가 웃는 소리를 들을 때마다(그의 면전에서가 아니라 내 방에서 혼자 들을 때에도) 나는 웃음이 절로 나온다. 그의 차림새가 아주 마음에 들어, 네 모습을 보면 누구나 네가 소설가라는 것을 알 것 같은 차림새로구나 하고 말했더니, 너는 시인 같은 차림새다라고 대답한다. 나는 청바지에 스웨터 쪼가리를 걸쳤을 뿐인데 뭘. 그러더니 그동안 어떻게 지냈느냐고 묻는다. 내가 "Good⋯⋯ too good to die"라고 대답했더니, 뭘 물어볼 때마다 단순한 대답을 못 들었단 말이야 하면서 그가 웃는다. 나는 마틴을 볼 때마다 젊다는 건 얼마나 아름다운가 하는 생각을 하곤 한다. 물론 그는 이십대는 아니고 삼십대이긴 하지만. 내가 삼십대라면 무엇이든 다시 시작할 수 있을 텐데 하는 생각을 자주 하곤 한다. 하지만 그게 아무짝에도 쓸모없는 생각이라는 것도 안다. 중요한 것은 시작한다는 것이지 언제 시작하느냐가 아니니까. 이대로 살다가는 아마도 10년 후 오십대에 가서 나는 또 사십대만 되어도 뭐든 시작할 수 있을 텐데라고 중얼거리고 있을 것이다. 이 삶의 염치없음. 이 삶의 무기미. 오늘은 정말 날씨가 너무 좋다. 진짜 날씨가 좋은 게 아니라 멜랑콜리한 기분에 푹 빠지기에 아주 좋은 날씨라는 얘기다. 그래서 결심을 했다. 오늘의 중요 행사인 인터내셔널 센터에서 열리는 토론과 파티에 참석하지 않기로 말이다. 가봐야 잘 알아듣지도 못할 테지만 말이다. 게다가 연사들 대부분이 남서태평양 마피아 단원이다. 이 남서태평양 세 자매는 그들이 영어를 모국어로 갖고 있으며(스피커가 영어를 잘 못하면 우선 그 집회가 죽을 쑤기 쉬우니까) 그들의 나라가 대영제국의 식민지 체험을 갖고 있다는 것 때문에 여기저기 불려다닌다. 오늘 토론의 주제는 '인터내셔널리즘은 또다른 형태의 식민주의인가?'라는 제목을 갖고 있다. 그것이 끝난 뒤에는 파티가 있고, 또 그것이 끝난 뒤에는 뉴질랜드 참가자 수의 소설(『Painted Woman』이라는 제목이 마음에 든다)이 자기 나라에서 연극화된 공연을 비디오로 뜬 것을 감상한단다. 다섯 시간 이상을 앉아 있자면 내 건강하지 못한 육체가 심한 불평을 할 것이다. 다리가 뚱뚱 붓고 눈이 찌르는 듯 아프겠지. 재미있을 거라는 보장이 있으면 갈 수도 있겠지만. 오늘은 날씨가 주는 이 차분하고 촉촉한 멜랑콜리의 세계에 푹 빠져보기로 했다. 여태껏 그런 걸 즐길 틈도 없었으니까 말이다.

식료품 쇼핑을 할 때 나는 아시안 식품가게 정스마켓으로 가겠다고 했는데, 메리와 말레이시아 여자와 일본 작가의 부인이 자기네도 거기서 살 게 있다고 한다. 갑자기 어묵이 먹고 싶다는 생각이 들어 무, 다시마, 멸치를 샀지만 정작 어묵은 없었다. 대신에 냉동 오징어를 샀다. 한국산이 아닌 것 같다는 느낌이 들었다. 너무 크다.

새벽 이른 시각에 눈이 떠졌다. 어둠 속에서 시계를 보니 다섯시가 조금 넘었다. 두시쯤에 잠자리에 들었는데 벌써 깨다니. 요즘은 이상하다. 아무리 늦게 자도 한두 시간쯤 자고는 눈이 떠진다. 다시 잠을 청해도 잠이 오지 않는다는 것을 알기 때문에 비상수단을 쓴다. 일어나 부엌에서 뭔가를 만들어 먹으면서 일부러 자지 말고 책이나 보자고 마음을 먹는 것이다. 그러면 음식을 먹었기 때문인지 내 공식적인 마음을 어떻게든 배반하고 싶은 무의식적인 마음이 있는 것인지 수월하게 다시 잠들 수가 있다. 하지만 오늘 아침은 그만하면 더 잘 필요도 없겠다 싶어 그대로 일어나 우선 부엌에서 커피 물을 올려놓자 빗소리가 비로소 귀에 들어온다. 가랑비인가보다. 빗소리가 가녀리다. 하지만 커피를 끓여 다 마시고 났을 즈음엔 빗소리가 요란해졌다. 이 비가 그치면 본격적인 겨울이 시작될 거라는 예감이 든다.

점심때쯤 오스코 드러그로 갔다. 담배가 떨어졌기 때문. 핸디마트로 가서 살까 했으나 오랜만에 다운타운도 구경할 겸 그곳으로 갔다. 말이 다운타운이지 서울로 치자면 한 동네의 가장 번화한 구역

정도에 불과하지만. 담뱃값이 너무 비싸서(말보로 한 갑에 우리 돈으로 2천 원쯤. 미국인들이 담배 안 피우는 이유 중의 하나가 담뱃값이 비싸기 때문이 아닐까? 그리고 많이 안 팔리니까) 오늘은 말보로 대신에 'Dutch light cigar'를 다시 시험해보기로 했다. 가벼운 시가라지만 처음인 나에게는 너무 독하다는 느낌이 들어 한번 피워보고서는 다시 사지 않았던 담배다. 더치 시가를 다섯 갑 사고, 요즘 잠도 잘 안 오고 또 기분도 며칠째 계속 저조했던 터라 독한 술을 한 병 사기로 했다. 오스코 드러그에서는 술을 팔지 않는데 웬일인지 이번 주 세일 광고에 갖가지 종류의 브랜디니 진이니 위스키를 바겐세일한다는 광고가 실렸던 게 생각나 매장을 한번 돌았는데 독한 술은커녕 포도주도 없다. 종업원에게 물어보니 광고가 잘못 나간 거라고 미안하댄다. 다른 곳으로 가서 살까 하다가 걷기 싫어서 마시지 않기로 했다. 그 대신에 건포도, 말린 자두, 딸기 젤리를 샀다. 실은 모두가 내가 싫어하는 것이다. 너무 달기 때문에. 하지만 다른 것들은 더 달기 때문에 샀다. 필경 나는 이것들을 먹지 않을 것이다. 아마도 쇼나가 다 먹겠지. 어떤 욕구불만 때문에 뭔가를 사는 버릇은 여기 와서도 사라지지 않은 모양이다. 다른 게 있다면 서울에서는 여기 수준으로 보아 엄청나게 많은 돈을 소비했겠지만, 여기서는 욕구불만용 과소비로 불과 4달러를 소비했다는 점이다. 잡지 코너에 가서 온갖 잡지들(스포츠, 연예, 패션, 기타)을 구경하다가 『Hairstyles』『The Best of Secrets』『True Story』를 샀다. 헤어스타일 잡지는 여기 와서 파마를 했는데 파마는 마음에 들지만 커팅이 마음에 들지 않기 때문에 참조하려고 샀다(사실 커팅은 한국에서

했던 그대로이다. 그러니까 그 한국식 커팅이 마음에 들지 않는다는 얘기다. 내가 여기 와서 새롭게 발견한 것은 내게도 파마와 좀 요란한 형태의 커팅이 어울릴 수 있다는 것이다. 빈말인지 모르지만 사람들이 내가 파마를 하고 나타나자 모두들 뷰티풀이라고 했고 내 자신이 봐도 그렇게 흉하지 않았다. 서울에서는 파마를 하고 나면 언제나 심하게 후회하곤 했다. 나 같지 않다는 느낌에서. 그 원인은 무얼까. 파마 기술이라는 것은 그렇게 크게 다르진 않은 것 같다. 다만 여기는 여러 가지 시설이 많고 깨끗하다는 점이 다를까. 그 원인은, 나 자신이 분석하기엔, 내가 자신을 다르게 보기 시작했고 내가 변할 수도 있다는 가능성을 이미 느끼고 있기 때문일 것이다). 비화와 실화를 산 것은 이 아메리칸들의 패밀리 라이프, 섹스 라이프라는 게 도저히 내게는 실감이 나지 않기 때문에 그것들을 실감해보기 위해서다. 물론 마주치는 모든 사람들에게서 내가 이상한 점들을 느끼는 것은 아니다. 그들이 자기 사생활, 자기 이력을 말하진 않기 때문에. 하지만 언젠가 소니 이어폰 라디오를 사서 듣기 시작했는데, 처음에는 내셔널 퍼블릭 라디오를 주로 듣다가 어느 날 밤늦은 시각에 우연히 채널을 이리저리 돌리던 중 닥터 조이 브라운(처음 들을 때 조이라는 이름을 초이로 잘못 알아들어 최라는 성을 가진 한국 여자인가 하는 가능성 없는 생각을 한 적이 있고, 그래서 그 다음날 베릴이 우리 부엌에 놀러와 쇼나와 함께 대화를 나누는 중에 내가 그 프로가 되게 재미있더라, 그런데 혹시 그 진행자가 초이라는 성을 가진 한국 여자냐 하고 물었더니, 두 여자가 배꼽을 잡고 웃으면서, 초이가 아니고 조이란다. 아무튼 내 불쌍한 히어링 실력이 그들에게 자주 즐거운 웃음을 선사한다)이라는 심리학자가 진행하는 상담 프로를 듣게 되었는데 그 상담 내용들이란 게 나로서는 엄청난 충격을 주는 것들이었다. 미국이 섹스 면에서 자유롭고 이혼율도 엄청 높다는 사실 자체는 알고 있었지만 그 내용이란 게 이 한국인이 보기에는 어쩌면 그럴 수가 있을까, 또 어쩌면 그런 말들을 아무렇지 않게, 아니 말하는 사람이나 조언을 하는 사람이나 아무렇지도 않게 말할 수 있을까(그만큼 그것이 자연스러운 것이고 상식적이고 합리적이라는 정서적·무의식적 합의가 없는 한 그것은 불가능할 것이다) 하는 생각이 들었기 때문에, 언젠가는 이 미국 보통 사람들의 가족생활과 성생활에 대해서 알아봐야겠다는 생각을 했는데, 마침 그 자료가 될 만한 잡지들을 만난 것이었다. 집에 와서 목차를 대충 훑어보고 제목이 쇼킹한 것들만 몇 개 골라 읽어보았는데, 역시 그런 실화라는 게 내게는 차라리 상상의 영역에 속하는 것들이었다. 가장 쇼킹했던 것은 「나의 계모는 나와 섹스를 갖기를 원한다」라는 제목의 열두 살짜리 소년이 쓴 글이었다. 아버지가 세번째 계모를 맞아들여 함께 살았는데 어느 날 아버지가 심장마비로 죽었다. 계모는 끝없이 슬퍼하면서 아버지에 대한 이야기를 함께 나누자며 밤마다 소년의 침대로 파고들어 소년을 성적으로 도발시키고, 소년은 그러지 말아야지 하면서 언제나 말려든다는 것이다. 이 소년은 또 계모가 집에서 나가라고 그럴까봐 항상 불안해하고 있다. 가관인 점은 소년이 학교에 가서 자기 친구들에게 고민을 털어놓는데, 친구 중의 하나가 야 그런 일이 있으면 나한테 알려줘야지, 너의 계모한테 왜 내 전화번호를 알려주지 않았느냐고 말하는 대목이었다. 참으로 이상한 나

라. 이런 실화니 비화니 헤어스타일이니 하는 잡지가 내게 유익한 점이 또 한 가지 있다. 그 글들이라는 게 대부분이 구어체로 쓰인 것들이기 때문에, 대부분이 문어체로 쓰인 글들만 읽어와서 너무나 고상한 단어들과 고차원적인(?) 표현밖에 할 줄 모르는 내겐 너무도 유익한(?) 글들이다. 영어의 살과 피를 맛보는 것 같다. 문장들이라는 게 너무도 쉬운(그러나 가장 쉬운 단어들이 가장 어려운 단어들이다) 그리고 풍부하지 않은 한정된 종류의 단어들로 이루어졌는데, 내게 필요한 것이 바로 그런 것이다. 정말이지 그런 문장, 아니 그런 종류의 글들은(글들의 내용이 아니라) 나로서는 처음 맛보는 것들이었다. 기분이 좋아서 소리 내서 읽었는데 그런 식으로 저차원적인 잡지들을 소리 내어 계속 읽는다면 구어체, 회화체를 쉽게 익힐 수도 있겠다는 생각이 들었다.

오스코 드러그에서 메이플라워로 돌아와 8층 복도를 걸어 내 방으로 걸어가고 있는 중인데 열린 방의 문을 통해 쇼나의 목소리가 들렸다. 메리와 얘기를 하고 있었다. 내가 쇼나, 뭐 하냐 그랬더니 뭐라고 대답하면서, 어디 갔다 오는 거니, 미스 초이?라고 묻는다. 내가 어제부턴가 계속 저조한 기분이어서 말도 잘 안 하고 내 방에만 틀어박혀 있었던 데 대한 반응이다. 그녀가 나를 미스 초이라고 부른 것은 이번이 처음이다. 그럼 어떡하란 말이냐. 기분이 안 좋아 말할 기분도 아닌데 계속 떠들고 얼굴에 미소 마스크를 쓰고 있어야 하나?

밤늦은 시각에 수가 쇼나의 방으로 와 같이 한잔하자고 했다. 나는 부엌에 있었고 쇼나의 방과 부엌이 통하는 문이 열려 있어서 나도 그 소리를 들었다. 쇼나가 부엌으로 나와 포도주 병을 들고 자기 방으로 들어가면서 너도 한잔할래? 그러길래 그냥 웃기만 했다. 커피 한잔을 마시고서, 아무래도 애네들이 나를 오해할 수도 있겠다는 생각이 들어, 나도 술 좀 줄래? 그러면서 쇼나의 방으로 들어갔다. 그리고 이런저런 얘기를 하는데 수가 갑자기 내게, 너 슬프니 아이오와를 떠나는 게?라고 물었다. 어떻게 그렇게 갑자기 슬프다라는 단어를 쓸 수 있었을까? 내가 슬픈 얼굴을 하고 다녔나보다. 그래서 나는 쇼나와 수 둘을 향해서, 내가 엊그제 너희들이 연사로 나오는 토론에 참석하지 못해서, 그리고 그다음에 이어진 수의 소설이 연극화된 것을 찍은 비디오를 감상하는 시간에 참석하지 못해서 미안하다, 감기가 악화되는 것 같아 참석하지 못하겠다고 얘기했는데 그것은 거짓말이고 사실은 수 네가 말한 대로 슬펐기 때문이다, 그러나 걱정하지는 말아라, 혼자 사는 여자에게는 가끔 그런 때가 찾아온다, 그것은 심리학적 생리와 같은 것이다라고 말했고, 그것으로서 그들과 나 사이에, 특히 쇼나와 나 사이에 묘하게 드리워져 있던 안개 같은 감정이 청산된 것 같았다. 수는 한시쯤에 자기 방으로 돌아갔다.

금요일 오후부터 IWP 작가들도 주말을 맞는다. 그리하여 토요일 하루 동안은 메이플라워 8층 복도에는 거의 움직임이 없다. 모두들 자기 방에 늘어져 있을 것이다. 아이들만이(네 명의 아이가 살고 있다. 일본 작가의 아들 도모히코, 수의 딸 키티, 그리고 멕시코 작가의 두 딸) 종종거리며 돌아다닌다. 다른 꼬마 친구의 방을 찾아가거나 아니면 모두 복도로 나와 함께 논다. 애네들이 모두 복도에 모여 놀면서 한꺼번에 떠들어댈 때에는 무척 시끄러워진다. 다행히도 그럴 때면 그들 부모가 나와 곧바로 데리고 들어가긴 하지만. 또 복도에 카펫이 깔려 있어서 발소리는 들리지 않는 것도 그나마 다행이다.

오늘도 계속 비가 내린다. 참 쉬지도 않고 잘도 내린다. 비는 어제보다 더 많이 내리지만 내 기분은 어제보다는 조금 맑아졌다. 그러나 아직은 수면 저 아래다. 이강백씨 희곡 중에 「내가 날씨에 따라 변할 사람 같소?」라는 제목의 작품이 있는데, 나는 아마도 날씨에 따라 변하는 사람 같다. 이건 어쩔 도리가 없다.

이상한, 그러나 듣기 썩 괜찮은 음악소리가 복도에서 들려온다. 아마도 누군가가 음악을 틀어놓은 채 복도로 난 방문을 열어놓았나보다. 담배 냄새를 빼기 위해 뒷동산 쪽으로 난 창문과 그 반대편의 복도로 난 방문을 열어놓자, 그 음악소리가 더 크게 들렸다. 복도로 고개를 빼고 바라보니 가까운 거리에 있는 누군가의 방문이 열려 있다. 정확히 알 수는 없지만 그 음악의 성격으로 보아 아미르의 방에서 나오는 음악소리인 것 같다. 그는 언젠가 자기가 텔아비브에서 음악과 명상으로 병을 고치는 치료 센터를 운영했다고 말한 적이 있는데 지금 들리는 그 음악이(나는 지금 그의 음악을 들으면서 노트북컴퓨터를 두드리고 있다) 바로 그곳에서 사용되는 음악이었을 거라는 생각이 든다.

어젯밤 초저녁에 아미르가 내 방에 전화를 했었다. IWP 사무실 안에 작가들의 작품들이 놓여 있는데(내 작품은 열일곱 개의 시가 놓여 있다), 거기서 내 작품을 갖다 읽은 모양이었다. 시가 마음에 든다면서 자기 나라 말인 히브리어로 번역하겠단다. 그는 자기 나라에서 꽤 알려진 영어 번역가란다. 그는 몇 권의 시집을 언제언제 냈는지, 열일곱 편의 시들 하나하나가 몇번째 시집에 실린 것인지를 물었고, 아마 그것을 받아 적고 있는 모양이었다. 그 질문이 다 끝났을 때 내가 한국에서 내 자신이 마흔네 편의 시를 영어로 번역해 갖고 왔는데 나머지 시들도 보기 원하느냐고 했더니 그렇단다. 사실은 번역 조정이 끝나고 IWP 사무실에 각 나라 작가들 작품이 선보이기 전에 아미르가 몇 번인가 내 작품을 보여달라고 했는데(번역 워크숍 시간에 내가 자기소개를 하면서 내 시를 마흔네 편 번역해 갖고 왔다는 말을 했었는데 그걸 귀담아들은 모양이었다) 웬일인지 그에게는 내 작품 복사본을 주지 않았다. 이유는 정확히 모르겠지만 아마도 그가 너무 남성적인 냄새를 풍기기 때문에 가까이 가기가 머쓱했던 것일 수 있다.

아이 네 명이 모두 복도에 나와서 함께 종종거리고 다니길래 어제 오스코에서 샀던 건포도와 말린 자두와 사탕을 나눠주고 들어왔다.

오늘 일기는 이것으로 땡 하고서, 우산을 쓰고 밖으로 나가야겠다. 이글 슈퍼마켓까지 걸어갔다 올 생각이다. 요번 주일 바겐세일 광고지에서 여러 가지 살 만한 물건들을 봐두었는데 기억이 나지 않고 광고지는 버린 모양이다. 단 한 가지가 생각난다. 배(미국 배는 맛이 없지만. 그래도 쇼나가 사온 것을 먹어보니 먹을 만했다) 1파운드를 50센트에 판다는 것. 사실은 배가 중요한 게 아니라 도수 높은 술을 사려는 게 진짜 목적이다. 그곳에 위스키나 브랜디 같은 게 있는지 모르지만. 이 빌어먹을 동네에서는 자동차 없이는 움직이기가 너무도 힘들다. 오늘 같은 주말은 버스를 삼십 분씩 기다려야 하는데 그 버스가 이글까지 가는 게 아니라 3분의 1 지점까지만 간다. 그러니 삼십 분 동안 버스를 기다리는 것보다는 걸어가는 게 더 빠르다. 서울처럼 원하는 것은 술이든 담배든 채소든 바로 몇 분만 걸어가면 살 수 있다면 얼마나 좋을까.

오늘 공식 일정은(진짜 공식 일정은 아니고, 심심한 사람들을 위해서 임시로 짜넣은 모양이다) 코스그로브 인스티튜트 예술 행사에 참석하는 거다. 춤, 음악, 기타 온갖 종류의 예술이 재롱을 부리는 날인가보다. 지난 목요일 자 『데일리 아이오완』에 의하면, 이날 행사의 이름은 'Inter-Arts Day'이다. 코스그로브 인스티튜트는 80년인가 100년인가 되는 역사를 가진 학교를 이 지역 미술가들의 창작 활동을 지원하기 위해 스튜디오로 개조해준 곳이다. 이날 행사의 공동 조직자인 마크 니슨이 IWP 작가들을 특별 초대한 모양이다. 작가들은 〈100 Words〉라는 프로그램으로 이 행사에 참여한다고 신문에 씌어 있다. 작가들이 초상화라는 제목으로 100단어 이내의 시를 지어 발표한다는 것이다. 국민학교 학생들인 줄 아나. 이곳 IWP 스태프 측에서도 『100 Words』라는 소책자를 발행하는데, 한국에서 떠나기도 전에 100단어 이하로 된 시를 하나 준비해달라는 원고 청탁이 왔었다. 그것 역시 소재가 정해져 있었는데, 지금 기억나는 것은 'fruit, ritual, shame'이다. 떠나기 전까지 이중 하나를 소재로 해서 시를 한 편 달라는 얘기다. 누가 이런 씨알머리 없는 짓을 맨 처음에 어떻게 시작하였냐 하면, 2년 전인가 어떤 나라 참가자가 공동 주제를 가진 소책자를 발행하자는 의견을 내놓았고 그게 일사천리로 통과되었다는 얘기다. 여기 와서도 몇 번인가 그 원고 청탁이 오길래 내가 국민학교 학생이냐고 뇌까리면서 그냥 밀쳐두었는데 어느 날인가 그 편집자와 맞부닥쳤다(캐럴라인이 편집자다). 원고를 달라고 하길래 나는 다른 사람이 소재 주고 주제 주고 쓰라고 하는 시는 써본 적 없다고 대답해버렸다. 그런데 이 코스그로브 행사를 위해서도 또 초상화라는 소재를 주고 쓰란다. 그래서 또 똑같이 대답했고 참석하지도 않았다. 한두 번 속았어야지. 제목만 근사하게 해놓았지, 가보면 영 초라하고 볼품없는 것이기 일쑤이니까. 그 대표적인 예가 〈The Inca's Road〉였다. 호기심이 나서 먼 시더래피즈까지 따라갔는데, 그 자그마한 아트 뮤지엄에 가보니 무슨 포대 같은 바탕에 흙과 나뭇조각들을 붙여놓은 그림 몇 점(정말로 몇 점에 불과했다)과 그 아티스트가 실연하는 비디오를 틀어놓았을 뿐인데, 그 비디오에서 벌어지는 일이란 끊임없이 박자 맞추어서 우는 것뿐이었다(아버지가 돌아가셔서 우는 것이란다). 그런데 재미있는 점은 그런 조그만 행사를 위해서 멋진 팸플릿을 만들고, 소개문에서 그 작품들에 대해 엄청난 의미를 붙여주는 것이다. 여기 와서 느끼는 것은 핸처 극장에서 펼쳐지는 것 말고는 모든 예술 공연, 예술 행사가 지극히 소규모이고 좋게 말해서 조촐하다는 것이다. 서울과 같은 대도시에서 살아온 나로서는 그런 소규모 행사를 관람한 뒤 이곳 사람들이 판타스틱, 테리픽, 인크레더블, 언빌리버블 하고 말하는 것을 정말로 이해할 수가 없다. 저 사람들이 정말로 그렇게 느끼는 걸까 하는 의구심이 들기 때문이다. 그런데 그런 행사들의 대부분은 미국인들이 아니라 제삼세계 국가 출신의 예술가들이다. 소설가, 시인, 음악가, 무용가 등 온갖 사람들이 이곳에 와서 공연을 한다. 문학에만 한정시켜보자면, 사실은 내가 보기에는 그들의 작품이 별로 대단할 게 없어 보인다. 수많은 낭독회, 질문과 응답 프로그램, 강연 등에 가끔 가서, 충분히 알아들을 수는 없지만 정신 집중을 해서 들어보면 별것 아니다. 그런데 왜 이 미국인들, 특히 이곳 아이오와 대학생들이나 글쟁이들이나 교수들은 그것에 대해서 끝없이 말하고 또 끝없이 초청을 하는가. 그것은 내가 보기엔 미국 문화가 다인종 다국적 문화이기 때문이다. 아니 고유한 미국 문화라는 것은 없고 여러 인종, 여러 국가 출신 집단으로부터 나오는 온갖 잡다한 문화로부터 어떤 문화를 끝없이 생성해가고 있는 중이기 때문이다. 수많은 종족과 민족이 끝없이 밀려들어와 이 사회를 가동시키는 에너지를 만들어내는 용광로를 위한 연료가 되는 것처럼, 끝없이 많은 종족과 많은 민족의 문화를 끌어들여 그것을 연료 삼아 자기들의 문화를 만들어가고 있는 중이기 때문이다. 그렇기 때문에 그 문화는 얼핏 보면 코미디 같지만, 그 문화의 변화 속도와 팽창 속도는 엄청나다. 흘러들어온 그 숱한 민족과 종족의 문화는 그대로 하나의 연료로 합성될 뿐만 아니라 끊임없이 자기들끼리 갈등과 마찰을 일으키고 그것은 또 그 문화를 앞으로 밀어내는 자극제 역할을 하기 때문이다. 이곳에 와서 이어폰으로 내셔널 퍼블릭 라디오 방송을 들으면서 나는 그 프로그램들을 통해 알게 된 숱한 문제, 이를테면 흑백 문제, 남성 위주 문화와 페미니즘(요즈음의 미국 문화는 페미니즘이라는 주제에 압도당하고 있는 것 같은 느낌을 받았다), 요컨대 남녀 문제, 호모, 레즈비언, 바이섹슈얼(이게 두번째 사회문화적 핫이슈이다) 문제 등은 결국은 내가 보기엔 아이덴티티 찾기의 문제이다. 백인 위주의 사회에서 흑인으로서, 남성 위주의 사회에서 여성으로서, 일반 성생활자의 사회에서 특별한(여기서는 주로 'queer people'이라는 단어를 사용하는 것 같다. 그러나 이것은 차별적 언어이기 때문에 쓰지 않기로 되어 있는 용어다) 성생활자로서의 아이덴티티 찾기. 그와 마찬가지로 각 종족, 각 민족이 이 사회에서 이 사회의 구성원으로서의 아이덴티티를 확립하기 위한 노력들이 끊임없이 진행되고 있다. 흑인들의 아이덴티티 문제가 끝나면 그다음엔 스페인어군 출신자들, 그다음엔 코리안들이 이 사회에서의 아이덴티티 찾기 문제가 핫이슈로 등장할 것이다. 그렇게 미국이라는 나라 자체의 문화가 끊임없이 갈등과 마찰을 일으키면서, 그것들을 껴안으면서 그 자신의 아이덴티티를 형성해가는 것이 아닐까.

무슨 얘길 쓰다가 여기까지 왔나. 그런데 아무튼 아이오와시티라는 이 조그만 대학 도시에서 연일 무슨 문화 행사가 있는데 한국인의 작품(그게 어떤 예술 분야의 작품이든)을 위한 것은 보지 못했다. 언젠가 한번 우연히 내셔널 퍼블릭 라디오를 통해 들었던 김지원의 「A Certain Beginning」이 다였다. 그것은 내셔널 퍼블릭 라디오의 리딩 프로그램에서 내가 들었던 유일한 한국 작품이었다. 문학만 한정해서 보자면, 영어로 번역된 한국 작품이 별로 없고 있다 하더라도 알려지지 않았기 때문일 것이다. 그리고 어쩌면 미국인들에게 짜릿한 흥분제로서 작용할 만한 핫이슈를 가진(하다못해 민주화

투쟁을 위해 싸웠던 운동권 출신들의 작품도 번역되지 않았으니 말이다. 그런 주제라면 작품의 성취도 문제는 둘째로 치고서라도 그런 주제를 다루었다는 것만으로도 여기서는 커다란 대접을 받을 것이라고 생각된다. 그 주제만으로도 '장사'가 된다는 얘기다) 작품들이 번역되지 않았기 때문이다. 너무도 원로이신 분들이나 정부기관 내지 준정부 조직의 지원을 향유할 수 있었던 사람들의 작품이 주로 번역되었으니 미국 내에서의 '나우 앤드 히어' 감각에 어필하지 않을 게 뻔하다. 여기서 써야 할 동화 건 때문에 희진이 엄마 조숙씨를 만나 이야기를 나눌 때 그녀가 했던 말이 생각난다. 그녀가 이곳에서 꽤 이름이 나 있는 모씨와 대화를 나눈 적이 있는데(그 양반은 정치학 아니면 이공계통 전공자일 것이다. 듣긴 들었는데 기억이 확실치 않다), 그 모씨가 하는 말인즉슨 이곳에서 아니면 미국 내의 어디에서든 한국인들이 하나의 문화적 공동체로서의 영향력을 행사하기 위해서는 아무리 다른 분야에서 영향력 있는 사람들이 나와도 그것으로는 역부족이라고. 구심점을 갖지 못하기 때문인데, 그 구심점 역할을 해줄 수 있는 게 바로 괜찮은 영향력 있는 문학가들이 그 지역에서 나와야 한다는 것이었다. 나도 그게 옳은 말이라고 생각된다. 나라는 사람, 우리라는 공동체를 알리기 위해서 첫번째로 필수적인 것이 언어이기 때문이다. 언어를 통해서 비로소 그 사람의 존재가 드러나기 때문이다. 여기에 어떤 존재, 어떤 상황이 있다는 것을 똑똑하게 발음해 알리지 않고서는 그것은 그 존재성을 확립받을 수가 없다. 글쓰는 이가 이 지역에 나타남으로 해서 그가 쓰는 글이 무엇이든 간에 그의 글을 통해서 이 지역사회 주민들은 코리아, 코

214

리안을 의식하게 되는 것이다. 말하자면 그 글쓰는 이는, 그가 무엇을 쓰든, 지극히 개인적인 글을 쓰든 지극히 사회적인 글을 쓰든, 글을 통해 자신이 코리안임을 알리면서 동시에 이 지역에서의 코리안 사회, 국제사회에서의 코리안 사회를 알리는 전도사가 된다. 그런데 아이오와시티에는 그 구심점 역할을 해줄 한국인 문인이 없다는 얘기다. 어느 지역에서든 아마 그럴 것이다. 한국인 2세, 3세들이 이곳에서 영어로 쓴 작품들이 커다란 문학적 평가를 받게 되는 날까지는 미국 내에서의 코리안들의 문제가 명확한 문화적 안건으로서 등장하기는 어려울 거라는 생각이 든다.

무슨 말 하다 여기까지 왔나. 오늘 일기는 너무 길어지는 것 같은데, 그렇지만 이 노트북컴퓨터를 떠나기가 싫다. 잠이 안 와서 그러나.

오늘 희진이네 집을 방문했다. 희진이와 희원이(희진이는 6학년이고 희원이는 5학년이다. 그들은 2년 전에 이곳에 왔다) 일기를 빌려 보았다가 돌려주기 위해서였다. 희진이의 일기를 보면서 놀란 것은 이곳에 와서 한 달이 채 안 되는 어느 날 갑자기 영어로 일기를 쓰기 시작했다는 점이다. 바로 그 전날만 해도 한국어로 된 일기였다. 그 집에 가서 대화하는 것을 들어보니 완전히 버터식 영어다. 그러니까 미국 사람이 다 되었다는 얘기다. 희진이 아버지는 닥터이고 이곳 대학에서 공부하고 일하는데, 굉장히 사람 좋아 보이고 그건 희진이 엄마도 마찬가지다. 둘 다 광주 출신이란다.

희진이네 집에서 육개장, 취나물 등으로 식사를 하고 세 시간쯤 떠들다가 집(집? 그런데 참 이상한 것이 집이라는 말이 아주 자연스럽게 나온다. 한국인들과 만났을 때면 집이라고 말하고, 외국인들과 말할 때에는 홈이라고 말한다. 여기가 나의 홈인가? 당분간은)에 돌아와보니, 쇼나 방에서 그녀의 기척이 들리는데 통 부엌으로 나오질 않는다. 내가 여덟시쯤에 돌아왔고 지금이 두시인데, 자기 방에서 한 번도 나오질 않았다. 나한테 삐쳤나? 내가 코스그로브에 같이 안 갔다고? 그럴 리는 없을 텐데. 아니면 아픈가? 걱정된다.

　오늘은 쇼나가 두 군데서 연사로 등장하는 날인데 아침에도 기척
이 없어서 진짜로 은근히 걱정이 되기 시작했다. 컨디션이 안 좋은
가 싶어 고단백을 섭취할 기회를 주기 위해서 닭고기 요리를 해놓았
는데도 안 나온다. 그러다가 나는 또 깜박 잠이 들었다(한꺼번에 숙
면을 하지 못하고 밤에는 짧게 자고 이른 아침에 커피 먹고 뭐 하고
뭐 하고서 다시 자는 버릇이 붙었다). 내가 짧게 한잠 자고 부엌으로
나가보니 쇼나가 커피를 마시고 있다. 너 괜찮니 하고 물으니까 괜
찮댄다. 어제 두통이 있어서 좀 고생을 했는데 자고 나니까 괜찮다
고. 어제 코스그로브에서 재미있었냐니까, 지겨웠다고. 그러더니 조
금 있다가는 정반대되는 말을 하기 시작했다. 자기는 여기서 벌어지
는 행사들과 여기서 만난 작가들의 작품들이 다 재미있는데 다른 사
람들은 너무도 따분하고 재미없다고 해서 비참한 기분이 든다고 했
다. 피지에서는(피지는 올해부터 참가하기 시작했다. 그러니까 그녀
가 피지의 첫번째 참가자인 셈이다) 우선 예술 한다는 사람, 소설 쓰
는 사람, 시 쓰는 사람 등 소위 글쟁이들의 숫자 자체가 적고 따라서
문화적·문학적 행사가 없어서 자기는 그런 것들에 굉장히 굶주려

있다고 했다. 자기가 소설 쓰고(그녀는 소설가이고 피지의 무슨 소설가협회 간사이고 또 피지에 하나뿐인 대학에 재직하고 있고 몇십 년간 신문에 칼럼을 써왔기 때문에 그곳 사회 일반인들 사이에서 굉장히 지명도가 높은 모양이다), 그걸 자기가 연극으로 만들고, 그걸 다시 비디오로 만들고, 그런 식이니까 자기는 다른 사람들의 작품을 즐길 기회가 별로 없다는 것이다(그래서 내가 농담으로 네가 네 작품을 평가하는 평론가 역할은 안 하니? 하고 말했다). 그래서 모처럼 이런 기회를 갖게 되어 자기는 너무도 즐겁게 즐기고 있는데, 심지어 호주의 수까지도 코스그로브에 가서 따분하다고 말했기 때문에 비참한 기분이 든다는 것이었다. 얼마 뒤에 베릴이 왔는데 둘이 쇼나 방에서 무슨 긴한 얘기를 하는 것 같았다. 나중에 쇼나가 들려준 말인즉슨 베릴이 아는 사람을 통해 미국에서 출판할 수 있는 기회가 있나 알아보기 위해서 워싱턴으로 가는데 자기도 함께 가게 될 거라고 했다(쇼나는 여기서 새 소설을 쓰기 시작했는데, 자기집에 돌아가기 전까지 끝낼 수 있댄다. 모두 소설가인 쇼나와 베릴과 수는 어찌나 정력적으로 써대는지 놀랄 지경이다. 그리고 셋이 만나면 나는 오늘은 얼마 나갔다, 얼마 나갔다 하고 말한다. 나만 놀자 판인 것 같다. 하기야 나는 시인이니까 써야 할 양도 적지만. 그런데 또 생각해보면 나는 단 한 편의 시도 쓰지 않았다). 내가 쇼나에게 너희들은 이미 영어로 쓰고 영어로 쓰인 책을 출판하는데 꼭 미국에서 출판해야 할 필요가 있냐고 묻자, 새로 쓰는 작품을 미국에서 출판하고 싶단다.

오늘 제퍼슨 빌딩에서 여성학회 주최로 'Writing within and

without Gender'라는 주제로 토론이 있었는데, 태평양 마피아 세 자매와 마틴 로퍼, 마크 니슨이 연사로 정해져 있었다. 그들이 연사로 나오는 시간에 참석지 않은 때가 많아서 미안한 생각이 들어 오늘 그 토론에 참석했다. 보나마나 그 페미니즘 얘기. 가장 신이 나는 건 베릴과 수이다. 베릴은 어느 자리에 가서든 자기소개를 할 때 내 이름은 뭐고 나는 어느 나라 출신이고 다음에 나는 페미니스트 소설가이다라는 말을 꼭 넣는다. 수는 여자로서의 자기 체험, 그녀의 용어를 빌리면 자신의 부엌 체험으로부터 자기 문학은 출발한다고 했다. 남자 연사들인 마틴은 테마를 별로 재미없어 하는 눈치였고 마크는 곳곳에서 하도 페미니즘문학 얘기를 하니까(주로 태평양 세 자매를 통해서 들었을 것이다) 자기도 그것에 대해 깊게 생각해보기 시작했다고 했다. 가장 괜찮은 것은 수가 말한 내용이었다고 생각된다. 그런데 나로서는, 오늘의 국제문학 시간에 발표한 원고에도 그런 뜻의 글을 썼지만(그 시간의 주제는 '나는 왜 쓰는가, 나는 무엇을 쓰는가'라는 것이었고, 나는 그것에 대해서, 나는 이런 질문 자체를 좋아하지 않는다, 그것은 그 자체에 이미 왜 나는 써야만 하는가, 무엇을 나는 써야만 하는가라는 질문을 내포하고 있기 때문이다, 나는 내가 쓰고 싶을 때 쓰고, 그 '언제' 안에 이미 '왜'와 '무엇'이 그리고 그것에 대한 대답이 포함되어 있다고 믿는다, 요컨대 "I am a poet who survived such questions like why I write, what I write. And why should I face such question again here in America"라고 말했다), 나는 내 시에게 아무런 깃발도 들려주고 싶지 않고 아무런 상표도 붙여주고 싶지 않다. 그런 깃발과 상표를 필요로 하는 사람들이 있다면 그들은 그들의 목적을 위해서 나의 시를 이용할 수는 있다(물론 그 목적이란 게 'good cause'일 때에). 나에게 이러이러한 시를 쓰라고 한다든가 내가 스스로에게 이러이러한 시를 쓰라고 요구한다는 것은 견딜 수 없는 일이다. 그것이 옳은 명분일 때 사회적 운동의 차원에서 그것을 위해 봉사할 수는 있을 것이다. 그러나 작품 자체를 처음부터 그 운동 안에 귀속시키려 한다는 것은 너무도 갑갑한, 감옥에 갇힌 것처럼 갑갑할 것이라는 느낌을 준다. 그것은 내가 예술을 위한 예술 옹호론자라는 뜻이 아니라, 단지 나로서는 그것을 할 수가 없다는 것이다. 소재 주고 주제 주고 거기 맞추어 쓰라는 요구를 받는다면 아예 처음부터 쓰려는 생각조차 나지 않을 것이다. 그러나 그 역의 과정은 가능하다. 내가 무슨 작품을 썼는데, 그것이 해체주의에 혹은 페미니즘에 혹은 어떤 이즘에 그 자체의 존재성으로서 이바지할 수가 있다. 그런 때라면 다른 사람들이, 다른 어떤 사회적 운동권들이 내 시를 이용하든지 파괴하든지 나는 아무 소리도 안 할 것이다. 그건 그 사람들이 할 일이고 내 할일은 아니니까. 그러나 처음부터 이러이러한 입장에서 이러이러하게 쓰라는 요구는 그것이 설사 내 자신의 판단으로부터 나온 요구라 할지라도 강압적인 것이고, 내가 거기에 반응해서 내 작품을 쓴다는 것은 불가능할 것이라 생각된다. 아니 불가능하지는 않다. 쓸 수는 있다. 그러나 그 작품에 대해서 내 자신이 한 사람의 창작자로서, 그리고 한 사람의 세련된(?) 독자로서 만족감을 가질 수 있을 것인가? 그럴 수 없다는 것을 나는 1980년대에 체험했다. 그렇게 해서 쓰인 작품들은 전부가 다 좋질 않았다. 그러나 모든 작가가 그렇

다는 것은 아니다. 자기 문학과 사회적 운동을 행복하게 결혼시킬
수 있는 사람들도 있었다. 우리 문단에도 그런 예는 쉽게 찾아볼 수
있다. 다만 나 자신의 경우에는 그것이 불가능하며(그러나 거꾸로
의 방법으로는, 말하자면 내 작품으로부터 사회적 운동으로 그 의미
가 이어지는 것은 가능하다고 본다), 또한 많은 사람의 경우 대체로
그것이 불가능하다는 것이다. 많은 작가가 스스로 그것을 깨닫지 못
한다고는 생각하지 않는다. 아마 그들도 그들 자신의 작품들에 대해
서 알 것이다. 무의식적으로라도. 그런데도 많은 작가가 이즘의 깃
발을 앞에 달고 대열을 이루어 나가는 것은 무슨 이유인가. 나는 그
게 나쁘다고는 생각지 않는다. 그것도 훌륭한 일을 하는 것이니까.
사회적으로. 하지만 자기 자신들의 작품이 사실은 좋은 작품이 아
니며 다만 어떤 구호 같은, 전도사 설교 같은, 프로파간다 같은 것에
지나지 않는다는 것을 발견할 경우 어떻게 할 것인가? 내가 보기엔
대부분 그러한 경우에 부닥쳤을 때 자기 작품에 대해서 눈감아버리
는 것 같다. 아니 아예 처음부터 그러한 경우에 부닥치지도 않는다.
왜냐하면 그런 작가들의 경우에는 자기가 지지하는 대의명분이 훌
륭하다는 것만으로도 충분히 만족스럽거나, 아니면 더 안 좋은 경우
에는 그런 훌륭한 대의명분이 자기 작품에 후광을 주고 그럼으로써
자기 작품이 실제의 예술적 성취도가 어떻든 간에 일단 훌륭한 대접
을 받게 된다는 것만으로도 충분히 만족하기 때문이다. 그 나머지에
대해서는 스스로 눈감아버리기만 하면 되니까. 무슨 일이든지, 무슨
분야든지, 시 쓰는 일, 번역하는 일, 하다못해 삯바느질하는 일에서
까지도 결국에 가장 중요한 것은 자기와의 싸움이라고 생각된다. 자

기를 속이지 않기 위해서, 자기에게 속아넘어가지 않기 위해서 자기 자신과 싸우는 것. 그런데 대부분의 사람이, 어쩌면 작가들은 더 많이, 외부로만 자신을 투사할 뿐 내부로 자신을 투사하지 않는다. 어떤 면에서 그것은 행복한 삶이다. 공연히 사서 고생할 필요가 없으니까. 좋은 게 좋은 거지, 하면서 함께 대열을 이루어 따라갈 수 있다면 얼마나 편안한 삶이겠는가. 뭐에 대해서 쓰다가 여기까지 왔는지 알 수가 없다. 하지만 문맥을 유지하기 위해 컴퓨터 화면의 앞쪽으로 되돌아가 다시 읽어보기도 귀찮고, 아무렇게나 지껄이더라도 결국 그 근저를 이루는 어떤 논리는 그대로 유지될 것이다. 이 게으름과 이 똥배짱. 이게 나의 주특기 아닌가.

아무튼 연사들의 발표가 끝난 뒤에 질문과 응답 시간이 있었는데 청중이라야 열 명도 안 되었지만 청중과 연사들 사이에서, 연사와 연사 사이에서, 청중과 청중 사이에서 열띤 공방전이 벌어졌다. 청중의 대부분은 여성학회와 관계하는 사람들과 국제비교문학회에 관계하는 사람들이었다(청중은 모두 여성이었다). 나는 보통 때는 입다물고 있는 사람인데(왜냐? 스피킹을 못하니까) 그런 분위기에 촉발당했는지, 수와 베릴을 질문 상대자로 정해서 질문했다. 너희들은 나와 마찬가지로 작가들이고 페미니스트 작가라고 즐겨 자기소개를 하는데, 글을 쓸 때에도 나는 페미니스트로서 글을 쓰고 있다고 생각하면서 글을 쓰는가 아닌가, 또 글을 쓸 때 너희는 오로지 여자로서만 쓰는가, 요컨대 너희의 창작에서 'individualism'과 'humanism in general'은 너희의 페미니즘과 어떤, 그리고 얼마만한 역학관계를 갖고 있는가 하는 것이었다. 이것은 내가 평소에 그들에게 묻고 싶었던 질문이었다. 왜냐하면 함께 만나기만 하면 그들은 주로 그 얘기만 하니까. 나는 페미니즘도, 다른 어떤 이즘도 내 작품의 깃발이 되는 것을 거부하는 사람이니까 당연히 그런 의문을 가질 수밖에 없을 것이다. 수와 베릴은 자기들은 페미니즘 기치를 달고 있고 자기들의 여성 체험, 특히 수는 자신의 부엌 체험으로부터, 그러니까 말하자면 자기들이 갖고 있는 가장 큰 체험으로부터만 쓴다는 대답이었다. 스피킹이 딸리니까, 나는 어떤 이즘을 깃발로 달든 간에 그것이 단순히 사회운동으로서가 아니라 문학 자체로서의 위력을 갖기 위해서는 개인주의와 휴머니즘을 바탕으로 해야 되며 또한 동시에 개인주의와 휴머니즘의 차원으로 승화되어야 한다. 페미니즘문학이 사회운동이 아닌 하나의 문학작품으로서 독자에게 그 힘을 행사하기 위해서는 페미니즘 자체보다는 개인주의적인, 실존주의적인, 휴머니즘적인 것에 더 관심을 기울여야만 할지도 모른다, 그러지 않으면 페미니즘은 단순한 휴머니즘으로 전락할 수 있다는 말만 하고 그걸로 끝냈다. 그러나 내 마음속에 의문은 아직도 남아 있다. 뭐냐 하면, 그렇다면 그 여성 체험이라는 것은(이것은 나로서도 너무나 뼈저리게 느껴온 것이니까, 그게 중요하지 않다는 말은 아니다) 페미니즘적 관점에만 얽어매어야 하나의 사회적 의미로 환산되어 나오는 거냐, 그것을 다른 관점에서는 얽어맬 수 없는 거냐, 페미니즘은 언제나 한 가지 시선만 갖고 있느냐 등등을 묻고 싶었다. 그러나 내 스피킹 실력으로는 더듬거리다가 망신만 당할 것 같아 그만두었다.

한참 떠들다가 사회자가 시간이 끝났다는 것을 알렸는데도 사람들이 쉽게 자리를 뜨지 않았다. 내 오른쪽 옆에는 쇼나가 앉아 있었고 내 왼쪽 옆에는 아주 작고 귀엽고 깜찍한 여자가 앉아 있었는데, 나는 이 여자가 마음에 들었다. 그런데 그녀가 연사인 쇼나를 붙잡고서 시간이 끝난 뒤에도 계속 질문을 해대고 함께 얘기할 것을 요구했다. 나는 가만히 듣고만 있었는데 얘기가 다 끝난 뒤에 그녀가 말했다. 너의 시를 잘 들었다고. 언젠가 인터내셔널 빌딩에서 쇼나가 영어로 된 내 시를 읽고 내가 한국어로 된 똑같은 시를 읽은 적이 있었는데 그때 들었나보다. 그다음에 국제비교학회에서 웬 여자가 편지를 보내 그때 낭독했던 시들 중에서 어떤 여자가 너무도 피곤해서 머리를 선반 위에 떼어 올려놓고…… 하는 내용이 들어 있는 시를 보내달라고, 그러면 자기네가 인터내셔널 빌딩 내의 게시판에 그 시를 붙여놓겠다고 한 적이 있었는데, 이 여자가 하는 말이 그 게시판에서도 내 시를 읽었다는 것이다. 아무튼 그 여자 때문에 우리는 다른 사람들보다 좀 늦게 자리에서 일어나 걸어 나가려는데, 갑자기 마크가 내 이름을 커다랗게 부르면서 자기가 내가 질문했던 것에 대해서 대답하겠단다. 당돌하기는. 나는 나와 같은 참가 작가에게 물었던 것뿐인데. 그의 대답인즉슨 수와 베릴의 대답은 불충분했지만 자기는 그동안 그들을 통해서 많은 것을 배웠기 때문에(그들과 어울려 다니면서 많은 대화를 나눈 모양이었다. 마크는 남자인데 남자들보다는 여자들과 더 잘 어울리는 것 같다) 이런 생각을 갖게 되었다는 것이다. 즉 페미니즘은 하나의 전략 혹은 정치를 필요로 한다는 것이다. 그래서 그 깃발을 더 높이 들고 더 강하게 흔들어야 한다는 얘기였다. 거기에 대한 내 대답은 사회운동의 차원에서는 그것을 인정한다는 것이었다. 그러나 문학적 차원에서 그게 성공을 거둘 수 있다고 생각하는가, 그게 훌륭한 방법이라고 생각하는가, 그때 그것은 전략이나 정치가 아니라 문학적 테크닉이라는 이름으로 불리고 그것은 개인적 차원에서 접근해야만 한다, 물론 하나의 작품이 사회운동을 위한 불쏘시개 역할을 할 수 있다는 것을 인정한다, 그러나 문학작품의 숙명이라는 것은 언제나 독자 한 사람 한 사람에게 개인적으로 접근해야 한다는 것이다. 문학작품은 대중을 동시에 상대로 하는 게 아니다. 문학작품이 어떤 큰 대중을 동시에 상대하게 되는 것은 그 문학작품이 갖고 있는 사회적 상징으로서일 뿐 그 실제의 작품은 아니다. 실제의 작품은 그 세부 하나하나가 모두 한 독자내부에서 그 독자라는 한 개인과 한 인간 존재의 세부들과 만나 서로 갈등하고 마찰하고 교통하면서 전달될 수 있을 때 그 문학작품으로서 존재하게 된다. 너는 문학작품 내에서도 정치와 전략이 필요하다고 생각하는가, 그건 그 문학작품 외부의 일일 뿐이다, 라는 것이었다. 나중에 보니까 마크는 결국 나와 같은 의견이었다. 그는 그 대답이라는 것을 구실로 괜히 날 붙잡은 것이었다. 괜히 나만 열나게 목청을 돋구었을 뿐이다. 그는 전에 그가 쓰던 작품 일부를 보고서 내가 했던 질문, 즉 너의 작품은 침착하고 차분하고 속으로 잠겨 들어 있는, 그래서 풍경이나 인물들이 전부 닫혀 있고 서로 간의 상호작용이 없다, 마치 벽화 속의 그림들처럼 그것들은 움직이지 않고 달리 말해서 다른 인자들과 마주치고 운동하면서 다른 것들을 만들어내는 일 없이 그 자리에만 붙박여 있는데 그것이 의도적인 것이냐아니면 너의 타고난 자연스러운 성격적 경향이냐고 물었던 나의 질문에 대해서 그동안 많이 생각해보았다고 말했다. 얘기가 그쪽으로 진전되고 있는데(토론이 열렸던 자리에는 이제 아무도 없었고 마크의 걸프렌드인 안무가라는 여자와 쇼나와 마크와 나밖에 없었다) 쇼나가 빨리 가자고 재촉을 했다(그녀는 마크의 걸프렌드와 얘기를 하고 있었다. 그리고 쇼나와 나는 세시 반에 열리는 오늘의 국제문학 시간—이 시간에도 쇼나의 발표 순서가 끼어 있었다—까지 두 시간쯤이 남아 있었기 때문에 콥에서 쇼핑을 하기로 약속이 되어 있었다). 결국 우리는 거기서 얘기를 끝내고서(더 얘기해봐야 그게 그거지. 결과는 결국 결과대로 나오는 거고 얘기는 결국 얘기로 그치는 것일 뿐이니까) 각자 두 커플로 찢어져 반대 방향으로 멀어져 갔다. 나는 쇼나와 함께 콥에서 버섯과 바나나만 사고서는, 나는 피곤하니까 집에 돌아가서 누워 있다가 너의 발표를 들으러 가겠다고 말했더니, 다시 뭐하러 나오냐, 내가 하는 말이 평소 얘기하는 것과 다를 게 없을 텐데 다시 나올 필요 없다며 집에서 쉬라는 거였다. 사실은 그게 내가 바라는 거였다. 룸메이트니까 발표 시간에 내가 참석하지 않으면 그녀에게 미안함을 느껴야 하기 때문에 참석하지만, 몇 시간을 줄곧 서 있거나 줄곧 앉아 있으면(요컨대 가끔 사이를 두어 얼마 동안씩 누워 있지 않으면) 내 몸이 몹시 지쳐버리기 때문이다. 그러면 밤엔 아무 일도 할 수 없게 된다. 사실은 내겐 밤이 가장 중요한 시간인데.

어제 좀 날씨가 좋다 싶더니 오늘 또 하루종일 비가 내린다. 책상
도 정리해야 되고 헌책방도 돌아다녀야 하고 컴퓨터 매뉴얼도 읽어
야겠고, 그런데 하루종일 기운이 없다. 아침결에는 좀 힘이 났는
데. 아무래도 이 날씨 탓이다, 이렇게 맥이 빠지는 건. 그런데 다행
스러운 건 이곳에 와서 처음 얼마 동안 그랬던 것만 빼놓고서는 그
다음에는 몸에 열이 오르지 않는다는 것이다. 내가 가을 나라, 서방
금국에 오긴 온 모양이다. 그러고 보니 생각이 난다. 오늘 아침에 나
는 늦게 일어났는데(웬일인지 간밤에는 자다 깨지 않았고, 꽤 긴 꿈
을 꾸었는데 출연 인물들이 내가 잘 아는 한국인들이었고, 꿈을 꾸
면서도 내가 지금 한국말을 하고 있구나 하는 것을 의식했고, 여러
사람이 모여서 얘기하고 있었는데 나와 다른 두 사람이 똑같은 노
란 옷을 입고 있었고, 그중 한 사람은 평론가 선생님이었는데 다른
한 사람은 누구였는지 기억이 안 난다) 부엌에 나가보니 쇼나가 벌
써 커피를 끓여 마시고 있었다. 내가 기침을 해대자 그녀가 나에게
그 기침이 너무 오래간다고 걱정스럽게 말했다. 그러자 갑자기 텔레
비전이나 라디오에서 나오는 약 광고가 거의 기침, 천식, 콧물감기

227

같은 것들과 관련된 것이라는, 전부터 갖고 있었던 생각이 다시 떠올랐다. 그래서 그녀에게 너 이곳의 약 광고가 거의 폐와 관련된 증상들을 치료하는 약 광고라는 사실을 알아차렸니 하고 물었더니 자기도 그것을 의식했단다. 그래서 내가 이곳에 와서 음양오행설을 기반으로 유심히 관찰했던 사실들과 함께 음양오행이 무언가, 어떤 원리로 이루어지는 건가를 얘기해주었는데 그녀는 너무너무 재미있어 했다. 아메리카는 음양오행으로 치자면 서방 금국이다. 금은 금은보석 할 때의 금(골드를 말하는 것이 아니고 내 해석에 의하면 이건 미네랄이다. 아니 사실은 메탈이라고 해야 하나 미네랄이라고 해야 하나 한참 고민했다. 금은 '쇠 금'이니까 당연히 'metal'이라는 단어가 먼저 떠오르지만 토생금, 금생수의 관점에서는 메탈이라는 개념은 맞지 않고 오히려 미네랄의 개념이 더 맞는 것 같다. 가령 철이나 구리 따위들은 분명 메탈이지만, 이건 미네랄이기도 하다. 아무튼 메탈보다는 미네랄이라는 개념이 더 적합한 게 아닐까—그러나 칼, 쇠붙이 등 살殺이라는 관점에서는 메탈이 더 적합하다—하는 느낌에서 미네랄이라는 단어를 사용하기로 정했지만, 이건 한국에 가서 전문가에게 물어봐야 할 사항이다)이고 국은 나라 국 자이다(사실 지금 나는 컴퓨터를 사용하고 있는데 한자를 이용하는 법을 아직 익히지 못했다. 매뉴얼을 아직 다 익히지 않았기 때문에). 금은 방위로 치면 서방이고 계절로 치면 가을이고 하루 중의 시간으로 치면 늦은 오후이고 우리 몸의 기관으로 치면 폐에 해당되고 그리고 금은 살기를 주관한다(모든 살인 무기가 서방에서 만들어졌다는 사실에 주목하라. 반면에 동방은 생기를 주관한다). 내 몸이 지금 머물고 있는 이곳의 땅과 대기는 그러므로 금 기운으로 충만해 있다. 내가 이 곳에서 처음 알게 된 것은 모든 사람들이 물을 사 먹는다는 것이다. 지금 메이플라워 8층에서 수돗물을 그대로 먹는 사람은 나밖에 없을 것이다. 왜냐하면 나는 지금 음양오행을 내 몸으로 생체실험 해보고 있는 중이기 때문이다. 이곳 사람들이 물을 사서 먹는 이유는 소금, 칼슘 등의 미네랄이 너무 많이 섞여 있기 때문이다. 이곳에서는 가스레인지를 완전히 끄질 않는데(우리가 가스레인지 스위치를 돌려 가스를 껐다고 생각했을 때에도 그 아래쪽에서는 불이 약하게 타고 있다. 만일 그 불을 입으로 불어 끈다거나 우연히 불이 꺼졌을 때는 심하게 가스 냄새가 난다. 요컨대 가스를 완전히 끌 수 없게 되어 있다는 것이다. 이것은 난방 시스템의 경우도 마찬가지이다. 하이, 미들, 로, 오프가 있지만 스위치를 오프에 놓아도 미약하게 더운 바람이 계속 나온다. 일단 난방 시스템이 가동되었다 하면 다음 봄이 되어 난방을 중단할 때까지는 완전히 난방을 정지시킨다는 것은 불가능하다는 얘기다) 밤에 냄비들을 올려놓은 채 자고서 다음 아침에 일어나보면 하얀 더께가 껴 있다. 그것은 소듐(소금)과 칼슘이다. 내가 물을 사 먹지 않고 그대로 수돗물을 먹으면서 실험해보는 것은, 여기가 서방 금국이기 때문에 금 기운이 너무 많은 것은 당연하고(중국을 가보지는 않았지만 중국은 음양오행에서 토, 흙, 중앙—자기네 나라에서 만들어진 것이기 때문에 자기네 나라를 세계의 중심으로 보았는지도 모른다—으로 보기 때문에, 즉 토의 기운이 왕성하기 때문에 그 물에서 흙이 나오는지도 모른다. 물에 흙이 많이 섞여 있다는 말을 들은 적이 있기 때문이다), 그런데 내 사주팔자와 내 육체적 조건을 보면(사주팔자와 육체적 조건은 똑같이 음양오행의 상생과 상극의 원리로 움직이는데 그것은 그 사람이 태어난 해와 달과 날과 시간에 의해 결정된다는 것이다) 하나 빠진 요소가 있는데 그게 금이다(희랍 철학이 흙, 물, 불, 공기의 4원소를 내세우고 있는 데 반해 음양오행은 다섯 요소를 내세운다). 음양오행설은 다섯 요소가 서로 균형을 이루고 있을 때 그 사람의 운명과 그 사람의 몸이 최적의 상태가 된다고 가르치는데, 균형을 이루기는 고사하고 아예 한 요소가 빠져 있으니까 애초부터 균형이라는 것이 성립될 수 없는 지경이다. 재미있는 것은 금이 내 사주팔자에서 차지하는 자리가 인간의 가족관계로 압축시켜보자면 남편 자리에 해당된다. 금은 또 인간의 오장육부 면에서 보자면 폐와 대장에 해당되고, 폐와 대장이 겉으로 나타난 상태가 피부이다. 금 기운이 왕성한 이곳에서 사는 사람들은(그리고 또 한 가지 중요한 것은, 사상의학적 관점에서 보면―이건 음양오행과는 아무 상관도 없다―미국인들의 대부분은 태음인인데, 태음인들은 폐가 나쁘기 쉽다는 것이다) 폐와 대장 그리고 피부에 어떤 영향을 받게 된다. 모자라는 것도 문제지만 과도한 것도 문제가 된다. 그러니까 이곳 사람들에게 나타나는 몸의 안 좋은 조짐들은 대개 폐와 대장, 피부와 관련되기 쉽다. 이곳의 약 광고들의 대부분이 폐와 관련된 증세들을 고쳐준다는 약들, 그다음엔 피부와 관련된 바르는 약들(드러그스토어에 가보면 그 수많은 피부 보호제에 놀라게 된다), 그리고 그다음이 대장의 가스를 없애주거나 대장에 아예 가스가 발생하지 않게 해준다는 약들 그리고 변비약 광고인 것도 놀라울 게 없는 일이다. 아무튼 기침 때문에 음양오행 얘기가 나왔기 때문에 감기 기침과 음양오행 그리고 서방 금국 얘기를 하다가 아예 종이를 들고 나와 쇼나에게 음양오행으로 보는 우주론과 지구론과 환경론을 얘기했는데 쇼나는 상상력이 아주 풍부하기 때문에 내가 하는 말들을 쉽게 잘 알아들었을 뿐만 아니라 너무도 신기하다고 말했다. 그다음엔 그게 인간의 운명과 인간의 육체적 조건에 어떤 영향을 미치는가 하는 문제까지 진전이 되어, 내가 진짜 내 사주팔자를 놓고 풀이해가면서, 내가 이렇게 금 쪼가리가 하나도 없기 때문에 남편도 없고 내 몸도 안 좋은 거라고 말하니까 그럼직하단다. 그러다가 작년에 내가 점 본 얘기까지 나왔다. 작년에 친구 따라 점쟁이 집에 갔는데 떡 본 김에 제사 지낸다고 내 운명까지 점쳐봤던 것이다. 사실 그때는 내가 이미 음양오행을 배웠던지라 점쟁이들이 대충 어떻게 말할 것인지는 알고 있었지만, 다른 것들과 마찬가지로, 아니 이것은 더더욱 상상력이 크게 작용하는 부문이기 때문에 나는 그 점쟁이가 다른 점쟁이들의 상상력과 그리고 나 자신의 상상력이 어떻게 다른가를 보고 싶었다. 이미 결정된 어떤 조건들을 어떤 방향의 상상력으로 해석하느냐에 따라서 그 결론은 여러 가지로 달라질 수 있기 때문이다. 예를 들어 부부 문제로 점을 보는데 당신들은 기필코 헤어지게 되어 있다고 말하는 점쟁이가 있는 반면에, 똑같은 조건을 보면서도 당신들은 결코 헤어지지 못한다고 말하는 점쟁이가 있다. 그렇게 상반된 결론이 나오는 것은 그들의 상상의 전개 방향이 정반대이기 때문인 것이다. 그래서 나는 이 사람은 어떻게 해석할 것인가 자못 흥분된 마음으로 점쟁이 사무실로 들어섰다. 그 점쟁이가 나에게 한 첫마디 말은 결혼생활을 하고 있습니까였다. 그 의미는 당신은 결혼을 했다 해도 그 결혼생활은 이미 깨어졌을 거라는 뜻을 함축하고 있었다. 결혼하지 않았다고 대답하자, 그는 결혼하지 않길 잘했다, 결혼을 했더라면 당신은 이미 죽었을 거다, 앞으로도 결혼은 하지 않는 게 최상책이다(이 부분은 다른 점쟁이들의 그리고 나 자신의 상상력과 일치하지 않았다)라고 말했다. 그다음은, 혹시 시를 쓰지 않습니까, 당신 사주에 시가 들어와 있습니다, 했다. 나는 당혹했다. 글을 쓰지 않느냐는 질문도 아니고 시를 꼭 집어서 말하는 데에야. 나중에 둘러보니까 벽에 많은 대학 졸업장들이 걸려 있었는데 한국에서 두 군데, 미국에서 두 군데 도합 네 개의 대학교를 나온 점쟁이였다. 사실인지는 모르겠지만. 당혹스럽기도 하고 우습기도 해서 슬금슬금 웃다가 시를 쓰고 있다고 말하자 그는 열심히 쓰라고, 그러면 2, 3년 후에 좋은 일이 생기는데 아마도 시인으로 추천받을지도 모른다고 말했다(시인으로 추천받는 게 사주풀이에 나올 만큼 그렇게 좋은 일인가?). 그다음에 한 말은, 당신은 공부를 하지 않으면 머리가 돌아버릴 사람입니다. 공부를 하십시오, 하다못해 역학 공부라도 하십시오라고 말했다. 그런데 그 얼마 전에 이미 역학 공부를 시작했었던 것이다. 역학 공부만 했나? 사상의학 공부도 조금은 했지, 온갖 음식물들의 성격과 약품 역할을 하는 식품들도 직접 내 몸에 실험해보는 생체실험을 해보았지, 게다가 웬 뚱딴지처럼 디자인 공부도 해서 웬만한 옷들은 다 디자인할 수 있을 정도다(그런데 내가 옷 공부를 시작한 것은 옷을 만들어 입기 위해서라기보다는 어느 날 문득 옷이라는 게 어떤 구조를 갖고 있는 건가, 사람 몸의 외부적 구조와 옷은 어떤 식으로 서로 관계를 맺고 있는가 하는 문제에 호기심이 미쳤기 때문에 그 공부를 시작한 것이었다. 그것은 내가 몸의 내부 구조와 내부 장기들의 고유 작용과 상호작용 등에 대해서 관심을 갖고 있었기 때문에 음식이나 약품이 되는 식품들을 내 나름대로 연구(?)한 것과 같은 차원에서 이루어진 것이었다. 생각건대, 나는 어떤 전체적인 구조, 그리고 그 구조 때문에 그렇게 이루어질 수밖에 없는 어떤 작용에 대해서 관심을 갖고 있는 것 같다. 그것을 최대한도로 확대하자면 우주론까지 번질 수가 있는데, 가령 왜 봄 다음에 여름이 오나, 태풍은 우주의 어떤 물리적 현상에 의해 나타나나 따위 등이다. 따라서 나는 당연히 물리학에도 상당한 관심을 갖고 있을 뿐 아니라 음양오행을 물리학으로 보기까지도 한다. 다만 서양의 물리학과는 출발과 끝의 방향이 서로 다를 뿐이다). 그다음에 점쟁이가 한 말은 당신은 스승입니다, 그러니까 많은 사람을 가르치십시오라고 말했다. 그러면서 지금 사람들을 가르치고 있지 않느냐고 물었다. 그래서 전혀 그렇지 않다고 대답하자, 열심히 사람들을 가르치십시오, 그러면 당신 팔자는 저절로 풀리게 되어 있습니다라고 말했다. 재미있는 것은 내가 이 얘기를 김혜순한테 하자 당장 그다음에 서울예전 강사 자리를 마련해놓고서는 나에게 그것을 알리면서 안 하면 죽여, 라고 말했다는 것이다. 그래서 1학기 동안은 두 군데서 시간강사 노릇을 했는데, 2학기에는 가르치지도 못하고 이 서방 금국에 와 있는 것이다. 쇼나는 점쟁이 얘기와 내가 내 사주를 자세히 풀어 가르쳐주는 게 무척 재미있고 드라마틱하게 보였나보다. 자기도 그걸 배우고 싶단다. 하긴 인간의 사주팔자라는 게 그 인간 없이 여덟 글자만

놓고 보아도 저절로 드라마를 꾸밀 수가 있다. 얼마나 드라마를 잘 꾸밀 수 있는가, 그 드라마가 얼마나 잘 현실과 맞아떨어지는가, 거기에 훌륭한 점쟁이와 별볼일 없는 점쟁이의 차이가 있을 것이다.

오늘 아침 열시에, 지난번에 아미르가 자기 여자친구의 친구라면서 만나달라고 했던 한국 태생 여자가 전화로 약속했던 그 시각에 맞추어 내 방으로 찾아왔다. 이름은 해리엇 우드퍼드, 나이는 스물여덟. 거의 한국인처럼 보이지 않는다. 1년간 동거하다가 결혼한 지 넉 달 되었고 자기는 미술학과 출신이고 남편은 심리학과 출신이라고 했다. 그녀는 자기가 용산에서 태어나 열두 살까지 거기서 살았고, 그뒤에 미국 네브라스카로 와서 살다가 아이오와대학에 오게 되었다고 했다. 그녀는 자기가 살았던 집이 용산의 리버사이드 아파트먼트라고 했다. 그러고 보니 그런 이름의 아파트를 제1한강교가 끝나는 지점의 어디에선가 본 것 같은 느낌이 든다. 12월 5일에 강남에 있는 한 영어 학원에 선생으로 가기로 되어 있는데 그전에 서울에 대해서 알고 싶어서 만나길 원했다는 것. 그래서 그 지역에 관해서 그리고 서울의 여러 지역의 특성에 관해서 얘기해주었다. 그녀는 로데오거리까지 알고 있었다. 그녀의 목적은 돈을 버는 게 아니라 한국, 특히 옛날의 한국 역사에 대해서 공부하는 것이라고.

　　오늘은 IWP에 대한 외부 감사가 있는 날이다. 일주일 전에 사무실로부터, 당신이 외부 감사자인 모 교수와 인터뷰를 갖기로 선발된 사람들 중의 하나이다. 인터뷰에 꼭 참석해달라는 통지를 받았을 때 그 여섯 명의 대표자 중에 왜 내가 끼게 되었을까 생각해보다가, 그것은 필시 내가 영어 스피킹을 잘 못하니까, 따라서 IWP 측에 대한 나쁜 감정이나 잘못된 점들을 제대로 잘 표현하지 못할 테니까 나를 뽑았을 것이고 나머지 사람들도 그런 사람들일 거라는 생각을 했는데 내 예감이 맞았다. 내가 밴이 우리를 데리러 오는 시각에 맞춰 나가 있기 위해 방문을 나서고 있을 때 폴리시 가이도 자기 방에서 나와 방문에 열쇠를 채우고 있었다. 조금 뒤에 보니까 대표자 여섯 명이란 나와 폴리시 가이, 나이지리아 참가자, 칠레 참가자, 아이티 참가자, 시리아 참가자였다. 이중에서 나이지리아 참가자는 나이지리아가 영어를 공용어로 사용하고 있기 때문에, 칠레 참가자는 칠레 상류층 백인이었기 때문에 영어를 능숙하게 구사했다. 아무튼 여섯 명이서 외부 감사자(그는 무슨 예술원에서 나온 사람인 모양이었다. 나중에 그가 무슨 일이 있으면 연락하라고 자기 명함을 주었는데 주소가 버지니아주로 되어 있었다)와 함께 여러 가지 이야기를 했다. 나의 경우엔 석 달이란 기간은 너무 적다, 나 자신을 예로 들자면 두 달 동안은 언어와 이곳 생활방식에 적응하느라 또 여기저기 행사에 불려다니느라 아무것도 못했고, 이제 조금 적응했고 또 행사도 거의 끝나 쓸 수 있을 만한 여건이 되자 떠나야 할 시간이 되었다, 기간을 좀더 늘리는 게 어떤가, 또 남성 작가와 여성 작가의 비율이 균형을 이루고 있지 않다, 여자 숫자가 너무 적다, 그다음엔 피지의 예를 들어 그녀는 처음으로 참가하게 되는 피지 작가인데 작은 나라에서 글 쓰는 사람들은 많지 않아 자기 자신을 객관적으로 평가할 수 있는 기회를 갖지 못한 일종의 고립된 상태에 있는 나라 작가들을 더 많이 초청하는 게 어떻겠느냐는 이야기를 했다. 그 방에 들어가기 전에 그 방에서 나오는 김재온 교수와 마주쳤다. 그도 무슨 감사를 받은 모양이었다. 김재온 교수는 여기 아이오와대학에서 25년간 사회학 교수로 재직하면서 학생들을 가르쳐왔고, 지금은 이곳 아시아태평양학회의 연구소장이다. 그러잖아도 그분 사모님이 이곳 코리안 스쿨의 교장이기 때문에 내 동화 건으로 한번 그 학교 수업을 참관하게 해달라고 부탁할 참이었는데 오늘 마주친 것이다. 김교수는 만나자마자 한 달 더 여기 머무를 생각이 없느냐고 물었다(이 프로그램이 11월 말에 끝나고 12월 초에 돌아가게 되어 있다는 얘기를 기억하고 있었던 모양이다). 내 비자가 12월 이후로 미국에 머무는 것을 허용하지 않기 때문에 어쩔 수가 없다고 말하자 비자는 얼마든지 연장할 수 있다고, 왜 자기에게 전화하지 않았느냐고 했다. 그러더니 인터뷰 끝난 뒤에 인터내셔널 빌딩으로 오라고 했다. 나중에 가보니 시간이 너무 늦었는지 김교수는 퇴근했다고 했다. 복도에 서 있을 때 어느 방에선가 분명 낯익은 목소리가 들려, 나는 그게 김 재온 교수의 목소리일 거라고 생각하면서 소리 나는 쪽으로 열린 방에 가보니 이게 웬일, 피터가 그 방에 앉아 전화 통화를 하고 있었다. 방문 팻말을 보니 아시아아프리카학회 연구실이다. 그러니까 그는 아이오와대학에 두 개의 연구실을 갖고 있는 셈이다. 이 얘기 저 얘기 하다가 내가 전에 당신 부인 메리에게 당신의 엘비스 클래스에 대한 참고 서류들을 달라고 부탁한 적이 있는데 메리에게서 그 얘기를 들었느냐고 말하니까 못 들었단다. 아마 메리가 잊어버린 모양이라고 했다. 그러더니 당장 그 자리에서 복사해다 줄 테니 기다리란다. 그가 자기 가방에서 복사해 온 것만도 몇십 페이지인데, 그는 엄청나게 많은 자료가 있는데 지금 여기 없고 EPB 빌딩에 있으니까 나중에 그곳으로 오면 또 복사해주겠단다. 그가 자기 차로 메이플라워까지 데려다주었다. 그에게 최근 2~30년간의 미국문학사를 다룬 책을 몇 권 소개해달라니까 생각을 해봐야겠다고. 왜냐하면 백인들이 쓴 미국문학사는 엄청나게 많지만 흑인 작가는 그저 몇 명 언급하고 지나가는데, 자기가 생각하기에는 미국문학의 진수는 흑인 문학이라고 열을 올렸다. 그래서 내가 나는 번역해 먹고사는 사람이고 꽤 많은 번역을 했다, 그러나 순수문학 작품으로서 최근의 작품은 구해 보기가 어렵고 또한 미국 문단 측의 평가를 알 수 없기 때문에 아주 최근의 문학사를 다룬 책들을 보면서 이미 평가가 끝난 작품들을 골라 읽고 번역하고 싶기 때문이라고 말하니까, 정말로? 그러면서 당장 그 자리에서 한 흑인 작가(나는 이름도 들어보지 못했던 작가다)의 이름과 그 작가의 가장 최근의 작품 이름을 써주면서 프레리 라이츠에 가면 그 작품이 있을 거라고 했다. 얼마나 괜찮은 작가이길래 피터가 열광을 하는지 내일 프레리 라이츠에 나가봐야 겠다. 아니 내일은 쿼드시티 아트센터에 가서 강연인지 뭔지를 하는 날이다. 팸플릿에 씌어 있는 것으로는 내가 거기서 나의 문학과 한국 정치의 핫이슈에 대해서 얘기하는 것으로 되어 있어서 걱정하고 있다가 오늘 EPB 빌딩에서 로웨나와 마주쳐 뭔 핫이슈를 얘기하란 말이냐고 했더니, 그건 거창하게 그렇게 써놓은 것뿐이니까 내가 전에 써서 읽었던 원고 중 아무거나 읽고 내 시나 몇 편 읽으라고 했다. 그러니까 준비할 게 하나도 없다는 이야기다. 리오넬과 내가 함께 가게 된다.

　오전에 김재온 교수에게 전화. 어제 만나러 갔더니 안 계셔서 그
냥 돌아왔다는 말을 전하려고. 그런데 시간이 있으면 인터내셔널 빌
딩으로 나오라는 말씀. 어제 내가 그 빌딩에서 김교수 사무실에 들
렀을 적에 자기는 아직 돌아오지 않은 상태라고 했다. EPB 빌딩에
서 클라크와 이야기를 했고 자기 과에 들를 일이 있어서 늦게야 연
구실에 돌아왔다는 얘기였다. 그런데 우리 IWP 작가들은 모르고 있
는 이야기를 들었다. IWP 주최 측에서 현재 참가자들 중에 석 달간
더 머무를 수 있도록 혜택을 줄 대상 작가를 두 명 선정했다는 것이
다. 그런데 자금 문제 때문에 포기할 수밖에 없었다고 했다. 호주 참
가자 수를 포함해서 두 사람이 석 달간 머물려면 주거 비용과 생활
비를 대주어야 하는데 자금을 대줄 만한 스폰서를 구하지 못했다는
것이다. 그래서 내가 선정된 다른 한 사람은 누구라는데요 하고 물
으니까, 누구긴, 최승자씨지라고 김교수가 말했다. 그런데 수도 나
도 그 사실을 모르고 있었다. 하기야 포기한 계획을 뭐하러 당사자
에게 알려주겠는가. 아마 소설과 시 부문에서 한 명씩 뽑았나보다.
그 얘기를 듣고서 김교수가 그 비용의 일부를 자기가 디렉터로 있는

아시아태평양학회의 자금으로 얼마간 보조해주겠다고 제안했고, 국제비교학회CICS에서도 얼마간을 보태줄 수 있을 것이라는 얘기였다. 학회 쪽에서도 수와 나를 여기 머물도록 도와줄 수 있을 거라고 했다. 연구실을 하나 준다고 한 것 같다. 언젠가 인터내셔널 빌딩에서 쇼나가 내 영역 시를 읽고 똑같은 시를 내가 한국어로 읽은 적이 있었는데 그때 들었던 사람들 중에서 학회에서 일하는 한 여자가 내게 편지를 보내어 그날 읽었던 시 중에서 「삼십 삼 년 동안 두 번째로」라는 시를 보내달라고 한 적이 있었다. 자기네 게시판에 붙여놓겠다고 했었다. 앞으로 8개월간 더 머무를 수 있도록 비자 연기 신청을 하는 서류에서 자금 항목(앞으로 머물 동안 무엇으로 먹고살 건가에 대답해야 하는 항목이 있다)에 김교수는 아시아태평양학회에서 4천 달러, 개인 돈 4천 달러로 기입해놓았다. 실제로 아시아태평양학회에서 대줄 수 있는 돈은 2천 달러라고 했다. 그렇지만 자금을 대줄 수 있을 만한 곳을 알아보겠다고 했다. 그러면서 이곳 현지 사람들의 내 시에 대한 반응이 좋아서 김교수 자신도 기분이 좋다고. 그 말을 듣고 보니 나도 기분이 좋다. 내가 공식 행사에도 잘 참여하지 않고 좀 비사교적이어서 날 이상한 눈으로 볼 거라고 생각했는데요라고 말하자 김선생 말씀이, "They appreciate it".

그런데 오후 들어 모든 일이 망가졌다. 얘기가 전혀 없었던 것보다 더 기분 좋지 않은 상태가 되어버렸다. 오후에 인터내셔널 빌딩에서 내 방으로 돌아왔을 때 전화벨이 울리고 있었다. 김교수였다. 자기가 방금 비자 문제와 관련해서 매기라는 담당자와 함께 상의를 했는데 내 비자는 절대로 연기가 안 되는 비자라는 대답을 받았다고 한다. 동구권 작가들이 한번 미국에 왔다가는 무슨 수를 써서라도 자기 나라로 되돌아가지 않으려고 하기 때문에 절대로 연기가 되지 않도록 만들어진 비자라고 했다. 대신에 'grace period'라는 게 있어서 한 달은 더 머무를 수 있다고 했다. 한 달을 더 머물러 있다 갈까 아니면 비행기표를 예약해놓은 대로 12월 15일에 댈러스로 떠날까 생각중이다. 더 머무를 수 있으면 좋겠다는 생각을 안 한 것은 아니었지만, 그리고 사람들 말이(그리고 한국 여행사 측의 말로도) 얼마든지 연기 신청을 할 수 있다고 했지만 그러자면 누구에겐가 부탁을 해야 할 것이고 그것이 싫고 귀찮아서 그냥 떠나기로 마음먹고서 12월 15일 비행기표를 예약해놓았던 것이다. 댈러스의 이모댁으로 가서(찾아보지도 않고 한국으로 돌아가버리면 이모가 무지무지 화를 낼 테니까) 거기서 며칠간 머문 뒤에 20일에 한국행 비행기를 탈 셈이었다. 그런데 자청하지도 않은 좋은 일이 생기더니 또다시 원상태대로 되돌아갔다.

오늘 쿼드시티 아트센터에서 내 시를 낭독했다. 그런데 개똥도 약에 쓰려면 없다더니 내 시 사본을 갖고 있는 게 하나도 없었다. 그래서 다섯시에 출발할 적에 마크에게(마크는 자기가 좋아하는 두 친구를 위해 자기가 운전사로 자원했다고 했다) EPB 빌딩으로 가자고 해서 거기서 내 시 사본을 갖고서 쿼드시티로 향했다. 자동차로 한 시간 거리였다. 우리가 출발할 때는 이미 해가 저문 뒤였고 거기 도착했을 때는 완전히 깜깜한 밤이었다. 패널 디스커션에서 발표했던 원고와 오늘의 국제문학 시간에 발표했던 원고도 가져갔는데, 동행인 리오넬이 먼저 리딩을 하면서 자기 시만 낭독하길래 나도 내 시만 십여 편 낭독하고 나중에 질문과 대답으로 시간을 때웠다. 내가 내 시를 읽으면서도 시가 너무 어두운 것 같아 미안한 생각이 들어서 청중에게 내 시가 좀 어둡지요라고 말했더니 여러 사람이 예스라고 했다. 그런데 맨 앞줄에 앉아 있던 한 늙은 노신사는 계속 고개를 가로저었다. 내 시가 너무 절망적이어서 안됐다는 생각이 들었기 때문인지도 모른다. 왜냐하면 낭독이 끝나고 질문 받는 시간이 되었을 때 바로 그 양반이 내게 "Do you have a hope?"라고 물었기 때문이다. 내 대답인즉슨 절망이란 전도된 희망이다, 당신이 희망을 갖고 있지 않다면 당신은 절망할 수 없다였다. 그런 상투적인 말 이외에 뭐라고 대답할 수 있으랴. 그런데 이 사람은 나중에 모든 게 다 끝나서 밖으로 나갈 때에도 나를 보면서 "You must have a hope"라고 말했다. 그래서 내가 "Yes, I have a hope, I have a dream"이라고 대답해주었다. 나중에 레스토랑에서 마크와 리오넬에게 그 얘기를 해주었더니 둘이 배꼽을 잡고 웃었다. 질문과 응답 시간도 다 끝나고 사람들이 자리에서 일어났을 때 청중 중의 몇 명이 내게 와서 정말로 잘 들었노라고 말해주었다. 리딩 경험이 없었던 나로서는 뭐하러 사람들이 그렇게 즐겨 리딩을 할까 생각했는데 바로 이런 맛 때문에 하는 것인지도 모른다. 청중 중에는 한국인 부부 한 쌍이 있었다. 쿼드시티는 인구 35만의 도시인데 그곳 신문에 한국인 시인이 아트센터에서 시 낭독을 한다는 기사가 실려서 시도 모르면서 일부러 왔다고 했다(아트센터 측에서는 리오넬과 나를 위한 안내 팸플릿을 만들어놓았는데 거기 내 사진도 있었다. 입고 있는 옷으로 보아 여기서 찍은 사진인데 누가 언제 찍었는지, 나로서는 도통 기억할 수가 없는 사진이었다).

낯선 곳에서 뜻밖에 한국 사람을 만날 때의 이상한 느낌. 그걸 뭐라고 표현해야 할까? 그럴 때 나는 왜 반가운 느낌이 아니라 어떤 서러운 느낌을 가져야만 하는 걸까? 마치 애국가를 들을 때 아무런 이유도 없이 눈물이 날 때가 있는 것처럼.

아트센터 건물 밖으로 나왔을 때는 아홉시가 다 된 시각이었다. 마크가 베트남 레스토랑으로 가자고 했다. 레스토랑 이름은 메콩이었다. 리오넬과 마크는 똑같은 음식을 시켰고 나는 제목이 재미있어서 'la romantic shrimp'라는 것을 시켰다. 그런데 수프에 전분이 많이 들어간 음식이어서 상당히 끈적거렸다. 내가 로맨틱이라는 게 스티키라는 뜻이로구나 하고 말했더니 마크가 내 농담에 정색을 하고 대답했다. "Romantic is really sticky"라고. 음식 가격이 싸지 않았는데 리오넬과 내 몫까지 자기가 내겠다고 나섰다. 돈도 없는 아이가. 그러면서 자기가 좋아하는 두 친구를 위해서 오늘 드라이버로 자원했고 음식도 사는 것이라고 말했다.

식사하면서 들은 얘기로는 리오넬이 아이티 사람이지만 열네 살부터 10년간 뉴욕에서 살았다는 것이었다. 자기 엄마는 이혼녀들의 이상형이라고 말했다. 위자료를 엄청나게 받고 이혼한 여자를 말하는 것이다. 그의 가정환경이 행복했던 것 같지가 않다. 나는 처음에는 그를 몹시 싫어했었다. 왜냐하면 그가 말끝마다 퍽, 퍼킹을 붙이기 때문이다. 그리고 클라크가 언젠가 그를 많은 사람에게 소개할 때 그렇게 말했던 것처럼, 그를 보고 있으면 삼 분 안에 그의 담배 피우는 모습을 보게 된다. 그가 아버지 어머니라는 단어를 입에 올릴 때면 이상하게도 경멸조가 되는 이유를 짐작할 수가 있었다. 또 한번은 무슨 얘기를 하다가 자기 계모가 아이티 최초의 여성 판사라 는 이야기를 하면서도 퍼킹이라는 말을 입에 담았었다. 그런데 오늘 은 이상하게도 퍽이라는 말을 하지 않는다 싶었더니 아니나 다를까, 내가 요새 나는 실화, 비화 같은 저질 잡지를 보고 있는데 그 구어체 적 표현이 내게 큰 도움이 된다고 말하자 그가 되받아서 하는 말이 자기는 이 미국 문화의 'fuckism'을 견딜 수 없다고 말했다. 그는 다 음 월요일에 자기 나라로 떠난다고 했다.

식사가 끝난 뒤 디저트인지 뭔지 포춘쿠키가 나왔는데 봉지를 뜯 어 과자를 꺼내면 그 안에 그날의 그 사람의 운세가 적혀 있었다. 나 의 운세는 아무리 달콤하다 해도 빈말에 귀기울이지 마라였다.

미시시피강을 건너 쿼드시티로 입성할 적에 우리가 지나가는 다 리 말고 가까이에서 불이 환하게 켜진 수많은 아치가 있는 다리를 보았는데 그때 내가 저 다리가 한국의 제1한강교라는 다리와 흡사 하다고 말했었던 것을 기억했는지 마크가 그 다리를 건너서 아이오 와시티로 돌아가자고 했다. 그런데 쿼드시티에서 그 다리로 나가는 길을 찾기가 쉽지 않은지 계속 뱅뱅 돌길래, 내가 마크에게 다리 하 나 찾는 데 한평생이 다 걸리겠다고 말했더니 갑자기 뒷좌석에 앉았 던 리오넬이 승자, 고맙다, 방금 시 한 줄을 얻었다, 그거 내가 써먹 어도 되지?라고 말했다. 그러자 마크가 그것을 과거 시제로 쓰면 멋 진 소설로 들어가는 첫 구절로 썩 좋겠다고 했다. 그래서 그럼 각기 그 구절을 써먹어라, 나도 그 구절을 한번 써먹겠다고 말했다.

한 시간가량 걸리는 돌아오는 길은 아름답고 아늑했다. 밤은 깊었고 별들이 총총했고 반달이 환하게 떠 있었다. 낮은 평야에 간간이 낮은 구릉들의 선이 어둠 속에서 평화롭게 잠들어 있는 여자의 늘어진 낮은 젖가슴처럼 보였다. "잠든 지평선, 잠든 여자의 젖가슴 같은"이라고 내가 한 구절을 읊자, 마크는 정말이라고 대답했다. 뒷좌석에서 잠들어 있었던 듯 나중에 리오넬이 깨어나 기지개를 켜면서 너네들 무슨 얘기 했냐고 묻자, 마크는 아무런 중요한 얘기도 하지 않았고 우리는 단지 잠자는 여자의 젖가슴에 관해서 토의했다고 대답했다. 그러고는 세 사람 사이에선 별말이 없었다. 나는 줄곧 어둠 속에서 바깥 풍경만을 바라보았다.

한국에서 고속도로로 어느 낯선 시골 지역을 통과하고 있는 것 같은 느낌. 평온하고 쓸쓸하고 조금은 서글픈 느낌. 이 고질적인 서글픈 느낌은 뭘까. 나는 언제나 아늑함 평온함 그리고 아름다운 것에서 서글픈 느낌을 받는다. 그 이유가 뭘까. 가령 내가 옛날에 대학 다닐 때 썼었던 시, 「사랑하는 손」이라는 제목을 가진 시가 바로 그런 것을 잘 보여준다.

거기서 알 수 없는 비가 내리지
내려서 적셔 주는 가여운 안식
사랑한다고 너의 손을 잡을 때
열 손가락에 걸리는 존재의 쓸쓸함
거기서 알 수 없는 비가 내리지
내려서 적셔 주는 가여운 평화

아이오와시티로 돌아왔을 때는 이미 열한시가 넘었다. 마크는 우리가 탄 차(대학 소유의 차이다)를 대학 내에 주차시키고 거기 주차해 있는 자기 차로 우리를 메이플라워로 데려다주겠다고 했다. 마크가 자기 차가 주차해 있는 곳으로 가 리오넬에게 자기 차를 몰고 자기를 쫓아오라고 했다. 나는 리오넬이 운전석에 앉은 마크 소유의 차로 옮겨 탔는데, 정말로 그 차는 마크다운 차였다. 유리창은 돌멩이에 맞았는지 파문을 그리며 금이 가 있었고, 차 안엔 먼지가 뿌옇게 쌓여 있었다. 나중에 마크가 대학 차에서 내려 자기 차로 옮겨 타 운전대에 앉았을 때 네 차는 박물관에나 가야겠다라고 말했더니 10년 된 차라고 설명했다. 3년 전에 샀는데 그때 이미 7년 된 차였다는 것이다. 내 평생에 그런 차는 처음 타보았다. 게다가 얼마나 요란한 소리를 내는지 금방이라도 멎어버리거나 아니면 탈선해서 아무데로나 뛰어들 것만 같았다. 그가 테이프를 틀어놓고서 이 음악 어떠냐고 묻길래 내가 뭔 음악? 하고 물었더니 거기에 벌써 내 대답이 들어 있단다. 그래서 이거 명상 음악이지, 난 명상 음악 안 좋아한다, 난 로큰롤, 헤비메탈, 시끄러운 것 좋아한다라고 말했더니 정말?이라고 물었다. 나는 디스코 댄싱도 좋아한다고 말했더니 또 정말? 그러면서 언제 한번 데려가주겠단다.

메이플라워의 내 방에 돌아갔을 때는 이미 열한시 반이 넘었다. 마크와 리오넬은 리오넬의 방에서 한잔씩 하겠단다.

쇼나가 집에 없어 그녀의 음성이 들리지 않기 때문인지 적막하다. 아니 오늘이 토요일이기 때문인지도 모르겠다. 금요일이면 일단 일주일의 공적인 활동이 끝나고 그 다음날인 토요일엔 아무런 움직임도 아무런 소리도 들리지 않는다. 모두 자기 방에서 꼼짝 않고 있는 모양이다. 나도 하루종일 누워 있기만 했다. 텔레비전도 보지 않고 라디오도 듣지 않고 책도 읽지 않았다. 밥도 제대로 찾아 먹질 않은 것 같다.

기억의 집, 기억의 집 한 채 서 있다. 기적처럼, 금방 신기루처럼 무너질, 그러나 기적처럼.

하루종일 비가 내렸다. 오늘은 프레리 라이츠에서 수의 리딩이 있는 날.

갈까 말까 망설이고 있는데 다섯시가 다 되어서도 앞방에서 수의 기척이 들렸다. 그녀가 낭독자인데 왜 아직 출발하지 않았을까 생각하고 있는데 수의 딸 키티가 내 열린 방문 앞에서 얼쩡거리며 말을 붙이길래, 왜 너의 엄마는 아직 안 나갔니 하고 물었더니 아빠가 지금 차로 태워다주려고 한댄다. 오늘 렌터카를 빌렸댄다. 그럼 나도 따라가볼까 하고서 수에게 나도 네 차에 태워주겠니 하고 물으니까 "Happily"라고 대답했다. 그녀의 남편 고든이 운전하는 차에 다섯 사람이 탔다. 수의 가족 세 명과 마틴과 나. 그런데 차 안에 또 엊그제 밤에 메콩 레스토랑에서 본 것과 똑같은 포춘쿠키가 놓여 있었다. 마틴과 내가 각기 뜯어보니, 마틴의 것에는 당신이 하는 일에 성공이 따를 것이라고 씌어 있었고, 내 것에는 "Today you will be sitting on the top of the world"라고 씌어 있었다. 참 희한하게도 하찮은, 믿을 바 없는 그런 것이 희망을 줄 때도 있나보다.

프레리 라이츠에 도착하자마자 리딩 시간이 시작되었는데 이곳 대학 문창과 학생이 자기 시를 읽는 순서가 수의 리딩보다 먼저였다. 학생이 시를 읽고 있는데 나로서는 여기 미국 학생들의 시를 참 이해하기 힘든 게, 왜 그렇게 시들이 주절주절 지껄이기만 하는지 도무지 핵심이 없고 너무 길고 무슨 수필만큼이나 긴 시들도 있었다. 지겨워져서 살 만한 책이나 있나 보려고 아래층으로 내려왔다. 아래층에서 이것저것 들여다보다가 펭귄에서 나온 『Good Boys and Dead Girls』(메리 고든) 『Signs of the Literary Times : Essays, Reviews, Profiles 1970~1992』(윌리엄 오루크)라는 책 두 권을 샀다. 둘 다 미국 작가들에 관한 글을 모은 책인데 최근의 미국 현대문학에 대해서는 아무것도 모르기 때문에 작가들 이름이라도 익히고 이곳 문학 사회에서 얼마만한 평가를 받고 있는 작가들인지라도 알아보려고 샀다. 책을 사들고 2층으로 올라갔다. 빈 의자가 없어서 바닥에 그냥 앉았다. 마침 학생의 낭독은 끝나고 수의 리딩이 시작되었다. 수의 옆에 여배우가 하나 앉아 대화 부분에서 남자의 말을 연기해 읽었다. 대단한 퍼포먼스였다. 수는 텔레비전과 연극계에서 일을 했기 때문인지 어떤 무대효과랄까 그런 것에 대한 감각을 갖고 있는 것 같다. 꾀바른 여자다.

리딩이 끝나 밖으로 나왔을 때도 여전히 비가 내리고 있었다. 원래 리딩이 끝나면 그다음에는 소설가들은 소설 워크숍으로, 시인들은 시 워크숍으로 가는데, 나는 시 워크숍에 맨 첫 회에 한 번 참석하고서는 그다음에는 참가한 적이 없다. 지겨워서. 비 내리는 거리를 그냥 걸어서 자바하우스로 들어갔다. 다운타운에 나온 김에 차나 한잔 마시지. 이 집에서 내가 마시는 차는 항상 정해져 있다. 그 이름은 'tea of inquiry'. 자바하우스는 커피 전문점이긴 하지만 온갖 종류의 허브차가 있고, 조그만 병에 든 허브들의 냄새를 맡아보고서 자기 마음에 드는 허브차를 주문할 수 있다. 그런데 녹차는 없다. 녹차 대신으로 내가 시키는 게 바로 티 오브 인콰이어리. 그런데 이건 일본 차라고 하는데, 맞을 거라고 장담할 수는 없지만 감잎인 것 같았다. 거기에 볶은 현미가 섞여 있었다. 미국에서는 커피든 차든 주스든 엄청나게 큰 잔에 주기 때문에 나 같은 사람은 그걸 다 마실 수가 없다. 티 오브 인콰이어리도 마찬가지. 한국에서 녹차 마실 때처럼 차가 도자기 주전자에 담겨 나온다. 양이 너무 많아서 나는 그 차를 다 마셔본 적이 없다.

오늘(14일) 밤 한시경에 잠자리에 들었는데 세시가 조금 못 되어 눈이 떠졌다. 정확히 말하자면 두시 사십오분. 이상하다. 내가 밤중에 잠에서 깨어날 때에는 언제나 세시 무렵이다. 이때는 축시에서 인시로 바뀌는 시각이다. 양기가 시작되는 시각이기 때문인지도 모른다. 그러잖아도 불기운이 너무 많은 내가 갑자기 양기를 받아서 깨어나버린다? 내 머릿속에 틀어박힌 이 음양오행적 사고 시스템을 어떻게 콱 구겨버릴 수가 없을까? 어떤 때는 그것을 만물의 원리로 보고 현상들을 판단하는 게 재미도 주지만 어떤 때에는 지긋지긋해진다. 그게 너무 완고하게 내 머릿속에 틀어박혀 있기 때문일 것이다. 버리고 싶다. 갑갑한 모든 것들을. 이 과목도 이젠 내팽개쳐버려야겠다. 잠이 금세 다시 올 것 같진 않아 부엌으로 나가 빵을 구워 먹고 묵은 신문들을 뒤적거리다가 다시 잠자리에 들었다. 정신이 더 말똥말똥해진 것은 아니지만 잠은 안 온다. 뭔가 내 육체가 불안해하고 있다는 느낌이 든다. 내 의식이 아직 접수하지 못한 것을 내 육체가 먼저 알아차리고서 불안해하고 있다. 책이라도 볼까 했지만 책을 읽을 힘은 없다. 결국 잠은 안 올 것이다라는 생각이 확고해졌기 때문에 잠자리에서 일어났다. 독서는 너무 힘들 거라는 기분이 들어 정처 없이 컴퓨터 좌판이나 두들기자는 생각이 들어 책상에 앉아 지금 두드리고 있는 참이다. 책을 읽는 것은 누워서도 눈만 움직이면 되는 일이고 컴퓨터를 두드린다는 것은 일어나 책상에 앉아 계속적으로 손을 움직이고 머릿속에서 뭔가를 짜내야 하는 일인데 어째서 이것보다 책 읽는 게 더 힘들게 느껴질까. 시각은 다섯시. 뭔가가, 어떤 새로운 것이, 새로운 일이 닥치고 있다는 예감이 든다. 그게 뭘까 하면서 내 육체가 안절부절못하며 잠 못 드는 것이다. 그게 뭘까, 이제 내 의식도 생각한다. 느낀다. 뭔가 일어날 것이다. 그런데 지금은 그게 좋은 일일 것인지 나쁜 일일 것인지도 확실치 않다. 다만 뭔가가 일어나리라는 것을 알고 있고, 그 새로운 변화에 내 육체와 정신이 불안해하고 있는 것이다.

어젯밤엔 까부라진 채로 잤다. 밤중에 눈이 한 번 떠졌는데, 배가 고팠는지 일어나 부엌으로 가 빵을 구워 먹고 도로 잤다. 그랬다는 사실을 기억하고 있을 뿐 빵맛이 어땠는지 그런 것은 기억이 나질 않는다. 오늘 아침에도 역시 일찍 일어났다. 담배가 딱 두 개비밖에 없었다. 어젯밤 파티에서 혼자 걸어 돌아오면서 담배를 사야겠다는 생각을 했지만 핸디마트까지 걸어갔다 오려면 너무 멀어서 그냥 돌아왔다. 나중에 리오넬에게 담배를 좀 꾸어야지 생각하면서. 도대체 이 미국이라는 곳에서는 자동차 없이는 도저히 살 수가 없으니 그게 문제다.

아침에 두 개비 담배를 피우고서 담배를 사러 핸디마트까지 산책 삼아 걸어가려고 방을 나섰다. 복도에는 방문 앞마다 신문들이 그대로 놓여 있었다. 엘리베이터까지 나오면서 방문마다 체크해보니까 한 사람도 일어나 신문을 들여간 사람이 없었다. 나는 벌써 신문 다 읽고 광고지 체크해서 오늘 살 만한 물건까지 정해놓았는데.

밖에 나가보니 간밤에 서리가 하얗게 내렸다. 그런데 이건 처음 보는 빛깔이다. 메이플라워 건물 맞은편 아이오와 강변의 잔디밭을 뒤덮고 있는 이 빛깔은. 왜냐하면 한국에서는 대체로 모든 잎사귀들과 풀잎들이 누런색으로 변한 다음에 서리가 내린다. 그런데 여기는 나뭇잎은 다 떨어졌지만(플라타너스 나뭇잎들만 빼놓고) 잔디밭은 아직 완벽한 녹색이기 때문이다. 그 위에 서리가 한 겹 쫙 깔려 있었다. 이건 내가 아주 좋아하는 색깔인데 자연계에서는 여기서 처음 보는 색깔이다. 나는 그린을 좋아하지만 그중에서도 다크옐로그린은 좋아하지 않고 라이트화이트그린을 좋아하기 때문이다. 그야말로 아늑하게 졸리게 만드는 꿈결 같은 색깔이었다.

핸디마트까지 걸어가 우선 잡지대를 살펴보았다. 얼마 전에는 미국 보통 시민들의 문란한(?) 생활의 실상을 알아보기 위해, 그리고 무엇보다도 구어체 문장들을 익히기 위해서 실화니 비화니 하는 저질 잡지들만 사 보다가 이제는 건강 잡지들만 사 보고 있다. 제 버릇 개 주랴. 미국에 와서도 식품을 통한 건강 요법에 대한 관심은 조금도 줄어들지 않았으니까 말이다. 나의 이러한 집요한 관심 때문에 나의 서울 친구들은 내가 건강염려증 환자인 것으로 생각한다. 그러나 사실은 내가 그러한 것들에 관심을 보이는 것은 천문학자가 하늘의 별들에 대해 관심을 갖는 것과 마찬가지이다. 나는 이 우주와 이 우주 속에서 나타나는 모든 현상, 이 지구에서 나타나는 모든 현상, 우리 몸에서 나타나고 있는 모든 현상, 이른바 병이라고 불리는 특수한 현상들(징후들), 그리고 지구에서 살고 있는 인간의 몸이라는 이 특수한 생명체와 지구에서 생명을 유지하고 있는 다른 모든 생명체가 어떤 특정한, 같은 원리에 의해서 움직이고 있다는 것을 믿고 싶어하고, 그 원리를 알고 싶어하는 것일 뿐이다. 그리고 그것을 가장 수월하게, 그리고 가장 정확하게 알 수 있게 해주는 것이 내 자신의 몸이기 때문에 나는 다른 지구상의 생명체들이 내 몸과 어떤 상관관계를 갖고 있나를 끊임없이 실험해보고 그러한 것들에 대한 문헌(피상적인 싸구려 건강 잡지 기사들로부터 시작해서 음양오행 그리고 사상의학에 관한 문헌까지)을 끊임없이 읽어대는 것이다. 그리고 그런 현상들(징후들), 식품들의 작용들, 이런 것들을 나는 개별적으로 단편적으로 받아들이는 게 아니라 그것들이 내가 관심을 갖고 찾고 싶어하는, 확인하고 싶어하는 한 원리에 어떻게 맞아들어가며 그 원리를 얼마나 잘 증명해주고 있나에 관심이 있고 또한 그러한 사실들(현상들), 작용들을 갖고서 나로서는 아직 알 수 없는 그 원리의 연결고리들을 채워가고 싶어하는 것이다. 이곳에도 건강 잡지들은 많다. 지금까지 다섯 권을 사 보았는데, 거기 나오는 새로이 확인된 과학적 사실들이라는 게 나로서는 이미 알고 있는 것들, 그리고 우리나라나 동양에서는 이미 임상적으로 확인된 것들(물론 그건 서구인들이 하는 것처럼 과학적인 실험을 통한 것은 아니지만, 몇천 년 내려오면서 수많은 실제의 사람을 통해서, 그들의 몸을 통해서 확인된 것들이다. 그 이론과 그것을 뒷받침하는 수치들을 끌어낼 수 없다고 해서 그 원리가 없는 것은 아니다)이다. 나는 그 모든 기사가 선전하는 새로운 요법들, 새로이 과학적으로 증명된 사실들을 사상의학적 원리와 음양오행적 원리, 두 바탕 위에서 읽고 재구성한다. 그러나 물론 가장 큰 바탕은 사상의학이다. 사상의학 쪽은 보다 물리학 쪽에 가까운 반면 음양오행은 그 조화의 이론은 매우 마음을 끌지만 그 자체가 어떤 마술 같은 요소를 갖고 있기 때문이다. 오늘도 잡지대에서 건강을 다룬 두 개의 주간신문과 한 권의 월간지를 샀는데 월간지에 대서특필되어 있는 기사 내용을 사기 전에 서서 읽어보니까 그건 바로 식초 요법(식초, 마늘, 꿀을 혼합한 드링크)이었다. 버몬트 드링크에다 마늘을 첨가한 것인데, 그것이 치유할 수 있는 온갖 증상들이 나열되어 있었고, 심지어는 섹스 능력도 왕성해진다는 설명도 있었다. 그런데 맞는 말이긴 하지만 나는 이것을 사상의학적 견지에서 읽는다. 사상의학적 견지에서 읽자면 소양인인 나는 마늘과 꿀 대신에 다른 식품을 첨가해야 하며 그 첨가 대상 식품이 무엇인지 알고 있고, 또 왜 마늘, 꿀을 첨가한 드링크가 서구인들에게 맞는지도 알고 있다. 서구인들 대부분이 태음인에 속하기 때문이다. 이렇게 다르게 읽는 법, 가감해서 읽는 법이 내게 즐거움을 준다. 이게 내 정신 체조의 한 방법인 것만은 틀림없다.

어제는 모처럼 만에 영문과 학생들을 상대로 한 오늘의 국제문학 시간에 뒤늦게 참석했다. 원래는 참석하지 않으려고 생각해서 가지 않고 있었는데 그 시간이 끝난 뒤에 거기서 바로 참가자들을 밤에 아이오와대학 총장 집에서 열리는 고별 파티로 직송하기로 되어 있다는 일정 내용을 뒤늦게 읽었기 때문이다. 총장 집 파티는 의무적으로 참석해야 한다는 것이 암묵적인 요구인데, 나 혼자서는 그 집을 찾아갈 수 없기 때문이다. 뒤늦게 오늘의 국제문학 시간에 참석해보니, 오스트리아의 요제프가 자기 발표를 끝내고 질문을 받는 시각이었다. 누군가의 질문을 받고서 그가 여기서 바로 얼마 전에 끝냈다는 666페이지 장편소설에 관해서 얘기하고 있었다. 중간에 들어가서 잘 알 수가 없었지만 그 소설은 세 종류의 편지로 되어 있고,

한 편지가 한 소설인데 그 안에 또 한 소설이 있고, 마지막으로 세번째 소설은 독자가 써야만 하는 형식이라고 했다. 그리고 그 소설에는 부록으로 사전이 있었다. 독자들이 써야 할 세번째 소설을 위한 부록이라는 것이었다. 도통 이해할 수가 없었는데, 내가 그가 한 말들을 정확하게 이해한 건지 아니면 잘못 듣고 엉뚱한 환상의 나래를 편 것인지 확인해보기 위해 나중에 그와 개인적으로 이야기해보고 그의 작품 줄거리를 들어봐야겠다는 생각이 들었다. 독일어로 썼을 테니까 읽을 수는 없고. 그다음에 그는 주로 독일과 오스트리아의 관계, 특히 독일의 오스트리아 점령과 오스트리아문학과의 관계에 대해서 이야기했다. 나도 그에게 질문한 것이 있는데, 그가 방금 전에 완성했다는 그 소설에 관해서였다. 그 소설을 격자소설이라고 부를 수 있는가, 너의 나라에 격자소설이라는 게 있는가 하는 질문이었는데 그는 내가 격자소설이라고 말한 것의 의미는 이해하겠지만 자기네 나라에 그런 것은 없다고 했다. 그럴 리가?

그다음 연사는 일본 작가 하루히코 요시메키였다. 나는 이 일본인과 음식점에서 개인적으로 대화를 나눈 적은 있지만 그가 청중 앞에서 얘기하는 것은 처음 들었다. 그는 자기의 문학적 성장 과정에 대해서 얘기했는데 주로 즐겨 본 작가들이 프랑스 작가들이었다. 1990년인가 몇년도에 아쿠타가와상을 수상했다는 이 작가의 발표가 끝나고 질문 시간이 되었을 때 내가 맨 처음 질문자로서 질문했던 것은 그의 소설이나 일본 소설에 관해서가 아니라 일본의 번역 상황, 일본의 번역가들에 관한 것이었다. 그가 대답한 여러 가지 이야기 중에서 가장 기억에 남는 것은 일본에서는 번역가들이 때로는 소설가들보다 더 인기가 좋고 소설가들의 경쟁 상대가 되기도 하며 어떤 때에는 소설가들보다 더 많이 돈을 번다는 얘기였다(아마도 그 나라에서는 번역가들이 인세를 받는 게 일반화되었다는 이야기일 것이다. 만약에 매절로 번역 원고를 출판사에 넘긴다면 그 번역 작품이 아무리 많이 팔린들 번역가에는 아무것도 돌아오는 게 없을 테니까). 또 한 가지 질문했던 것은 하루키의 소설에 관해서였는데, 하루키는 한국에서 무지 잘 팔리는 소설가인데 개인적으로 어떻게 생각하느냐는 것과, 나 자신은 그 소설이 너무도 유명한 베스트가 되는 바람에 호기심이 생겨서 친구에게 빌려 보았지만(『바람의 노래를 들어라』) 끝까지 읽지 못하고 중간에 집어치우긴 했으나 그 소설이 내게 한 가지 깊이 생각하게 만들어준 것이, 내가 보기엔 그의 소설은 비디오와 문자의 중간선상에 있는 것처럼 느껴졌고 그것이 나로 하여금 문자문학의 미래의 운명에 대해서 깊이 생각하게 만들어주었는데, 당신은 개인적으로 문자문학의 미래의 운명에 대해서 어떻게 생각하느냐는 것이었다. 그는 하루키를 프랑스문학의 사강 정도라고 말했고, 그것은 진지한 문학이 아니고 그는 모방을 하고 있는데 그 모방 대상자는 미국 작가(이름을 기억할 수 없다. 이 사람의 작품은 한국어로도 번역되어 있다) 아무개이고 『미국의 송어낚시』가 그 모방 작품이고 그 미국 작가의 전처가 일본 여자였는데 그녀가 일본에 돌아와 그 작가를 유행하게 만들었다고 했다. 그래서 나도 『미국의 송어낚시』는 읽어보았는데 하루키의 『바람의 노래를 들어라』와 그 작품의 분위기는 내가 보기엔 굉장히 다르다고 반박하면서 내가 물은 것은 하루키의 소설을 통해서 드러나는 문자문학의 어떤 변화에 관한 너의 개념이다라고 다시 묻자 그는 또다시 진지한 문학에 관해서 이야기하기 시작했다. 그러자 이번에는 자기 순서를 끝마치고 청중 사이에 앉아 있던 오스트리아의 요제프가 나도 승자가 질문한 것에 대해서 관심을 갖고 있다고 말하면서 이번에는 그가 일본 작가를 공박하기 시작했는데 그는 그 핵심 방향을 음악, 그리고 오럴 쪽으로 끌고 갔다. 중구난방으로 이야기가 진행되었는데 시간이 넘었는지 클라크가 나서서 제동을 걸어 그 시간을 끝냈다.

총장 집은 내가 여기서 가보았던 집들 중에서 가장 큰 집이었고 우리가 다운타운으로 가려면 꼭 지나쳐야 하는 집이었다. 꽤 큰 집이라고 생각했는데 그 집이 바로 총장 집일 줄은 몰랐다. 파티 음식도 아주 좋았다. 일본 작가와 다시 마주쳐, 둘이 이야기를 나누었다. 무슨 얘기인가를 하다가, 아마도 또 번역 얘기였던 듯싶은데, 그가 일본에서 지금 폴 오스터라는 가장 인기 있는 외국 작가 얘기를 했다. 얼마 전에 폴 오스터의 수필집을 사서 읽으면서 그에게서 어떤 친밀감을 느꼈고 이 작가의 작품과 무엇보다도 그 수필집을 번역해야겠다는 생각을 하고 있었던 나에게 그건 고무적인 얘기였다. 폴 오스터가 동양인의 의식과 감수성에 친밀하게 어필하는 부분이 있는지도 모른다는 생각이 들었다. 왜냐하면 내가 창작품이 아닌 수필집을 읽으면서 그렇게 친밀감을 느낀 작가는 처음 보았기 때문이다. 예를 들어서 그날 폴 오스터의 수필집과 함께 여성 시인 루이즈 글릭의 수필집도 샀는데, 그건 내게는 너무 무미건조한 산문집이었다. 그런데 폴 오스터의 산문들은, 그 산문들이 잘 쓴 산문들이라서가 아니라 그가 갖고 있는 어떤 경향, 그게 나를 강하게 끌어당기고 그에게 커다란 친밀감과 친화력을 갖게 만든다. 이상한, 친족 같은 느낌.

일본인 작가와 이야기하고 있는데 메리가 지나치다가 나한테 너는 아까 오늘의 국제문학 시간에도 요시메키를 독점하고 있더니 파티에서도 그를 독점하고 있느냐고 하며 웃는다.

파티가 끝나고서 여덟시에는 굉장히 유명한 작가라는, 머시기 가스라는 작가의 리딩에 참석하기로 되어 있었는데, 나는 그만 너무 피곤해져서 파티장에서 몰래 빠져나와 메이플라워까지 걸어왔다. 도착해서 시계를 보니 일곱시였다.

한시 반에 마지막 패널 디스커션에 참석. 공식적 행사들이 이번 주로 모두 마지막이 된다. 패널 디스커션의 주제는 'Lost in the Fun House'이다. 미국에 와서 얻은 미국에 관한 이미지를 얘기하라는 것인데, 그 제목 자체가 주최 측 미국인들이 비미국인들에 대해 기대하는 것이 무언가를 보여준다. 그들은 우리 비미국인들이 미국을 펀 하우스로 보아주길 바라며 그 속에서 우리가 길을 잃고 당황하기를 기대하는 것이다. 그 무의식적인 우월감. 그런데 이 제목은 기억할 수는 없지만 분명 어떤 작가의 소설 제목이다. 사실은 나 자신도 이 주제에 관해서 흥미를 느끼고 있었고 같은 참가자인 비미국인들이 느낀 것이 얼마나 같고 얼마나 다른지 확인해보고 싶었기 때문에 참석한 것인데, 연사들의 얘기가 너무 개인적인 차원이라 실망했다. 아니면 내가 너무나 진지한, 엄숙한 문화 속에서 살아왔기 때문에 그런 것인지도 모른다. 내가 여기 와서 느낀 것 중의 하나는 내가 정말로 굉장히 엄숙한, 경직된 문화 속에서 살아온 사람이구나 하는 점이었는데 그것을 패널 디스커션에서 또 한번 확인한 셈이다. 나는 뒤편에서 미얀마인 윈 페와 함께 앉아 있었는데 그가 내 손금을 봐주겠다고 했다. 내 생명선이 보통 사람들보다 아주 짧은 편이라는 것을 알고 있었기 때문에 그 부분에 관해 집중적으로 물었더니, 건 강이 좋은 편은 아니고, 내 생명선이 끝나는 부분은 아직 오지 않았고, 아마 쉰쯤이 그 시기에 해당될 터인데 그러나 그때에 죽지는 않겠다는 이야기였다. 그러더니 새끼손가락 아래 옆부분의 금을 보면서 이상하다고 했다. 그 부분이 뭘 얘기해주는 부분인지는 나도 안다. 그건 결혼과 자식과 관련된 것을 알려주는 부분이다. 그는 그걸 보면서 자식이 있는 걸로 되어 있는데 왜 결혼도 안 하고 자식도 없나 하고 이상하다고 말한 것일 게다. 디스커션이 다 끝나서 사람들이 나가는데, 로웨나의 남편 램이 비디오 인터뷰를 하자고 했다. 여기 도착해서 얼마 안 되었을 때에 분명 비디오 인터뷰를 했었는데 또 무슨 인터뷰일까 하는 생각이 들었지만, 그동안 패널 디스커션에 참석하지 않았던지라 알 수는 없으나 아마도 또 한번 돌려가면서 인터뷰를 하는 것인지도 모르겠다는 생각이 들었다. 인터뷰의 질문은 미국의 문화에 관해서 한마디 해달라는 것이다. 그것 잘됐다는 생각이 들었다. 왜냐하면 이 패널 디스커션에서 당연히 그 얘기가 나올 줄 알고 왔는데 모든 연사가 너무도 신변 일변도적인 이야기만 했기 때문이다. 내가 대답한 내용인즉슨, 나는 이곳 사회와 문화 속에서 여러 가지 갈등, 이를테면 흑백간의 갈등(이건 구식 갈등이 되었고), 수많은 소수민족 집단의 미국 체제와의 갈등, 지금 최고조에 이른 것 같은 느낌을 주는 남성과 여성 간의 갈등, 그리고 특수 성생활 자들(게이, 레즈비언, 바이섹슈얼)이 이 사회 속에서 인정받으려 애쓰고 드디어 인정받기 시작해가는 과정에서 겪는 갈등들, 이 모든 갈등이 그 모든 개인과 개별적인 집단이 이 미국이라는 사회 속에서 자신의 아이덴티티를 확립하기 위한 노력들이며 이 문화를 가만있지 못하고 자꾸만 앞으로 나가게 만드는 추진력으로 작용하는 것 같다. 나는 미국 문화가 아직 자기 아이덴티티를 확립하지 못한 문화로 보는데 그 이유가 바로 그 다양한 개인적·개별적 집단들이 자기 아이덴티티를 아직도 찾고 있는 중이기 때문이고, 그뿐만이 아니라 앞으로도 다양한 개별적 집단들이 끊임없이 이 사회 속에서 자기 존재를 확립하려는 노력이 시도될 것인데, 그게 바로 이 사회와 문화를 끊임없이 움직이게 하는 원동력이라고 본다. 끊임없이 세분화·개별화되는 집단들의 자기 아이덴티티 확보를 위한 노력들이 이 사회와 문화 속에서 갈등들을 일으키면서 한 개의 커다란 아이덴티티, 미국 문화의 아이덴티티를 확보해나가게 만드는 것이라는 게 내 느낌의 전부였다는 것이었다.

사람들은 거의 다 강의실에서 나갔고 내가 두서없이 말하고 있는 중에 마크가 와서 무슨 쪽지를 쥐여주고 나갔다. 인터뷰가 끝난 뒤 쪽지를 읽어보니, 몇 사람이 술을 마시기로 했으니까 인터뷰가 끝난 뒤 프레리 라이츠 서점 맞은편에 있는 데드우드로 바로 오라는 내용이었다. 그곳은 남자들이 자주 가는 바인데 나는 처음 가보았다. IWP 측의 클라크, 피터, 메리가 함께 있었고 아미르와 그의 일본인 여자친구(나는 아미르의 이 일본인 여자친구를 마음에 들어하지 않았는데 이제는 아무렇지도 않게 느껴진다), 리오넬, 요제프, 러시아에서 온 사샤 그리고 마크가 있었다. 나는 다크비어를 주문했는데 마크가 카운터에 가서 내 술값을 지불하고 왔다. 내가 이곳 아이오와에서 바에 가보기는 세번째인데 그 바는 당구대는 물론 다트와 핀볼, 게다가 간이 사진소까지 갖추고 있었다. 술집에 왜 간이 사진소가 있나 이상하게 생각했는데 나중에 그 이유를 알게 되었다. 바 안은 상당히 넓었고 우리 테이블만 여러 사람이 앉아 있었을 뿐 대개는 둘이거나 아니면 혼자(혼자인 사람들이 더 많았다)였는데, 늙고 뚱뚱한 여자들이 각기 혼자 테이블에 앉아 맥주를 앞에 두고 생각에 잠겨 있는 듯한 모습들은 이상하게 그로테스크하게 보였다. 굉장히 미국적인 냄새를 풍기게 하는 그 모든 당구대와 핀볼 머신과 다트에도 불구하고, 바 안의 어떤 거무스름한 분위기와 맥주를 앞에 두고 홀로 앉아 있는 사람들의 모습이 어쩐지 렘브란트의 그림들을 연상시켰다. 그러잖아도 히어링이 엉망인 내가 시끄러운 음악이 울리는 장소에 오니까 더욱 알아듣기가 힘들었다. 내 옆에 앉은 마크가 무슨 말을 하는데 음악 때문에 잘 들리질 않고 또 그가 빠르게 말하고 있었기 때문에(사람들은 나와 이야기할 때면 처음에는 느리게 얘기하다가 나중에는 잊어버리고서 보통 때처럼 빠르게 말한다) 더욱 알아들을 수가 없어서, "Please speak slowly"라고 말하니까, 그가 "Please listen faster"라고 말하는 바람에 사람들이 다 웃음을 터뜨렸다. 그런데 갑자기 마크가 사진을 찍자고 말했다. 그러더니 나를 간이 사진소로 끌고 가 앉혔다. 나는 실물도 못생겼지만 사진 속의 나는 더욱 못생겼기 때문에(카메라의 눈은 살집 없는 내 얼굴의 불거진 광대뼈를 언제나 잊지 않고 잘도 포착해 재생해놓는다) 사진 찍기를 싫어하지만 그는 막무가내였다. 1달러를 집어넣으면 오 분 뒤에 네 장의 사진이 나온다. 그러니까 네 번 포즈를 취해야 하는 건데 나는 어쩌다보니까 단 한 장도 정면으로 찍힌 사진이 없었다. 마크의 얼굴은 모두가 정면으로 나왔고 잘 나왔다. 네 장이 연속적으로 붙은 그 사진을 테이블에 앉은 사람들에게 돌렸다. 감상하시라고. 나중에 바에서 나와 사샤와 나는 마크의 트럭을 타고 메이플라워로 돌아왔다. 트럭에서 내려서 보니 뒤편에 웬 드럼통이 놓여 있길래 이거 뭐냐고 물으니까, 쓰레기통인데 메이플라워 쓰레기장에 버리려고 갖고 왔댄다. 참 웃기는 짜장면이야.

저녁을 보이, 마틴과 함께 먹었다. 우리 부엌에서, 부침개를 부쳐 먹었다. 나중에 헬레나가 포도주 한 병을 들고 와 우리와 합류했다. 헬레나는 이미 내 시 열 편쯤을 자기네 나라 말로 번역해놓았다고. 나도 그녀의 시를 번역할 생각이다. 8층에서 시 쓰는 친구 중에서 내가 보기에 괜찮은 시를 쓰는 사람은 아미르와 헬레나이다. 그런데 아미르보다는 헬레나의 시가 나를 더 끌어당긴다. 참 이상한 일이지만, 그녀의 시에도 역시 신체 부분들이 많이 등장한다.

벗어버리고 싶다. 그런데 잘 벗어지질 않는다. 내가 그렇게 심각하게 의식하지 못했던, 내가 걸치고 있는 줄도 몰랐던 이 빌어먹을 무의식적·관념적·억압적 망토의 존재를, 그 결코 쉽게 벗어던질 수 없는 그 망토의 무게를 나는 이곳 아이오와에서 톡톡히 느끼고 있다.

미국은 한국 기준으로 보자면 순 쌍놈들이 사는 나라. 그런데 어느 쪽이 내 마음에 드냐 하면, 한국 쪽이 아니라 지금 내가 있는 이쪽이다. 그게 훨씬 덜 억압적으로 느껴지기 때문이다. 지금의 나는 양쪽의 문화 모두를 억압적으로 느끼고 있긴 하지만. 이상하게도 내가 한국에서 겪었던 억압감보다는 이곳에 와서 반추해보는, 그러니까 내가 한국에서 겪었다고 생각되는 억압감, 말하자면 이미 지나간 것을 재생해서 느껴보는 억압감이 훨씬 크다는 사실이다. 그건 아마도 내가 이쪽 풍습과 문화 속에 얼마간 젖어 있었기 때문인지도 모른다. 현장에서 느낄 때의 억압감보다 그 현장을 떠나 다른 환경 속에서 그 현장을 되돌아볼 때 내가 느꼈다고 생각하는 그 억압감의 무게와 부피가 훨씬 더 크다는 이야기다.

어쩌면 오래전에 이미 나는 내가 변화할 수 있다는 사실에 놀랐을지도 모르고, 요새는 내가 끊임없이 변화해가고 있다는 사실에 놀라고 있다. 여러 가지로 내가 변화해가고 있다는 것을 느낀다. 일례로 나는 이제는 다른 사람들이 무슨 괴상한 짓을 하든 의식적으로뿐만 아니라 무의식적으로도 아무런 상관을 하지 않는 내 자신을 발견했다. 남의 일에 무슨 상관이냐는 게 이젠 나의 상식적인 정서가 되었다. 그러나 아직은 내가 무슨 짓을 하든 너희에게 무슨 상관이냐라는 의식 정서까지는 갖지 못했다. 나는 아직도 내가 하는 짓들이 남에게 상관이 될까봐 걱정한다. 그러나 그게 조금씩 무뎌져가고 무너져가고 있다는 것을 느낀다.

　　오늘 한국 레스토랑 청석(사실은 한국 식당이 아니라 주인은 한국인인데 요리는 한국, 중국, 일본 세 나라의 것을 다 만든다)에서 내가 한턱을 냈다. 나, 쇼나, 마크, 윈 페, 리오넬 다섯 명이서 식사를 했는데 나중에 리오넬의 여자친구가 와서 여섯 명이 되었다. 쇼나는 비빔밥(쇼나는 아시안 식품가게 정스마켓에서 차린 식당에서 비빔밥을 한번 먹어보고는 자기가 제일 좋아하는 한국 요리를 비빔밥으로 정했다. 나는 그녀가 고기 요리를 가장 좋아하는 줄로 알았는데 그것도 아닌 모양이다), 마크는 매운탕(이건 너무 안 좋았다. 생태가 아니라 동태로 끓인데다 국물도 영 형편이 없었다), 윈 페는 삼선짜장면, 리오넬은 오징어볶음을 시켰고 나는 모든 사람이 함께 먹을 수 있는 양장피를 시키고 내 몫은 시키지 않았다. 양장피만 덜어 먹어도 배가 찰 게 뻔하니까. 양장피를 가장 좋아한 건 마크였다. 사람들이 각기 떠먹고 남은 것을 다시 마크가 싹 쓸어 먹었으니까. 내가 저녁을 사기로 했던 건 리오넬이 다음 월요일에 떠나기 때문이었다. 아이티 국내 사정이 지금 전환기에 있는데다 다음 학기를 위해서(그는 아이티 국립대학 교수이다. 그렇게 맨날 쌍욕만 하는 사람이 교수라는 게 이상하지만. 쇼나는 자기는 리오넬을 무척 싫어하지만 마크와 함께 있을 적의 리오넬은 참아줄 만한 사람이 된다고 말한 적이 있다) 빨리 가야 한다고 했다. 나는 리오넬에게 너무도 많이 담배 신세를 졌기 때문에 그에게 인사치레를 하지 않을 수 없다는 생각이 들었고 그래서 저녁을 사겠다고 했던 것인데, 그 김에 언젠가 한국 음식을 대접하겠다고 해놓고서 아직 약속을 지키지 못했던 윈 페를 초대했고, 쇼나는 내 친구니까 초대했고, 마크는 약방의 감초니까 초대했다. 열시 반쯤에 자리를 뜬 것 같다. 한국 식당이라서 그런지 문 닫을 시간이 되었으니 빨리 나가달라는 말이 없었다.

마크가 모는 학교 차를 타고 오는데, 거리에 찬바람이 불었고 낙엽들이 쓸려다니고 있었고 사람들은 하나도 보이지 않았다. 차는 산길로 해서 메이플라워로 돌아왔다. 리오넬이 가장 먼저 떠나는 것 같다. 이제 27일부터는 거의 모든 작가들이 떠나갈 것이다. 오늘 마크한테서 들은 얘기에 의하면 클라크가 나를 샌프란시스코나 버클리 쪽에서 한 달 더 머물 수 있도록 하기 위해서 그쪽 무슨 기관과 교섭을 하고 있는 중이라고 했다. 댈러스 이모 집으로 가기 위해 12월 15일 날짜로 댈러스행 비행기표를 이미 예약해놓은 상태에서 또 이런 얘기를 듣게 된 거다. 왜 나한테는 미리 알려주지 않는 건지. 그러면 비행기표 날짜를 잡아두지 않았을 텐데. 내가 그 날짜로 비행기 예약을 해놓은 건, 12월 15일까지는 모든 사람들이 메이플라워 건물에서 나가야 하기 때문이다. 별 희한한 일도 다 있다. 도대체 자기 나라에 돌아가지 못하는 외국 학생들은 개학할 때까지 어디서 살아야 한다는 거지? 아무튼 내년 1월 말까지 더 미국에 머물기로 한다면, 일단 12월 15일까지는 메이플라워에서 나가야 하고, 다른 곳에 방을 얻거나 집을 얻어서 1월 말까지 살아야 한다는 건데, 또다시 이사하고 새집에 적응하고 이런 절차가 지겨워진다. 게다가 그때부터는 정말로 나 혼자 살아야 하는데 말이다. 참가자들은 다 돌아가고 없을 테고, 한국인들이 많이 모여 사는 데는 싫고(이왕 온 김에 영어회화라도 배워 가려면 철저하게 외국인들과 상대하는 게 나을 테니까), 몇 달을 더 사는 거라면 몰라도 겨우 한 달 더를 위해서? 모르겠다. 그리고 클라크가 샌프란시스코의 무슨 기관과 교섭을 하고 있다는 얘긴지? 언젠가 여기 온 지 얼마 안 되었을 때 클라크가 버클리대학에 가서 강연하지 않겠느냐고 말한 적이 있었다. 영어회화도 못하는 사람이 버클리까지 가서 잘해낼까 싶어서 한번 생각해보겠다 하고 결정적인 대답을 하지 않았다가 나중에 일주일쯤 뒤에, 가보는 게 좋겠다는 생각이 들어서 가겠다고 클라크에게 알렸더니 그러면 자기가 편지를 쓰겠다고 했다. 그런데 그러고서는 꿩 구워 먹은 소식이었다. IWP 스태프진 중 한 사람의 말에 의하면 클라크에게는 아무것도 맡기지 말아야 한다고 했다. 하도 건망증이 심해서 중요한 일도 잊어버리기 일쑤라는 것이다. 언젠가는 수가 어디론가 떠나는데 그 비행기표를 클라크는 주었다느니 수는 안 받았느니 하면서 싸웠는데, 나중에 밝혀진 바로는 클라크가 학교에서 주는 비행기표를 받아갖고 메이플라워로 와서 영어를 가르친 뒤에 그 방에다 비행기표를 그냥 놔두고 가고서는 자기 나름대로는 수에게 전해준 걸로 착각하고 있었다는 얘기였다. 수가 영어 가르치는 방을 헛일 삼아 뒤지다가 그 비행기표를 발견했다고 한다.

이번 일로 김교수를 만나 이야기를 하다가 클라크 이야기가 나와서 내가 버클리 강연 얘기를 했다. 나는 그냥 클라크가 너무 바쁜 사람이라 그런 건망증이 있다는 일례로서 그 얘기를 한 건데, 김교수가 또 클라크와 얘기를 하다가 그걸 말한 모양이었다. 그래서 클라크가 까맣게 잊어버리고 있던 그 일이 생각났는지 버클리에 가지 않겠느냐고 다시 물어왔다. 이제는 시간이 너무 없다고 나는 대답했다. 떠날 날이 얼마 남지 않았는데 국민서관 동화 건을 끝마쳐야 하기 때문이다(배경을 아이오와로 잡았다. 그것 때문에라도 한 달 더 머물러야 하나?).

아이오와는 완전히 겨울로 들어섰다. 춥고 바람이 심하고. 그런 가운데서 이제는 모든 것을 추스르고 떠날 준비를 해야 한다는 생각을 하니까 서글프다.

오늘 낮에 검은색 원피스와 검은색 투피스를 메리에게 주었다. 원피스는 한 번도 입지 않았던 것이고 투피스는 상의만 딱 한 번 입어보았다(인터내셔널 센터에서 시를 낭송할 때). 메리는 나와 체격이 비슷하니까, 또 품이 큰 옷들이니까 맞을 거라는 생각이 들어서 그녀에게 준 것이었다. 메리는 너무 좋아했다. 한국에서라면 누굴 모욕하느냐고 그랬을는지도 모른다. 메리는 그래도 교수 부인인데 말이다. 그 옷들을 주면서 이건 내가 디자인하고 커팅해 만든 옷들이라고 말했더니, 정말?이라고 물으면서 메리가 눈을 똥그렇게 떴다. 어젠가 그젠가는 내 체크 재킷도 떠날 때에 그녀에게 주겠다고 약속했다. 여기 있는 동안은 내가 입어야 하니까. 그 재킷을 메리는 무척 좋아했다. 나는 색깔 때문에 그 재킷을 좋아하지 않았고, 너무 오래되어 버릴까 하다가 미국에서 한번 더 입고서 짐 덜기 위해 미국에다 버리고 올 생각으로 싸들고 온 옷이었다. 여기 와서 그동안 사놓은 책들이 많고, 일이 대충 끝나면 그다음엔 헌책방, 새책방, 도서관(빌려서 복사를 하려고)을 집중적으로 살피면서 책들을 구할 생각이니까 책 무게가 엄청나게 불어날 것이기 때문에 옷들은 다 버리고 갈 생각이다. 옷이야 한국에 가면 얼마든지 싼값에 살 수 있지만, 서울에서는 그런 책이 있는지도 모를 책들이 많기 때문이다. 우스운 건 나를 아는 사람들이 잘 알다시피, 나는 좋은 옷도 별로 갖고 있지 않고 또 옷에 별 신경을 안 쓰는, 그야말로 바지때기나 입고 다니는 사람인데, 여기 아이오와에 와서는 적어도 메이플라워 내에서는 가장 옷 잘 입는, 그리고 가장 좋은 옷을 많이 갖고 있는 사람으로 알려졌다. 언젠가 공식적인 행사가 있어서 바지에다 재킷을 입고 방문을 나섰더니 복도에 있던 수가 오 뷰티풀, 그러면서 네가 우리 중에서 언제나 베스트 드레서라고 말한 적이 있다. 서울의 내 친구들이 그 얘기를 들으면 분명 웃을 것이다. 언젠가 또 한번은 남대문에서 산 3천 원짜리 검은색 긴 치마에다 역시 남대문에서 산 천 몇백 원하는 야한 목걸이를 달고 나갔더니 역시 수가 판타스틱, 하면서 그 목걸이를 얼마 주고 샀느냐 어디서 샀느냐고 꼬치꼬치 물었다. 그래서 이건 우리나라 시장에서 샀는데 2달러가 채 안 된다고 했더니 정말? 정말? 하면서 놀라는 눈치였다.

　몇시쯤 되었을까, 아무튼 깊은 밤이고 나는 복도 쪽 벽에 붙은 내 책상에서 컴퓨터를 두드리고 있는데, 바로 옆에 있는 내 방문 밑에서 종이가 사각거리는 소리가 들려 쳐다보니 노트 한 장만한 종이가 들어오고 있었다(여기서는 모두가 작가이니까, 그래서 위대한 작품들을 쓰고 있거나 구상중인지 모를 테니까, 뻔히 잘 아는 아주 가까운 사이 말고는 전할 말이 있으면 대개는 종이에 써서 그 작가의 방문 밑으로 조용히 밀어넣고 가는 게 관행이 되어 있다). 문을 열어볼까 하다가 귀찮은 생각이 들어 조금 뒤에 종이를 집어들어보니 일본인 작가 하루히코(남자인데 맨 끝에 코 자가 붙어 있어 이상한 생각이 들어 언젠가 그 코가 한자로 자 자냐고 물어보니까 아니라고 하면서 내게 그 코에 해당되는 한자를 써준 적이 있었는데 무슨 자였는지 기억이 나질 않는다)가 쓴 전언이었다. 전날 총장 집 파티에서 그와 이야기할 적에 그가 재일교포 작가 이회성을 아느냐고 물었었는데, 내가 읽어본 적이 없는 작가여서 모르겠다고 대답하면서 이양지라는 재일교포 작가는 안다고 대답했었다. 그런데 아쿠타가와상을 수상했다는 이 일본 작가는 그 이아무개라는 재일교포 작가를 상당히 높게 평가하는 눈치였다. 그런데 오늘 이 일본 작가가 쪽지로 그 이아무개라는 작가에 관한 소식을, 그것도 내일 아침까지 참질 못해 이 밤늦은 시각에 전해주고 간 것이다. 내용은 이랬다.

최승자에게

나는 지금 방금 일본으로부터 소식을 받았다. 한국인-일본인 소설가(혹은 일본에서 살면서 일본어로 글을 쓰는 한국인 소설가. 나는 그의 현재 국적을 확실히 알지 못한다) 이회성씨가 1994년 어제 노마콩쿠르 그랑프리의 수상자가 되었다. 노마콩쿠르 그랑프리는 일본문학계에서 가장 큰 상이다. 그는 2차대전 후 제국주의 일본에 의해 사할린에 버려졌던 한국인들의 운명을 그린 소설을 썼다. 이회성씨는 1972년에 아쿠타가와상을 수상했다.

11월 17일 하루히코 요시메키

일손도 계속 안 잡히고 마음이 붕 떠 있다. 아니 물밑 깊은 곳에 처박혀 수면 위로 떠오르려 하지 않는 것 같다. 오늘 드디어 마음을 정했다. 1월 말까지 미국에 머물기로. 내가 언제 또 미국에 올 일이 있으랴. 온 김에 한 달 더 머물고 가는 게 좋겠다고 결심했다. 그래서 아시아태평양연구소 김재온 선생한테 전화를 해 한 달 더 머물기로 결심했다고 말했다. 그랬더니 김재온 선생이 클라크로부터 이야기를 못 들었느냐고 물었다. 그동안 영어 수업 시간에 참석하지 않았기 때문에 꽤 오랫동안 클라크를 만나지 못했었다. 만났다 하더라도 클라크는 바쁘고 건망증이 심한 사람이라 잊어버리고 내게 말해주지 않았을 것이다. 얘긴즉슨 아시아태평양연구소 측이 한 달 생활비용 보조로 천 달러를 제공하기로 했고, 클라크는 나를 샌프란시스코 쪽 오클랜드시티로 보내기 위해서 버클리대학 측의 누군가와 교섭중이고, 김선생 측에서는 내가 아이오와에 머물든 어디에 머물든 간에 비용을 보조하겠는데 이왕이면 샌프란시스코가 큰 도시이니까 그쪽이 어떻겠느냐는 얘기였다. 나도 모르는 새에 뭔가가 진행되고 있었다. 이 미국 사람들은 개인적인 사항들에 관해서는 상당히 과묵

275

하다. 파티 같은 데서는 끊임없이 이야기를 해대면서도. 김재온 선생한테 나는 상당히 예민한 사람이기 때문에 또 낯선 도시에 가서 적응하려면 많은 시간이 허비되니까 여기 아이오와에 그대로 머물겠다고, 클라크를 만나면 나의 샌프란시스코행은 취소하라고 전해달라고 했다.

오늘 아침에 일어났을 때는 방안이 상당히 차가웠다. 아무 일도 하지 않고 오전 내 누워 있다가 안 되겠다 싶어 다운타운으로 나갔다. 저조한 기분을 어떻게든 없애버려야지 하면서. 다운타운에서 프레리 라이츠 서점 쪽으로 가기 위해 횡단보도에서 신호등이 바뀌기를 기다리고 있는데 맞은편에 리오넬이 서 있는 게 보였다. 보행 신호가 들어왔어도 그는 제자리에 서 있었다. 나를 기다리는 모양이었다. 내가 건너가자 어디로 가느냐고 물었다. 기분이 안 좋고 그래서 이럴 때면 머리 자르고 쇼핑하는 게 최상책이기 때문에 다운타운으로 나왔다고 말했다. 그는 얼마쯤 따라오다가 어느 미용실로 갈 거냐고 물었다. 아무데나 처음 마주치는 미용실로 갈 거라고 말했더니 따라오다 말고 자기는 점심을 먹어야 한다면서 오던 길로 되돌아갔다. 정말로 처음 마주친 미용실로 들어가 커팅을 했다. 예약을 하지 않았기 때문에 많이 기다리게 되면 어쩌나 생각했는데 아무 문제 없이 그 자리에서 커팅을 해주었다. 이 커팅은 마음에 든다. 지난달에도 발작적으로 쇼나와 함께 나가 보글보글한 파마를 했었는데 한 달쯤 되어 또 미용실로 뛰어들어 이번에는 커팅을 한 것이다. 충동적으로 한 것이긴 하지만 마음에 든다. 파마머리가 어떻게 손쓸 수 없이 뻗쳐올라서 고민이었는데 커팅을 하고 보니 그 부글부글한 머리

칼들이 대충 없어져버리니까 좀더 옛날의 나 같은 모습이 된 것 같다. 올드 캐피털 쇼핑몰 2층으로 가 옷가게들을 훑어보다가 빅토리아 시크릿이라는 옷가게로 들어가 구경을 하고 있는 중이었는데 가게 안에서 크리스마스 노래가 흘러나왔다. 눈물이 나왔다. 그러잖아도 빅토리아 시크릿의 옷들 중 너무도 하얗고 예쁜 속옷이 전시되어 있어서 그것을 보면서 너무도 눈물 나게 아름다운 옷이라고 생각하고 있었는데, 갑자기 크리스마스 노래가 흘러나오자 이유가 뭔지도 모를 짬뽕 국물 같은 눈물이 흘러나온 거다. 다른 것은 아무것도 사지 않고 오스코 드러그에 들러 굵고 두껍고 독한 시가 한 갑만 사갖고 메이플라워로 돌아왔다.

며칠 전에 베릴의 여자친구 수잔이 이곳 아이오와에서 열리는 제6차 북아메리카 레즈비언, 게이, 바이섹슈얼 학회 회의에 참석하기 위해 이곳에 도착해 베릴의 방에서 머물고 있다. 언젠가 베릴이 곧 자기 여자친구 레즈비언 페미니스트가 이곳에 올 거라고, 그녀에게 내 얘기와 내 시 얘기를 했었노라고 말한 적이 있었다. 그런데 그녀가 도착한 것이다. 레즈비언이라는 단어만 알지 실제로 레즈비언을 본 적은 없었기 때문에 그녀와 처음 악수를 할 때 어쩐지 이상한 기분이 되는 것을 나도 어쩔 수가 없었다. 나이는 마흔대여섯쯤 되어 보이는데 쾌활하고 매력적인 매너를 가진 여자였다. 이 제6차 레즈비게이 회의를 앞두고 아이오와대학, 아이오와시티 전체가 대단히 흥분해 있는 모습이다. 왜냐하면 이제까지는 이스트코스트에 위치한 하버드, 프린스턴, 예일 같은 대학에서만 논의되던 주제가 문화 기류를 타고 웨스트코스트로 이동하면서 지금 마악 중부를 지나치고 있고, 그리고 그 중부에 위치한 아이오와대학의 보조로 그 회의가 열리기 때문이다. 아이오와시티는 비교적 보수적인 대학 도시로 알려져 있다. 인구 6만에 대학 재학생이 3만 명, 기타 인구는 거의가 대학교수 같은 대학과 관련된 사람들과 그의 가족들이 대부분이다. 그런데 재미있는 것은 미국에서 최초로 학생 게이 연합이 생긴 곳이 아이오와대학이라는 것이다. 흑백 문제, 소수민족 문제, 페미니즘 문제를 지나 이제 바야흐로 퀴어 피플(레즈비언, 호모섹슈얼, 바이섹슈얼, 아무튼 일반 성생활자가 아닌 모든 사람을 일컫는 말이 'queer'라는 단어이고 그 반대의 사람들을 지칭하는 것은 'straight'라는 단어이다)의 문제가 가장 큰 공식적인 문화적 안건으로 떠오르고 있다. 내가 미국 문화에서 긍정적으로 보고 있는 것이 바로 이러한 측면이다. 가장 큰 집단으로부터 가장 작은 집단에 이르기까지 끊임없이 개별화·세분화되면서 인간의 진정한 인간화를 위한 운동이 이루어지고 있다는 점, 그들 하나하나의 자기 아이덴티티를 찾기 위한 노력과 논의가 허용되고 그것이 놀라울 만한 속도로 진행되고 있다는 점이다. 이제 이 레즈비게이 문제는 이미 중심적인 가장 큰 이슈로 부각되어 있고, 그 단계에서 벌써 다시 세분화가 이루어지고 있는 느낌이다. 아이오와시티와 코럴빌을 대상으로 일주일에 한 번씩 나오는 괴상한 신문 『아이콘』(왜 괴상하냐 하면, 여기엔 별의별 광고가 다 실려 있기 때문이다. 예를 들어, 여자를 원하는 남자, 남자를 원하는 남자, 남자를 원하는 여자, 여자를 원하는 여자, 바이섹슈얼을 원하는 부부 등 그 세분화된 종류만도 스무 개쯤은 될 것 같은 광고들이 실려 있기 때문이다)이 오늘 나왔는데, 퀴어 피플을 특집으로 다루고 있다. 그리고 제6차 레즈비게이 회의에서 연사를 맡게 될 사람들의 글을 실었다. 그런데 그 기고자들의 짧은 글만 보아도 레즈비게이 논의가 벌써 여러 갈래, 여러 방향으로 확산되고 있다는 것을 느낄 수 있다. 가령 단순한 레즈비언이 아니라 레즈비언 페미니스트 문학가가 보는 레즈비언 문제, 흑인 호모섹슈얼에게 흑인이 먼저인가 호모섹슈얼이 먼저인가 하는 아이덴티티 문제, 흑인 호모섹슈얼이 화이트 호모섹슈얼과 갈등하면서 느끼는 흑백 문제 혹은 블랙 스트레이트 피플들과의 갈등 문제 등을 다루는 글들이 실려 있었다. 이러한 끊임없이 세분화되는 아이덴티티 문제가 문화, 문화 내의 소분야들, 사회, 정치, 경제, 모든 방향으로 무수한 동심원을 그리면서 퍼져나가 결국은 커다란 하나의 원을 그리는 것이다. 참으로 문자 그대로, 'multiple culture' 'multiple voice'이다.

베릴의 친구 수잔도 한처 극장에서 열리는 회의에 연사로 참가하는 모양인데, 쇼나에게 너도 그날 갈 거냐고 물었더니 가지 않겠단다. 나도 가지 않기로 했다. 내 문제는 아니니까.

오늘은 마크의 집에서 IWP 작가들을 위한 파티가 열렸다. 나는 잡채를 준비해 갖고 갔다. 메이플라워에서 차로 삼십 분쯤 달려야 하는 먼길이었다. 서울에서라면 그건 가까운 거리겠지만, 아이오와 시티의 기준으로는 상당히 먼 거리이다. 그의 집은 포장도로에서 벗어나 꼬불꼬불한 비포장도로를 한참 달렸을 때에야 나타났다. 딱 한 채 있는 집이었다. 길가에 가로등도 없었다. 그 집은 'farm-house' 라는 것으로서, 농사철에만 이용하는 집이었다. 이제 농사철이 아니니까 그가 이용하는 모양이었다. 그의 집에 들어갔을 때 마크는 새로 산 난로를 설치하고 있는 중이었다. 아래층을 꽉 메울 정도로 많은 사람이(IWP 작가들뿐만 아니라 문창과 학생들과 기타 부류의 사람들) 모인 것으로 보아 마크가 꽤 인기 있는 사람이라는 걸 알 수 있었다. 그리고 그 집안이라는 건, 마크가 좀 괴벽스러운 아이라는 걸 짐작은 했었지만 짐작했던 것 이상이었다. 쇼나와 나는 함께 그 집의 1층과 2층을 두루 구경했는데, 1층의 한쪽 벽에는 낡은 침대 스프링, 그것도 용수철이 마구 뒤헝클어지고 녹슨 낡은 침대 스프링이 걸려 있었고, 한쪽 귀퉁이에는 하얀 페인트를 칠한 것이 부슬부슬 녹이 슬어 떨어진 역시 낡은 쇠 의자가 하나 놓여 있었고, 그 바로 위 천장에는 역시 낡고 녹슨 어린아이 세발자전거가 공중에 달려 있었다. 그리고 그 옆의 작은 창턱에는 여러 가지 색깔의 금간 유리병들이 나란히 놓여 있었다. 그러고 보니 언젠가 읽은 그의 소설 중에 나오는 한 소품이었다. 주인공이 서쪽으로 난 창문턱에 놓인 금간 유리병들을 통해 비치는 노을빛을 바라보며 사색하는 장면이었던 것 같다. 그 반대편 벽에는 뼈다귀들! 아무런 칠도 장식도 없는 나무로 만든 선반 위에 온갖 종류의 뼈들, 깨끗하게 씻겨진 뼈들이 진열되어 있었다. 꽤 큰 짐승의 등뼈, 새 해골들, 새 발뼈, 다람쥐해골, 그야말로 온갖 뼈들이 모여 있었다. 2층으로 올라가보니, 2층의 두 방은 침실로 사용되고 나머지 두 방은 물건들을 두었다. 한 방에는 웬 낡아빠진, 그야말로 1920년대나 1930년대의 것 같은, 늙은 노부인들이 드는 것 같은 때묻고 너절한 핸드백들이 나란히 방바닥에 놓여 있었다. 다른 한 방에는 종이상자들이 있었는데 열린 것도 있고 닫힌 것도 있었고 바닥에는 온갖 종류의 포스터나 아무튼 종이로 된 것들이 차곡차곡 쌓여 있었다. 그런데 그 종이 무더기 중의 하나 위에 내가 준 내 시집 다섯 권이 뒤표지를 위로 하고서 놓여 있었다. 그런 데서 내 시집들을 마주치니 이상한 느낌을 주었다. 거기 뒤표지에 써진 한글들도. 한 침실에 가보니 침대 매트리스 하나가 덜렁 놓여 있고 그 발치에 침대 매트리스의 가로길이보다 더 큰 뱀 껍질이 놓여 있었다. 그런데 정말로 깨끗하게 손질된, 무지 큰 뱀 껍질이었다. 마지막 방은 그의 진짜 침실인 것 같았는데, 웬 한국 골동품 같은 궤짝이 놓여 있었고 그 위에는 부처상도 있고 별의별 동양적인 물건들이 놓여 있었다. 침대 머리맡 옆 바닥에는 나한테서 빌려간 『굶기의 예술』이 앞표지와 뒤표지를 위로 하고서 어느 페이지에선가 펼쳐져 놓여 있었다. 아마 누워서 읽다가 그대로 내려놓은 것 같았다. 내 소유의 책이 그런 이상한 배경 안에 있는 것도 참 이상한 느낌을 주었다. 그 방 벽에도 역시 뼈들이 진열되어 있었다. 쇼나와 나는 둘 다 아무 말도 안 하고 아래층으로 내려왔다. 기이한 느낌. 그렇게 많은 사람이 아래층에 모여 있지 않았더라면, 만약 나 혼자 그 집에 있었더라면 굉장히 이상한 나라에 와 있는 것 같은 느낌을 가졌을 게 분명하다.

그런데 그 많은 사람을 초청해놓고서 정작 주인은 보이지 않았다. 윈 페와 보이와 함께 담배를 피우러 밖으로 나가니까, 마크는 바깥 헛간에서 건초 더미들을 트럭에 실어 들판에다 뿌리는 작업을 하고 있었다. 뭐 하니 하고 물으니까, 소 먹이를 주는 거란다. 소들이 어디 있어, 한 마리도 안 보이는데 하고 물으니까, 어디엔가 소들이 있댄다. 배가 고프면 와서 먹는다고. 그러면서 헛간 구경을 시켜주겠단다. 마크 친구의 아들하고 셋이서 헛간에 들어가보았다. 영화에서 보던 것 같은 그런 헛간이다. 왜, 영화 〈금지된 장난〉 같은 데서 나오는 그런 2층으로 된 헛간. 마크는 자기는 거기 들어오면 너무도 기분이 좋아지고 평온함을 느낀다고 말했다. 거기서 건초들을 빼와 트럭에 실었을 때 마크 친구의 아들과 나는 트럭 뒤편에 올라타 건초 더미에 앉았다. 들판으로 나가 여기저기 건초 더미들을 뿌렸다. 나도 뿌려보았다. 재미있었다. 그러다가 나는 너무 추워져서 그만 들어와버렸다.

집안이 너무 추웠다. 겨울에 이런 데서 어떻게 지낼까 싶었다. 뜨거운 물은 나오는 모양이지만 난방은 없는 것 같았다. 나는 맨 먼저 출발하는 일행에 끼어 집으로 돌아왔다. 너무 추워서. 우리가 출발할 때 마크가 인사를 하길래 내가 밴의 문을 열고서 마크에게 내가 네 부엌에 있는 바나나 하나를 훔쳐 먹었다고 말했더니 웃는다. 나는 남의 집에 가서 바나나 훔쳐 먹기로 소문이 나 있는 사람이다. 언젠가는 클라크의 집에 가서 싱크대에 놓여 있는 바나나를 하나 떼어서 먹는 것을 보고 윈 페가 나를 바나나 도둑이라고 부른 적이 있었다. 메이플라워로 돌아오니 살 것 같았다. 너무 추위에 떨었기 때문이다. 쇼나는 우리보다 세 시간쯤 뒤에 왔다. 쇼나는 자기가 맨 마지막으로 밴을 혼자 독점해서 타고 왔단다. 마크에게 떠나기 전에 피지 부채 같은 것을 선물로 주었다고 말했다.

마크의 집에서 내가 받은 느낌, 아니 내가 분석한 것: 마크는 불멸을 꿈꾸고 있는 사람이다. 불멸하는, 죽어서도 남는 뼈다귀를 모은다는 것. 아직은 정확히 뭐라 이론적으로 설명할 수는 없지만 처음 받았던 이상한 느낌을 돌아오는 차 속에서 이론은 아니지만 어떤 느낌들의 가지들을 쳐내면서 정리했던 게 바로 그 생각이다. 그리고 그게 맞는다는 확신이 든다. 어떤 본능적인 느낌이랄까.

문학동네 출판사하고 얘기가 잘되어서 그쪽에서 번역을 하기로 결정했다. 계약 때문에 자세한 정보를 팩스로 보내기로 했다. 마크에게 전화를 걸어서 『굶기의 예술』을 갖고 나오라고 했다. 오늘 리딩이 있는 날이라 어차피 나와야 할 테니까. 앞표지와 뒤표지, 그리고 판권 부분을 복사해서 팩스로 보내야겠다. 정봉열씨한테도 팩스를 보내야 하고.

내가 막 야채볶음밥을 해서 먹으려 할 때에 마크가 우리 부엌에 들어왔다. 밥을 좀 먹겠느냐고 하니까 조금만 달랜다. 마크는 내가 만드는 요리를 좋아한다. 식사를 하면서, 요즘 같은 현대사회에서 너처럼 사라져가는 어떤 것, 유용성의 사회에서 버려진, 쓸모없는 것들, 낡은 것을 모으고 귀중하게 생각하는 사람이 있다는 게 어떤 면에서는 위안이 된다고 말했더니, 마크 왈, "I know, simple, stupid……" 내가 얼른 정색을 하고서 마크야, 그건 칭찬으로 한 말이야라고 말했더니, 또 "I know, old, ancient, obsolete……" 그래서 내가 "Shut up"이라고 말하자 그제야 그친다.

식사하고 밖으로 나가는데 요제프와 복도에서 만났다. 그도 리딩에 간다고. 그런데 리딩에 가기 위해 자기 렌터카가 있는 데로 가야 한단다. 요제프는 요새 소설 다 끝냈다고 신나게 놀러 다니는데 그러기 위해서 차를 빌린 거다. 그런데 차를 빌리면 뭘 해. 메이플라워 주차장에 주차시킬 수가 없는데. 그래서 멀리 떨어진 주택가에 살짝 몰래 주차해놓은 거다. 그래서 자기 차를 주차해놓은 곳까지 가야 한단다. 요제프, 나, 마크, 셋이 마크의 차를 타고 드보르스키 거리로 갔다. 거기에다 요제프가 자기 차를 주차해놓았기 때문. 거리엔 가볍지 않은 비가 내리고 있었다. 요제프를 내려주고서 내가 킨코스로 가자고 했다. 팩스를 보내기 위해서였다. 일요일이어선지 킨코스는 한산했다. 보통 때 같으면 줄 서서 기다려야 하는데. 팩스 보내느라고 맨 앞에 붙이는 종이 위 보내는 사람 옆에 최승자, 회사 이름 옆에 최승자라고 쓰니까, 내 한글 이름의 모양새를 아는지 마크가 보내는 사람도 최승자고 컴퍼니도 최승자 컴퍼니냐고 묻는다. 그래, 최승자 컴퍼니라는 게 있다고 대답해주었다.

프레리 라이츠 2층에 올라가니 리딩이 막 시작되고 있었다. 맨 먼저 순서는 언제나 문창과 학생이 자기 작품을 읽는 순서이다. 학생 작품을 듣다가, 나는 아래층으로 내려왔다. 그 순서는 언제나 나를 지겹게 만들기 때문이다. 아래층에서 책들을 둘러보고 있는데 아미르도 듣기가 싫은지 아래층에 내려와 있었다. 둘이서 프레리 라이츠에서 나와 자바하우스로 갔다. 거기에는 잡지와 신문들이 많기 때문에 시간 때우기가 좋다. 거기서 얼마쯤 차 마시고 잡지 읽고 노닥거리고 있는데 요제프와 마크가 들어왔다. 리딩이 끝난 모양이었다. 요제프와 마크는 소설 쓰는 사람들이니까 그뒤에 이어질 소설 워크숍 시간 준비를 하기 위해 그날 토의될 소설을 읽었고, 시인인 아미르와 나는 시 워크숍에 참석하는 게 당연하지만 그도 참석을 안 하는 모양이다. 시 워크숍은 장사가 안 된다. 아미르와 나는 자바하우스에서 먼저 나와 버스를 타고 돌아왔다.

아침 여덟시에 집을 나섰다. 희진 엄마가 차를 갖고 메이플라워 앞으로 와주었다. 루스벨트국민학교 수업을 참관하기로 한 날이었다. 국민서관 동화를 써줘야 하는데, 여기 와서 그 동화를 쓸 생각으로 배경을 아이오와로 잡아놓았던 것. 전에 김도일씨를 만났을 때 국민학교 5, 6학년 학생이 있는 집을 소개해달라고 부탁했고 그러자 희진, 희원 엄마 조숙씨와 연결이 되었다. 희진, 희원이의 일기를 빌려 보았고 희진이네 집에 가 저녁식사도 대접받았다. 바깥양반은 의사. 그런데 시인 곽재구씨와 같이 고등학교를 다녔다고.

내가 관심 있는, 아니 내게 필요한 것은 5, 6학년 된 그 아이, 여주인공이 갑자기 낯선 사회에 들어오게 되었을 때, 무엇보다도 자기 언어로서는 의사소통이 불가능한 상황에 처하게 되었을 때 어떤 반응을 하며, 그 새로운 사회의 제도는 거기에 어떻게 대처하는가 하는 점이었다. 그러니까 정상적인 수업에는 관심이 없었다. 그런데 내가 원했던 바로 그게 있었다.

영어를 쓰는 나라에 처음 오게 된 아이들이 보통 수업 시간과 다르게 거쳐야만 하는 단계가 있었다. 루스벨트국민학교에서 그 단계를 담당하는 그 선생은 늙은, 그러나 아주 귀엽고 애기 같은 여자 선생이었다. 몸매도 아주 작고 말씨도 아이들 같았다. 아이들하고만 사니까 그렇게 되는 걸까? 비슷한 나이, 비슷한 학년의 아이들을 시간마다 서너 명씩 둘러앉히고 가르친다. 아니 가르치는 게 아니라 대화를 나누는 것이다. 질문보다 더 나은 교수법이 없는 것 같다. 너는 어느 나라에서 왔니, 네 이름은 뭐니, 아침에는 무얼 먹었니, 핼러윈 데이에는 뭘 했지? 이런 식으로 묻고 대답하면서 아이들이 새로운 사회의 언어와 풍습에 적응해가는 거다. 이 키 작은, 내 키보다 더 작은 것 같은(그러나 실제로 그렇지 않을 거다. 왜냐하면 나는 메리가 늘 나보다 작을 거라고 생각했는데 그래도 나보다는 꽤 키가 컸다) 선생은 이미 그 과정을 거쳐 이제는 완벽하게 그 사회와 그 학교에 적응하게 된 상급 학년 아이들 몇 명(한국 아이, 대만 아이, 일본 아이 등)을 불러 그 아이들과 대화를 나누면서 그들이 처음 그곳에 와 낯선 아이들과 함께 수업을 받게 되었을 때의 기분들을 말해보도록 유도해주는 친절을 내게 베풀어주었다. 그건 정말로 유익했다. 대만 아이인지 중국 아이인지는 그때의 체험에 대해 아직도 분개하고 있는 것 같았다. 그때 다른 아이들에게서 받았던 스트레스가 다시 생각나는 모양이었다. 꽤 많은 시간 동안 그런 수업을 지켜보았고 또 수업이 끝난 뒤에 그 선생과 얘기를 나누었는데 그 과정 내내 희진 엄마가 중간에서 나를 많이 거들어주었다. 오늘 본 것으로 내 동화에서 거쳐야 하는 단계가 대충 해결될 수 있을 것 같았다. 희진 엄마에게 점심이라도 대접해야 하는 건데 너무나 피곤해서(오래 밖에 있으면 몹시 지치는 이 증세는 훈련으로 극복이 가능한 걸까?

불가능할 거라는 생각이 든다. 계속 몇 시간을 서 있거나 앉아 있으면 다리가 심하게 붓고 나중에는 다리 모세혈관이 터지기 때문이다. 그러니까 항상 누워 있어야 한다. 이게 콩팥 나쁜 사람들의 특징이다. 실제로 신장병에 관한 책을 보니까, 언제나 누워 있는 게 가장 좋다는 이야기도 나와 있었다. 꼭 그래야 하는 건지는 모르지만. 그래야 할 근거로서 들고 있는 게 허리를 밑으로 해 누워 있을 때 신장에 피가 가장 많이 공급된다는 것) 그냥 헤어지고 말았다.

오늘 아침 부엌에서 함께 커피를 마시다가 또 역학 강의가 시작되었다. 어쩌다 그 이야기만 나오면 쇼나가 굉장한 관심을 보이기 때문에 조금 설명을 하다보면 이젠 내가 흥이 나서 열심히 지껄이고 있다. 못 말리는 커플이라니까. 하긴 우리는 8층에서 제일 행복한 커플로 통한다. 아침 시간이 그런 식으로 다 지나가버렸다. 나중에 베릴이 우리 부엌에 들어와 내게 너 버클리로 가야지, 왜 등신 같은 댈러스로 가려고 그러느냐고 한다. 전에도 누군가가 댈러스를 묘사하는 형용사로 '등신 같은'이라는 단어를 쓰더니, 오늘은 베릴이 똑같은 단어를 쓴다. 우리 이모는 등신 같은 데에 사시는구나. 쇼나도 마찬가지였다. 쇼나는 언제나 내 의견을 존중해주는 사람이니까 베릴처럼 드세게 말하진 않지만, 자기라면 버클리로 가겠다고 말했다.

쇼나가 『100 Bowls』의 컴퓨터 편집을 드디어 끝냈다. 견본을 뽑아 IWP 주최 측과 작가들에게 나누어줄 만큼의 분량을 복사하기 위해 EPB로 갈 거라고 그러길래 나도 따라나섰다. 이 소책자는 쇼나가 『100 Words』에 대응하여 만든 것인데, 참여 작가들 나라의 고유 음식들이나 그 작가가 잘 만드는 음식들의 재료와 요리법을 자세하게 설명한 소책자이다. 이 소책자의 발행 역시 IWP 작가들의 공식 활동 중의 하나로 정착될 것 같은 예감이 드는데, 누군지 모르지만 내년에 어떤 작가가 그 일을 맡아 하면서 도대체 누가 이런 씨알머리 없는 짓을 시작했을까 하다가 그게 올해의 참가자인 쇼나라는 이름을 가진 여자 작가라는 걸 알게 되면 쇼나를 무지 원망하겠지. 그러나 내가 보기에는 『100 Words』보다는 이게 나은 것 같다. 코리아 편에는 잡채 요리법이 들어갔다. 이것은 전통적인 잡채 요리법이 아니라 최승자에 의해 혁신된 창조적인 요리법이라는 주석과 함께.

EPB에서 IWP 사무실로 먼저 들어가니, 클라크가 앉아 있었다. 그가 또 버클리 얘기를 꺼냈다. 쇼나가 거기에 박자를 맞춰준다. 순간적으로 결정했다. 그럼 가겠다고. 나의 이 충동적인 성격. 충동적인 구매를 할 때와 똑같은. 복사를 다 해서 메이플라워로 갖고 와 작가들 방에 한 부씩 들이밀어넣었다.

요즈음 마틴이 연애를 하는지 복도를 걸어갈 때에 노래를 잘 부르는데, 오늘은 오며 가며 "When I fall in love……"라는 구절을 계속 노래한다. 나는 모르는 노래다. 마틴이 그 노래를 부르며 지나가는데 쇼나가 자기 책상에 앉아 컴퓨터를 두드리면서 "Shut up" 하고 외치는 소리가 들린다. 쇼나는 항상 자기 방문을 열어놓고 있기 때문에 그 소리가 복도 쪽으로 곧바로 들렸을 거다. 내가 내 방문을 열고서 마틴, 너 참 귀엽다라고 말하니까 또 인상을 쓴다. 그는 내가 귀엽다고 말할 때마다 인상을 쓴다. 마틴은 8층 작가들 중에서 가장 때묻지 않은 청순한(?) 얼굴을 갖고 있다.

클라크의 집에서 추수감사절 파티가 열렸다. 이날의 파티에서 나는 칠면조 요리라는 걸 난생처음으로 먹어보았다. 맛이 괜찮아서 꽤 많이 먹었다. 클라크가 칠면조 요리를 직접 잘라서 사람들에게 나누어주었다. 클라크라는 이 인물은 정말로 행동거지가 소년 같다. 하나도 의식적인 또는 폼 재는 모습이 없고 언제나 흔들흔들 건들건들, 아주 편안하게 해주는 사람이다. 파티 때에는 언제나 춤을 추며 걷는다. 진짜로 춤을 추는 건 아닌데 춤추는 포즈로 걷는다.

오늘 파티에서는 나도 처음으로 춤을 추었다. 사람들이 내가 춤을 못 추는 사람인 줄 알고 있다가 열심히 추니까 모두들 깜짝 놀란다. 앰브로즈가 승자 좀 봐, 승자가 제일 잘 춘다라고 말했다. 파티장에 늦게 나타난 마틴이 내가 신나게 춤추는 것을 보고서는 안 찍는 척하면서 사진기를 눌러댄다. 그래서 내가 앞으로 나가, 마틴 나 여기 있어, 클로즈업해서 찍어라고 말하니까 웃는다. 언젠가 마틴이 춤추러 가자고 해서, 나는 춤 못 춘다고 대답한 적이 있었다. 그때 마틴은 그걸 당연하게 여기는 것 같았다. 그런데 계속 춤을 추니까 놀랄 수밖에. 피터도 놀랐는지, "You are the one"이라고 하면서 자꾸 중앙으로 떠밀었다. 한참 춤을 추다보니까 다들 나가떨어졌는데 계속 지치지 않고 추는 사람이 헬레나와 나였다. 헬레나는 춤 잘 추기로 진작부터 소문이 나 있었다. 잘 춘다기보다는 춤판에는 빠지지 않고 나타나 추는데 굉장히 남성적인 춤이다. 헬레나는 걷는 것도 상당히 남성적이다.

　오늘 무슨 잡지를 보다가, 장수에 관한 기사를 읽는 중이었는데, 그 기사 중에 닥터 초프라라는 사람과의 인터뷰 기록이 인용되어 있었다. 그런데 그 닥터 초프라라는 사람이 바로 내가 생각해왔던 것과 똑같은 말을 하고 있었다. 동양철학과 양자물리학은 똑같은 것이라는 이야기였다. 서로 보는 시각의 방향이 다를 뿐이라는 거였다. 어쩌면 나와 그렇게 똑같은 생각을 하고 있을까. 그 사람 역시 그와 같은 생각을 갖고서 인체, 그리고 그보다는 인간 정신을 분석하고 종합하는 모양이었다. 그 기사를 읽어보니 그가 쓴 책이 대히트를 치고 있다는 걸 알 수 있었다. 일종의 정신건강 의학서인 모양이었다. 나는 그 정신건강보다는 이 사람이 어떻게 동양철학과 양자물리학을 결합시키는지 알고 싶었다. 그거야말로 내가 꼭 연관이 있을 거라고 본능적으로 느끼고 있는 것들인데다 그런 실례를 보고 싶어했기 때문에 그의 책이 어떤 건지 무척 보고 싶어졌다. 책 제목이 『Ageless Body, Timeless Mind: The Quantum Alternative to Growing Old』였다. 까먹었는데, 그는 무슨 대학의 학부 교수였다. 곧바로 다운타운 프레리 라이츠로 가 그 책을 찾았더니, 있긴 있는데 지금은 하드커버밖에 없고 이달 말이면 페이퍼백이 나올 거라고 했다. 당장 사 읽고 싶었지만 돈도 없는데 페이퍼백이 나올 때까지 기다렸다 사 보기로 했다.

밤에 텔레비전 채널을 돌리다가 드디어 한국 방송을 보게 되었다. 미국에 와서 처음 보는 한국 방송이다. 그런데 한국에서도 그런 장면을 볼 때마다 늘 왜 저럴까 하는 생각을 하곤 했던 그런 장면이 또 나온다. 인천인지 부천인지의 세무서에서 무슨 엄청난 부정 사건이 있어서 관계된 사람들이 경찰서에서 조사받는 장면이었는데, 그 등짝만 보인 채 윗도리를 머리까지 끌어당겨 얼굴을 숨긴 모습. 얼굴만 안 보이면, 남이 나인 줄만 모르면 괜찮다는 건가. 그런 일을 저지르지 말든가, 아니면 그냥 좀 맨얼굴을 당당하게(?) 보여줬으면 좋겠다. 죄짓는 것도 안 좋지만, 옷으로 얼굴 가리는 것은 더 안 좋아 보인다. 가려지기만 하면 앞으로도 얼마든지 그럴 거라는 생각을 불러일으키기도 하고, 내용이야 어떻든 간에 얼굴만은, 체면만은 안 깎이려 하는(다 깎였는데도) 얌체 같은 성질이 얄밉기도 하기 때문이다. 죄를 지었으면 체면 깎이는 게 당연하고 그걸 감수하는 게 당연한 것 아닌가?

　어제부터 기분이 심히 울적하다. 쇼나가 내일 일요일 새벽 다섯시에 떠나기 때문이다. 내가 나 자신을 이해하기 힘들 정도다. 누구를 떠나본 적도 별로 없고 누가 나를 떠나본 적도 별로 없지만 있었다 해도 내가 지금 기억하는 바로는 이만큼 섭섭하고 마음 아픈 적이 없었다. 왜 그럴까? 나를 아는 사람이라고는 한 사람도 없는 이곳에서 밤낮으로 그녀에게 의지해왔기 때문일까? 내가 그렇게 그녀에게 의존했었나? 어제 내내 쇼나는 이 사람 저 사람, 이 팀 저 팀과 식사하고 술 마시느라 밤늦게 돌아왔고 나는 하루종일 문 한번 안 열고 지냈다. 내 방 앞에서 많은 사람이 떠들어댈 때에도(내 방이 복도의 거의 중간 지점에 해당되기 때문에 사람들이 자주 내 방 앞에서 마주쳐 서로 대화를 나누기 때문이다) 나는 내 방문을 열고 인사를 나누거나 대화에 합류하지 않았다. 오늘 아침 처음으로 방문을 열었을 때 마침 러시아의 사샤가 내 방 앞을 지나치고 있었다. 그는 내 방문 앞에서 멈춰 이제 러시아로 돌아가기 위해(그 추운 나라의 상트페테르부르크로) 공항으로 나가는 길이라고 인사했을 때, 정말 뜻밖에도 나 자신도 믿을 수 없는 일이 벌어졌다. 내가 오 사샤, 라고 그의 이름을 부르면서 그를 껴안고 그의 가슴에 얼굴을 묻었다는 사실이다. 사샤는 내 어깨를 토닥여주었다. 평소에 사샤와 내가 아주 친한 사이였다면 이해가 간다. 그러나 나는 내심으로는 사샤를 지나치게 버릇없는 젊은이라고(여자친구와 같이 있을 때의 애정 표현이 정말로 너무 방자했기 때문에) 내심으로는 못마땅하게 생각했던 것이다. 그런데 갑자기 발작적인 슬픔으로 그를 껴안고 그의 가슴에 내 얼굴을 묻었다는 건, 도저히 나로서는 내가 그러리라는 예상은커녕 꿈도 꾸어보지 않은 일이었다. 그건 아마 이렇게 설명할 수 있을 거다. 첫 번째는 떠나가는 사샤의 얼굴이 너무 슬퍼 보였기 때문이고, 두번째는, 사실 이게 더 진짜에 가까운 이유일 텐데, 내 자신이 너무 슬픈 심정이어서 그것을 외부로 발산할 대상을 그리워하고 있다가 알맞은 때에 그 대상을 만나 분출된 것이었다. 말하자면 사샤는 엘리엇이 말한 객관적상관물일는지 모른다. 그러나 진짜 이상한 점은 내 슬픈 감정이 외부 대상을 통해 격하게 표출되었다는 점이 아니라, 내가 그것을 서구적, 아니 아메리카적, 아니 코메리카적으로 표현했다는 점이다. 한국에서였다면 결코 그런 육체적인 방식으로 표현되지는 않았을 것이기 때문이다. 이 점이 나를 당황하게 만들었다. 나의 감수성이 나도 모르게 얼마만큼 벌써 미국화되었단 말인가? 엘리베이터까지 따라가 엘리베이터에 탄 사샤에게 잘 가라 하며 손을 흔드니까, 같이 타고 있던 식료품 쇼핑 가는 사람들이 좀 놀란 얼굴이 되는 것 같았다. 엘리베이터 안에는 사샤의 여자친구인 그 조그만 여자가 타고 있었다. 나중에 들은 얘기로는, 사샤의 방에서 그녀가 밤새도록 울었단다. 슬픈 연인들.

오전에 쇼나에게 전에 내가 아트 크래프트 장날에 샀던 중국 도자기 접시를 작별 선물로 주었다. 그때 각종 공예품을 파는 시장이 아이오와 강변 유니온 회관 옆에서 열렸더랬는데 나보다 앞서 버스를 타고 갔던 쇼나가 장터를 한 바퀴 돌면서 다 돌아보고서 저걸 사야지 하면서 점찍어놨던 것을 내가 뒤늦게 한 바퀴 돌면서 사버렸던 (나는 그것을 본 순간 그 자리에서 샀고, 쇼나는 신중한 여자이기 때문에 그것보다 더 좋은 물건이 있는지 돌아보고 사려고 나중으로 미뤘던 것이다) 물건이 바로 그 중국 도자기 접시였다. 나는 거기에다 때때로 과일도 담아놓고 혹은 어느 파티에 한국 음식을 마련해 갖고 가야 할 때에는 거기에 담아 갖고 갔었다. 한국 음식은 대체로 따뜻할 때 먹어야 맛이 있는데, 그 접시에 담아 불 켜진 오븐 안에 넣어두었다가 떠나기 직전에 들고 나가면 한 시간 뒤까지도 음식이 따뜻한 상태로 있기 때문이었다.

그 접시를 주겠다고 하니까 쇼나는 울상이 되면서 깨질까봐 갖고 갈 수 없다고 받지 않겠다고 하면서 자기는 내게 줄 핸드백을 사서 간직하고 있었고 그게 가장 좋은 물건이었는데 그만 사고로 다른 여자에게 주었다고 했다. 사고로, 라는 말을 세 번이나 했다. 그래서 내가 그건 네 사정이고 이 접시를 주는 것은 내 사정이라고 말하면서 주었다. 쇼나는 남자들에게든 여자들에게든, 늙은 사람들한테든 젊은 사람들한테든 워낙 인기가 좋은 사람이기 때문에 며칠을 연일 작별 식사로 불려다니더니 오늘 점심때는 자기 방에 머물고 있었다. 그래서 제게도 점심을 대접하는 영광을 주시겠습니까 하고 식사 초청을 해서, 택시 타고 한국 레스토랑으로 가서 식사를 하고, 옆의 한국 식품가게로 가서 오늘밤 쇼나를 위한 공식 작별 파티에 내놓을 음식을 마련하려고 몇 가지 식품을 샀다. 이쪽 식품가게가 정 스마켓 주인보다 훨씬 친절하고 상냥하다는 것을 발견했다. 택시로 쇼나를 오스코 드러그에 떨어트려주고 메이플라워로 돌아오니 벌써 남서태평양 마피아 두 자매는 음식을 마련해놓고 파티가 열리는 방에 데코레이션을 하고 있었다. 오락가락하면서 나에게도 와서 도와달라고 했지만 나는 지금 너무도 울적해서 도와줄 수 없다고 했다. 요리도 할 기분이 아니다. 냉동 만두와 냉동 인절미를 데워서 내놓을 작정이다. 요리를 만들 기분도 힘도 없기 때문이다. 이 파티의 공식이름은 여자들 파티이고, 남자 작가들은 오늘밤 클라크의 집에서 열리는 파티에 가는 것으로 되어 있는데, 거기 가는 것보다는 여기 파티에 참석하고 싶지만 죄책감 때문에 클라크 집의 파티에 가야 한다는 게 중론이었다. 하지만 보나마나 조금 머물다가 빠져나와 이 파티에 참석할 게 분명하다. 내일이면 거의 대부분의 작가들이 귀국길에 오르고 메이플라워 8층에는 다섯 손가락으로 셀 수 있는 작가들만 남게 된다. 적막할 것이다. 그런데 이 샌프란시스코 버클리행은 왜 아직 결정이 안 나나 모르겠다. 하긴 아직은 주말이다. 월요일이나 되어야 소식이 있을까. 아니 12월 15일까지 일단은 메이플라워에 머물기로 했으니까 급할 건 없다. 그런데도 나는 쇼나를 따라 내 물건들을 정리해 싸버렸다. 책상에 있던 새로 산 책들을 모두 박스에 집어넣고 싸구려 잡지들과 떠나기 전까지 봐야 할(그래야 어떤 작가들의 어떤 책들을 사야 할지 알 수 있을 테니까. 떠나기 전에 헌책방과 새책방들을 도는 일도 꽤 큰 작업이 될 것 같다), 미국 현대 작가들에 대한 정보를 알 수 있는 수필집들과 평론집들 몇 권을 침대 곁에다 옮겨놓았다. 이제 책상 위에는 이 노트북컴퓨터와 노트 몇 권이 남아 있고, 그동안 책상 앞 벽에 붙여놓았던 모든 공식 행사 일정이 적힌 팸플릿들도 모두 떼버렸다. 책상 앞마저도 적막강산이 돼버렸다. 그 너절하게 붙어 널려 있던 팸플릿들 대신에 쇼나가 자기가 찍었던 내 사진을 크게 확대해서 준 것(이 사진은 내 마음에 든다. 가장 잘 나온 사진이라고 할 수 있는데 그 배경 또한 기가 막히다. 언젠가 김도일씨 가족과 쇼나와 함께 갔던 사과밭에서 찍은 사진이다. 가장 먼 뒷배경으로 아직 잎사귀와 사과들이 달린 사과나무 몇 그루가 있고 그 앞으로는 풀밭인데 그 풀밭 위에 떨어진 사과나무 잎사귀들, 그리고 무엇보다도 익어 떨어진 사과들이 지천으로 깔려 있고, 그리고 그 한가운데서 청바지에 하얀 티셔츠를 입은 내가 사과를 깨물어 먹고 있다)이 붙어 있고, 며칠 전에 샀던 사진 엽서 한 장(이 사진은 한 살쯤 된 아기가 밀짚모자 쓰고 풀밭 위에 누워 있는데 서로 다른 각도로 들어올려진 두 맨발 중의 한쪽 발 발가락 사이에 발간 장미꽃 한 송이가 꽂혀 있다. 어린아이들은 언제나 내게 즐거움과 평안을 준다. 가만히 쳐다보고 있으면 저절로 내 입가에 아주 편안한 미소가 번지는 것을 느낄 수 있다. 일본 작가의 아들 도모히코만한 나이의 아기이다. 일어서서 걸으면 겨우 뒤뚱뒤뚱 걸을 수 있을 만한 나이의 아가) 그리고 헌책방들이 공동으로 만들어 돌린 자기네 가게에 대한 정보가 담긴 팸플릿 한 장, 그리고 시더래피즈 공항을 떠나 댈러스에 도착할 때까지의 비행기 정거장들과 비행기편들과 내 좌석 번호들이 적힌 종이 한 장이 전부다. 샌프란

시스코에 머물게 되든 아이오와에 머물게 되든 빨리 결정이 났으면
좋겠다.

새벽에 눈을 뜨자마자 시계를 보니 여섯시였다. 얼른 쇼나의 방으로 가보니 벌써 떠나고 없다. 텅 빈 방. 침대 곁 바닥에 아무렇게나 놓여 있는 그녀가 갖고 온 피지에서 신는 슬리퍼가 기이한 모습으로 내 눈길을 끌었다. 다섯시에 떠난다고 했으니까, 이미 떠나고 없는 것은 당연한 사실이다. 새벽 날씨는 내가 아이오와에서 살기 시작한 이후로 처음 겪는, 엄청난 힘을 가진 날씨이다. 굉장한 속도로 부는 바람(황소 백 마리쯤이 도살장에 끌려와 울부짖는 듯한 소리를 낸다)과 무지막지하게 뿌려대는 빗줄기. 어젯밤에는 잠깐 눈이 왔었는데, 눈 대신에 엄청난 바람과 비가 아이오와를 지배하고 있었다. 어젯밤 두시 반쯤에 함께 파티에서 돌아와 잠자리에 들면서 나는 딱 한 시간만 눈 붙였다가 일어나 공항까지 배웅해야지 생각했지만 그건 환상이었다. 그리고 쇼나는 떠나기 전에 소리쳐 나를 깨우겠다고 약속했지만 나를 깨우지 않고 떠난 것이다.

점심을 먹고 났을 때 아마도 한시에서 두시 사이에 전화벨이 울렸다. 수화기를 집어들자마자 다짜고짜로 웬 여자가 승자, 그러길래 예스? 그랬더니, 그게 쇼나였다. 전화로 쇼나의 목소리를 듣기는 그게 처음이었으니까, 금방 알아듣지 못했다. 로스앤젤레스 공항이라고 그녀는 말했다. 이제 거기서 하와이로 갈 것이라고. 그러면서 하는 말이, "Don't be miserable. Work hard. I'm all right"였다. 그리고 수와 베릴에게 안부를 전하라고 말했다. 라디오에서 아이오와에 눈이 올 거라고 그랬는데 정말 눈이 오고 있느냐고 묻길래, 눈은 커녕 비바람이 몰아치고 있다니까, 그 등신 같은 일기예보라고 말했다. 그녀에게 눈은 굉장한 의미를 갖고 있다. 왜냐하면 그녀는 열대 여자니까. 수와 베릴의 방으로 가 방금 쇼나가 전화를 했었다니까, 둘 다 와우 하고 소리를 질렀다.

수가 저녁 초대를 하겠다고 했다. 쇼나가 떠나고 없으니까 모두들 내게 관심을 가져준다. 왜냐하면 쇼나는 나의 너그러운 대모였고 나의 충실한 통역자였기 때문이다. 빠르게 말하기 때문에 도저히 알아들을 수 없는 다른 사람들의 말들을 그녀가 나를 위해서 내가 알아들을 만한 속도로 말해주었기 때문에 나의 통역자로 통했다. 수와 베릴은 우리가 네 친구 해줄 테니까 걱정 말라고 말했다. 사실은 나는 걱정하지 않는다. 그런데도 그들은 내 체구가 작기 때문일까, 아니면 내가 잘 말을 하지 않고 수줍음을 탄다고 생각하기 때문일까(사실은 이건 내 히어링이 나쁘고 회화 실력이 형편없으니까 뛰어들지 못하는 것 때문인데. 그래도 내 의견과 엄청나게 다를 때에는 말로 하다 잘 안 되면 볼펜 들고 종이 위에다 글로 써서라도 전하니까, 내가 수줍음 탄다고는 말할 수 없을 것이다), 언제나 나를 걱정해준다. 나의 대모들. 그런데 이 대모들, 한 사람은 호주인이고 또하나는 뉴질랜드인인 이 대모들은 정말로 가장 알아듣기 힘든 영어 악센트로 말하기 때문에 나의 충실한 대모 역할을 해줄 수 있을는지 의문이다(참으로 이상한 점은, 가장 알아듣기 쉬운 영어가 미국 영어라는 점이다. 그다음이 영국 영어이고, 그다음이 유럽인이 사용하는 영어, 그다음이 영어를 공용어로 사용하는 아프리카 나라들의 영어, 그다음이 영어를 공용어로 사용하거나—싱가포르—영어에 익숙한 아시아인이 사용하는 영어, 그다음이 호주와 뉴질랜드 영어이다). 뉴질랜드 영어는 완전히 따발총 갈겨대는 것 같고 호주 영어는 별로 이상한 특징을 갖고 있지 않으면서도(이건 내가 영어 자체에 익숙하지 않기 때문에 서로 다른 구분점을 제대로 파악하지 못하기 때문일지도 모른다) 굉장히 알아듣기 힘들다. 뉴질랜드 영어는 이제 조금씩 들리기 시작해서 이상한 기분이 들어 베릴에게, 당신 지금 나를 위해 느리게 말하고 있는 거요?라고 물었을 때 베릴은 아니, 네 히어링이 조금씩 나아지고 있다는 걸 나는 느낀다라고 말했다. 그런데 수의 영어는 정말로 알아듣기가 힘들다. 가장 알아듣기 힘든 게 수의 영어다.

어쨌거나 수가 저녁식사에 초대를 했는데, 자기네 아파트먼트 부엌이 엉망진창이라고 말하면서 우리 부엌(아니 이제부터는 내 부엌)을 이용하자고 했다. 그렇게 해서 내 부엌에 모인 사람들은 수, 수의 남편 고든(이 사람이야말로 남자 천사이다), 수의 딸 키티, 베릴, 호주 유학생(글을 쓴다고 했다) 저스틴, 마틴, 마틴의 여자친구(이 여성은 아이오와대학 문창과 출신이고 일본 남자와 결혼한 여자이다)였다. 나는 두부부침 이외에는 아무것도 한 게 없고 술과 음식을 모두 그들이 마련해 갖고 왔다. 그래도 나는 이미 메이플라워

8층에 사는 작가들뿐만 아니라 우리와 관련된 파티들에 참석하는 글쟁이들(나는 이 글쟁이들에 대해서 별로 관심이 없다. 대부분은 이곳 아이오와대학 문창과 출신이고—우리나라 문창과와 조금 다른 점은 이 문창과는 기존 대학을 졸업한 사람들이 들어올 수 있고 또 많은 경우 이미 데뷔한 사람들이라는 점이다. 여기 문창과를 졸업하게 되면 그들은 MFA 학위를 받는다—또 그 대부분이 이 프로그램 남성 작가들과 알게 되어 참여하게 된 사람들—그러니까 그 대부분이 여성들이다—이기 때문이다) 사이에서 베스트 쿡으로 소문나 있기 때문에, 내가 만드는 것은(사실은 내가 만들지 않는다. 처음에는 내가 직접 만드는 음식들을 택했지만 이제는 지긋지긋해져서 인스턴트식품을 사다가 조금 가미해서 내놓을 뿐이다. 그래도 그들은 언제나 대만족이다. 영문과 교수이며 이 프로그램 고문인 피터는 파티 테이블에 놓인 음식 중에서 뭔가 맛있는 것을 먹었을 경우엔 이거 승자가 만든 거지라고 말한다고 그녀의 아내 메리가 내게 말한 적이 있었고, 내가 언젠가 인스턴트 냉동 만두를 사다가 그냥 기름 발라 구워낸 적이 있는데 캐럴라인이 그걸 먹으면서 내게 하는 말이 나는 이게 승자가 만든 음식이라는 걸 본능적으로 느낀다고 말했다. 사실 나는 다른 무엇보다도 이게 기분 좋다. 인스턴트건 아니건 내가 만든 음식을 사람들이 맛있게 먹는다는 것이) 무엇이든 그날의 가장 맛있는 음식이 되기 쉽고 그래서 파티가 시작되자마자 제일 먼저 사라져버리는 게 내가 만든 음식이기 때문에 나는 아무것도 신경쓰지 않고 내 멋대로 음식을 내놓을 수 있다.

사실상 오늘 저녁 모임의 주제는 또다시 페미니즘 문제로 되돌아갔다. 나는 이 문제에 대해서는 별로 참을성이 없는 사람이다. 왜냐하면 나는 그 모든 운동, 그 모든 이데올로기, 그 모든 것이 지겹기 때문이다. 언제나 페미니즘 문제를 들고 나오고 또 페미니즘 문제가 나오면 제일 신나 하는 사람이 베릴이고, 그다음이 수이고, 쇼나의 경우는 약간 다르다. 그녀 역시 열을 내긴 하지만 그녀에게 더 큰 문제는 피지 내의 소수 백인이 원주민의 군사정권하에서 받는 억압이 더 큰 문제이기 때문이다. 페미니즘 문제가 어떻게 하다보니 남녀 성관계 문제로 발전했는데 그 과정에서 내가 우리나라에는 아직 간통죄라는 게 있고 법적으로 처벌받는다고 말하자, 베릴이 어떤 처벌이 있느냐고 물었다. 최근에 바뀌었는데 그 내용을 나는 지금 잘 알지 못하지만 아무튼 전에는 간통당한 배우자 편에서 남녀를 감옥에 처넣을 수 있었다고 말하자 베릴이 정말? 그러면서 너무나 신나 했다. 베릴은 마이크 한번 잡았다 하면 얘기가 끝없이 길어지고 남이 얘기하는 중에도 곧잘 마이크를 채가는데 나로서는 그녀가 얘기하는 것을 전부, 그리고 제대로 알아듣기란 불가능하다. 완전히 기총소사하듯 빠른 속도로 지껄여대기 때문이다.

클라크에게서 전화가 왔다. 바라티의 버클리 아파트 열쇠를 가져 가라고. EPB에 가서 열쇠를 받았다. 복사한 열쇠다. 그런데 그 아 파트에는 12월 말까지만 머물 수 있다고 했다. 왜냐하면 바라티가 1월 초 개학하면 그 아파트를 써야 하니까. 나는 지금 당장은 버클 리로 떠날 생각이 없고 15일까지 아이오와에 있고 싶은데 그러면 불 과 2주일밖에 머무를 수 없다는 얘기다. 그렇다면 왔다갔다 시간 낭 비하는 게 아닐까. 클라크에게 그런 얘기를 하면서, 그렇다면 내가 버클리에 가지 않을 수도 있다, 댈러스로 가 있는 게 편하겠다, 왔다 갔다할 필요가 없으니까라고 했더니 댈러스 이모댁 전화번호를 가 르쳐달라고 했다. 전화번호는 메이플라워에 돌아가야 알 수 있다 하 니까, 돌아가서 전화하라고. 자기는 내일 부인 바라티와 함께 샌프 란시스코로 떠난다는 것. 그들에겐 샌프란시스코에 또하나의 집이 있다고. 겨울은 거기서 보낸다는 것. 열쇠를 어떻게 할까, 내가 버클 리 쪽에 안 갈지도 모르는데라고 했더니, 12월 말까지는 어느 때든 거기 와서 지내도 좋으니까 열쇠를 갖고 있으란다. 남한테만 주지 말라고.

메이플라워로 돌아와 댈러스 전화번호를 가르쳐주려고 클라크에게 전화하니까 이번에는 또 딴소리를 한다. 자기가 지금까지는 버클리 쪽의 누군가에게 계속 팩스를 넣은 후 응답을 못 받았는데 그 이유를 알아냈다고. 자기가 오클랜드의 이스마엘 리드(이 사람이 피터가 입이 마르도록 칭찬하는 그 흑인 소설가다)에게 부탁을 해서 알아낸 것인데, 버클리의 그 한국인은 그 자리를 그만두었다는 것, 그래서 지금까지 보낸 팩스는 헛된 것이었다는 것, 자기가 샌프란시스코 코리안 센터의 신연자라는 원장에게 팩스를 넣었으니까, 나에게 연락이 올 거라는 것이다. 일단락 지었다고 생각하면 클라크가 또 방향을 틀어놓는다. 또 기다리란 말이야? 문제는 기다리고 안 기다리고가 아니라, 댈러스행 비행기를 15일 날짜로 예약해놓았는데 이 샌프란시스코인지 버클리인지 하는 문제가 고정되어 확실하게 결정되질 않고 자꾸 방향을 트니, 예약한 날짜는 가까워오는데 취소를 해야 하는 건지 아닌지 이걸 알 수가 있어야지.

내일은 보이가 자기 나라 싱가포르로 떠나는 날. 스스로 불행과 고독의 금을 그어놓고서 밖으로 나오길 꺼리는 이 젊은이가 언제 철이 들까. 그가 안됐다는 생각이 든다. 그는 싱가포르국립대학 박사과정 이수중인데 박사학위를 따도 밉게 보인 지도교수 때문에 교수직을 얻는 게 무망하다는 것. 대학이 많질 않은가보다. 그를 불러 점심을 해 먹이고서 함께 외출했다. 프레리 라이츠에 초프라 박사의 페이퍼백이 도착했겠다는 생각이 나 들렀더니, 그 페이퍼백은 아직 나오지 않았고 1월에 나올 것 같은데 정말 나올지 안 나올지는 그때 가봐야 안다는 것. 울며 겨자 먹기로 하드커버를 샀다. 두 배의 값을 주고서. 돈도 없어 죽겠는데.

밤에는 찰스 라이트라는 시인의 리딩에 갔다. 낮에 클라크를 만났을 때 찰스 라이트가 아이오와대학 문창과의 전신이랄 수 있는 폴 엥글스의 동기생인데 아주 유명한 시인이라고 꼭 와서 들으라고 했던 것. 보이에게 물어보니 역시 유명한 시인이란다. 보이의 나라의 공용어는 영어이고 또 그가 영문과 출신이기 때문에 그는 현대 영미 문학 작가에 대해서 빠삭하다. 리딩을 듣고 메이플라워로 돌아오니, 몇 남지 않은 작가들이 바로 내 방 앞 복도에 퍼질러앉아 술판을 벌여놓고 있었다. 내 방이 복도의 거의 중간 지점쯤 되는데다 아직 돌아가지 않은 작가들의 방이 그 부근에 많이 있기 때문인가보다.

오늘 텔레비전 뉴스를 보다가 세번째로 그것에 부딪혔다. 'prozac'. 클라크가 가르치는 영어 시간에 이 단어와 처음으로 부딪혔었다. 아마도 무슨 잡지에 실린 영화평론을 읽고 있었던 중인데 내가 읽는 부분에서 이 단어가 튀어나왔다. 처음 보는 단어라 발음도 모르고 뜻도 모르니까 자연 읽는 게 서툴러질 수밖에 없었다. 그 문맥에서 이 단어는 부정적으로 쓰였다. "in this prozac nation"이라는 구절을 통해 그 단어가 나왔는데 내가 이해하지 못한 것을 알아차린 클라크가 내 읽기가 끝났을 때 그 구절에 관해서 설명했다. 프로작은 항우울제 같은 약이고 부작용이 전혀 없어서 병원에서도 사용된다는 얘기였다. 그 평론에서는 이 프로작의 나라에서 우울, 비관적 견해 따위는 설 자리가 없다는 뜻이었던 것 같다. 침울하다거나 안티소셜 하다거나 하는 것은 개인적인 육체적·정신적 병이고 또한 사회적 병이다. 모든 사람들이 발랄하게 웃고 있어야 하고 침울한 얼굴, 침울한 생각을 한다는 것은 그 사람이 병들어 있다는 것을 뜻한다. 그래서 수많은 정신과와 내과에서 프로작이 사용된다는 것이었다. 클라크의 설명에 의하면, 부작용이 없기 때문에 많은 의사가 이 약을 추천하고 많은 사람이 이 약을 복용한다고 했다. 그래서 미국 사회가 한 차원 더 높은 발랄함과 활기를 갖게 되었는데, 자기 같은 사람들은 어떤 의미에서는 'depression'이 소중하고 그것을 이용해서 글을 쓰든가 해야 하는 사람인데 모든 사람들이 더 강도 높은 발랄함과 활기를 갖게 됨에 따라 자기의 디프레션과 사회의 활기 사이에는 더 많은 갭이 생겨버렸고, 그래서 자기가 그 활기를 따라가려면 자기 자신을 엄청나게 부추겨야 한다는 것이었다. 호기심이 발동한 내가 그 약의 가장 주요한 성분이 무어냐고 물으니까, 클라크는 수많은 성분으로 이루어졌겠지 뭐, 하면서 자기는 모른다고 했다.

그뒤에 나는 이 단어를 잊어버렸다. 그런데 어느 날 『Prevention』이라는 잡지를 사 갖고 와 읽다가 다시 그 단어에 부딪혔다. 한 독자가 'natural prozac'에 관해서 문의해왔고 편집진의 전문가가 거기에 응답하는 과정에서 그 단어들이 여러 번 나왔는데, 그것을 읽다가 프로작이 세로토닌이라는 물질을 공급한다던가 인체에서 생산하게 만든다던가 하는, 아무튼 세로토닌과 관계가 있다는 것을 알게 되었고(확인을 할 수가 없다. 왜냐하면 그 잡지를 다 읽고서 내다버렸기 때문이다. 세로토닌이 아닌 다른 물질일 수도 있다. 내 기억은 가끔씩 제멋대로 재창조를 하는 재주를 갖고 있으니까), 이 세로토닌에 관해서는 한국에 있을 때 어디선가 읽은 적이 있었다. 그건 아마도 불면증을 다룬 어떤 기사에서 본 것 같은데 그것도 확신할 수가 없다. 아무튼 이때가 두번째로 프로작이란 단어와 마주친 때였다. 그런데 오늘밤 뉴스에서 아나운서가 가장 획기적인 다이어트 요법이 개발되었는데 뉴스가 거의 끝날 즈음에 방송될 것이므로 기다리라고 했다. 그래서 텔레비전을 끄지 않고 계속 지켜보고 있었는데 결국 그 획기적인 요법이란 게 프로작 성분을 약으로 개발한 것이라고 했다. 미국인들의 살 빼기 작전에 대한 관심은 엄청난데 거의 모든 여성 잡지들이 그걸 다루고 있는 걸 보면 그게 증명된다. 사실상 나 자신도 미국인들의 뚱뚱함에 엄청 놀란 경험이 있다. 지금은 모두들 뚱뚱하니까 그게 정상적인 것이려니 하고 보지만 아직도 가끔씩은 나마저 절망적으로 만들게 하는 뚱뚱보들을 가끔 볼 수가 있다. 미국에 올 때 비행기를 갈아타기 위해 시카고 공항에 내렸을 때 그 공항 안에서 돌아다니는 승객들을 보면서 얼마큼 노력을 해야 저렇게 살찔 수가 있을까 하고 놀랐었다. 아이오와시티로 들어왔을 때에는 그래도 대학 도시인 만큼 그만큼 살찐 사람들을 많이 보진 못했지만 말이다. 한 한국 학생의 말에 의하면 병적으로 뚱뚱한 사람들은 대개 하층계급 출신이 많고 자기 선택권을 갖고 있는 사람들은 그렇게 살찌지 않는다는 것이었다. 아무튼 텔레비전에서는 그 새로 개발된 프로작 다이어트 약을 먹고 대단한 성공을 거둔 여자가 나와 그 약의 효과에 대해서 말하고 있었는데, 정말로 그 약을 먹기 전의 사진과 텔레비전 속의 그녀를 비교해보면 엄청난 차이가 있었다. 그런데 다른 전문 의사들은 그 약이 위험할 수도 있다고 했다. 실제로 그 여자도 초기에는 몇 번인가 혼수상태에 빠져 의식불명이 되었다고 한다. 그러나 지금은 그런 일이 없으며 자기는 그 약을 포기할 수 없다고 했다. 그렇게까지 힘들게 살 빼기 위해 노력하느니 안 먹으면 될 게 아닌가 하는 생각이 들지만 슈퍼마켓에 가보면 적당하게 먹고 산다는 게 정말 힘들기도 하겠다는 생각이 든다. 엄청나게 쌓여 있는 온갖 종류의 과자, 빵, 아이스크림 등을 보면 저걸 다 누가 먹나 하는 생각이 들 때가 있다. 정말로 건강을 위해서 적당한 체중을 유지해야겠다는 결정권을 갖고 있는 미국인이라면 얼마든지 자기가 원하는 체중을 가질 수 있다. 왜냐하면 사탕, 과자, 우유를 포함해서 어떤 때에는 술병에까지, 심지어는 날감자를 담은 비닐봉지에까지 그 안에 든 내용물의 전체 칼로리와 함께 탄수화물 성분은 몇 그램, 총 지방은 몇 그램, 그중에서 불포화지방은 얼마, 포화지방은 얼마, 단백질은 얼마, 그 밖에 중요 비타민과 미네랄은 각기 얼마라고 명시되어 있을 뿐 아니라 하루에 섭취해야 하는 총 칼로리와 각종 영양소들의 양이 다 명시되어 있어서 그걸 보면 자기가 얼마만큼을 먹는 것인지를 알 수 있기 때문이다. 그런데 미국인들은 그런 데 전혀 관심을 두지 않는 것 같다. 아니면 그 달콤한 맛 때문에 알면서도 그렇게 높은 칼로리의 음식을 먹는 건지. 나로서는 가공된 음식은 돈 줄 테니 먹으라고 해도 못 먹으니까 자연히 다이어트 요법을 실천하는 셈이 되지만 미국인들은 거의 가공식품을 이용하는데, 그 안에 든 칼로리를 보면 엄청나다. 모든 먹거리가 저지방, 무지방, 지방 없음을 선전하고 있고 그 성분 표시를 들여다보면 정말로 지방이 없고 (미국인들에게는 지방질이 철천지원수인 것 같다) 그래서 미국인들은 자기가 무지방, 저지방 음식을 먹는 거라고 안심하면서 사는데, 가만 보면 그 총 칼로리는 엄청나게 높기 때문에(그 총 칼로리를 높이는 게 설탕이다. 미국인들처럼 설탕 좋아하는 사람들이 있을까) 그 남은 칼로리가 몸에서 다시 지방질로 변할 게 뻔하다는 것을 알 수 있다. 그 지방질로 변한 살을 빼기 위해서 엄청난 운동을 하는 게 미국인들의 실정이다. 물론 부유층 얘기겠지만. 체육관이나 수영장, 혹은 야외로 나가서 남은 칼로리를 불태우기 위해 열심히 운동하는 것을 여기서는 'workout'이라는 단어로 표현한다. 오늘 잠깐 나갔다가 또 잡지를 사들고 들어와 읽다보니, 새로운 진정제 음식이라는 기사가 있었는데 거기서 추천하는 음식 역시 탄수화물이 가득 든 음식(탄수화물은 포도당으로 변하니까)과 설탕이었다. 빵, 감자, 설탕 따위의 음식이 기분을 편안하게 해주고 마음을 가라앉혀주며 잠이 오게 하는 세로토닌이란 물질을 활성화시킨다는 것이다. 미국인들이 왜 그렇게 설탕을 좋아하는지, 그리고 그들이 어떻게 그렇게 매 순간 발랄하게 살 수 있는 건지 이제 알겠다. 그건 설탕 때문이다. 그런데 이 프로작의 나라에서 나는 내 우울증의 맨 밑바닥에서 헤매고 있다.

아침에 일어나 『데일리 아이오완』을 펴 들자 첫 페이지의 대문짝 만한 머리 제목이 눈길을 끈다. 메이플라워 기숙사에 사는 학생이 자살했다는 것. 읽어보니 어제의 화재 대피 소동은 화재 때문이라기보다는 이 학생의 자살 사건 때문이었다. 그 자살은 바로 우리 아래 층, 7층에서 일어났다. 자기 방안에서 가스를 틀어놓고 모터바이크를 타고 질주하다 죽었다. 방안에서 오토바이를 타고 질주하며 죽어 간다는 것, 이상한 풍경을 내 머릿속에 안겨준다. 밀실공포증과 광장공포증이 묘하게 혼합되어 있는 것 같은 느낌.

어제 일요일 오전에 담배와 물이 떨어져 그것들을 사려고 나섰다. 일요일이라 버스가 삼십 분 만에 하나씩 오기 때문에 걸어가는 거나 기다렸다 타고 가는 거나 시간 걸리는 건 마찬가지일 거라는 생각에서 걸어가는 쪽을 택하고 시내 쪽을 향해 아이오와 강변을 끼고 야트막한 경사 도로를 올라가는 중이었는데, 소방차 몇 대가 요란한 소리를 내며 차체 전면에 알람 불빛들을 번쩍거리면서 반대편에서 달려와 나를 지나 메이플라워 쪽으로 가고 있었다. 저게 필시 메이플라워로 가는 걸 텐데, 나도 돌아가야 하나 어떻게 해야 하나 생각이 떠올랐다. 제일 걱정이 된 것은 지금 두드리고 있는 나의 노트북컴퓨터였다. 정말로 불이 났다면 노트북컴퓨터와 함께 그동안 썼던 모든 글이 날아가버릴 테니 말이다. 도로변 인도에 서서 굽어진 산자락 뒤에 숨어 보이지 않는 메이플라워 쪽을 바라보면서 좀 망설이다가, 에이 이번에도 진짜 불은 아니겠지 하고 핸디마트 쪽으로 계속 걸어갔다. 화재 대피 소동 때문에 몇 번을 한밤중에 바깥 추위 속에서 떨었던 적이 있었다. 그때마다 노트북컴퓨터를 가방 안에 집어넣고 1달러짜리 코트와 5달러짜리 털장화를 신고서(밤 추위에 대비하기 위해) 부랴부랴 비상 탈출구로 아래층까지 달려 내려가야만 했다. 그 빌어먹을 화재 경보가 복도에서 울릴 때면 어찌나 요란한 소리를 질러대는지 정말로 꼭 불이 일어나 금방이라도 연기가 올라와 복도를 휩싸버리고 불길보다 연기 속에서 먼저 질식해 죽을 것 같은 공포감을 주곤 했지만, 그걸 서너 번 당하고 나자(그때마다 아무런 조그만 화재도 일어나지 않았다) 다음번 화재 알람 때에는 나가지 말아야지 하고 생각했었던 적이 있었다. 그런데도 불자동차가 달려가는 걸 보니 역시 좀 겁이 나긴 했다. 한번은 화재 경보가 울려 우리 모두 바깥으로 대피해서 어둠과 추위 속에서 서 있었는데, 완전 무장을 하고 건물 안으로 들어갔던 소방대원들이 찾아낸 것은 8층, 그러니까 IWP 작가들이 머물고 있는 층에서 화재 경보가 울리기 시작했다는 것뿐이었다. 그건 아래층에 있는 경보 시스템 신호판만 보아도 알 수 있는 사실이었다. 왜냐하면 8층에 이상이 있으면 그 신호판의 8층에 빨간불이 켜지기 때문이다. 건물 안으로 들어와도 좋다는 지시를 받고 모든 사람들이 자기 방으로 돌아가기 시작했고 우리도 8층으로 올라왔을 때 소방대원들은 8층 여기저기를 기웃거리고 있었다. 진짜 화재는 일어나지 않았지만 분명 무슨 이상이 있긴 한데 그 방을 찾을 수가 없는 모양이었다. 그때 집히는 게 있었다. 화재 경보가 울릴 때 나는 이게 도대체 무슨 소리인가 생각(?)하면서 자고 있었다. 쇼나가 "불이야, 빨리 나와" 하며 급히 내 방문을 두드리는 소리에 깜짝 놀라 깨어 일어나 부엌으로 달려가보니 부엌이 연기에 휩싸여 있었다. 밤참 체질인 쇼나가 밤에 일하다가 브로일러에 고기를 얹어놓고서 잊어버린 게 분명했다. 새까맣게 탄 고기가 브로일러 안에 놓여 있었고 불은 꺼진 상태였던 것이다. 그러니까 그 화재 경보는 쇼나가 고기를 심하게 태웠기 때문에 울리기 시작한 게 분명했다. 복도에 서 있던 작가들은 어느 방이 잘못 되었는가 하고 소방대원들에게 묻고 있었다. 나는 아무 말도 하지 않았고 쇼나도 아무 소리 하지 않고 있었지만 그 표정을 보니 자기 잘못이라고 생각하고 있는 표정이었다.

이번에도 진짜 화재는 아니고 소방차들이 곧 되돌아오는 걸 보게 될 거라고 생각하며 내처 걸어가 물과 담배를 사갖고 걸어오는데, 그때까지도 소방차들이 돌아오는 걸 보지 못했다. 은근히 걱정이 되어 걸음을 빨리 하고 걸었는데 다행히도 중간에서 버스를 만나 그걸 타고 메이플라워로 돌아왔다. 메이플라워 앞 도로 건너편 잔디밭에 수많은 학생이 메이플라워 건물을 바라보면서 웅성거리며 서 있었다. 나는 한쪽 모퉁이에 함께 서 있는 작가 팀을 찾아내 합류했다. 사람들 말로는 진짜 불이 난 것 같다고 했다. 앰뷸런스가 와서 한 사람을 싣고 갔다는 것이었다. 그런데 오늘 신문을 보니 그건 화상을 입은 학생이 아니라 가스에 질식한 학생을 싣고 간 것이었다.

신문기사에 난 친구들의 증언을 읽어보니 그 학생은 1학년생이고 얼마 전의 추수감사절 휴가에도 똑같이 가스와 모터사이클 소리가 새어 나가지 않게 방문 틈에 타월을 끼워 넣고 가스를 틀고 모터사이클을 타며 방안을 질주하다가 중간에 제정신을 차리고 그만두었다고 같은 기숙사 학생들에게 얘기했다고 한다. 학생들은 그게 학교 공부와 지금 한창인 시험에서 오는 스트레스 때문이었을 거라고 말했다.

오늘 신문기사 중에는 그래도 고무적인 게 하나 눈에 띄었다. 그건 커피와 관계된 것이다. 모든 사람이 내가 너무도 심하게 커피를 마신다고 핀잔을 주기 때문에 나는 늘 커피 콤플렉스를 갖고 있었다. 정말로 나처럼 커피를 진하게(머그 한 잔에 여섯, 일곱 스푼의 커피를 넣는 것을 보고 쇼나는 질색을 해댔다), 많이 마시는 사람은 드물 것이고, 나 자신도 나보다 더 진하게 더 많이 마시는 사람은 보지 못했다. 그런데 오늘 내 콤플렉스를 좀 가볍게 해주는 기사를 읽었다. 아이오와대학 내과의학 교수인 아무개가(아이오와대학은 의과대학으로 가장 유명하고 미국에서 가장 큰 대학 부속병원을 갖고 있다. 그래서 아이오와시티는 메디컬 시티로 불리기도 한다) 자기 자신의 체험 때문에 이 실험을 시작하게 되었고 결국은 자기 체험에 부합되는 실험 결과를 거두었는데, 그것은 커피가 변통을 돕는 분명한 효과를 갖고 있으며(내가 눈을 뜨자마자 커피부터 몇 잔을 마셔야 하는 첫째가는 이유가 여기 있다. 커피는 내 정신이 아니라 내 생리작용과 관계가 있다) 그것은 흔히들 추측할 수 있는 대로 카페인 성분 때문이 아니라 다른 어떤 성분 때문이라는 것이다. 카페인 없는 커피도 마찬가지 결과를 보였기 때문이다. 사상의학 하시는 나의 아저씨는 소양인은 커피가 안 좋다, 좀 줄여라라고 나에게 자주 말씀하셨는데, 이 기회에 그러면 카페인 없는 커피로 바꾸어볼까. 카페인은 자극적이고 기를 더 뻗치게 한다는 이유로 그런 말씀을 하셨을 법한데, 카페인 없는 커피를 마시면 그러잖아도 기가 너무 승해서 건강이 안 좋은 내 몸에 조금 더 유익하지 않을까? 하지만 카페인 없는 커피를 마셔본 적이 있는데 나로서는 도저히 그걸 계속 마실 수는 없겠다는 생각을 했었다. 김빠진 맥주보다 더 맛이 없었으니까. 아무려나 카페인 때문이 아닌 다른 어떤 성분 때문에 장의 움직임이 좋아진다는 것은 나도 했던 생각이다. 혹시 옥살산 성분 때문에?

새벽부터 줄곧 눈이 내리기 시작했다. 아주 탐스럽고 굵은 눈발이었다. 하루종일 눈이 왔고 지금도 눈이 오고 있다. 여기 와서 처음 보는 아주 화려한 눈발이다. 풍경들이 이제는 완벽하게 백색으로 변했다.

오늘 오전에 수의 남편 고든과 딸 키티가 호주로 떠났다. 수는 12일에 떠난다고. 그녀는 여기서 영문과 소속의 한 섹션에서 모집하는 호주문학 강사 모집에 응시했는데 그 결과가 어떻게 될지 궁금하다. 지원자가 무려 6백 명이었단다. 그중에서 맨 처음에 서른다섯 명을 뽑고, 그중에서 열 명을 뽑고, 마지막으로 한 명을 뽑는다나. 참으로 엄청난 숫자다.

키티에게 작별 인사로 줄 선물을 사지 못해서 내가 한국에서 올 때 새로 사 갖고 왔던 커다란 필통처럼 생긴 가죽 지갑을 주었다. 2만 원쯤 주고 산 지갑이니까 여기 수준으로 보자면 아주 큰 선물이 되는 셈이다. 키티도 여간 좋아하지 않았고 수도 좋아했다. 내가 그들 방에서 나올 때 수가 자기 딸에게 'big kiss'를 해드려야지 하는 소리가 들렸고 그러자 키티가 달려나와 내게 엉겨붙으면서 승자, 난 떠나고 싶지 않아 하며 울먹이는 시늉을 했다.

　오늘 아침 『데일리 아이오완』에 또 메이플라워에서 학생 하나가 자살했다는 소식이 일면 톱기사로 올라 있다. 일요일에 한 명이 자살했고 어제 월요일에 또 한 명이 자살했다는 것. 일요일 자살 사건 때문에 모방 자살자가 생길까봐 무슨 회의가 소집되었다는데, 관련 당국 측에서는 모방 자살로 보고 싶어하고 인터뷰를 한 메이플라워 학생들은 그것을 강력 부인했다. 자기네들이 그럴 만큼 어린 나이가 아니라는 것이다. 나도 그렇게 생각한다. 그런데 월요일에 죽은 학생 역시 1학년생이었는데, 일요일에 자살한 학생은 메이플라워 내에서 몇 번인가 자살을 시도한 적이 있었고, 그것을 다른 학생들에게 고백했고, 그들에게 도움을 청했었고, 최근에는 심리치료를 받기로 결심했었던 반면에, 월요일에 자살한 학생은 아무도 그가 어떤 심각한 고민을 갖고 있다고 생각하지 못할 정도로 밝은 성격을 갖고 있었고, 학교에서도 좋은 성적을 내고 있었고, 다른 사람들이 우울해 하거나 어떤 고민에 빠져 있을 때 스스로 나서서 그들을 돕는 굉장히 이타적인 성격을 가진 학생이었다고 한다. 신문기사 중에는 아직 조사가 깊이 진행되지 않았기 때문인지 그런 언급이 없었지만, 그건 아마도 가족문제 때문일 거라는 느낌이 들었다.

　눈 내리는 풍경이 보고 싶어서 우체국으로 짐을 싣고 가는 밴에 나도 올라탔다. 시내를 한 바퀴 돌면서 한시가 조금 넘었을 뿐인데 이미 눈에 완전히 파묻힌 시가지 풍경을 감상했다. 그러자 의식의 맨 밑바닥에서부터 고개를 쳐들고 떠오르려 하는 서글픈 생각들. 한국에 있는 내가 아는 사람들은 지금 무얼 하고 있나(열심히 자고 있을 시각이다). 나는 왜 여기 있나. 무슨 역마살이 붙어서 내가 여기까지 와 있나 하는 생각. 그러나 그다음 순간에 내 의식이 힘차게 그것을 짓밟아버린다. 요즈음의 나는 슬퍼지는 게 싫다. 모두가 한껏 발랄한 얼굴을 하고 다니는 세상에서 나만 혼자 서글픈 생각, 서글픈 표정을 갖고 다니는 게 구저분해 보일 거라는 생각이 들기 때문이다. 마치 내가 골초이기 때문에 항상 내게서 담배 냄새가 나서 상대방을 기분 나쁘게 만들지 않을까 하는 생각이 드는 것처럼. 이 프로작의 나라에서 말이다.

저녁 무렵, 세상이 완전히 흰 눈으로 뒤덮이자, 수와 마틴이 눈싸움을 하러 밖에 나가잔다. 나는 나가지 않았다. 내가 어린애인 줄 아니?라고 대답했다. 수는 눈을 처음 본단다. 호주에는 눈이 오지 않는다고. 나중에 보니 수는 마틴이 던진 눈덩이에 맞아 왼쪽 눈이 약간 부어 있었다. 텔레비전 뉴스에서도 역시 폭설이 단연 톱뉴스였다.

어제 엄청 내린 눈이 녹지 않고 그대로 쌓여 있다. 도로의 눈은 이미 치워져 있지만. 날씨가 무척 춥다. 한국의 1월 날씨 같다. 여기 사람들 이야기로는 이건 약과라는 것.

메이플라워 앞 강변을 산책했다. 1달러 주고 헌옷가게에서 산 코트를 걸치고, 거기다가 5달러 주고 산 헌 털장화를 신고서. 강물은 얼어붙지 않았지만 오리들은 없었다. 바람이 세지는 않았지만 잔물결이 끊임없이 일고 있는 것으로 보아 약한 바람이 부는 것 같았다. 상당히 건조한 날씨다. 여기서 몇 년 살았던 사람이 하는 말이 1년 지나니까 온몸의 피부가 홀랑 벗겨지고 새 피부가 나오더라고 했는데 내가 지금 그 과정을 조금 겪고 있는 것 같다. 손과 종아리의 허물이 벗겨지는 것 같다. 아니면 한국식 목욕을 하지 않기 때문인지도 모르겠다(공중목욕탕에 가서 오랜 시간 동안 탕에 들락날락하면서 하는 그 목욕법이 그립다).

메이플라워로 돌아오니 8층에서 존과 조녀선이 사람들의 짐을 우체국으로 옮기기 위해 짐차에 싣고 있었다. 보수를 받고 하는 일이겠지만 그들을 보면 항상 미안한 마음이 든다. 존에게는 저번에 자바하우스에서 차를 한잔 샀고, 조너선과는 이상하게 별로 이야기할 기회가 없었고 또 떠나기 전에 고마움을 표시해야겠다는 생각이 들어 저녁식사에 초대했다. 존과 조너선은 아직 문창과에 다니고 있고 조너선은 이미 데뷔한 시인이란다.

저녁식사에 조너선, 수, 마틴이 함께했다. 수는 마지막 희곡 창작 워크숍에 참가해야 한다고 조금 후에 자리를 떴다. 무슨 이야기인가를 하다가 마틴이 내게 'believer'냐고 물었다. 나를 유신론자라고 보는 사람도 있다는 게 신기했다. 아니라고 대답하고, 나야말로 맨 처음에 너를 보았을 때 너를 빌리버라고 보았다고 말하니까 실제로 그랬었다고, 그러나 지금은 아니라고 대답한다. 그의 얼굴에서 보이는 어떤 진지함과 청순함 같은 게 그를 빌리버로 보게 만들었는지도 모르겠다. 내가 내 자신이 꼭 어떤 빌리버가 되어야만 한다면 불교의 빌리버는 될 수가 있겠지만, 불교는 유일자 유일신이라는 게 없기 때문에 종교라고 볼 수 없다는 이야기를 하면서 그 가르침들 중에는 부처를 만나면 부처를 죽여라와 같은 식의 가르침들도 있다는 이야기를 하니까 마틴의 눈이 똥그래졌고 이해를 하지 못하는 눈치였다. 그러자 조너선이 설명을 가했다. 조너선은 중국에서 1년 반을 영어 선생으로 일한 적이 있기 때문에 그런 유의 사고에 익숙한 것 같았다. 무심, 일체를 버려라, 그런 따위의 말을 우리가 계속 쏟아부으니까 마틴도 그런 이상한 체계의 종교를 이해하기 시작하는 것 같았다.

조너선은 무엇이든지 시들하다는, 싱겁다는 표정을 하고 다니는 청년이다. 저녁식사 후에 도서관으로 돌아가서 할일을 해야 한다기에 과제가 많으냐고 물었더니 그게 아니라 PhD 과정에 응시하기 위해 서류들을 채워야 한다는 거다. 어느 대학에 응시하느냐고 물었더니 하버드 쪽에 응시하는데 받아들여질는지 모르겠다고 했다. 그는 내년 5월에 아이오와대학 문창과를 졸업하게 되면 MFA를 받게 되는데, 어느 대학에서는 그 자격만으로도 박사과정 응시가 가능하고 어느 대학에서는 필히 석사학위를 갖고 있어야만 가능하다고 설명했다. 무슨 말끝에 그가, 어쨌든 간에 여기는 문창과니까요 했던 말이 기억에 남아 있다. 내 느낌으로는 글을 쓰고 싶어서 들어왔으면서도 대부분이 확신을 갖지 못하는 것 같다. 나 자신으로 말하자면 글쎄…… 역시 글은 혼자 배우고 혼자 쓰는 거니까. 언젠가 마크도 내게 "Do you believe in creative writing department?"라고 물은 적이 있었는데 그때 나는 부정적인 대답을 하면서 역시 똑같은 견해를 말했다. 작가는 고립된 자기 방안에서 쓰고 출판하고, 그것뿐이라고.

수많은 학생이 글을 쓰기 위해서, 혹은 글쓰는 법을 배워 다른 대학에서 학생들에게 글쓰는 법을 가르치는 직업을 갖기 위해서(말하자면 문창과 교수가 되기 위해서) 여기 문창과에 다니면서도 대부분 앞날에 대해서 회의적인 생각들을 갖고 있다. 작가가 된다는 것에 대해서도 그렇고, 교수가 된다는 것에 대해서도 그렇고. 강사 자리 하나 얻기 위해서 몇백, 심지어는 천 명의 지원자가 넘을 때도 있다고 한다. 한국보다 더한 것 같다. 게다가 이쪽 젊은이들은 대학을 하나 정도 다니는 게 아니라 끊임없이 이 도시 저 도시로 옮겨 다니면서 많은 대학 과정을 거친다. 그들은 직업을 갖기 싫어하고 그러나 뭔가 하고 있다는 느낌을 갖고 있어야 그나마 살맛이 나니까 그렇게 이 대학 저 대학을 전전하는 게 아닐까? 게다가 제삼세계를 돌아다니는 게 이 세대의 특징이란다(조녀선은 불과 스물네 살의 청년이다). 조녀선은 언젠가 한국에도 꼭 오겠다고 했다. 그들은 어느 나라든 가서 영어를 가르치면 되니까 어느 나라로 가든 숙식 걱정을 할 필요가 없다. 그래서 일이 잘 안 풀린다든가 훌쩍 떠나고 싶다든가 하는 생각이 들면 가고 싶은 나라에 영어 선생으로 갈 수가 있다. 영어를 사용한다는 것 하나만으로도 어느 나라나 갈 수 있고 거기서 힘들지 않게 먹고살 수 있다는 것, 이런 기회가 한국 청년들에게도 주어진다면 그들은 얼마나 즐거워할까.

나중에 내 방을 떠날 적에 미래사에서 나온 내 시선집을 한 권 주면서 만일 네가 한국에 오게 되면 그 책을 들고 다운타운 큰 책방으로 가 점원에게 이 시인의 연락처를 알고 싶다고 말하면 점원이 내 주소를 찾는 방법을 알려줄 수도 있을 거라고, 한국에 오면 꼭 연락하라고 말했다. 외국 사람들은 시집을 받으면 그렇게 좋아할 수가 없다. 우리는 그게 형식적인 인사에 그치는 게 대부분인데 이곳 사람들은 시집을 받으면 황홀해하는 것 같다. 고맙다고 하면서 조녀선 역시 나를 꼭 끌어안고 작별의 포옹을 하는데, 이제 이런 게 나로서는 아무렇지도 않게 느껴진다. 다만 나 자신만은 키스를 할 수가 없다. 저번에도 아미르가 떠나는 날 몇 번인가 나를 끌어안고 키스를 하는데도 나는 키스를 할 수가 없었다. 이제 키스를 받는 것은 아무렇지도 않게 느껴지지만 아직도 작별이나 만남의 키스를 할 수가 없다. 그건 맨 처음에 여기 와서 사람들이 하이, 하면서 인사를 할 때

말이 안 나와 가만히 있다가 상대방이 벌써 나를 지나쳐 저만큼 멀어졌을 때에야 비로소 '아 참, 나도 하이 하고 인사를 해야 하는 건데' 하는 생각이 들곤 하던 것과 마찬가지일 것이다. 아직도 가끔은 만날 때의 인사, 헤어질 때의 인사를 제때에 하지 못할 때가 있다. 멍청하게 눈으로만 싱긋 웃고 그치는 것이다. 그랬다가 피차 한참 멀어진 후에 인사하는 것을 잊었다는 생각이 떠오르는 것이다.

　오늘부터는 열심히 일 좀 하자고, 봐야 할 책이 너무나 많이 밀려
있어서 독서라도 좀 하자고 아침부터 마음속으로 다짐했는데 역시
아무것도 하지 못했다. 그 이유가 뭘까? 메리는 내가 열심히 글을
쓰고 있는 줄 안다. 아침에 문을 두드리길래 어젯밤에 잠을 못 잤기
때문에 좀 자야 한다고 말했더니 너 열심히 글만 썼구나라고 말했
다. 설명하기 귀찮아서 그냥 웃기만 했다. 8층 복도는 너무나 조용
하다. 지금 현재 다섯 명의 작가밖에 남지 않은데다 아이들도 다 떠
나버렸기 때문이다.

　마음이 너무나 싱숭생숭해져서 일손도 안 잡히고 그래서 다시 다
운타운 거리로 나서서 미용실로 들어갔다. 커팅을 한 지 불과 며칠
안 되는 것 같은데 또다시 커팅을 하기로 결심했다. 이건 나의 못된
버릇이다. 심리적 스트레스에 시달릴 때마다 머리를 갖고 장난질치
는 것은. 바로 전에 갔던 미용실로 가면 그 미용사가 나를 알아보고
서 속으로 뭐라 할까봐 다른 미용실로 들어가 커팅을 했다. 보통의
팁에다 1달러를 더 얹어주자 "Have a good Christmas!"라는 인
사말을 받았다. 벌써 크리스마스 시즌. 상가들도 벌써 얼마 전부터

크리스마스를 위한 단장을 하고 있다. 며칠 전에는 메리가 자기 남편 피터와 함께 드라이빙을 하며 코럴빌의 크리스마스 시즌 밤 풍경을 보여주고서 식사를 대접하겠다고 했는데, 그동안 엄청난 눈이 내려 도로 사정이 좋지 않아서 드라이빙을 즐길 수 없다고 했다. 아무려나 나는 구경에는 아무런 흥미도 없고 돌아다니는 일에는 아무런 흥미도 없다. 나는 언제나 나 자신으로 꽉 차 있어서 나 외부의 것에는 흥미를 느낄 여유가 없는 것인지도 모른다. 그리고 나를 꽉 채우고 있는 나 자신은 죽음처럼, 송장처럼 내 내부에 누워 있기만 한다. 이 내 내부의 송장을 어서 치워버리지 않으면 나는 언제나 이 모양 이 꼴로 살아야 할 것이다. 일어나 문을 열고 나로부터 나가다오. 누구든 내 인생에 있어서 엑서사이저 역할을 해줄 만한 사람이 없을까?『Self』라는 잡지를 보다가 이달의 운수란이 나타나길래 읽어보니, 쌍둥이좌인 나는 이달에 나의 쌍둥이이자 나의 열애자인 사람이 나타나기로 되어 있단다. 네댓 가지의 잡지를 한꺼번에 읽었는데 잡지들마다 호러스코프 난이 있길래 종합해서 읽어본즉슨 공통적으로 얘기되는 두 가지가 연인이 나타난다는 것과 사회적인 새로운 사람들을 많이 만나게 되고 새로운 관계들을 갖게 된다는 것인데, 그 두 가지 모두에 있어서 성사되기 가장 어렵게 만드는 장애물은 나 자신의 두려움이란다. 이루어지도록 되어 있으므로 자신감을 갖고서 주도성을 취하라는 충고도 있었다. 지난 11월에도 몇 가지 잡지를 보면서 호러스코프를 유심히 읽었는데(요즈음 나는 고차원적인 잡지는 읽지 않고 저차원적인, 오직 연애, 패션, 화장법 따위에 대해서만 얘기하는 잡지들과 건강 정보 잡지들만 읽고 있다. 구어체 문장들을 익히기 위해서, 그런데 그것들이 정말로 유익하다. 평생 읽어보지 못했던 나에게는 전혀 새로운, 그러나 아주 살아 있는 말처럼 느껴지는 그런 구어체 표현들이 너무 재미있다) 그중에는 이런 것들이 있었다. 『First』라는 잡지에는 쌍둥이좌의 11월 운수가 이렇게 나와 있었다.

문을 닫고 있으면 어떻게 된다고 한 옛말을 기억하고 있어? ……그게 사실이라는 걸 이제 알게 될 거야. 앞으로 몇 주일 동안 일이 잘 풀리지 않더라도 초조해하지 마. 그냥 만족해하며 즐거워하라고. 그게 새로운 시대를 여는 아주 새로운 기회가 다가오고 있다는 첫 조짐이니까. 물론 낡은 장을 닫아버리지 않는 한 그 새로운 시대를 시작할 수 없어. 그건 김빠진 식은 커피가 반쯤 담긴 커피잔에 새 커피를 붓는 격이 될 거야. 옛것에 작별을 고하기는 힘든 일이지만 그러나 그뒤에 이어질 새로운 만남이 널 기쁨으로 뛰어오르게 만들 거야.

『Self』 11월호에는 이렇게 나와 있었다.

낡아빠진 생각들과 자동반사적인 반응들이 로맨스에 있어서나 일에 있어서나 당신을 앞으로 나가지 못하게 억제하고 있다. 모든 상황을 처음 보는 것인 양 보려고 노력하라.

한 달 지난 뒤에 읽어보니까 대체로 맞는 것 같다. 모든 게 내 안의 송장 때문이다. 이걸 어떻게 치워버리나. 이 송장이 40몇 년 동안 내 안에서 살면서 나의 생명력과 활력을 갉아먹고 있었다는 생각이 든다. 마음이 싱숭생숭해지니까 별게 다 신경이 쓰이는 모양이다.

나의 이상한 버릇 중의 하나: 이렇게 해야 되나 저렇게 해야 되나 결정해야만 할 때 얼마간 궁리를 해보다가 그래도 마음을 정하지 못할 땐 결정을 잠에 맡긴다. 모르겠다, 잠이나 자자 하고 하룻밤 자고 나면 아침에 눈을 뜨면서 결정을 내려버리는 것이다. 아니 결정을 내린다기보다는 잠을 자는 동안 내 무의식이(아마도 내 의식과 내 패배의식의 지배를 받지 않고서) 결정을 이미 내려놓고서 내 의식이 깨어날 무렵 의식의 책상 위에 올려놓는 것이다. 최종 재가를 받기 위하여. 의식은 이미 어젯밤에 결정을 내리길 포기했으므로, 자기를 위해 대신 일해준 무의식에게 고마움을 느끼며 그 서류에 얼른 사인을 해준다.

그런 일이 또 일어났다. 오늘 아침에 잠에서 깨어나자마자 내 머릿속에서 떠오른 첫마디 말이 캘리포니아로 가자였다. 부랴부랴 샤워하고 나갈 채비를 하고서, 우선 보조금을 확실히 줄 건지 확인해야겠다는 생각이 들어 아시아태평양학회 김재온 선생에게 전화를 걸었더니, 비서가 받아 김교수는 한국에 갔다고 전한다. 순간 실망. 비서에게 용건을 말하니까, 자기도 그 이야기를 할 참이었다고. 보조금은 김교수가 한국에서 돌아온 뒤 내년 1월 초에나 나온다고. 김교수와 연락이 되면 내가 샌프란시스코 쪽으로 간다고 전해 달라고 했다. 보조금을 주든지 말든지 일단 샌프란시스코 쪽으로 가야겠다는 생각이 들었기 때문이다. 갑자기 샌프란시스코가 날 부르는 것 같았다. 클라크가 준 바라티의 버클리대학 아파트먼트 열쇠를 아직 갖고 있으므로 그곳에서 지낼 수 있고, 비행기표는 아이오와대학 측에서 주든가 아니면 샌프란시스코 쪽에서 주든가 할 테니까 식비만 있으면 당분간은 살 수 있었다.

다음엔 로웨나에게 전화를 걸어 샌프란시스코 쪽으로 가기로 결정했으니까 필요한 절차를 밟아달라고 했다. 로웨나에게 바라티의 아파트먼트에 머물겠다고 하니까 그러잖아도 방금 클라크에게서 팩스가 왔는데 승자는 자기 아내의 아파트에서 머무는 게 최상책일 것 같고(그 얘기는 그가 누군가와 교섭을 벌이다가 실패했다는 뜻이다) 자기가 오늘 그 아파트를 치워놓았다는 얘기를 했다고 로웨나가 전했다. 마지막으로 샌프란시스코 코리안 센터 신연자 선생에게 전화를 걸어 그곳 아트센터 쪽에서 강연을 하겠다고 말하고 초청 형식으로 팩스를 이쪽으로 보내달라고 했다. 이쪽에서 형식적인 서류작업에 필요할지도 모르니까.

이것으로 완전히 일단락되었다. 그런데 또 모를 일이다. 클라크가 또 언제 다른 이야기를 꺼낼지 모른다. 하지만 이것으로 나는 샌프란시스코 쪽에는 일단 신경을 끊기로 결심했다.

영문과 빌딩에서 돌아오는 길에 오스코 드러그에 들렀다가 잡지 판매대에서 이것저것 뒤져 내년도 총운세를 점치는 주간지인지 월간지가 있길래 사갖고 돌아와 읽어보니, 내 운세는 너무도 바쁜 해이고 완전히 다른 환경에서 수많은 사람과 사귀게 되고 그들과 협력해서 일해야 한단다. 게다가 애정운은 왜 그리 휘황찬란한지, 내년엔 무슨 별인가의 마술적인 터치로 내가 평생 꿈꾸어오던 나와 비슷한 영혼의 짝을 만나게 되며, 그 영혼의 짝뿐만이 아니라 내년 열두 달 내내 달마다 웬 남자 복이 그렇게 터지게 많은지 머리가 돌아버릴 지경이었다. 이 호러스코프를 읽고 있자니 미국인들의 가치관이랄까 일상생활 태도가 여실하게 드러나는 것 같다. 첫번째의 주요항목이 사랑과 섹스이고, 그다음이 건강, 그다음이 일, 그리고 맨 마지막이 가족이었다. 우리 사회와는 완전히 정반대되는 순서이다. 또한 가지 재미있는 것은 각 별자리가 가장 최고로 잘해낼 수 있는 직업들이 나와 있었는데, 나의 별자리인 쌍둥이좌가 다른 별자리들을 제치고 가장 1등으로 잘해낼 수 있는 직업은 작가 혹은 저널리스트, 의사, 성직자, 건축가, 버스 드라이버였다. 그런데 이게 다 나와 얼마큼은 관련이 있는 것 같다. 성직자라는 것은 우리나라식으로 치자면 중 될 팔자라는 얘기겠고(지금까지 살아온 것으로 보면 세속에서 사는 돌팔이 땡중이라고도 할 수 있을 게다), 서양 의사는 싫지만 동양 쪽 의학은 언제나 내가 관심을 갖고 있는 분야이고, 건축으로 말하자면 돈이 없어서 짓질 못해서 그렇지 심심하면 곧잘 집 설계도를 그려보는 게 내 취미의 하나이고, 또 운전에도 상당한 취미가 있으니까 말이다. 그런데 내가 또 좋아하는 게 하나 빠져 있었다. 그것도 분명 당당한 직업일 텐데 왜 빠져 있는지 의심스럽다. 그건 디자이너이다. 옷 디자인하기를 즐기니까.

거리에 나가보니까 며칠 전에 내린 눈이 녹지 않고 그대로 쌓여 있었다. 도로는 눈이 그친 직후 시청 당국에 의해 잽싸게 눈이 치워졌지만 도로에서 치워진 눈이 인도에 그득 쌓여 있다. 돌아오는 길에 보니 네시가 조금 넘었을 뿐인데도 벌써 어두워지기 시작했고, 건물마다 벌써 밝은 등불들을 달고 있었고, 그 등불들은 점차 어둠 속으로 가라앉기 시작하는, 시가지를 완전히 뒤덮고 있는 백색의 눈 숲과 어울려 마치 슬픈, 기쁜 커다란 눈물방울들처럼 보였다. 며칠 뒤면 이곳을 떠나야 한다고 생각하자 벌써 이곳이 그리워진다. 류시화라는 시인의 시구처럼. "그대가 곁에 있어도 나는 그대가 그립다."

아침에 일어나보니 간밤에 또 눈이 왔다. 지난날처럼 많은 눈이 온 것은 아니지만 가벼운 싸락눈이 내려 대지의 표면을 살짝 덮고 있고, 뒷동산의 나뭇잎 하나 없는 나무들도 가볍게 눈 단장을 하고 있는 모습이 촉촉해 보인다.

요즈음의 잠은 왜 이런지. 간밤엔 무려 세 번이나 깨었고 한번 깨면 한 시간쯤 책을 읽다가 다시 자고 한 시간쯤 자다 다시 깨어 한 시간쯤 책을 읽고 그런 식으로 잤다. 말할 수 없이 피곤하다. 눈은 충혈되었고 피부는 거칠다. 참으로 이상한 것은 나는 의식 상태에서 보자면 큰 혼란을 겪지 않는 사람인데, 언제나 내 무의식은 저 혼자서 커다란 혼란과 고통을 겪고 있다는 점이다. 내 의식은 그것조차 접수하기 싫어하고 대수롭지 않은 것으로 치부하려는 경향을 갖고 있는데 말이다. 그러나 결국은 내 몸과 내 몸을 통해 보이는 현상들이 내가 얼마나 보이지 않는 심리적 스트레스를 겪고 있는가를 보여준다. 이를테면 잠이 그렇고 월경이 그렇다. 처음에는 내 생애 두 번째로 월경이란 게 나오질 않더니 그다음에는 굉장히 짧은 간격을 두고 나온다. 심리적 스트레스가 내 몸에 미치는 영향이 그만큼 크다는 얘기다. 게다가 내 몸은 보통 사람들보다 작으니까 1세제곱센티미터당 부담해야 하는 스트레스도 클 거다. 똑같은 양의 약이라도 몸 부피가 작은 사람에게는 더 큰 작용이 부과되는 것처럼. 이제 생판 아무도 모르는 샌프란시스코로 가서 또 어떻게 적응해야 하는 건지. 우선 샌프란시스코 공항에서 버클리로 제대로 찾아갈 수 있는지 의문이다. 물론 나는 나를 믿는다. 내가 충분히 찾아갈 수 있고 그 아파트를 찾아낼 수 있다는 것을 나는 안다. 그러니 공연히 그런 걱정은 하지 말자. 떠날 날이 얼마 안 남았다는 생각 때문인지 방 청소, 부엌 청소도 하지 않아 지저분하고 책상, 침대, 부엌 테이블에 온갖 책들이 널려 있고, 누가 보면 너무하다고 생각할 것이다. 하기야 여기서는 그런 걸 보더라도 그건 그 사람의 문제니까 전혀 그런 것에 대한 언급은 하지 않을 것이다. 남의 생활에 대해서는 철저히 입다무는 것, 이건 이 사람들의 의식이 아니라 아예 생리적 본능인 것 같다. 길거리를 지나가면서도 사람들이 지껄이는 말들을 유심히 들어보면 누가 어쨌다 저쨌다 하는 말은 별로 없고, 나는 생각한다, 나는 느낀다로 시작하는 말들이 대부분이다. 이 사람들은 항상 나로부터 전체로 나아가고, 작은 것에서부터 큰 것으로 나아간다. 우리와는 반대이다. 내 시의 영어 번역에서도 그런 점이 드러났는데 내 시점은 항상 큰 것으로부터 나를 향해 좁아져 들어오는데 비해, 내가 영역한 시를 읽고서 자기 나름대로 번안한 한 학생의 시를 읽어보면 그는 시점을 완전히 뒤집어버려서 자기 자신이 처해 있는 지점으로부터 자기 외부로 확대되어나가도록 만들어놓았다. 그래서 이건 도저히 내 시가 아니다, 미안하지만 받아들일 수 없다라고 말하니까. 그도 미국인 자신들의 경향을 의식하고 있는지 자기들의 시점은 항상 자기 자신에 가장 가까운 것들로부터 시작해서 넓게 퍼져나가고 그런 식으로 해야 다른 미국인들 역시 잘 이해하게 된다고 설명했다. 어쨌거나 그 학생의 번안 시는 캐럴라인에 의해 완전히 무시되어버렸지만, 그런 특이한 접근 방법들이 모든 면에서 나타나고 심지어는 개인적인 일상생활, 이성관계에서까지 나타나는 것 같다. 또 가령『주역』과 서구 양자물리학을 나는 비슷한 것으로 보는데, 그러나『주역』이 먼저 가장 큰 우주적 이치에서 출발해 아주 미세한 것으로 퍼져나가는 데 반해 서구 물리학은 아주 미세한 것들, 전자, 양자, 중성자, 아니면 무슨 비타민, 무슨 미네랄 식으로 아주 작은 단일한 것들로부터 시작해서 큰 것을 향해 나아가고, 그래서 결국은 달나라까지 갈 수 있을 만큼 확대된다. 동양식 사상은 언제나 큰 것부터 설정해놓고 작은 것들로 미세하게 확대되기 때문에 발명, 발견이란 게 드문 것 같다. 반면에 서구 쪽은 언제나 하나만 알지 아직은 둘까지는, 그리고 전체까지는 모르기 때문에 자기가 아는 그 하나만을 바탕으로 해서 언제나 실험을 하고, 그 과정에서 둘을 알게 되고 셋을 알게 되고 그런 식으로 끊임없이 시행착오를 거치면서 변화해간다. 그러나 동양식 사상에서는 변화가 없다.『주역』같은 경우는 변화가 있지만 그 변화가 이미 커다란 테두리, 변화될 수 없는 어떤 우주적 원칙의 테두리 안에서 이루어지는 변화일 뿐이다. 또 의학 같은 경우에도 한방이나 사상의학은 거의 변화가 없다. 그 자체로 완결되어 있는 이론 원칙을 갖고 있기 때문이고 그것이 오랜 세월 동안 내려오면서 실험실이 아닌 사람들의 일상생활에서 이미 틀린 것은 떨어져나가고 맞는 것은 남아 그대로 그 이론적 생명력을 유지하는 데 반해서 서구 쪽은 정반대다. 언젠가는 식물성 기름이 콜레스테롤을 없애준다고 대대적으로 식물성 기름을 권장하다가는 식물성 기름도 많이 먹게 되면 결국 콜레스테롤을 만드는 역할을 하게 된다는 것을 발견하고서는 또 식물성 기름도 줄이라고 하는가 하면, 언젠가는 조개, 새우, 오징어, 대합, 달걀 따위에 콜레스테롤이 많이 함유되어 있다는 게 실험을 통해 증명되었으므로 그런 것을 먹지 말아야 한다고(한국과 여기에서도 아직 그런 설이 통하는 병원들이 있단다) 떠들다가는 몇 년 뒤에 그때 그 실험은 프콜레스테롤이라는 물질을 콜레스테롤로 잘못 보았기 때문에 틀린 것이라는 새로운 실험 결과가 나오고, 더욱더 우스운 것은 그 프콜레스테롤이라는 물질이 콜레스테롤을 없애주므로 그런 식품들을 많이 먹어야 한다고 요즘은 다시 떠들어댄다. 그러나 그중에서 달걀만은 아직도 콜레스테롤의 원흉으로 남아 있다. 달걀에는 프콜레스테롤이 없기 때문인 걸까. 메리는 일주일에 달걀 한 개 먹는 것 갖고도 콜레스테롤을 걱정하는 판이다. 내가 하루 두세 개의 달걀을 곧잘 먹는다는 걸 알고는, 아니 그 많은 콜레스테롤을?이라고 깜짝 놀라기도 한다.

나의 상상력이란 참 이상하다. 어느 한 주제나 소재를 놓고서 깊이 파들어가거나 아니면 넓게 확대시키거나 하는 게 아니라 항상 무슨 얘기를 하다가 다른 얘기로 넘어간다. 전혀 엉뚱한 주제로. 컴퓨터 화면에 나오는 앞의 글을 보다가 내 애초의 목적은 이런 이야기를 하려는 게 아니었구나 하는 생각이 들어 하는 소리다. 그런데 이게 쌍둥이좌의 특성이란다. 쌍둥이좌는 결코 고갈되지 않는 상상력을 가졌다나. 또 그런데 그래서 의욕적으로 한꺼번에 많은 일을 시작하지만 제대로 끝맺는 것은 없고 언제나 끝내기도 전에 또다른 일을 벌인다는 게 호로스코프 잡지에서 본 쌍둥이좌에 관한 묘사의 한 부분이다. 우스운 것은 나는 동양식으로 보면 나무 목인데, 그것의 서양판이라고 할 수 있는 공기의 요소(나무 목은 바람 풍으로도 보니까)에 이 쌍둥이좌가 포함된다는 점이다. 그러니까 동양식으로 보거나 서양식으로 보거나 내 팔자와 성격은 똑같다는 얘기다. 내 사주팔자가 글쓰게 되어 있다는 점도 그렇고 무엇보다도 아무 일도 끝을 맺지 못한다는 점이 그렇다. 내가 끝을 맺은 게 있다면 시를(어쨌거나 시인이 되었으니까) 우선 들 수 있겠지만 그러나 내가 시인이 되겠다는 의지가 있어서 시인이 된 게 아니라 어쩌다보니까, 하다못해서, 시인밖에 되지 못했다는 점에서는 이건 능동적인 의지를 갖고 일을 끝맺은 게 아니다. 내가 정말 하고 싶다는 의지를 갖고서 성취해낸 게 있다면 운전면허 딴 것 하나뿐이다. 아니 옷 디자인을 배운 것도 포함시킬 수 있을는지 모르겠다.

그러나 내가 쌍둥이좌에 해당되는 기간 중 거의 뒷부분에 속하기 때문인지 내 성격은 쌍둥이좌 다음인 게좌와도 관련이 있다. 쌍둥이좌가 만능 재주꾼이고 가볍고 순간순간 잘 변하고 여러 가지 일을 동시에 잘 벌이는 성질이라면, 게좌는 정서적이고 복잡하고 침울하고 방안에 틀어박혀 있길 좋아하는 타입이라는 것이다. 다른 것은 둘째로 치더라도 방안에 틀어박혀 있길 좋아한다는 것은 틀림없는 내 성격이고 또 쌍둥이좌와는 반대되는 성격이다. 쌍둥이좌는 외부 지향적이고 바깥으로 나돌길 좋아하고 스포트라이트를 받길 좋아하기 때문이다. 이건 내 생일이 쌍둥이좌의 시작 부분보다는 게 좌의 시작 부분과 더 가깝기 때문일지도 모른다. 하지만 순간순간 잘 변하고 끊임없이 다른 데 관심을 갖는다는 것은 분명 쌍둥이좌에 해당되는 내 성격이다. 책상에 앉아 번역을 하면서도 끊임없이 다른 게 생각이 나 그것들과 관련된 책들을 뒤적거리다가 정말로 현실적으로 해야 할 일은 하지 못한 채 하루를 허송세월하기 일쑤이니까. 내 친구들은 그런 나를 잘 알고 있기 때문에 때때로 나에게 묻는다. 넌 심심하지도 않니, 어떻게 그렇게 틀어박혀서만 지낼 수 있니라고. 그런데 정말로 나는 혼자 있을 때 권태라든가 따분함, 심심하다는 생각을 해본 적이 없다. 오히려 다른 사람들과 함께 있을 때 따분하다는 생각, 심심하다는 생각을 하게 된다. 그건 고독감의 경우도 마찬가지이다. 그런 성격이 내 가난에 일조를 했을 것이다. 이를테면 번역을 하다가 갑자기 이런 블라우스는 이런 칼라로 하는 게 더 어울리지 않을까, 혹은 콩에 들어 있는지 아니면 콩의 어떤 성분이 생산을 촉진하는지 까먹어버린, 아세틸콜린이라는 물질이 치매와 어떤 연관이 있는데 그게 또 콜린이라는 물질과는 어떤 연관성을 갖고 있다고 했지? 이런 생각이 떠오르면 잘나가던 번역 집어치우고 관련된 이 책 저 책을 뒤적이면서 까먹었던 부분을 다시 이어 종합해놓거나, 내가 관심 있는 분야의 책을 발견하면 현실적으로 처리해야 할 일들, 돈 벌어 먹고사는 일과 관련된 급한 일들 모두 제쳐놓고서 밤을 새워서라도 그 책을 읽어야 하고 그다음엔 새로 알게 된 정보들과 전에 알았던 정보들을 상상력으로 얽어매는 일을 누워서 머릿속으로 진행시켜야만 한다. 그런 짓거리들이 현실적으로는 하등 쓸데없는 그야말로 백해무익한 짓이지만 내게 즐거움을 주는 데에야 어떡하랴. 나는 그 이유가 그것들이 계속 내 상상력을 자극하기 때문이라고 생각한다. 물리학자들이 새로 알게 된 낱개의 정보들을 갖고 끊임없이 그것들을 이어서 어떤 다른 복합체계를 발견하고 싶어하는 것처럼, 나 역시 어떤 전체적 종합적 구조를 발견하거나 만들고 싶어하는 성향을 갖고 있고 그러한 성향을 내 상상력이 자꾸 부추기는 게 아닌가 싶다. 아무 쓸모도 없는 것들을 갖고 말이다. 그 시간에 문학 공부라도 했으면, 아니 현실적인 학문이라도 했으면 지금쯤 뭐가 되었을지도 모르는데 말이다.

어쨌거나 서양식은 동양식 점술에 비해서 너무도 단순하고, 아니 단순하다고 할 정도가 아니라 동양식이 무수한 나무와 바위를 가진 거대한 산이라면 서양식은 나무 몇 그루, 바위 몇 개 서 있는 아주 작은 정원 같다는 느낌이 든다. 물론 이론 서적을 본 게 아니니까 잘은 모르겠지만 어쨌거나 우리나라에서는 새해 토정비결을 볼 때 모든 사람들이 다 다른 운명을 갖게 되지만, 서양식으로 보면 모든 사람들의 운명이 열두 개로만 나누어지기 때문이다. 그런데 재미있는 것은 그 열두 개는 모두 네 요소, 즉 불, 물, 흙, 공기로 이루어졌는데 그중 두 요소가 만나 이루어지는 관계에 대한 해석이 동양식과 거의 동일하다는 점이다. 동양식에서는 서양식의 네 요소에 다른 한 가지 요소, 즉 미네랄, 금의 요소가 더 포함되어 있다는 게 다른 점인데, 남녀관계를 점치는 항목을 보니까(이게 이 미국 쪽 호러스코프의 70퍼센트를 이루고 있다) 그 원리는 결국 음양오행의 상생상극의 원리와 똑같았다. 이를테면 공기는 불을 잘 일어나게 해주니까 짝이 맞

고(동양식으로 치면 목생화이므로 서로 돕는 관계가 된다는 얘기다)
반면에 물과 불의 결합은 맞지 않는다(동양식으로 하면 수극화이므
로 맞지 않는다는 얘기다). 언제 시간이 나면 호러스코프의 원리를
다룬 책을 하나 사서 봐야겠다. 또 이런 쓸데없는 생각들을 하고 있
다. 나는 왜 언제나 비현실적인, 비일상적인 생각들에 잘 골몰하는
건지. 현실도피?

수가 내일 새벽 다섯시에 떠나기로 되어 있다. 그러니까 오늘밤이 그녀를 보는 마지막 시간이 될 것이다. 어제는 하루종일 문을 닫아놓고 복도에조차 나가지 않았기 때문에 반사회적인 사람이라는 비난을 받을까봐 오늘은 아침부터 방문을 열어두었다. 수의 방은 바로 내 방 맞은편인데 수가 왔다갔다하는 기척이 들리길래 오늘 저녁 약속이 있느냐고 물었더니 저녁뿐만 아니라 브런치부터 시작해서 약속이 꽉 찼단다. 내가 그럼 저녁식사 준비할 필요 없겠네 했더니 디너가 끝나고 와서 마지막으로 술이나 한잔하잔다. 그녀는 소설 워크숍과 희곡 워크숍에 꾸준히 참석해왔기 때문에 많은 친구를 사귀었을 것이다. 참하게 생긴 것과는 달리 무지무지하게 활동적이고 글쓰기도 정력적으로 하는 여자이다. 내가 하는 일 없이 책상에 앉아 저질 잡지만 보고 있을 때에도 그녀의 열린 방문에서는 컴퓨터가 인쇄하는 소리가 끝없이 들려왔다. 나로 말하자면 시 워크숍에 처음 한 번 딱 참석했다가 그다음부터는 나가지 않았다. 일주일에 한 번씩 시인들은 시 워크숍에, 소설가들은 소설 워크숍에, 희곡 작가들은 희곡 워크숍에 참가하는 게 공식 일정 중의 하나였다. 아이오와대학에서 공짜로 작가들에게 좋은 일 하는 게 아니다. 자기네 문창과 학생들에게 도움이 되도록 이 워크숍들을 만들어놓은 것이다. 내가 처음 시 워크숍에 참석했을 때는 영어 히어링이 지금보다 더 엉망이었을 때지만, 아무튼 간에 하는 얘기들이 중구난방인데다 학생들의 시들을 보니까 거의 전부가 엄청나게 길고 느슨하고 온갖 잡스러운 소리들만 늘어놓았다. 나는 이곳 학생들의 시들을 보면서 우리나라 문창과 학생들의 시들과 엄청나게 다른 점들을 발견하곤 했다. 그 첫 번째가, 미국 문화 전반이 그런 경향이 있지만, 섹스에 대한 언급이 엄청나다. 섹스 프리가 시에서까지 판을 친다. 이건 시뿐만 아니라 소설 작품에서도 마찬가지이다. 프레리 라이츠 서점에서 작가들의 리딩이 있는 날엔 작가가 읽기에 앞서서 문창과 학생들이 자기 시나 소설을 읽는데 그때 들어보면 소설 같은 경우는 정말로 낯이 뜨거울 정도의 엄청난 성적 묘사가 나오고 그 성적 묘사라는 게 또 진짜 성적인 묘사냐 하면 그게 아니라 이미 코미디화되어 있는, 그러니까 들으면서, 아니면 읽으면서 성적 흥분이나 성적 아름다움이라도 느낄 수 있는 그런 게 아니라 성적 풍자만이 있는 것이다. 엄청나게 성적인 묘사들을 자기네 과 선생들이 듣고 있는 앞에서 줄줄이 읊어대는데 학생도 선생도 아무런 거리낌이 없다. 이런 현상은 비단 작품 읽기, 듣기에서만 끝나는 게 아니라 가령 파티 같은 것이 열렸을 때도 학생과 선생이 아무런 거리낌없이 껴안고 침대에 서로 기대앉아 이야기를 주고받곤 한다. 괴상한 나라.

아무튼 나는 한 번 참석하고서는 다시는 시 워크숍에 얼굴도 비치지 않았다. 조너선이 시인이어서 그의 아파트에서 자주 워크숍이 열렸나본데 일주일에 한 번씩 어디어디로 오라는 팸플릿과 학생들의 시 몇 편이 내 방문 밑으로 밀어넣어졌지만 전혀 내 취향이 아니어서 그만두었다. 나도 그렇게 느슨하게 시 쓰는 법을 배워야 할까 보다. 압축이라든가 에센스라든가 그런 말들은 미국 학생들의 시에서는 통하질 않는다. 그런데 이건 또 학생들의 시만 그런 게 아니다. 이게 전반적인 풍조인 모양이다. 지난날 찰스 라이트라는, 꽤 유명하다는 한 시인(그는 이 대학 문창과의 전신인 무슨 워크숍을 졸업했고, 클라크 자신의 말로는 그와 함께 공부한 자기 과 친구란다)이 이 도시에 와 리딩을 하는데 가볼 만하다고 클라크부터 시작해서 여러 사람이 그런 얘기를 하기에 보이와 함께 그의 리딩을 들으러 간 적이 있었다. 제대로 다 알아듣지는 못했지만, 그리고 그의 시에서는 의외로 성적인 어휘들은 많이 나오지 않았지만 그의 시 역시 나 같은 사람이 보기에는 너무나 헐겁고 느슨한 시였다. 그런데 청중은 대만원이었고 아마도 자기 과 동창이 유명한 시인이 되어 금의환향한 것을 축하하기 위해서인 듯 성대한 파티까지 열렸다. 그 파티에는 참석하지 않았고 대신 보이, 그리고 사샤의 연인이었던 키 작은 여자(역시 문창과 학생)와 함께 아이스크림집에 가서 아이스크림을 먹으면서 얘기하다가 내가 너네 동네 시는 왜 그렇게 느슨하냐고 물었더니 자기도 그렇게 느낀다고, 그 책임 중의 일부는 교수에게도 있다고 말하면서, 특히 이름은 까먹었지만 무슨 여자 교수 이름을 댔다. 그 교수도 시인이라고 했다. 그런데 그 여성 시인 교수는 바로 내가 찰스 라이트 리딩에서 처음 봤을 때 꽤나 섹시하게 하고 다니는 여자로구나, 저 여자 직업은 뭘까 하고 생각했던 바로 그 여자였다. 교수급들이 아마도 맨 앞줄에 앉아 있었던 모양인데 그 여자가 맨 앞줄에서 일어서 맨 뒤쪽을 향해 섰을 때(우리는 맨 끝줄에 앉아 있었다) 그 모습이 지극히 선정적이어서 그런 생각을 했다. 교수라는 생각은 전혀 하지 못했던 것이다. 이 아메리카의 문화적 특색은 모든 게 섹시 일변도를 향해 나간다. 섹시하다는 것은 이 문화의 테두리 안에서는 하나의 찬사이다. 어제인가 무슨 잡지를 보다가 거기서도 그런 표현을 발견한 적이 있었다. 그 표현은 '그건 일종의 섹스였어요'라는 것이었는데 그 컨텍스트에서의 의미는 대단히 멋있는, 의미 있는 순간을 체험했다는 뜻이었다. 그러니 아이티의 리오넬이 "This fuckism of American culture"라고 말한 것도 무리가 아니다.

무슨 애길 시작했다가 또 여기까지 왔나, 나는? 아 그렇지, 수가 내일 떠난다는 애길 하다가 또 삼천포로 빠져버렸구나. 수가 이제는 이런 것들 필요 없다면서 온갖 먹을 것들을 내게 갖고 와 강제로 떠넘겼는데(사실상 나도 사흘 후면 떠나기 때문에 내가 가진 것 다 먹어치우기에도 바쁜 실정인데 말이다) 웃기는 것은 그 대부분이 한국 음식이었다. 나 따라 아시안 식품가게에 몇 번 가보더니 자기 혼자서 거기서 많이 산 모양이었다. 냉동된 떡볶이, 떡국 요릿감(이걸 수는 코리안 라이스 누들이라고 부른다), 고춧가루, 당면, 게다가 여기와서 나도 한 번도 못 먹어본 냉동 족발까지 있었다. 마틴한테 주지, 그랬더니 마틴은 절대 그런 것 안 먹는다고 했다. 그래서 하는 수 없이 내가 다 끌어안았는데 이걸 나는 누구에게 다 남겨주고 가나 걱정이다. 왜냐하면 내가 가장 마지막으로 떠나는 사람이기 때문이다.

결국은 메리에게 돌아갈 것인데 메리가 받지 않으면 왕창 쓰레기통으로 들어가버릴 게 분명하다. 게다가 내겐 보이가 떠나면서 내게 억지로 떠맡기고 간 것들이 엄청나게 많다. 쇼나가 떠날 때 남긴 것도 아직 냉장고에 많이 남아 있다. 전부가 나는 안 먹는 음식들이다. 쇼나가 떠났을 때는 그녀가 남긴 이 식빵 저 식빵을 세어보니 냉동실 안에 들어 있던 것까지 합해서 모두 여섯 가지나 되어 혀를 끌끌 찼던 기억이 난다. 내가 먹을 음식들은 대부분이 이미 요리된 게 아니라 건조되어 있는 상태이기 때문에 오래 두어도 괜찮은 것들이다. 예를 들면 콩, 표고버섯, 김, 마른오징어 등인데 그것들을 여기서 다 먹어치울 수 있을 것 같지는 않고 그래서 샌프란시스코까지 끌고 갈 참이다. 거기 가서 아시안 식품가게가 어디 있는지 알아내려면 한참 시간이 걸릴 테니까.

정봉열씨에게 팩스를 보냈다. 샌프란시스코에 아는 사람이 하나도 없어서 국제 미아가 될까봐 8월에 떠나기 전에 함께 만났던 정봉열씨 친구이며 나와 같은 대학 동문의 샌프란시스코 연락처를 알려달라고 했다.

오스코 드러그 뒷문의 그 새 많이 앉는 나무엔 새가 하나도 없었다. 이상하게도 유독 그 나무에만 새들이 많이 앉아 쉴새없이 지저귀는 것을 유심히 보았었다. 지저귄다는 표현은 너무도 부드러운 표현이고, 아마도 참새 종류인 모양인데 나무 전체가 새까맣게 보일정도로 새들이 가득 앉아서 엄청난 양의 소음을 쏟아내곤 했다. 귀에 즐거운 게 아니라 너무도 귀를 혹사시키는, 그래서 한번은 저 나무에 폭탄을 던져버리면 어떨까 하는 생각을 했을 정도로 시끄러운 소리를 내던 그 새들은 모두 어디로 가버렸나. 아마도 그 새들이 자취를 감추어버린 게 폭설이 내린 후부터가 아닌가 생각된다. 다운타운 안에 오스코 드러그가 있는 곳 말고 또 한 군데 그런 나무가 있다. 벌링턴가인지 클린턴가인지 이름은 확실히 기억이 나지 않지만 극장에 이르기 전에 벤치 몇 개가 놓여 있는 작은 공원 하나가 있는데 거기에 그 나무가 있었다. 맨 처음에 그곳을 지날 때 갑자기 엄청난 소리가 들려 깜짝 놀랐다. 고개를 들어보니 그 나무에 새들이 새까맣게 앉아 있거나 그 나무 주위를 선회하고 있었다. 새들의 소리는 더이상 부드럽고 듣기 좋은 소리가 아니라 마치 전쟁터에서 끝없이 퍼부어지는 따발총 소리 같다. 파티라든가 그런 데서 끝없이 떠들어대기 좋아하는 미국 사람들을 닮아서인가. 새들도 얼마나 요란한지 모르겠다. 내 방 뒤편에 있는 작은 동산에서도 새들이 사라졌다. 이 동산에 사는 새들은 까마귀들이었고, 이른 아침마다 깍깍 합창해대는 소리에 더 자고 싶어도 잘 수가 없었는데, 그 새들도 언제부턴가 사라져버렸다. 더이상 울음소리가 나지 않는다. 아마 이 까마귀들도 눈 내린 뒤부터 사라진 것 같다. 까마귀는 우리나라에서는 흉조로 치니까 까마귀들이 동산을 뒤덮고 울어댈 때엔 정말 기분 나쁘고 지긋지긋하다는 생각을 했는데 잘 사라져버렸다. 그러고 보니 미국에 와서 새소리를 들으면서 부드럽고 느긋하고 자연과 하나가 되어 있다는 느낌을 가져본 적이 없다는 생각이 든다. 다른 곳은 모르겠지만 이 아이오와시티에서 내가 들었던 새소리들은 모두가 기계에서 쏟아져 나오는 듯 엄청나게 커다란, 귀에 거슬리는 소리들을 내고 있었다. 이곳에 사는 사람들은 그 새소리들을 어떤 식으로 듣고 있는지 궁금하다. 아름답다고 생각하며 들을까?

오스코 드러그에서 나오기 전에 잡지 판매대에 서서 무슨 잡지를 보다가(더이상 쓸데없는 잡지들은 사지 않기로 했다. 저질 잡지에 너무 많은 돈을 투자했다는 생각이 든다) '새해 당신의 여행 운수'라는 기사가 있어서 쌍둥이좌를 보니, 당신은 마땅히 샌프란시스코로 가야 한다고 했다. 기묘한 일치. 빨리 떠나고 싶다. 바다 밑바닥에 가라앉아 있는 듯한 절망적인 기분과 동시에 무언가가 일어날 것만 같은 어떤 불안감. 이상하게도 내가 모르는 새에 내 몸에서, 내 세포들 사이에서 뭔가가 진행되고 있는 것 같은 불안감이 들기 때문이다. 그 이유가 뭔지 나도 알 수 없다. 작가들이 다 떠나버려서? 그런 것은 아닐 게다. 나는 언제나 혼자 사는 일에 익숙해져 있는 사람이고, 그걸 더 편안하게 여기는 사람이니까. 뭘까.

다른 가게에 들러 크리스마스카드들을 구경하다가 사지는 않고 그냥 돌아왔다.

어제 오후 로웨나의 전화를 받았다. 오늘 샌프란시스코행 비행기 표가 자기 사무실로 배달될 텐데, 리턴 티켓의 목적지를 원하는 대로 조정하라고 했다. 리턴 티켓의 도착지는 사무적으로는 아이오와가 되어야 했지만 내가 아이오와에 머물지 않겠다고, 샌프란시스코에서 직접 댈러스로 가고 싶다고 말했기 때문이다. 오전에 미참 여행사에 들러 여자 매니저를 만나 리턴 티켓의 도착지를 댈러스로 바꾸었고 오픈티켓으로 해두었다. 리턴 티켓을 받아들고서 EPB 빌딩의 로웨나 사무실로 가니까 마침 샌프란시스코 비행기표가 배달되는 중이었다. 정봉열씨로부터 팩스가 와 있었다. 권혁성씨의 샌프란시스코 전화번호가 적혀 있었다. 그 번호로 전화를 해보니 정말로 권혁성씨가 거기 있었다. 아는 이가 아무도 없는 샌프란시스코로 떠났다가 잘못하면 국제 미아가 될지도 모른다는 생각에서, 지난 8월에 서울에서 만났던 권혁성씨의 전화번호를 알려달라고 정봉열씨에게 팩스를 넣었던 것이다.

필요한 연락들을 취하느라고 여기저기 전화를 하다가 로웨나의 사무실에서 복도 쪽으로 나가 누군가의 사무실로 가고 있었는데 복도 저 끝에서 마크가 오고 있는 게 보였다. 마크의 첫마디가 나에게 연락을 취하려고 여러 번 전화했었단다. 며칠 동안 바쁘게 바깥으로 싸돌아다녔기 때문에 연락이 닿지 않았던 모양이다. 모레 내가 떠나니까 내일 자기가 점심을 사겠단다. 떠나는 사람들에게 점심이나 저녁을 사는 게 요즈음 마크의 직업인가보다. 돈을 버는 게 아니라 돈을 쓰는 직업. 그렇다고 마크가 아무에게나 점심을 사는 건 아니다. 가만히 보아하니 자기 마음에 드는 사람에게만 점심을 사는 것 같다.

메이플라워로 돌아와 책들을 대충 정리한 뒤 한국으로 보내기 위해 피터가 운전하는 차로 메리와 함께 우체국으로 갔다. 메리와 피터 부부를 보면 기분이 좋아진다. 피터는 점심을 메리와 함께 먹으려고 EPB 빌딩에서 나와 두 사람 몫의 샌드위치를 사서 메이플라워로 그새 온 모양이었다. 우체국에서 메리가 오늘 저녁에 크리스마스를 위한 장식으로 환하게 불 켜진 코럴빌 밤 풍경을 보여준 뒤에 저녁을 사겠다고 했다. 며칠 전부터 그 이야기를 했는데 이제 시간이 난 모양이었다. IWP 멤버 중에서 메리가 가장 중노동을 하는 것 같았다. 그 작은 흑인 여자가 그 많은 일을 하는 걸 보면 안되었다는 생각이 든다. 교수 부인이시니 가만 놀아도 될 것 같은데 20년간 그 일을 했다고 한다. 떠나는 작가들의 짐들을 부쳐주고 방안 정리를 하고, 그런 일들이 생각처럼 그렇게 쉬운 게 아니다. 내가 떠날 때는 깨끗하게 정리를 해놓고 떠나야겠다는 생각을 했다.

여섯시 반에 메리와 피터가 나를 픽업하러 메이플라워로 왔다. 그 시각엔 이미 캄캄해져 있었다. 코럴빌의 밤 풍경은 정말로 아름다웠다. 눈 가득 쌓인 대지 위에 드문드문 서 있는 집들마다 집 전면에,

어떤 집은 현관으로 들어가는 길목에다까지 휘황찬란한 전기 장식 조명들을 달고 있었다. 어둠과 하얀 눈과 반짝이는 조명들. 요번 일요일에는 모든 사람들이 자기집 앞의 도로변에 촛불들을 켜놓을 거라고 한다. 그러면 더욱 밝고 아름다운 밤 풍경을 보게 될 것이다. 그러나 그때쯤엔 나는 아이오와에 없을 것이다.

　밤 풍경을 둘러보고서, 역시 코럴빌에 있는 코럴 라운지라는 중국 레스토랑에서 식사를 했다. 한두 시간에 걸쳐서 식사를 하면서 피터는 내게 여러 가지를 물었고 나는 답변하느라 바빴다. 피터와 내가 개인적인 시간을 갖고 이야기하는 건 이게 처음이었다. 그는 대개 자기 말만 하는 사람인 줄 알았는데 전혀 반대였다. 동양에 관심이 많은 것 같았고, 전형적인 미국인들과는 다르게 인정미라는 걸 갖고 있었다. 그건 메리도 마찬가지이다. 하기야 그들은 미국 시민은 아니다. 영주권만 갖고 있을 뿐이니까. 피터가 그린 카드라는 걸 보여주었는데, 그린 카드가 아니라 블루 카드였다. 요즘은 그게 화이트 카드로 바뀌었단다. 나중에 피터는 나를 메이플라워까지 데려다주면서 내게 당신 영어가 무지무지하게 늘었다고 칭찬을 해주었다. 하기야 처음 도착했었을 때에 비하면 나 자신도 내 영어가 많이 늘었다는 걸 느낄 수 있다. 그런데 우스운 것은 어떤 날은 영어가 꽤 잘 나오는데 또 어떤 날은 또 처음처럼 어눌해지기도 한다는 것이다. 그게 무슨 이유 때문인지는 알 수 없지만.

　메이플라워로 돌아와보니 벌써 열시가 넘어 있었다. 짐 정리를 해야 하는데 너무도 피곤해서 그냥 잠자리에 들었다. 내일 하면 되지 뭘, 하면서.

아직 짐도 싸지 않고 있는데 메리가 와서 자꾸 채근을 하는 것 같다. 메리로서는 걱정이 되는 거다. 그녀는 살림꾼이니까, 어떻게 해야 한다는 걸 알고 있다. 그런데 나는 살림꾼이 아니니까, 에잇 막판에 후다닥 해치우면 되겠지 하고 능장을 부리는 거지. 부엌에서 함께 정리를 하면서 메리가 말했다. 피터가 어젯밤에 정말 즐거운 대화를 가졌었노라고 전해달란다고. 그리고 하는 말이 피터가 승자는 PhD를 따기 위해 공부할 필요가 없다고 하더란다. 내 나이가 몇인데 무슨 학교 공부를 하나, 그리고 박사학위 따위에는 관심도 없다.

메리와 둘이서 짐을 대충 정리했을 무렵 마크가 왔다. 그와 점심 약속이 있었기 때문에 아침부터 굶고 있었지만 나는 아직도 배가 고프지 않은 상태였다. 어젯밤 늦게 저녁식사를 했고 그래서 내 콩팥은 또다시 음식이 들어오는 걸 꺼리는 것 같았다. 아직도 손과 발 얼굴이 부어 있는 상태였다. 아무튼 마크의 차를 타고 다운타운으로 나갔다. 마크의 그 고물차는 앞창문이 돌에 맞았는지 깨져 거미줄처럼 금이 가 있었고, 도어는 앞쪽에만 있고 뒤쪽에는 없으며 또 트렁크는 없는 좀 이상한 차였는데 앞좌석 두 개만 제외하고 뒤쪽은 전부 트렁크나 마찬가지였다. 거기엔 삽이나 양동이 같은 물건들이 가득 들어 있었다. 정말로 괴상한 친구다. 언젠가 다른 학생들이 마크에 대해서 잠깐 스쳐지나가면서 얘기하는 것을 들은 적이 있는데, 그때 그들의 말투와 표정은 그들이 마크에 대해서 뭔가 아니꼽게 생각하고 있다는 것을 보여주었다. 그의 그런 괴상한 일면이 사람들에게 아니꼽다는 느낌을 심어준 게 아닐까 하는 생각이 들었다. 그러나 나로 말하자면 IWP 사람들, 그리고 아이오와에서 만난 미국 사람들 가운데서 가장 마음에 드는 게 이 괴상한 친구다. 그러나 그가 괴상한 사람이라는 건 한참 사귀어보아야 알 수 있다. 마크에게 내가 전혀 배가 고프지 않고 사실은 내 콩팥 때문에 지금 식사를 하지 않는 게 좋겠다고 했더니 자기도 배가 고프지 않다고 한다. 그러면서 하는 말이 자기는 배고픔을 느낀 적이 별로 없다면서도 여전히 뭔가를 먹는다고. 그게 자기 문제점이라고 말했다.

마크의 차를 타고 여기저기 돌아다니면서 아이오와에서 끝마쳐야 할 일들을 했다. 일이 끝나자 마크가 자기집으로 가서 사진을 찍자고 했다. 언젠가 작가들이 그의 집에 초대되어 간 적이 있었는데 그때 그의 집안의 그 괴상한 풍경들에 압도당한 적이 있었다. 그 수많은 뼈다귀, 새 대가리, 새 발, 뱀 껍질, 어떤 동물의 긴 척추뼈 등. 그래서 언젠가 그에게 다시 한번 나를 너네 집으로 초대해서 그것들을 사진 찍게 해다오라고 부탁한 적이 있었는데 그걸 잊지 않고 있었던 모양이다. 내가 사진기를 갖고 나오지 않았다고 말하자 자기 사진기로 찍어 나중에 부쳐주겠다고 말했다.

그의 집까지 가는 데 한 삼십 분쯤 걸렸다. 다운타운을 벗어나자 완전히 눈벌판이었다. 도로에서 벗어나 눈 쌓인 포장도로를 얼마쯤 달렸을 때 하얀 눈벌판에 역시 하얀색인 그의 집이 나타났다. 눈벌판에 단 한 채 서 있는 하얀 집. 그의 집안으로 들어가니 난로에서 장작불이 타고 있었다. 생각했던 것보다는 춥지 않았다. 그의 집 아래층과 위층의 풍경들을 대충 찍고서 뼈다귀들을 집중적으로 찍었다. 뱀 껍질을 찍을 땐 그 껍질이 하도 깨끗하게 손질되어 있어서, 저걸 네가 주워서 빨아 다렸느냐고 물으니까, 자기가 뱀을 잡아서 직접 껍질을 벗겼단다. 내가 으 하고 비명을 질렀다. 집안을 다 찍은 뒤에 밖으로 나가 소들과 소들에게 먹이를 주는 마크를 찍었다. 전에 언젠가 베이비 카우가 태어났다고 하더니 그동안에 또 한 마리가 태어났다고 한다. 너무 추워서 밖에 오래 있지 못하고 들어와 난롯가에서 불을 쬐면서 얘기를 나누다가 얘기가 또 이칭itching으로 돌아갔다. 마크는 동양적인 것에 무지 관심이 많고 또 자기 스스로 자기가 동양인적인 멘탈리티를 갖고 있다고 말했다. 내가 음양오행에 관해 설명하면서 그것을 이용한 사주팔자 보는 법까지 얘기했는데 그는 완벽하게 잘 알아들었다. 실례를 들어서 설명하면 그 체계를 더 잘 알아들을 것 같아서 내 사주팔자를 갖고 이야기하면서, 다섯 요소 중의 하나인 미네랄이 내 사주팔자에는 한 톨도 들어 있지 않은데 미네랄은 내 사주에서는 남편을 뜻하고, 그래서 내가 남편도 없이 이렇게 혼자 사는 거라고 하니까 자기가 미네랄을 주겠단다. 무슨 미네랄? 했더니, 뼈다귀도 미네랄이라고 대답했다. 그래서 나도 그건 안다, 뼈다귀는 칼슘이지, 그러나 나는 뼈는 무서워서 받기 싫다고 했더니 그러면 다른 미네랄을 주겠다고 일어서더니 2층으로

357

올라가 한참 있다가 내려왔는데 사탕 알만한 무슨 돌멩이와 자기 출생 연도, 날짜, 시각이 적힌 출생 서류 쪽지까지 찾아갖고 내려왔다. 자기 생일은 알지만 시각은 기억하고 있지 못해서 그걸 찾아왔으니, 자기 사주를 한번 뽑아보란다. 만세력이라는 걸 보지 않으면 사주팔자를 뽑아볼 수 없다고 하니까 실망하는 눈치였다. 그래서 여덟 글자를 전부 알 수는 없지만 몇 글자는 알아낼 수 있다고 대답하고서 계산을 해보니까 여덟 글자 중 다섯 글자를 알아낼 수 있었는데, 그 다섯 글자 중에서 두 개는 미네랄, 하나는 물, 하나는 흙, 다른 하나는 나무였다. 그래서 그대로 알려주었더니, 아 내게는 불이 없어, 불이 있어야 하는 건데, 미네랄이 너무 많아 불균형이야, 미네랄이 너무 많은데 이 미네랄의 나라에서 오도 가도 못하고 처박혀 있으니 뭐가 안 되지, 나는 동양으로 가야만 하겠군 한다. 다섯 가지 요소의 색깔들을 얘기해 줄 땐, 불의 색깔은 빨간색, 흙의 색깔은 노란색이라고 말해주고서 미네랄의 색깔은, 이라고 말하자마자 그가 하얀색이라고 얼른 말했다. 깜짝 놀라서, 네가 그걸 어떻게 아니?라고 물었더니 그렇게 짐작이 간다는 거였다. 정말 놀랄 정도로 이해력이 빠른 친구다. 게다가 또 한 가지 놀라운 것은 자기 자신이 말한 대로, 뭐든지 모아 갖고 있다는 점이다. 그 뼈다귀, 돌멩이들에다 새 깃털들까지 잔뜩 모아 갖고 있었고, 게다가 아시안계 식당에서 식사를 하면 맨 나중에 나오는 포춘쿠키 안에 들어 있는 그날의 운수가 적힌 종이쪽지까지 전부 갖고 있었다. 그 종이쪽지까지 보여주면서 언젠가 쿼드시티에서 리오넬과 나와 함께 셋이서 식사를 했을 때 얻은 자기 운수가 적힌 쪽지를 리오넬이 가져가 돌려주지 않고 떠났다고 분개했다. 내게 깃털을 주겠다며 고르라고 해서 나는 블루를 좋아하니까 블루 깃털을 갖겠다고 하자, 온갖 종류의 블루 깃털들을 꺼내왔다. 큰 것은 갖고 갈 수가 없어서 그중에서 가장 작은 것 몇 개를 골라 내 여권 안에 끼워 넣었다. 벌써 날이 저물고 있었다.

다섯시가 넘었다. 다시 그의 차를 타고 다운타운으로 나와 어젯밤 메리 부부와 함께 식사를 했던 코럴 라운지로 가 저녁식사를 했다. 어젯밤에도 메리, 피터와 함께 바로 이곳에서 식사를 했다고 말하면서, 피터는 알고 보니까 얘기하길 좋아하는 사람이더라고 했더니 마크 왈 피터는 언제나 이스마엘이라는 흑인 소설가와 엘비스에 대해서 얘길하길 좋아한다면서 나에게 좀 지겨웠겠다고 했다. 그래서 피터는 묻기만 하고 나 혼자서만 얘기했다니까, 정말?이라고 놀랐다.

저녁식사를 한 뒤 내친김에 케이마트까지 가 메리에게 줄 크리스마스용 화초를 하나 샀다. 마크가 그걸 내 방까지 옮겨다 주었다.

그에게도 선물을 주어야겠다는 생각이 들어서, 지난번에 책방 앞을 지나가다가 바깥에 전시된 것을 보고 그 자리에서 사버렸던 책을 주었다. 그 책은 『Tree』라는 제목의 일종의 나무 사전이었는데, 온갖 종류의 나무들과 그 나뭇잎들과 그 열매들을 사진으로 찍어놓고서 설명한 책이었다. 색채가 너무도 아름답고 또 내가 나무들을 좋아하니까 보려고 샀던 것이고, 다른 책들은 다 박스에 싼 뒤에도 그 책은 내 책상에 그대로 놓아두었다. 심심하면 펼쳐보려고. 아무 나무, 아무 잎사귀나 들여다보아도 저절로 기분이 좋아지기 때문이었다. 그 책을 마크에게 주자 그도 몹시 좋아했다. 자기도 그런 책을 하나 갖고 있는데 내가 준 것보다는 좋지 않다고 했다. 그러면서 하

359

는 말이, 내가 나무니까(사주팔자에서) 그 나무 책을 샀느냐고 묻는다. 나는 그런 생각을 해본 적도 없는데 아까 그의 집에서 설명해주었던 그것을 기억하고 있었나보다. 그래 나는 나무다. 마지막 작별 인사를 했다.

마크가 돌아간 뒤에 보니, 문 밑으로 들이밀어진 종이쪽지가 있었다. 마틴이 써서 들여보낸 쪽지였다. 오늘이 마지막날인데, 술 생각이 있으면 자기집으로 전화하라고 전화번호가 적혀 있었다. 마틴은 어제 메이플라워에서 나가 하와이로 겨울 여행을 간, 아이오와에서 새로 사귄 친구 집으로 이사했다. 마틴은 내년 3월까지 머물 수 있는 비자를 갖고 있다. 그는 자기 나라로 돌아가고 싶어하지 않는다. 시계를 보니 바깥으로 나가기엔 좀 늦은 시각이었다. 전화를 해서 떠나는 인사를 해야 하지 않을까 생각했지만 그만두었다. 이 모든 사교적 절차가 내게는 참 지겹게 느껴졌기 때문이다. 아까도 메리가 전화를 걸어서 헤어지는 인사를 하고 또 피터를 바꿔주어서 피터와 헤어지는 인사를 나누었는데, 그런 일을 해본 적이 없는 나로서는 정색을 하면서 섭섭하고 어쩌고, 만나서 반가웠고 하는 이야기를 하기가 정말 쑥스럽고 낯간지럽게 느껴졌다. 피터는 전화에서도 또 내 시가 어쩌고저쩌고 어젯밤의 대화가 어쩌고저쩌고 했다. 나도 대신에 무슨 말인가 해야 하는데, 그게 어쩐지 일부러 지어내는 말 같거나 너무 호들갑을 떠는 것 같아서 지겹게 느껴진다. 마틴에게 조금 죄의식이 느껴지지 않는 것은 아니었지만 전화를 하지 않기로 했다.

아침 일곱시에 시더래피즈 공항 셔틀버스가 오기로 되어 있었다. 비행기 출발 시각은 여덟시 사십팔분이었다. 그런데 너무 늦게 일어 났다. 어젯밤에 방과 부엌 정리를 좀 했더라면 좋았을 것을, 잠이 안 와 묵은 잡지만 뒤적거리다가 아주 늦은 시각에 잠자리에 들었다. 새벽에 일어나 치우면 되지 뭘, 하고서. 그런데 너무 늦게 일어났다. 이제 메리에게 줄 크리스마스 화초와 함께 카드도 샀고, 원래는 그 화초에다 카드를 걸어놓고서 떠날 예정이었는데 카드에 뭐라고 써 넣을 시간조차 없었다. 여기저기 어질러놓은 채 치우지도 않고 떠나 서 메리가 한국 여자들을 싸잡아 욕할까봐 겁이 나긴 했지만 어쩔 수가 없었다. 그런데다 복도에 놓여 있었던 짐 운반하는 카트가 밤 새 없어졌다. 그래서 세 개의 가방을 내가 직접 들고 아래층으로 내 려가야 했다. 아래층으로 내려가보니 약속된 시각이 아직 안 되었는 데도 불구하고 벌써 공항 셔틀버스가 메이플라워 앞에 대기하고 있 었다. 운전수의 도움으로 가방을 차에 실었다. 간밤부터 진눈깨비가 내렸는지 도로에는 살짝 흰 눈이 덮여 있었고, 게다가 아직 이른 시 각이어서인지 안개가 잔뜩 끼어 있었다. 도로를 달리는 차들은 헤드

라이트를 비롯해서 모든 불들을 켜고 달렸다. 흰 눈과 흰 안개 속을 삼십 분쯤 달려 시더래피즈 공항에 도착했다.

내가 타야 하는 비행기는 TWA 항공사 비행기였는데 카운터에서 수속을 하고 짐을 맡기는데 한 가방의 무게가 무료로 보낼 수 있는 한계를 넘어 50달러쯤을 더 지불해야 했다. 해외여행이 처음인 내가 그걸 어떻게 알 수 있었겠는가. 그런데 이제는 알겠다. 짐을 분산시켜야 한다는 것을. 그 자리에서 그걸 알았지만 짐을 덜어서 버릴 수도 없었고 사실 쓸데도 없는 옷가지들이 너무 많았다. 이번 해외여행 중에 절실히 하나 깨달은 것은 우리 한국 사람들은 입는 데 너무 신경을 쓴다는 거다. 한국에서 옷 잘 못 입기로, 아니 입을 옷이 없기로 유명한 사람이 이런 말을 할 정도이면 그건 심각한 현상이다. 그리고 새로 산 책들 중 얼마간을 한국으로 부쳤기 때문에 짐이 가벼워졌을 걸로 생각했는데, 천만의 말씀, 나머지 책 무게가 엄청난 것 같다. 책들은 무조건 부쳐버릴 것. 심각하게 필요로 하지 않는 책이라면, 예컨대 영어사전 같은 것처럼. 옷들은 다 버릴 것. 나는 이 빌어먹을 옷들에 대해서 그 개념을 바꾸어버렸다. 사실 한국에서라면 나처럼 옷 못 입는 사람도 없을 것이다. 하지만 적어도 아이오와에선 내가 베스트 드레서였다. 이런 현상을 어떻게 설명해야 될까. 내가 베스트 드레서가 될 수 있었던 것은 그나마 내가 'formal' 개념을 무의식적으로(정말로 한국에서는 내가 그런 것에 구애받지 않는다고 생각했었음에도 불구하고), 아니 거의 본능에 가깝게 내 것으로 알고 지냈다는 이야기이다. 그런데 그것을 알게 되었다. 그런 것은 하등 필요가 없다고. 내가 미국 일상생활 중에서 가장 마음에 드는 게 바로 그거다. 옷을 아무렇게나 입어도 된다는 것. 물론 상류사회에선 얘기가 달라지겠지만.

공항 대합실에서 비행기 탑승 시각을 기다리고 있는데 낯익은 얼굴 하나가 대합실로 들어왔다. 그녀는 이름은 기억하지 못하지만 아이오와대학 문창과 1학년 학생이고 시를 전공한다. 마틴의 방에서 자주 그녀를 보았다. 학생들과 일주일에 한 번씩 함께하는 시 워크숍에 처음 한 번 나간 뒤 정나미가 떨어져서 그다음엔 전혀 참석하지 않는데, 그 첫번째 만남 때에 그녀도 거기에 참석했었다. 언젠가 내가 조너선을 저녁식사에 초대했을 때 조너선이 나를 만나고 싶어하는 사람들이 몇 명 있다고 말한 적이 있다. 그러면서 이름을 댄 사람들 중의 하나가 아무개였는데 그 아무개야말로 나를 정떨어지게 만든 학생들 중의 하나였다. 학생이긴 하지만 나이가 많이 들었고 또 그녀는 이미 정식으로 데뷔한 시인이었는데, 도대체가 하고 다니는 그 차림새가 너무도 괴상해서 봐줄 수가 없었다. 두꺼운 스타킹 같은 것을 바지라고 입고 다니는데 엉덩이 부분을 웃옷으로 가린다거나 하는 그런 센스도 없는 건지 아니면 일부러 그렇게 하고 다니는 건지 알 수 없지만, 하여간 그게 너무 심하다고 생각되는 건 어쩔 수가 없었다. 그런데 공항에서 만난 이 학생은 차림새가 그렇게 수수할 수가 없다. 자기 고향은 뉴욕인데 방학이고 크리스마스 시즌이 되어 뉴욕으로 돌아가는 거라고 했다. 비행기는 한 시간 늦게 도착했다. 세인트루이스 공항에서 그녀는 뉴욕행으로 갈아탔고 나는 샌프란시스코행으로 갈아탔다. 비행기 안에서 어찌나 졸린지 정신없이 잔 것 같다.

샌프란시스코 공항에서 권혁성씨가 나를 기다리고 있었다. 무거운 가방 두 개를 그의 차에 옮겨 싣고서 샌프란시스코 시내를 거쳐 베이브리지를 넘어 버클리로 들어왔다. 아이오와와 두 시간의 차이가 났다. 시계를 다시 두 시간 앞으로 당겨야 했다. 갑자기 아이오와는 완전히 물러나고 샌프란시스코가 내 의식 속으로 들어왔다. 아이오와가 스몰타운 시골이라면 샌프란시스코는 대도시이다. 그런데 이 샌프란시스코가 내게는 더 익숙하다. 내 감수성에는. 아마도 나는 완전히 전형적인 도시인의 센서빌리티를 갖게 된 것일까. 아이오와가 동화 같은, 꿈결 같은 도시였다면, 샌프란시스코는 현실이다. 고가도로와 고속도로와 수많은 차와 다운타운에 밀집해 있는 높다란 고층 건물들이 오히려 내게 고향에 온 것 같은 느낌을 불러일으킨다. 왜 그런 감정 있지 않은가, 시골에서 좀 오래 머물다가 서울 한복판으로 돌아왔을 때 느끼는 친근감, 아 돌아왔구나 하는 느낌 말이다.

그런데 베이브리지를 넘어 버클리로 들어섰을 때 그건 또 또다른 도시였다. 대학 도시라서 그런지 높은 건물들은 없고 어딘가 남쪽 나라 같은 풍경이었다(분명 서쪽에 위치해 있음에도 불구하고). 아이오와의 자연이 덜 다듬어진 자연스러운 자연이라면 버클리의 그것은 어딘가 잘 조성된 자연 같은, 그러나 그 나름대로의 부드럽고 아늑한 느낌을 주는 것이었다. 아이오와의 나무들은 그냥 산이나 들판에서 자라는 나무들인데 여기 나무들은 나무라기보다는 꽃에 가까운 나무들이었다. 겨울인데도 나무들이 아름다운 붉은 열매들을 달고 있었고 온갖 종류의 나무들이 그 꽃과 열매를 자랑하고 있었다. 아이오와는 추운 도시라서 그런 나무들이 없는지도 모른다. 그리고 버클리에서는, 아마도 바다가 가깝다는 사실을 아는 데서 오는 선입견인지는 모르겠지만, 어딘가 허공에 바다 냄새가, 바다의 소금기가 담겨 있는 것처럼 느껴진다.

바라티의 아파트에 도착했을 때는 여섯시가 넘었다. 권혁성씨는 공교롭게도 오늘 약속이 있는 날이라고 했는데, 나 때문에 아무래도 그 약속에 늦게 도착할 것 같았다. 권혁성씨는 나를 내려주고 가방을 집안으로 옮겨준 뒤 곧장 돌아갔다. 약속 시간에 늦었다면서.

바라티의 아파트는 2층으로 된 집의 아래층에 있었다. 아래층엔 바라티의 아파트를 포함해서 두 개의 아파트먼트가 있고 위층에서는 이 건물의 주인인 중국인 여자가 살고 있었다. 신고를 하느라고 문을 두드려서 그녀와 대화를 나누었는데 인상이 별로 좋지 않은 중국인이었다.

바라티의 아파트는 침실 한 개, 거실 하나, 부엌, 그리고 배스 룸으로 이루어졌다. 그녀가 버클리에서 강의할 동안 머무는 집이라고 했다. 지금은 방학이어서 그녀가 이용하지 않으니까 대신 내가 묵는 거다. 거실에 있는 커다란 책상 위엔 그녀가 최근 썼다는 『Holder of the World』를 『뉴욕 타임스』에서 광고해주는 커다란 광고판이 놓여 있고, 『뉴욕 타임스』에서 작가들에게 돌리기 위해 만든 것인 듯한, 노트 앞표지에 바라티 무케르지라는 이름이 특수 인쇄로 새겨진 일기 노트가 놓여 있다. 그녀는 아이오와에서는 완전히 거물급 소설가로 통하는데 많은 사람이 그녀의 명성에 대해서 얘기하는 것을 들었었다. 내가 최근에 보았던 『최신 미국문학사』에도 클라크와 함께 그녀의 이름과 작품도 나와 있었다. 마크에게서 들은 이야기로는 바라티가 최근에 낸 책으로 엄청난 히트를 쳤단다. 남편 클라크가 불안해 할 정도로.

이건 호의다. 그러나 나는 이 집에서 12월 말일까지만 머물 수 있다. 아시아태평양연구소에서는 아직 내게 보조금을 주지 않았다. 김재온 교수는 지금 한국에 가 있고 크리스마스 무렵에나 돌아온다고 했다. 12월 이후에 어디 거주할 것인가에 대해서는 걱정하지 않는다. 지금 생각으로는 보조금으로 방을 얻어 이곳에서 남은 한 달 동안을 살까 생각하고 있지만, 비서 말로는 보조금은 1월 초에나 나온다고. 그리고 내 수중에는 한국 돈으로 불과 15만 원에 해당되는 돈밖에 없다. 모든 일이 잘 안 풀리면 댈러스행 비행기를 타면 된다. 비행기표는 갖고 있으니까. 나머지 한 달을 댈러스 이모댁에 머물면서 동화를 쓰든가, 말든가.

참으로 내가 생각해도 내가 이상한 점은, 나는 어디를 돌아다니길 싫어하는 성미이고 내가 묵고 있는 거처를 떠나길 싫어하는 성미임에도 불구하고, 일단 떠나서 다른 곳에 도착하면 그걸 곧바로 내 집으로 생각한다는 점이다. 그러니까 떠나기 전까지는 내가 머물고 있던 곳을 떠나기 싫어하고(왜냐하면 그게 내 집이라고 생각하니까), 그러나 일단 떠나 다른 집에 도착하면 그게 곧바로 내 집으로 생각하게 된다는 점이다. 그런데 그런 성격이 쌍둥이좌의 특성인지도 모르겠다. 왜냐하면 호러스코프를 보니까 쌍둥이의 성격 중의 하나가 거의 어디서나 그곳을 제 집으로 느끼고 자기 의혹을 거의 갖지 않는다는 것이 나와 있었다.

어쨌거나 이달 말일까지는 이게 내 집이다. 벌써 편안함을 느낀다. 집 주변이 수많은 꽃나무로 아름답다. 붉은 열매를 달고 있는 나무들도 많고 목련이 우리나라의 이른 봄철처럼 벌써 작은 봉오리들을 달고 있다. 부엌문을 열어보니 계단 옆에 놀랍게도 해당화가 만발해 있다.

어젯밤에 피곤했는지 일찍 잠이 들었다. 오늘 새벽에 일찍 눈이 떠졌다. 일어나보니, 새벽 네시 반. 부엌으로 들어가 커피 물을 올려놓고 식탁에 앉아 담배 한 대를 피워 물었을 때, 그때 확실하게 생각이 떠올랐다. 그래서 새벽부터 노트북컴퓨터를 두드린다.

얼마 전부터 나는 내 육체가 불안해하고 내 무의식이 불안해하는 것을 느꼈다. 잠을 이상하게 자고, 월경 주기가 괴상해지고(빼먹었다. 느려졌다, 엄청나게 빨라졌다…… 그런 경험은 처음이었다)…… 그 이유가 뭘까 생각했는데 그것을 알아냈다. 나의 주특기인 잠자면서 생각하는 버릇이 오늘 새벽 깨어났을 때 그걸 알려준 거다.

그건 내가 무의식적·집단적으로 프로그램화된 사회에 살고 있었고 그런 사회에서 잠시나마 다른 사회로 이식되었을 때 나의 온몸의 세포들이 느꼈던 어떤 본능적인 공황 감각, 말하자면 난생처음 겪는 현상들에 대한 공포감, 거부감을 느꼈지만, 그러나 점차로 내 몸의 세포들이 그 이식된 사회에 적응해가면서 그 공포감, 거부감은 천천히 바스러져나갔고, 이제는 다른 공포감과 거부감, 즉 이 이식된 현실에 적응해가면서 새로 뿌리내리게 된 것들 때문에 완전히 옛것들을 잊어버릴지도 모른다는 감정과 동시에 그 옛것들에게로 다시 돌아가기 싫다는 혹은 그것과 다시 마주쳐야 한다는 강한 두려움의 감정 때문에 생겨난 증세였다는 거다. 아니 보다 정확히 말하자면 과거의 것들을 되돌아보게 된, 그러니까 이미 나의 것이 아니게 된 것들을 객관적으로 되돌아보았을 때의, 그러니까 사후의 추체험을 통해 다시 느껴보려 할 때의 공포감, 아 내가 그런 사회 속에서 살았었구나(그 안에서 살 때는 오히려 그걸 느끼지 않았었는데)하는 공포감과, 이제 다시는 그것을 몰랐을 때의 상황으로 되돌아갈 수 없다는, 그리고 되돌아간다는 건 상상할 수 없다는 공포감을 내 세포들이 느꼈고 그 세포들의 집합인 내 육체가 그 증세를 앓았고, 그 두려움의 감정을 내 세포들은 내 무의식에 부지런히 타전했고, 내 무의식은 그것들을 하나씩 접수하면서 아직 명확하게 표현할 수 없는 어떤 불안감을 느꼈고, 내 무의식은 그것을 부지런히 내 의식에 타전했고, 내 세포들과 내 무의식이 타전해준 그 정보들을, 그 감정들을 하나씩 접수하여 차곡차곡 쌓아놓았다가, 오늘 새벽 내가 깨어났을 때 내 의식이 드디어 하나의 완벽한 문장으로 만들어내게 제시한 거다. 그리고 그 문장은 바로 이렇다. "나는 프로그램화된 사회에서 살아왔다." 그리고 그 문장의 배경을 이루는 감정은 이런 거다. 나는 이 프로그래밍에 더이상 적응하지 않겠다. 나는 더이상 프로그램화되지 않겠다.

그것을 이제 나는 내 의식으로서 분명하게 의식화했다. 이건 하나의 입문이다. 그리고 나는 언제나 혼자서 배우는, 독학이 체질인 사람이니까, 이렇게 입문한 이상 나는 아마 나 혼자 힘으로 이 방향으로 배워나갈 것이다. 그것을 지금 나는 확신한다. 생각해보면 언제든 어느 문턱까지만 인도받으면, 그다음부터는 나는 나 혼자서 배워왔다. 제도, 기관 같은 것은 언제나 따분했다.

나는 언제나 내가 불행하다고 생각해왔다. 나는 언제나 내가 아무것도 가진 게 없다고 생각해왔다. 나는 내가 다 늙어서 이제 아무것도 시작할 수가 없다고 생각해왔다. 무엇을 시작하기에도 너무 늦었다고 생각해왔다. 나는 현재가 감옥이라고 생각했고, 미래도 닫힌, 출구 없는 감옥이라고 생각했고, 나는 시간이 감옥이라고 생각해왔다. 그것은 내가 무의식적·집단적으로 프로그램화된, 그렇게 보도록 짜여진 사회에서 살았기 때문에, 역사, 전통, 계급, 통념, 상식, 권력, 학교가 그렇게 보도록 프로그램화시킨, 그리하여 내 세포들의 유전자와 내 감수성과 내 사고력에 내가 일생토록 그렇게 보고, 그렇게 느끼고, 그렇게 생각하도록 프로그램화시킨 것에 충실히 순응했기 때문에(라기보다는 내가 거기에 과잉반응을 했기 때문에) 생긴 결과였다. 이제 나는 그 프로그램을 벗어날 수 있다는 자신감을 갖고 있다. 나는 더이상 내가 불행하다고 생각하지 않는다. 이게 내가 얻은 가장 큰 소득이다. 내가 나를 불행하다고 보지 않게 되었다는 것은 내게 강요되었던 가치관의 정체를 내가 객관적으로 볼 수 있게 되었고, 그런 가치관을 벗어날 수 있게 되었다는 뜻이다. 내가 나를 불행하다고 보지 않을 때, 내가 현재를, 미래를, 시간을 더이상 감옥으로 보지 않게 될 때 나는 어떤 가능성의 입구 앞에 서 있는 것이다.

이제는 거꾸로의 과정이 진행될 것이다. 내 세포가 내 무의식에게 내 무의식이 내 의식에게 상향 전달하는 과정의 반대 과정이 이루어질 것이다. 이제 내가 분명하게 내 의식으로 의식하게 되었으므로, 나는 내 의식으로 내 무의식에게, 나의 감수성과 나의 사고 방식에게 그리고 맨 마지막으로 내 세포들에게 하향 전달할 것이다. 두려워하지 말라고, 너희들이 느꼈던 게 옳다고, 계속 그 방향으로 나아가라고. 마침내 그것들이 스스로 확신을 가질 수 있을 때까지.

버클리에 온 지 벌써 며칠이 지난 것 같다. 그동안 뭘 했나, 더듬어보자. 우선 16일에는 버클리대학의 한국학 센터를 찾아갔다. 무슨 이유에선지는 모르겠지만, 클라크는 내가 그쪽과 접촉을 갖기를 바라는 것 같다. 아니면 단지 내가 한국 사람을 그리워할 거라고 생각했기 때문일까? 풀턴가에 위치해 있다는 것 외에는 그 연구소가 어떤 건물에 위치해 있는지 몰랐지만, 물어물어서 찾아갔다. 막연히 그 연구소도, 아이오와대학의 아시아태평양학회의 경우처럼 인터내셔널 스터디즈라는 이름을 가진 건물 안에 있을 거라는 짐작만으로.

거기 가보니, 한국인 디렉터는 한국에 돌아가 있다고 어시스턴트가 알려줬다. 또 그는 버클리에 머물고 있는 한국인 교수들의 명단을 컴퓨터에서 뽑아주었고, 권영민 교수를 전화로 연결시켜주었다. 개인적으로는 만난 적도 없고 분야는 다르지만 어쨌든 문단과 관계를 갖고 있는 사람과 얘기하는 건 미국에 와서 그게 처음이었다.

돌아오는 길에 가게에 들러 무지 많은 크리스마스카드를 샀다. 그때까지 크리스마스카드라곤 딱 한 번 보냈었다고 기억한다. 그건 내가 대학에 다닐 때 어느 해 크리스마스 무렵에 김정분에게 보낸 카드였다. 아니 지금 생각해보니 그건 그림엽서였던 것 같다. 그 외에 는 아무에게도 카드를 보낸 적이 없었다. 그런데 올해 크리스마스에 는 한꺼번에 스물몇 명의 사람에게 크리스마스카드를 보내게 되었 구나. 서울에 있는 사람들과 아이오와에 있는 사람들에게. 이상하게 도 올해는 수많은 사람에게서 도움을 받았다. 잘 아는 사람들은 잘 아니까 도움을 주었다고 생각할 수 있지만, 별로 친하지 않은 사람 들, 처음 만난 사람들과 기관들, 게다가 아직도 얼굴조차 보지 못한 사람들까지도 나를 도와주었다. 올 한 해는 정말 이상한 해였다. 내 가 그렇게 많은 사람으로부터 연이어 그렇게 많은 관심과 도움을 받 았던 적은 내 평생에 이게 처음이었다. 그게 참 이상하고, 또 그게 정말로 고맙게 느껴졌기 때문에 그 모든 사람에게 카드를 보냈다.

또 무슨 일을 했나. 이젠 버클리에서 혼자 살기 때문에 도대체 무 슨 사건이란 게 생길 수가 없다. 참 어젯밤에 바라티를 찾는 전화가 걸려왔다. 바라티와 클라크가 지금 바르셀로나에 있다고 말하고 그 들이 묵는 호텔 전화번호를 알려주었는데, 이 남자는 용건이 다 해 결되었는데도 전화를 끊지 않고서 요것조것 물어보기 시작했다. 그 런데 재미있는 것은 내가 또 요것조것 대답을 잘해주었다는 거다. 왜 바라티 집에 머물고 있느냐고 묻길래 전후 사정을 얘기해 주었더 니, 자기도 아이오와대학 문창과의 그 프로그램을 잘 알고 있고, 자 기도 시인이고 이름은 에드윈 호니그로서 브라운대학의 교수였고 지금은 은퇴했으며 얼마 뒤에 버클리에 올 일이 있어 바라티에게 전 화를 건 건데, 자기가 버클리에 오면 만났으면 좋겠다고. 그래서 나 는 이달 말경에는 내가 버클리에 없을 거라고 대답했다. 미국에서는 친구 만들기가 아주 쉽다. 한국에서였다면 이런 유의 대화라는 건 도저히 불가능했을 거다. 안면도 없는 사람들끼리, 얼굴도 모르면서 전화로 이런저런 얘기를 한다는 건. 한국에서라면 주책맞은 여자, 아니 정신 나간 여자 축에 들어가지 않았을까? 아마 전화를 끊고서, 아니 내가 왜 그렇게 씨알머리 없는 짓을 했을까 하는 자기반성의 과정을 거쳐야 했겠지? 그런데 그게 실은 자기가 하는 반성이 아니라는 것, 그건 어떤 권위, 혹은 어떤 힘을 독점하기 위해, 자기가 독점하려 한다는 것도 의식하지 못한 채(이게 더 큰 문제다. 그걸 의식조차 못 하고 있다는 게) 어떤 프로그래머들이 설치해놓은 소프트웨어에 의해서 내가 그렇게 반성하게 만들어져 있다는 것, 그러니까 내가 반성하는 게 아니라 반성당하는 것이라는 사실, 끔찍한 사실. 그러나 중요한 것은 나는 이제는 그것을 간파했고 프로그램화되지 않겠다는 결심을 했다는 거다. 생판 모르는 사람인데도 불구하고 에드윈 호니그와의 장거리·장시간 통화는 아주 재미있었다. 외국인들이 전혀 모르는 사람들끼리 처음 만나 이야기하고서 당신과의 대화가 즐거웠습니다라는 인사를 하는 것을 이해할 수 있었다. 통화를 끝내고서, 이 사람도 유명한 시인인가 궁금해서 『최신 미국문학사』를 펼쳐보니 그의 이름은 없었다. 문제점: 나는 요즘 사사건건, 한국 문화와 미국 문화, 한국 사람들과 미국 사람들을 비교하는 버릇이 생겼다. 두 발이 한 평면을 밟고 있질 않고 낭떠러지로 갈라져 있는 두 평면을 각기 한 발로 밟고 서 있는 듯한 느낌이다.

　며칠 전에 거리를 지나다가 'Kim's Food'라는 간판을 내건 식당을 발견한 적이 있었다. 저게 필시 한국인이 하는 식당일 거라고 생각하면서 언제 한번 들어가봐야지 마음먹었다. 그러다가 오늘 너무 쌀밥이 먹고 싶어서 그 식당에 들어가보니 여주인이 역시 한국인처럼 보이길래 다짜고짜 한국말로 한국분이시죠 하고 물었더니 맞댄다. 미세스 양. 한국에서는 선생님이었다는데 14년 전에 버클리로 이민 왔다고. 전에는 커피 장사를 했다고 한다. 얘기를 나누다보니 남편이 고려대학 출신이었다. 거기서 또 미세스 양의 14년 된 친구라는 에릭을 만났다. 그는 컨테이너 트럭 운전사인데 미세스 양의 집과 가까운 곳에서 살고 점심을 늘 그녀의 집에서 먹는다고. 이상하게 두 사람과 금방 친해졌다. 언제나 느끼는 거지만 미국에서는 친구 사귀기가 아주 쉽다. 그 이유는 사람들이 열려 있기 때문이다. 자기와는 다른 것, 낯선 것을 받아들일 태세가 되어 있다. 남의 것을 받아들일 준비가 되어 있다. 이건 일상생활의 대화에서뿐만 아니라 문화적인 부문에서도 마찬가지이다. 받아들인다는 건, 네가 옳다 그르다의 차원에서 받아들인다는 게 아니라 상대방이 다른 의견을 가질 수 있다는 걸 인정하고 논의 자체를 개방한다는 거다.

그런데 우리 사회는 그렇지 못하다. 다른 부문은 고사하고 문학 부문만 보더라도 그렇다. 아니 문학 분야가, 그리고 학계가, 가장 고답적이고 가장 보수적이다. 그걸 가장 잘 보여주는 게 페미니즘에 관한 논의이다. 우리나라처럼 페미니즘에 관한 논의가 겉돌고 있는 나라도 없을 거다. 아니 겉돌고 자시고 할 만큼의 논의로서의 공식적 세력도 확보하지 못했다. 그건 무슨 이유인가. 아무도 페미니즘 문제를 진지하게 생각하고 싶어하지 않기 때문이다. 그건 우리 문화, 문학의 프로그래머들이 대부분 남성이기 때문이다. 가령 어떤 여성 작가가 페미니즘 운운하면, 대뜸 나온다는 말이 "그거 부르주아 여자들이 하는 거 아니오?"이다. 그러면 그 여성 작가는 입을 다물어버리기 십상이다. 왜냐하면 그녀가 반격을 시작한다 해도 그 반격을 정식으로 받아들일 태세가 되어 있지 않고 농짓거리로 만들어버릴 우려가 있고, 반격을 가한다면 참으로 골치 아픈 여자라는 딱지가 붙을 우려가 있기 때문이다. 이게 우리나라 여성 작가들이 갖고 있는 자기검열, 우리 사회가 우리 여성들에게 프로그램화시킨 자기검열의 소프트웨어다. 도대체 논의를 좀 해보자는데, 그건 논의의 대상이 아니라고 주장할 수 있는 근거가 뭔지. 논의의 소재, 논의의 주체 자체를 장악하고 한정시키고 조종한다. 그러면서도 가끔씩은 또 개방한다. 그건 완전한 개방이 아니다. 문을 좀 빠끔 열어놨을 뿐이다. 왜 열어놨나? 그건 자기네들이 그렇게 독선적인 사람은 아니라는 걸 다른 사람들에게, 그리고 자기 자신에게 보여주기 위해서. 그 빠끔히 열린 틈으로 들어가려 하면 갑자기 그 문이 쾅 닫혀버리고 들어가려던 사람은 문에 머리를 쾅 부딪히게 된다. 요행히 어떤 여성 작가가 들어갔다 치더라도, 그는 문간 근처에서 우두커니 서 있어야 한다. 논의의 테이블들을 다른 남성 작가, 비평가들이 차지하고 앉아서 다른 것들을 논의하고 있기 때문이다. 그 여성 작가는 빈자리가 하나 나타날 때까지 서서 기다려야 한다. 마침내 빈자리가 생겨 거기에 앉아, 우리 함께 페미니즘에 관해 한번 논의를, 이라고 말을 꺼내면 그거 부르주아 여자들이 하는 거 아니오 하는 말이 대뜸 튀어나오고, 그러면 그걸로 끝이다. 남성 세습 사회를 지키려는 무의식적 의지가 이미 그들의 유전자에 프로그램화되어 있다.

그렇게 논의의 소재, 논의의 주체를 조종하거나 배제시키고서, 그럼 그들은 무엇을 하는가. 파워 게임. 골목대장 되려는 싸움. 이제는 하다못해 무슨 스쿨 같은 것도 없다. 무슨무슨 패밀리들이 있을 뿐이다. 그리고 그 무슨무슨 다양한 종류의 패밀리들 사이에서 여성 작가들은 아무런 패밀리도 형성하지 못하고 있다. 여성은 원래가 덜 계급적인 것이 그 한 가지 이유일 터이고, 워낙 척박한 상황이니만큼 여성 작가들은 또 그 무슨무슨 수많은 종류의 패밀리 하나에 속해 있어야 안도감을 느낄 수 있기 때문인지도 모른다. 좋다, 남성 문학인이든, 여성 문학인이든, 우리 모두가 뭔가가 두려워서, 자기가 갖고 있는 걸 잃을까봐 두려워서, 논의를 개방하지 못하게 모종의 심리적 압력을 가하고 그래서 논의를 개방시키지 못하는 악순환에 빠져 있다고 인정하자. 말하자면 여성 작가들에게도 허물이 있다고 인정하자. 하지만 그랬을 때도 기분이 나쁜 건 뭐냐 하면, 여성 문학인은 자기 허물들을 대체로 알고 있고 무의식적으로라도 느끼고 있다. 그런데 왜 남성 문학인은 자기들의 허물을 전혀 알아차리지 못하고 알아차리려 하지 않고 다른 사람들의 발제를 일축시키려 하는 건가. 재미있는 건 남성 문학인도 사석에서는 페미니즘에 관한 논의라든가, 하다못해 한국의 여성 작가들이 얼마나 위축된 상태에서 글을 쓰고 있는가에 대해서 개인적으로는 몇 마디씩은 얘기한다는 점이다. 그러나 그들은 그걸 심각하게 느끼고 그게 고쳐져야 할 부분이고 고치려고 자신이 노력해야겠다는 생각은 하지 않는다. 좀 안됐다, 하는 정도다. 그러니까 그들이, 남성들이 주도하는 지면에서든 아니면 다른 어떤 공식 석상에서든 그것을 공식 안건으로 꺼내놓으리라는 기대를 하는 건 무리다. 그들은 절대 그러지 못한다. 그러면 그 남성 작가는 팔푼이 소리를 들을 것이기 때문이다. 여성 작가들은 골치 아픈 여자라는 소리를 들을까봐서, 그리고 조금 의식 있는 남자들은 팔푼이라는 소리 들을까봐서 소리를 내지 못하는 거다. 내가 생각하기엔, 마음만 먹었다 하면 그걸 가장 당차게 해낼 수 있는 여성 문학인은 김혜순일 것 같다. 나? 나는 못한다는 걸 나 자신이 잘 알고 있다. 나는 집중력이 없고 끈기가 없다. 나는 한 골로 깊이 파고드는 힘이 없다. 나는 표피적이다. 나는 뭔가에 대해서 나 자신이 이해했다고 생각하면, 내 관심을 끄는 전혀 다른 어떤 것으로 금방 이끌려가기 때문이다. 한 문제에 대해서 그 밑바닥까지 깊이로 꿰뚫고 내려가질 못한다. 어떤 것에 대해서 알 만큼 알았다고 생각되면 나는 얼른 다른 재미있는 것으로 옮겨가기 때문이다. 표면에서 표면으로.

똑같은 한국 사람인데, 어째서 남자들보다는 여자들이 미국에서 지낼 때에 엄청난 충격을 받게 되는지, 그 이유에 대해서 남자들은 한 번쯤 생각해봐야 하지 않을까?

점심에 식사하러 킴스푸드로 가다가 보니, 'Cold Well'이라는 간판을 내건 부동산이 있었다. 과천시에도 찬우물이라는 지명이 있다. 그러고 보니 아이오와시티에서도 한국 해남의 토말이라는 지명과 똑같은 'Land's End'라는 간판을 건 가게가 있었던 게 생각난다.

오늘 오후에 클라크가 왔다. 어제 전화가 와서 굶지 않고 잘 지내느냐고 묻길래 잘하고 있다고 대답하면서, 그런데 냉장고에 전기가 들어왔다 안 들어왔다 하고 부엌과 거실의 전구가 각기 하나씩 나가버렸다고 말하자 그걸 고쳐주려고 샌프란시스코에서 온 것. 들어와 살펴보더니, 나가서 알맞은 전구를 사갖고 와 갈아주었다. 교수이고 소설가이고 IWP의 디렉터라는 사람이 일부러 와서 전구를 갈아끼워준다, 이건 한국인의 상상력하고는 맞지 않는 부분이다. 이런 게 실질적인 문화 차이 아닐까? 내가 무엇무엇인데, 가령 내가 명색이 국립대학 교수인데, 하면서 폼 잡는 사람들을 많이 봤기 때문이다. 클라크에게 고맙다고 하자 그의 대답인즉슨, 이게 IWP 디렉터가 하는 일이지, 뭘. 인터내셔널 라이팅 프로그램은 한국 작가들로부터는 별 관심을 얻지 못하는 것 같다. 하지만 아주 괜찮은 프로그램이었다는 게 내 생각이고, 무엇보다 아이오와시티의 경치와 그 주민들(대부분이 학생, 졸업생들, 교수들, 기타 아이오와대학 관계자들)이 만들어내는 분위기에는 뭔가 독특한 것이 있다. 예술하는 많은 사람이 거기 눌러사는 것도 그런 이유 때문일 거다. 그건 아주 평범하게 말하자면, 아주 평화로운 어떤 분위기이다(왜 이리 단어들이 생각이 안 나는지). 우리나라에서는 무슨 이유에서인지 잘 모르겠지만(아니 짐작은 가지만) 아이오와대학, 아이오와시티, 인터내셔널 라이팅 프로그램이 잘 알려져 있지 않고 별 관심을 끌지 못하지만, 다른 나라들의 경우에는 아주 잘 알려져 있고, 또 일본 작가 하루히코 요시메키에게서 들은 이야기로는 일본 문인들 사이에서는 아이오와시티와 인터내셔널 라이팅 프로그램이 아주 인기 있다고 한다.

떠날 날도 며칠 남지 않았고, 오늘 클라크가 들른 김에 그와 자기 아파트를 빌려준 그의 아내에 대한 감사의 표시를 해야겠다는 생각이 들어서, 내가 바라티의 소설을 한국어로 번역하겠다는 제안을 했다. 클라크는 최근에 나온 그녀의 소설 『Holder of The World』는 17세기가 배경이라 번역이 어려울 거라고 하면서 『자스민』을 추천했다. 나도 그 책을 그녀의 서가에서 발견하고서 좀 읽다가 다른 일 때문에 중단했는데, 소설의 시작이 아이오와부터였다. 그런데 클라크의 설명에 의하면, 자기 나라에서 쫓겨나 살게 된 인도인 여주인공이 아이오와시티로부터 시작해서 많은 남자를 거치면서 샌프란시스코까지 오면서 신분 상승을 거치게 된다고. 바라티 자신의 상상적·자서전적 픽션인가보다. 클라크가 자기네 작품들을 관리하는 에이

전트 주소를 적어주었다. 이건 또 언제 번역을 하나. 올해는 엄청나
게 많은 일을 해야 할 판이다. 하긴 몇 년간을 놀았으니, 이제 일을
시작하긴 해야 할 시기이다.

크리스마스이브? 그런데 내 전 재산은 50달러가 조금 넘는다. 이 젠 식당에서 식사하는 일은 그만두어야겠다. 아이오와대학의 아시 아태평양학회는 왜 이렇게 보조금을 안 보내주는 걸까? 뭔가 잘못된 게 분명하다. 아니 며칠 전에 전화를 걸었을 때 비서는 1월 초에 나 가게 될 거라고 말했다. 플로리다에 있는 삼촌에게 또 보조금을 요청 할 수도 없고. 이 모든 게 책값 때문이다. 아니, 내 충동적인 성격 때 문이다. 책값이 엄청 비싼데, 버클리에 와서 또 사들이기 시작한 책 이 벌써 두 박스쯤은 되니까. 그나마 블랙 오크 북숍에서 새책들보다 는 헌책들을 주로 샀기 때문에 그만한 돈이라도 남아 있는 거다.

오늘 한국으로 책들을 부쳤다. 내일이면 이 집에서 떠나야 하니까. 에릭이 집에 와서 내가 박스에 싸놓은 책들을 나와 함께 우체국으로 싣고 가 부쳐주었다. 에릭은 내가 떠나는 게 꽤 섭섭한 모양이었다. 자기 주소를 적어주면서, 꼭 편지하란다. 우체국에서 나와 킴스푸드에서 미세스 양과 에릭과 함께 놀다가 저녁때 돌아와, 샌프란시스코의 클라크 집에 전화를 걸었다. 떠난다고, 고마웠다는 인사를 하려고. 다행히 클라크가 전화를 받았는데(바라티와는 아는 사이가 아니고 파티에서 한 번 보았을 뿐이기 때문에, 그녀에게 또 집을 빌려주어서 고맙다는 인사를 해야 하고—어쨌거나 그녀 소유의 집이니까—또 뭐라뭐라 말을 늘어놔야 하는 게 부담스럽다는 생각을 하고 있었으니까), 전화를 잘 했다면서 다음 1월 16일까지 그대로 여기서 지내도 된다고 말했다. 그러면 진작 좀 알려주지, 벌써 댈러스행 비행기표를 예약해두었는데라고 말하니까, 자기가 여러 번 전화를 했는데 받질 않더라고. 생각해보니까, 어제는 샌프란시스코 다운타운에 나가 샌프란시스코 코리안 센터를 방문했고, 그다음에는 권혁성씨 만나 저녁 먹고 술 마시고 열두시 넘어 들어왔고, 오늘은 책

부치고 뭐 한다고 하루종일 밖에 있었으니 전화를 못 받았을 수밖에. 클라크는 내가 바람난 줄로 알겠다. 하긴 아이오와시티에 있을 때, 내 비자 문제로 한 학기 더 머무는 게 무산되었을 때, 클라크는 승자, 미국인하고 결혼하면 되는데, 그러면 아무 문제 없는데라고 말했다. 참 이상한 건, 내가 댈러스행 비행기표만 예약해놓으면 클라크가 다른 소리를 한다는 점이다. 아이오와시티에서도 그랬으니까.

댈러스 이모댁에서 3일 동안 완전히 사육을 당하다가 3일에 돌아왔다. 31일에 댈러스로 떠났는데 세인트루이스 공항에서 갈아탈 비행기를 놓쳤다. 수속을 다 끝내고 탑승구 가까운 좌석에 앉아 있었는데, 아직 시간이 이십 분쯤 남아 있기에 느긋하게 앉아 공상에 빠져 있다가 비행기를 놓쳐버리고 말았다. 탑승구를 등지고 앉아 있었던 게 탈이었다. 탑승구 쪽을 바라보고 앉아 있었더라면 사람들 나가는 게 눈에 띄었을 테니까. 갑자기 정신이 들어 다음 번호 탑승구 안내원에게 물어보니, 비행기는 이 분 전에 출발했다고. 다섯 시간을 더 기다려야 다음 비행기가 온다고. 이모에게 콜렉트콜로 전화를 걸어 사정을 설명하고서 다음 비행기가 도착하는 시각에 댈러스 공항에 나와달라고 했다. 댈러스 이모댁에 도착했을 때에는 완전히 다리가 통나무만하게 딱딱하게 부어 있었을 뿐만 아니라, 종아리의 모세혈관이 다 터져 시뻘게져 있었다. 장시간 다리를 아래로 하고 있으면 그런 증세가 나타나는 게 내 고질병이다. 이모가 나를 보더니, 너도 이제 많이 늙었구나, 저번에 보았을 때는 그래도 쌩쌩하더니라고 말했다. 너무도 지쳐 있는 상태였기 때문에 더욱 그렇게 보였을 거다.

도대체 아침에 출발해서 밤중에 도착할 때까지 긴 시간 동안 누워본 적이 없으니. 댈러스에서 샌프란시스코로 출발할 때 이모부가 돈을 두둑이 주셨다. 이건 좀 아껴 써야겠다. 도무지 아시아태평양학회에서 주는 보조금이 안 올지도 모른다는 생각이 들기 때문이다.

오늘 아이오와대학 아시아태평양학회로 전화했다. 김재온 교수가 직접 받았다. 보조금이 아직 안 왔다고 하자, 김재온 교수는 자기는 이미 지난해 12월 초에 지급된 걸로 알고 있었다고 말했다. 그걸 비서가 1월 초로 잘못 알아들었는지도 모르겠다. 왜냐하면 비서는 내게 1월 초에 돈이 나갈 거라고 말했으니까. 김재온 교수는 그동안 서울에 가 있었다고. 다음에 한번 아이오와에 초청하겠다고 했다.

그다음에는 IWP로 전화를 해 로웨나와 통화를 했다. 보조금 문제에 대해 아는 게 있는지 물어보았다. 로웨나의 설명에 의하면 보조금은 전에 내가 묵었던 메이플라워의 내 주소로 부쳐졌다가 사람이 없어서 IWP 쪽으로 반송되었고, 그걸 다시 버클리로 부쳤다는 거다. 그래서 내가 샌프란시스코가 아니고 버클리로 부친 게 확실하냐고 묻자, 로웨나는 그게 확실하다고 말하면서 바라티의 집으로 부쳤다는 거다. 내가 그녀에게 그렇게 따져 물은 건, 아이오와를 떠날 적에 내가 내 수첩 두 개를 빼먹고 두고 왔는데 그걸 그녀가 샌프란시스코의 바라티 집으로 부쳤고 그래서 클라크가 가져다준 적이 있기 때문이다. 이번에도 미심쩍긴 하지만 믿고 기다려보는 수밖에. 로웨나가 캐럴라인에게 전화를 돌려주어서 그녀와 대화를 나누었다. 지난해에 내가 부친 크리스마스카드 얘기를 하면서, 그 카드의 그림이 나오는 장소가 바로 자기 가족들이 이번 겨울에 여행 가기로 계획을 짜놓았다가 사정이 생겨 취소했던 바로 그곳이라면서 나한테 선견지명이 있다고 말했다. 그런데 그 카드는 나도 기억하고 있다. 한꺼번에 너무 많은 카드를 부쳤기 때문에 누구에게 어떤 카드를 부쳤는지 기억이 나지 않지만, 그 카드는 내가 캐럴라인을 위해 일부러 고른 것이기 때문이다. 그건 흑백사진이었는데, 바다로 향해 열린 어떤 문 밖으로 갈매기들이 세차게 날아가고 있는 사진이었다. 캐럴라인은 시를 좋아하고, 시를 잘 알고, 또 시를 쓰기 때문에, 내가 샀던 카드 중에서 그게 특별히 그녀에게 알맞을 거라고 생각했다. 서울에 돌아가서도 내 시들을 번역해서 보내달란다. 보조금은 아예 잊어버리는 게 낫겠다. 그 돈이 오면 그걸로 몽땅 책을 사려고 했는데, 돈이 언제 오고, 또 언제 책방 돌면서 책 사나. 16일에는 이 집을 떠나야 하는데. 아니 한국으로 돌아가야 하는데.

웬 종이 뭉치들이(IWP에 참여했던 작가들의 작품들과 기타 온갖 서류들과 포스터들) 그리도 많은지 그걸 분류하다보니 어느 갈피에선가, 마지막으로 받았던 『100 Words』가 툭 떨어진다. 나는 그 소책자에 시를 준 적도 없지만, 갑자기 아이오와 생각이 나고 그곳이 그리워져 종이 뭉치들을 치우다 말고 주저앉아 거기 실린 시들을 대충 읽어보았다.

맨 먼저 눈에 띈 게 조녀선의 시였다. 그는 중국에서 영어 선생을 한 적이 있었는데 그때 한시들을 많이 읽었는지, 언제나 그의 시에는 한자가 잘 나온다. 아니, 이번에는 웬 중국 시인의 시 원문과 함께 그가 번역한 시, 그리고 그 중국 시인의 시에 대한 응답으로 쓴 자기 시, 도합 세 편의 시를 발표했다.

우선 가브리엘라 로페즈의 시가 괜찮다. 그런데 이 여성은 내가 모르는 사람이다. 아니 어쩌면 얼굴은 아는 사람인지도 모르겠다. 국적이 미국으로 나와 있는 것으로 보아, 아이오와대학 문창과 재학생이거나 졸업생일 것 같다. 그 대학 문창과에는 이미 데뷔한 기성 작가들도 있으니까, 그녀는 기성 시인일지도 모르겠다. 그런데 시가 처음에는 강하게 시작되었다가 뒤로 갈수록 맥이 빠진다. 차라리 처음에 맥빠지게 시작되었다가 뒤에 강해지는 게 낫지. 첫 연은 좋다. "Leave him buried/A Tree will spring from the silent place/That was once his mouth."

더 나은 건 마크의 시다. 그리고 이번 시는 저번 호에 실렸던 시보다 훨씬 낫다. 그런데 마크 시의 특징은 마지막에 가서 강렬해진다는 점이다. 지난번 시도 마지막 연 때문에 시로서 생명력을 가질 수 있었다. 마크는 원래 소설 쓰는 아이인데, 시로 전향했나? 하긴 언젠가 그런 말을 한 적이 있었다. 자기는 시라면 무조건 겁을 집어먹고 있었는데 이제는 시를 쓴다고. 그러니까 언젠가는 자기 시 리딩을 할 수도 있을 테니 기대해도 좋다고. 이번 시는 왠지 윤후명씨의 첫 시집(윤상규라는 이름으로 출판했던)의 분위기를 닮아 있다. 제목도 없는 시다. "The bundle is a small one/wrapped in cloth/soiled from so much handling/always shifted, shouldered/shivering//There are names, of course/words, dawns, eyes/or at least the crescents of eyes/things done, undone//Bury it, you say, use a shovel/Cradle it to your lips/ Swallow". 마지막 행의 극도로 절제된, 보자기 속에 꽁꽁 싸여 들리지 않는, 그러나 강렬한 비명 같은 어떤 것. 어쩌면 정말로 마크의 시 리딩을 기대해볼 수도 있겠다.

종이 뭉치들을 다시 정리하다가 핀란드 참가 작가 헬레나의 시를 다시 읽어보았다. IWP에 참가했던 시인들 중 그녀의 작품이 제일 내 마음에 든다. 그녀의 시를 번역해서 그게 실린 잡지를 그녀에게 보내주기로 했는데, 어느 잡지에서 그걸 실어줄 수 있을까 생각해봐야겠다.

버클리에는 거지가 많다. 아이오와시티에서는 단 한 명의 거지도 보지 못했었는데, 버클리에 왔을 때 가장 먼저 눈길을 끈 게, 겨울인데도 아름다운 붉은 꽃들을 달고 있는 온갖 종류의 꽃나무들, 그리고 거리에 여기저기 떼 지어 모여 있는 거지들이었다. 거지들은 겨울에는 따뜻한 곳을 찾아 샌프란시스코로 온다고. 그 많은 거지 중에서 한 거지가 내 관심을 사로잡는다. 여자인지 남자인지 알 수가 없다. 그는 내가 묵고 있는 헨리 스트리트에서 중앙도로인 섀덕 스트리트를 가로로 잇는 도로의 끝, 즉 섀덕 스트리트 쪽의 모퉁이, 한 가로등 아래에 서 있다. 언제나 그 자리에 서 있다. 거기서 반 블록 아래쯤에 가장 많은 숫자의 거지가 몰려 있는데, 이 나 홀로 거지는 거지 군중과 떨어져 언제나 그 모퉁이 그 가로등 아래에 서 있다. 그리고 다른 거지들은 사람들이 지나갈 때에 유들유들하게 접근하거나 말을 거는데, 이 거지는 접근하지도 않고 뭐라고 말을 하지도 않는다. 여자인지 남자인지 구분할 수 없게 만드는 건, 머리 스타일이 전혀 보이지 않게 깊숙하게 눌러쓴 모자와 발치까지 늘어지는 우비 때문이다. 언제나 그 차림이다. 화창한 날이든 비가 오는 날이든 그

우비를 걸치고 있다. 그리고 그 가로등에 언제나 기대 있다. 그는 흑인이다. 나는 단 한 번도 그가 내게 뭘 구걸하거나 다른 사람에게 구걸하는 것을 보지 못했다. 그가 왜 거기 서 있는지 모르겠다. 나는 다른 거지들의 얼굴은 하나도 기억하지 못하지만 이 거지의 얼굴은 아주 분명하게 기억하고 있다. 그는 고흐의 〈감자 먹는 사람들〉이라는 그림에 나오는 인물들처럼 아주 퀭한 눈을 갖고 있다. 그러나 나로 하여금 그의 얼굴을 절대로 잊을 수 없게 만드는 것은 그 눈에 담긴 이상한, 외향적인 것이 아닌 자기 내부를 향해 비명을 지르고 있는 것 같은 공포의 표정이다. 그 공포감은 전염력이 강하다. 헨리 스트리트에서 새덕 스트리트로 나갈 때, 그 모퉁이에 서 있는 그 거지 곁을 지나치기 전에 이미 나는 그 공포의 표정을 생생하게 떠올리고, 그리고 나도 잠깐 동안 어떤 공포감에 젖게 된다.

이제 돌아갈 날짜가 가까웠으니, 문예진흥원에 내야 할 보고서에 뭘 써야 하나 걱정이 된다. 초안을 잡아보자. 떠오르는 대로 우선 적어보자.

1. 이 프로그램의 참가 대상자는 젊은 세대여야 한다는 것. 나는 마흔셋에 참가해서 엄청난 변화를 겪긴 했지만, 그건 내 인생관과 관련해서지 내 문학과 관련해서가 아니다. 내가 이십대 후반, 삼십대 초반, 아니 삼십대 후반에라도 이런 체험을 했더라면 내 시 자체가 달라졌을 거라는 느낌이 든다. 한창 감수성이 예민한 나이, 삶과 문학이 동시진행형으로 이루어지는 나이의 작가들은 이 프로그램에 보내야 한다는 것. 나처럼 이미 굳어져버린 사람들은 문학적으로 별로 얻을 게 없다.

2. 영어 실력이, 특히 듣기 실력이 어느 정도 확보된 사람이어야 한다는 것. 내가 말하고 싶은 것만 전달할 수 있다는 것은 별 도움이 안 된다. 다른 사람들이 어떻게 생각하고 어떻게 느끼는지를 알기 위해서, 그래서 뭔가를 받아들이고 배우기 위해서는 히어링 실력이

있어야 한다는 것. 그렇지 못하면 눈뜬장님이다.

3. 우리 문학의 세계화 방안에 대한 나의 의견

1) 문학으로서의 한국문학이냐, 학문으로서의 한국문학이냐.

문학으로서의 한국문학을 알리는 것이 학문으로서의 한국문학을 알리는 것보다 우선이 되어야 한다. 문학이 소개되면 그다음에 학문이 따라오게 되어 있다. 그러자면 과거의 문학이 아닌, 현대의 살아 있는 작가들의 작품, 그중에서도 외국인들의 감수성과 나란히 함께 갈 수 있는 작가들, 요컨대 어려서부터 커피 마시고 콜라 마시고 햄버거 먹은, 우리 문학의 최전선 세대의 작품부터 번역이 되어야 한다는 것. 왜냐하면 어떤 외국인이 어떤 한국 작가의 작품을 읽기 시작했다고 가정할 때 그게 외국인 독자층의 감수성에 맞지 않는, 친화력이 없는 작품이라면 그 외국인 독자는 그 책을 끝까지 읽지 못할 뿐 아니라 아예 한국문학을 읽을 시도조차 하지 않을 위험이 있다.

2) 출판이냐, 리딩이냐.

리딩은 아이오와시티라는 도시에서는 밥 먹는 것보다 더 자주 벌어지는 행사다. 아마 리딩이 없는 날이 없을 것이다. 나는 우리나라에는 없는 이 리딩이라는 문학적 관습을 이용할 필요가 있다고 생각한다. 지금까지의 한국문학 소개의 방법은 번역 출판이었고, 그것은 주로 대학 출판부, 자비 출판사, 아니면 무슨 개인적 연고를 가진 출판사에서 번역, 출판되었다고 생각되는데, 내가 보기엔 이 방법은 우리 문학 소개를 책임지고 있는 기관에겐 어떤 가시적인, 업적 전시효과로 이용되었고, 해당 작가들 자신에겐 어떤 개인적인 만족감을 주었을 뿐, 그 실제적인 효과에서 이렇다 할 게 없었다는 것이다. 아이오와시티와 버클리 내의 어떤 책방에서도 나는 한국인 작품집을 본 적이 없다. 아마도 도서관에 가면 꽂혀 있을 것이다. 그러나 거기엔 손때가 묻어 있지 않겠지. 내 추측에 번역 출판되는 책들은 거의 그 대로 사장되는 게 아닐까 한다. 이 나라의 젊은 독자들이 자기네 나 라의 유명 시인, 소설가들의 책들도 골라서 사 보는데, 한국 문학작 품을 택할 것이라고 상상하는 건 무리다. 그리고 무엇보다도 책방에 서 팔리지도 않을 작품을 자기 가게 안에 보유해놓지도 않는다. 그러 니까 출판은 나중 순서이고 리딩이 먼저라는 얘기다. 작품들을 번역 해서 대학 도시에서 리딩을 갖게 되면 적어도 리딩에 참석한 사람만 큼은 어쨌든 그 작품을 읽어야만 한다. 그렇게 해서 한국 작품의 맛 을(여기에서 또 문제가 되는 게, 어떤 작품들을 번역해야 할 것인가 이다. 왜냐하면 독자층, 청중의 감수성에 어필하지 않는 작품들은, 그 작품들 자체로서의 불행한 결과로만 끝나는 게 아니라, 아예 한국 문학에 대한 독서 시도를 포기하게 만드는 결과를 가져올 수 있기 때 문이다) 조금씩이나마 실제로 보여줘야 한다는 거다.

주로 대학 도시들이 중심으로 해서, 이곳 독자층의 감성과 맞아 떨어질 수 있는 작품들을 쓴 작가들이 일종의 유랑 곡마단 같은 집 단을 이루어 리딩을 해야 한다. 이 대학 도시에서 저 대학 도시로 유 랑 곡마단처럼 옮겨가며 리딩을 하는 것이다. 아마도 청중은 적겠지 만, 출판했을 경우에 그 책을 사 보는 사람들의 숫자보다 훨씬 많을 것이다. 이런 식으로 해서 한국문학이 아니라 한국에도 문학이 있다 는 것을 알리고 그 한국문학의 맛을 리딩을 통해서라도 한입씩 떠먹 여 맛보게 해야 한다. 그렇게 충분히 알린 뒤에야 출판을 했을 때 그

나마 그 책을 사 보는 사람들이 조금이라도 생길 것이다. 좀더 욕심을 내자면, 청중 동원을 위해 한국문학 리딩 행사를 그 지역사회 내에서 일종의 축제적 분위기로 진행시키는 게 좋겠지. 하지만 가장 중요한 것은, 이쪽 독자층에 어필할 수 있는 작가들의 작품을 고른다는 것일 게다. 한국문학이라는 거대한 정원으로 들어가볼까 말까 입구에서 망설이고 있는 사람들을 위해 그 입구에 그들의 기호와 전혀 맞지 않는 꽃나무들을 심어놓는다면, 그들은 그 입구에서 그것만 보고 등돌려버릴 게 분명하다. 그러니까 어떻게든 정원 안으로 들어서게 하는 게 중요하고, 그러자면 그들의 감수성과 나란히 갈 수 있는 작가들의 작품들을 배치해야 되고, 그러자면 우리 문단에서 커피, 콜라, 햄버거 먹으면서 자란 세대의 작품들부터 번역, 리딩해야 한다는 게 내 생각이다.

지겨워서 그만 쓰자. 다음에 한국 가서 생각하지.

며칠 전에 오세영 선생이 자동차로 샌프란시스코 곳곳을 구경시
켜주었다. 버클리 한국학 센터의 어시스턴트를 통해 오세영 선생이
버클리에 온다는 걸 알았고, 역시 그를 통해서 전화번호를 알았다.
개인적인 안면이 있는 건 전혀 아니었지만 전화를 드렸다. 외로웠
나, 아니면 감상적인 기분이었나? 하지만 이런 것도 내가 이룬 장족
의 발전 중의 하나이다. 오세영 선생은 버클리에 도착한 지 얼마 안
되어 여기서 살기 위해 필요한 문제들을 해결하느라 한창 바쁠 때였
지만, 차를 갖고 나와 관광객들이 거치는 코스들을 두루 둘러보게
해주었다. 버클리에 와서도 나는 샌프란시스코 다운타운에 한 번 나
갔을 뿐 버클리에서 그대로 죽치고만 있었는데, 오세영 선생이 아니
었더라면 아마 샌프란시스코 명소들은 아무것도 보지 못하고 그대
로 돌아갔을 것이다. 그런데 참 이상한 건, 나는 관광이나 풍경이나
이런 것에 별 흥미가 없다는 거다. 그 이유는 정확히는 모르지만, 아
마도 내 내면에서 진행되는 어떤 것들이 더 무게 있고 중요하게 느
껴지기 때문이 아닐까 생각된다. 나는 너무나 자신으로 가득차 있
다. 아니 그게 아니다. 나 자신으로 차 있는 것도 아니다. 쓸데없는,

나와는 별로 관계없는 생각들로 가득차 있다. 한 생각이 나면 그 생각이 또다른 생각을 낳고 끊임없이 뭔가가 줄줄이 이어지고 있기 때문에 시선이 바깥쪽으로 쏠리려 들질 않는 거다. 나는 혼자 있을 때 심심하다는 걸 느껴본 적이 없는 사람이다. 더러 무료하다는 생각이 들 때도 있긴 하지만 그건 전혀 따분함이나 심심함과는 거리가 먼 것으로, 그냥 잠시 나가 식당에서 식사를 하고 오거나 상가를 한 바퀴 둘러보거나 하면 끝나는 아주 가벼운 무료함이다.

오늘 슈퍼마켓에서 『Wearable』이라는 책과 비디오 사전, 식품 영양 및 약초와 관련된 책 세 권을 샀다. 『Wearable』은 무슨 여성 잡지에서 내보낸 새해 특별 부록인데 여러 가지 종류의 옷들과 그것을 만드는 법을 자세하게 설명한 책이었다. 이런 책들을 책방이 아니라 슈퍼마켓에서 살 수 있다는 건 얼마나, 뭐냐 하면, 환상적이냐!

며칠 전에 샀던 『American Astology』 책들을 대충 훑어보았다. 아니 그중에서 한 권은 사실상 나에게 뜻밖의, 그러나 굉장히 의미심장한 충격을 주었다. 여태껏 내가 깨닫지 못했던, 혹은 정반대로 생각하고 있던 어떤 것, 어쩌면 내가 들여다보길 회피해 왔던 어떤 것을 정면으로, 아주 생생하고 명확하게 내 코앞에 불쑥 들이밀어준 그 책에 나는 고마움을 느껴야 할 거다. 온갖 현학적인 책들이 폼을 잡고 있는 세상에서 그런 하찮은 중요성밖에 갖지 못한, 미신이라고 업신여겨지는 것들을 다룬 그런 책 하나가 특별히 내게 큰 의미를, 아니 내 과거를 되돌아보고 재해석하고 그리고 앞으로의 내 삶에 방향성을 주었다고 말한다면, 사람들은 그걸 믿을 수 있을까?

며칠 전 거리를 지나다가 우연히 한 책방에 들어갔다. 보통 때라면 들어갔다가 둘러보지도 않고 그냥 나와버렸을 법한 그런 책방이었다. 온갖 종류의 저질 책들로 꽉 찬 책방이었다. 그런데 웬일인지, 나는 책방 가장 안쪽까지 들어갔다. 들어가면서 내가 다른 책들을 훑어본 것은 아니었다. 왜냐하면 표지들만 보아도 그건 내가 보는 종류의 책들이 아니라는 걸 알 수 있었기 때문이다. 그러다 가장 안

쪽의 한 코너에서 발을 멈추었다. 그리고 그 책들이 거기 있었다.

아이오와시티에서 샌프란시스코로 갈 건가 말 건가 망설이고 있던 무렵, 어느 날 아침 잠에서 깨어나면서 그곳으로 가야겠다는 결정을 내렸다. 그리고 그날 누구에겐가 나는 샌프란시스코에서 뭔가가 날 부르고 있다고, 그걸 느낀다고 말했다. 그리고 그날인가 그 다음날인가 기억이 정확하지는 않지만, 싸구려 잡지대에서 월간지를 뒤적거리다가 이달의 운수란을 보았는데, 거기 내 별자리에 당신은 샌프란시스코로 가야만 한다고 씌어 있었다. 처음에는 그걸 재미있게만 생각했다. 그런데 버클리로 와서 지낼 때 나는 샌프란시스코에서 뭐가 날 기다리고 있을까 무의식적으로 찾고 있는 나를 발견했다. 그러나 아무런 중요하고 의미심장한 일도 일어나지 않았다. 그러고서 나는 그걸 잊고 지냈다. 그런데 그 책방에서 한 코너를 점령하고 있는 점성술 책들을 발견했을 때, 나는 날 부르고 있다고 느꼈던 게, 아 이거였구나 하는 생각이 번쩍 들었다. 그리고 거기서 여섯 권의 책을 샀다. 네 권은 이론(?)을 다룬 책이었고 다른 두 권은 『쌍둥이좌, 1995』『목양좌, 1995』였다. 한 별자리의 한 해 운수가 한 권의 책으로 나온다는 것도 놀랄 만한 일이지만(점성술 일반에 관한 개략뿐만 아니라, 그 별자리의 특성, 그 별자리의 1년 총 운세, 더 나아가 하루하루의 운수 예보까지 들어 있었다), 다른 열 개의 별자리에 관한 책들은 모두 다 팔리고 없는데 딱 그 두 권만 남아 있었다는 것도 놀라운 일이었다. 왜냐하면 나와 관련 있는 게 바로 그 두 별자리였기 때문이다. 하지만 올해의 운세를 다룬 그 책들이 중요한 게 아니다. 내게 큰 충격을 준 것은 각 별자리에 관한 심리분석을 가

한 책이었다. 그중에서 쌍둥이좌에 관한 것을 방금 다 읽었는데, 나는 거기서 너무도 중대한 사실들을 깨달았다. 나는 지금까지 내 자신이 너무나 감정적인 사람이고, 그게 내 인생을 불행하게 만들어왔다고 생각했는데, 거기에서는 그게 정반대로 해석되어 있었다. 그리고 다시 생각해보니, 정말로 그 정반대의 해석이 더 타당한 것 같았다. 쌍둥이좌의 성격적 특성은 'mind, intellect, imagination'을 주로 사용하면서 살아가는 족속인데, 그게 한편으로는 강점이 되기도 하지만 심리적인 면에서는 엄청난 불행을 초래할 수 있다는 거였다. 그리고 그게 가장 두드러지게 나타나는 게 사랑이라는 부문에서라고. 쌍둥이좌들은 본래가 자기의 다른 짝 쌍둥이를 찾으려는 성향이 강한데, 사랑의 상대가 나타나면 그 'mind, intellect, imagination'으로 상대방을 분석 · 해체하고 상상력으로 재구성하여 자신의 다른 쌍둥이 짝으로 만들어놓고서 거기에 자신을 투사시키고, 두 사람이 벌일 게임에 관해 지적으로 각본을 짜놓고서 상대방을 그 각본에 따라 움직이게 만들 수 있다고, 혹은 상대방에게 그 게임의 각본을 알아차리게 만들 수 있는 힘이 자기에게 있다고 믿고 그 방향으로 나간다는 거다. 그 결과는 황폐화. 쌍둥이좌가 누군가를 열렬히 사랑한다는 것은 그 상대방을 있는 그대로 사랑하는 게 아니라, 자기의 쌍둥이 짝을 만들어가는 과정, 그러니까 다른 말로 하자면 자기 자신을 완벽하게 투사해 들어가는 과정이라는 거다. 나는 단 한 번도 그런 생각을 해본 적이 없다. 그런데 이제 생각해보니, 그 책의 해석이 옳았다. 나는 언제나 현실을 있는 그대로 보질 않고서 항상 각본 짜기를 좋아했다. 일부러 각본을 짜놓고서는, 상대방은 결국 완벽한 타인, 또하나의 독자적인 인간일 뿐인데, 내 각본대로 움직여주지 않아 괴로워하다가 결국 고통스러운 끝장을 맺게 된다는 거다. 자기가 파놓은 함정에 자기가 빠지는 거다. 전형적인 쌍둥이좌들은 거의 언제나 사랑에 실패하게 되어 있다고. 만일 사십대에 가서도 자기 자신의 심리적 불행을 자초하는 부비트랩이 어디에 있는가를 발견하지 못한다면, 십중팔구는 굉장히 외로운 말년을 맞게 된다는 거다. 쌍둥이좌는 겉으로 보기에는 쾌활하고 명랑하지만 그 보이지 않는 밑바닥에는, 찾아야 할 자신의 없는 짝에 대한 깊은 열망과 불안감이 도사리고 있기 때문에 더욱 의식적으로 'mind, intellect, imagination'을 사용하게 된다는 거다. 그 밑바닥에 도사리고 있는 불안감을 들여다보지 않으려고. 그것을 정면으로 대면하고, 그것이 자기 것이라는 것을 인정하고, 그것에 객관적인 이름을 붙여줄 수 있을 때 비로소 그걸 극복하고 성숙한 쌍둥이좌로 살아갈 수 있다는 것. 어째서 나는 이런, 남들이라면 한마디로 코웃음을 치고 넘어갈, 업신여김을 받는 게 당연한 것으로 여겨지는 이런 유의 책에서 큰 충격과 감동을 받을 수 있을 정도로, 나 자신에 대해서 무지할 수가 있었을까. 다시 생각해보니, 그 분석이 정말로 내게 너무도 딱 들어맞는다는 생각이 들었기 때문이다. 그런데도 나는 그런 것에 대해서는 생각해본 적도 없다니?

이건 내가 미국에 체류하면서 깨닫게 된, 내 자신에 관한 중요한 깨달음 중의 하나이다. 또하나의 중대한 깨달음, 즉 나는 너무도 프로그램화된 사회에서 살아왔고, 그것이 나로 하여금 나 자신을 불행한 사람으로 여기게 만들었고, 나 자신을 좋은 의미에서든 나쁜 의미에서든, 다행이든 불행이든, 결코 변할 수가 없는 사람으로 보게 만들었다는 것. 그러나 나는 결코 불행한 사람이 아니고 행복한 사람 축에 들며 얼마든지 변할 수 있는, 변화의 가능성을 가진 사람이라는 깨달음이 사회학적인 나에 대한 새로운 발견이라면, 이건 나 자신에 대한 심리학적인 새로운 깨달음이다. 사회학적인 나와 심리학적인 나, 이 두 가지에 대한 깨달음 모두가 변화를 요구하고 있다. 변화하지 않으면 나는 그 종래의 불행을 감수하고 살아야 한다. 그건 견딜 수가 없다. 이 두 가지 방향의 새로운 깨달음이 나를 새로운 방향으로 데려갈 것이라고 확신할 수 있다. 그리고 아닌 게 아니라, 『쌍둥이좌, 1995』의 1년 총 예보에 이런 구절이 나온다.

언제나 들떠 있는 천성을 가진 당신은 그 어느 때보다도 더욱 새로운 것, 낯선 것, 미지의 것에 이끌리게 될 것입니다. 당신은 이상하고 아주 신비한 분야들에 대해, 때로는 애써 그러려고 하지 않음에도 불구하고, 더 큰 관심을 갖게 되는 경향을 보일 것입니다. 올해에 당신은 당신 자신과 전반적인 인간사에 대해 중대한 통찰들을 얻게 되고 그것들이 당신의 나머지 생애 동안 영감으로 작용하게 될 것입니다. 올해에 그것들은 당신의 기억과 당신의 체험에 깊은 인상을 남길, 이상한, 심지어 미리 운명 지어졌던 것 같은 느낌을 주는 사건들이 일어나게 할 것입니다.

그런 것들이 일어난다는 것, 또는 그럴 거라고 믿는 게 중요한 게 아니라, 심리학적인 나를 발견했다는 것, 그리고 그것이 이미 앞서 나타났던 사회학적인 나에 대한 깨달음과 나란히 함께 나아가면서, 이제는 옛날의 나였던 것을 잘라, 떨쳐버리게 해줄 수 있다는 것, 그런 확신이 든다는 것, 이게 중요한 거다.

아시아태평양학회에서 주는 보조금은 역시 내가 예상했던 대로 샌프란시스코의 클라크 집으로 배달되었다. 그런데도 어째서 로웨나는 버클리의 바라티 집으로 보냈다고 확신하는 건지. 그녀가 뭔가 대단히 착각하고 있는 게 분명하다. 어제 하루종일 비가 내렸는데, 저녁 무렵 클라크와 바라티가 왔다. 보조금으로 보낸 수표를 갖다주러. 마침 버클리에서 저녁 약속이 있기 때문에 겸사겸사 잘되었다고. 클라크는 꽤 중요한 저녁 약속인지 나로서는 처음 보는 정장차림이었을 뿐만 아니라, 멋진 바바리 위에 엄청나게 화려한 색깔의 붉은 목도리를 두르고 있었다. 바라티는 차 안에 그대로 있었고 클라크는 열린 문밖에서 내게 보조금을 전해주었다. 비가 꽤 세차게 내리고 있었기 때문에 나도 문밖으로 나가 바라티에게 인사할 수 없었고, 두 사람은 차가 한 바퀴 돌아 다시 도로로 나가는 동안 서로에게 손이나 흔들어줄 수밖에 없었다.

문제는 수표로 온 돈을 어떻게 현금으로 바꾸느냐였다. 우선 은행에 입금을 시켜야 하는데, 내가 아이오와시티에서 계좌를 개설했던 은행은 이곳엔 없었다. 아이오와시티 사람들은 내가 물어보았을 때, 퍼스트내셔널뱅크가 전국적이라고, 어디서든 이용할 수 있다고 말했지만 불행히도 캘리포니아엔 그 은행이 없다는 거였다. 하는 수 없이 뱅크오브아메리카에 새로 은행 계좌를 개설하고 일단 돈을 입금시켰는데, 그 돈을 내가 찾아서 책들을 산다거나 아니면 지니고 한국으로 간다거나 하는 일은 불가능하게 되었다. 왜냐하면 나는 이 집을 16일까지만 이용할 수 있고 그래서 16일로 한국행 비행기표를 예약해놓았는데, 오늘 토요일에 입금시키면 16일 월요일엔 현금으로 찾을 수가 있겠지만 비행기는 16일 비행기이고, 또 16일은 무슨 날인지 공휴일이라는 거다. 그 보조금으로 책들을 왕창 사려던 내 계획은 수포로 돌아갔다. 아이오와 쪽 사람들이 더 신경써서 하루이틀만 빨리 도착하게 해주었다면 이런 불상사들은 일어나지 않았을 텐데. 뱅크오브아메리카에 수표를 입금시키고, 일주일 후에 나올 카드는 미세스 양 주소로 배달되도록 조치해두었다. 나중에 필요한 책들을 발견하면 미세스 양에게 편지나 전화로 알려주어 그 돈으로 책들을 사서 보내달라고 할 수 있도록.

기세는 수그러들었지만 여전히 비가 내리고 있다. 떠나는 날. 새벽 일찍 일어나 집을 치운다고 부산을 떨긴 했지만 제대로 치워진 건지 모르겠다. 깨끗하게 치워놓지도 않았다고 나중에 바라티가 불평을 늘어놓는 게 아닌지 모르겠다.

클라크네 집으로 전화를 하지 않았다. 고맙다고, 감사하다고 말해야 하는 과정이 생각만 해도 부담스럽게 느껴졌기 때문이다. 그 대신에 바라티의 책상 위에 고맙다는 편지를 한 장 남겨놓았다. 한국에 돌아가면 고마움의 표시로 무슨 간단한 선물이라도 보내야겠다는 생각이 든다.

이제 간다. 안녕, 안녕.

어떤 나무들은

ⓒ최승자 2021

초판 1쇄 발행 2021년 12월 20일
초판 3쇄 발행 2021년 12월 31일

지은이 최승자
펴낸이 김민정
책임편집 김동휘 **편집** 유성원 송원경 김필균
표지 디자인 김이정
본문 디자인 유현아
마케팅 정민호 김도윤
홍보 김희숙 함유지 이소정 이미희
제작 강신은 김동욱 임현식
제작처 영신사

펴낸곳 난다
출판등록 2016년 8월 25일 제406-2016-000108호
주소 10881 경기도 파주시 회동길 210
전자우편 nandatoogo@gmail.com
트위터 @blackinana **인스타그램** @nandaisart
문의전화 031) 955-8875(편집) 031) 955-2696(마케팅) 031) 955-8855(팩스)

ISBN 979-11-91859-14-0 03810